KB150577

Scarlet
스칼-렛

Scarlet
스칼렛

전율을
하다

이서한 · 장편 소설

전율을 하다

contents

프롤로그

아직 잠들지 못한 새벽, 오피스텔 안의 어슴푸레한 어둠을 뚫고 현관 도어록의 비밀번호를 누르는 소리가 들린다. 은서는 침대에서 몸을 일으키며 시계를 확인했다. 새벽 두 시. 본능적으로 방문객이 누구인지 알 수 있었다. 달칵 소리와 함께 그녀의 긴장된 시선이 현관 쪽을 향했다.

역시, 그다.

매끈한 블랙 슈트가 늘씬하면서 탄력 넘치는 그의 육체를 감싸고 있었다. 그 모습은 마치 윤기 도는 검정 모피를 걸친 흑표범처럼 위압적인 분위기를 풍겼다. 칼날 같은 날렵한 턱 선에 오뚝한 콧날, 그리고 지독히도 매혹적인 검은 눈동자를 가진 남자…… 윤지하.

현관문을 열고 들어온 그 남자를 확인하자 은서의 숱 많고 풍성한 속눈썹이 가늘게 떨렸다. 쿵, 문이 닫히는 육중한 소리와 함께 그가 오피스텔 안으로 성큼 들어섰다.

늘 서늘할 정도로 차가운 그의 눈이 붉게 충혈되어 있었다. 그 눈빛에서, 은서는 단번에 그 남자의 욕망을 느꼈다.

지독히도 익숙한 욕망…….

그의 새까맣게 어두워진 눈동자가 헐렁한 셔츠 아래로 드러난 그녀의 매끈하고 날씬한 다리를 느슨하게 훑었다 올라갔다. 은서의 여린 살갗에 솜털이 바짝 곤두섰다. 위험을 감지한 어린 짐승처럼 잔뜩 긴장을 머금은 그녀의 커다란 눈망울이 그를 똑바로 응시했다.

묘한 긴장이 날카롭게 온몸을 타고 흘렀다. 은서는 눈을 치켜뜨고 천천히 거리를 좁혀 오는 지하를 노려봤다. 둘의 시선이 허공에서 불꽃이라도 튈 듯 강렬하게 부딪쳤다.

"……반가운 표정은 아니군."

그가 낮은 목소리로 말했다. 강렬한 시선으로 쏘아보며 다가오던 그가 재킷을 벗어 바닥에 떨어뜨렸다.

털썩.

재킷이 떨어지는 소리가 조용한 오피스텔을 날카롭게 울렸다. 넥타이를 거칠게 잡아 흔드는 그의 손등에 푸른 힘줄이 툭 불거져 나와 있었다. 팽팽히 조여 오는 공기를 가로질러 마침내 그가 침대 앞까지 바짝 다가왔다.

은서는 그 자리에서 꼼짝도 하지 않고 지하를 노려봤다. 서늘할 정도로 차가운, 그러나 치명적인 매혹을 지니고 있는 그의 흑요석처럼 새까만 눈동자가 위험한 열기를 품은 채 은서에게 고정되어 있었다. 오만한 표정으로 그녀를 내려다보며 커프스 단추를 풀어낸 지하가 그녀의 작은 턱을 들어 올렸다. 그러자 은서는 그의 손길을 거부하듯 고개를 홱 돌렸다.

그 순간 지하의 눈썹이 날카롭게 휘어 올라갔다. 그의 손이 은서의 턱을 강하게 잡아 돌렸다.

"무슨 짓…… 읍!"

은서의 목소리가 그의 입술 속으로 순식간에 삼켜졌다. 그의 매끈한 혀가 무자비하게 입술을 가르고 들어가 도망치는 작은 혀를 붙잡아 격렬하게 빨아 당겼다. 거친 숨결이 뒤섞이고 농밀한 타액이 엉켜들자 숨을 쉴 수가 없었다.

"읍, 으읍!"

은서가 힘껏 그의 가슴을 밀어 댔다. 그럴수록 그는 더욱 완강하게 그녀의 턱을 잡고 모든 것을 앗아 갈 듯 강렬한 키스를 퍼부었다. 지하는 그녀의 목이 뒤로 한껏 젖혀질 정도로 깊숙이 혀를 밀어 넣으며 한 손으로 은서의 셔츠 앞섶을 거머쥐었다. 그대로 손아귀에 힘을 주자 얇은 셔츠가 충격을 참지 못해 우두둑 찢어졌다. 벌어진 옷섶 사이로 탐스러운 젖가슴이 출렁거리며 드러났다. 지하는 유혹적으로 드러난 하얀 가슴을 커다란 손으로 거칠게 움켜잡았다.

"읏."

그의 입술 안에서 은서의 본능적인 신음이 터져 나왔다. 저절로 튀어나온 여린 혀떨림에 지하의 입꼬리가 잔인하게 말려 올라갔다. 그가 웃고 있는 것을 깨닫자 은서의 몸이 딱딱하게 굳었다.

이 나쁜……!

은서가 그의 입술을 질끈 깨물었다.

"……!"

입술에서 아릿한 통증이 느껴지자 지하가 눈썹을 찌푸리고 고개를 돌렸다.

"하아, 하아."

은서가 거친 숨을 몰아쉬었다. 그가 미간을 좁힌 채 손등으로 입술을 닦았다. 손등에 벌건 피가 묻어났다. 지하가 시니컬하게 입술 끝을 비틀었다.

"하."

그가 차가운 웃음을 흘리며 피가 배어 나오는 입술을 핥았다. 은서는 죽일 듯 그를 노려본 채로 주춤거리며 그에게서 물러섰다. 하지만 얼마 가지 못해 우악스럽게 뻗어 나온 그의 손에 다시 붙잡히고 말았다.

"으읍!"

지하는 그녀의 뒷머리를 강하게 움켜쥐고 입술을 빼앗았다. 비릿한 피 맛이 느껴지자 은서가 그의 가슴을 팡팡 쳤다. 지하는 꿈쩍도 하지 않고 마치 오랜 시간 굶주린 맹수가 먹이를 탐하듯 그녀의 입술을 집어 삼켰다. 그건 키스라기보다는 차라리 폭력에 가까웠다.

무자비하게 키스를 퍼붓던 지하가 그녀를 침대 위로 거칠게 내던졌다.

"아!"

침대 스프링의 거친 반동 소리와 함께 쓰러진 은서가 고개를 홱 쳐들었다. 그 순간 은서의 눈동자가 크게 흔들렸다.

지하가 그녀와 시선을 마주한 채 관능적인 손놀림으로 바지 버클을 풀었다. 지이익, 지퍼가 내려가는 은밀한 소리에 은서의 눈동자가 당황스러움으로 물들었다. 심장이 빠르게 뛰기 시작했다. 그에게 철저하게 길들여진 몸이 뜨겁게 달아올랐다.

이런……!

키스만으로 브리프가 순식간에 젖어 들었다는 것을 느낀 은서는 처참해진 심정으로 입술을 질끈 깨물었다. 이대로 그에게 젖은 몸을 들키고 싶지 않았다. 은서가 침대에서 벗어나려 반대쪽으로 몸을 돌리자 지하의 손이 그녀의 가는 발목을 낚아챘다. 그가 그 상태로 끌어당기자 은서는 엎드려진 채로 침대에서 그가 있는 쪽으로 끌려갔다.

"아앗."

매트리스에 쓸려 은서의 몸을 겨우 가리고 있던 헐렁한 셔츠가 위로 말려 올라갔다. 고혹적인 실크 브리프가 아슬아슬하게 걸쳐진 둥근 엉덩이가 육감적으로 드러났다. 도자기처럼 보얀 살빛의 탐스러운 엉덩이를 내려다보는 지하의 눈동자가 어둠보다 더욱 진한 색으로 물들었다.

지하가 뒤에서 그녀의 골반을 거칠게 잡고 일으켜 세워 무릎을 매트리스 위에 대고 엎드리게 했다. 그에게 엉덩이를 훤히 드러낸 채 엎드린 자세가 되자 은서의 눈이 당혹으로 커졌다.

"하지 마!"

"가만히 있어."

그의 낮게 깔리는 목소리에 은서는 시트를 움켜쥔 손에 힘을 줬다. 두려우면서도 묘한 기대와 흥분이 이율배반적으로 그녀의 온몸을 잠식했다. 아랫배가 조여들며 미끈한 애액이 다시 그녀의 브리프를 축축하게 적셨다.

안 돼……!

거부할 수 없는 기대와 반발심. 지독히도 상반된 감정이 굴욕적으로 엎드린 은서의 머릿속을 어지럽혔다. 출렁, 매트리스 한쪽이 기울며 지하가 그녀의 엉덩이 뒤에 자리를 잡고 앉았다.

살구 빛 실크 브리프 아래 복숭아처럼 갈라진 둔부와 매혹적으로 이어지는 은밀한 골짜기를 지하의 뜨거운 시선이 따라 내려갔다. 그가 손을 들어 아슬아슬하게 가리고 있는 얇은 브리프를 바짝 잡아당겨 벌렸다. 그러자 짙은 분홍빛의 속살이 적나라하게 드러났다. 우윳빛 애액에 흠뻑 젖은 도톰한 속살 사이로 지하가 자신의 팽팽히 발기한 검붉은 남성을 잡아내려 뭉툭한 끝을 갖다 댔다.

"으읏……!"

단단한 남성이 예민한 속살을 무자비하게 비벼 대자 은서는 머릿속이 깜깜해졌다. 지하가 과감하게 움직이며 여성을 빠르게 문질러 댔다. 살이 비벼지는 질척한 소리와 함께 소름 끼치는 쾌감이 그녀의 온몸을 사정없이 할퀴었다. 간헐적인 떨림이 커지고 숨결이 거칠어지자 굵고 두꺼운 페니스가 사정없이 그녀의 붉은 꽃잎을 가르고 들어갔다.

"……읏!"

단번에 몸속으로 침투해 온 커다란 남성에 은서의 몸이 크게 출렁였다. 삽입은 어렵지 않았다. 이미 그녀의 몸은 충분히 젖어 있었다. 매끄럽게 젖은 길을 단숨에 가로질러 좁은 내부를 꽉 채우자 은서가 고양이처럼 엎드린 채로 침대 시트를 힘껏 그러쥐었다.

"훗, 으읏."

좁은 여성을 꽉 채우는 압박감에 은서는 터져 나오는 비명 같은 신음을 참아 내려 이를 악물어야 했다. 그가 자비 없이 거칠게 움직이며 뿌리까지 박아 넣었던 단단한 페니스를 뺐다가 다시 힘껏 밀어 넣었다.

"헉."

은서는 거친 숨을 몰아쉬며 고개를 뒤로 젖혔다. 단숨에 치골까지 닿을 듯 짓쳐들어오더니 강한 힘으로 빡빡한 내부를 휘젓기 시작했다. 참을 수 없을 정도로 거센 자극이 몰아치자 은서는 치밀어 오르는 신음을 참아 내기 위해 안간힘을 썼다. 그때 지하가 은서의 브리프를 바짝 당기고 주름진 붉은 속살 사이로 강하게 쑤셔 들어갔다.

맙소사……!

퍽! 소리와 함께 둔탁하게 밀려 들어온 빳빳한 힘에 은서의 눈이 크게 부릅떠졌다. 그는 벌어진 그녀의 붉은 입술에서 원하는 반응이 터져 나오지 않자 눈썹을 추켜세웠다.

"해 봐, 어디."

낮게 으른 그가 그녀의 탱탱한 엉덩이를 꽉 움켜잡은 채로 허리를 강하게 내질렀다.

퍼억!

침대가 거세게 요동칠 만큼 강하게 짓쳐 들어갔다. 아무리 흥분한 여성이라지만 이렇게 커다란 남성이 못을 박듯 강하게 쑤셔 들어오면 감당하기 힘들다. 거기서 더욱 깊이 치고 들어가려 거칠게 허리를 퉁기자 그녀의 몸이 한껏 휘며 앞뒤로 크게 흔들렸다. 둔부 사이를 가르고 들어오는 강한 힘에 아무리 힘을 주어도 은서의 입술이 절로 달싹였다.

"웃, 아읏……."

은서가 침대 위로 얼굴을 묻고는 시트를 힘껏 움켜쥐었다. 지하는 잠시의 숨을 쉴 시간도 허락하지 않은 채 격렬하게 찔러 올렸다. 퍽퍽 밀어 올리는 거센 힘에 은서는 정신없이 흔들리며 시트 위에 묻은 얼굴이 위아래로 쓸렸다. 그녀의 둥근 엉덩이 아래 한껏 휘어진 허리와 침대 위에 퍼진 까만 머리칼이 물결처럼 흔들리는 모습을 지하가 무섭게 노려보며 거칠게 움직였다. 그의 와이셔츠가 땀에 젖은 탄탄한 상체에 찰싹 달라붙었다.

느리게, 빠르게. 얕게, 그리고 깊게…… 은서는 사정없이 밀려드는 강렬한 자극에 쾌락의 비명을 내지를 것만 같았다. 숨이 턱턱 막혀 왔다. 그의 터질 듯 발기한 굵은 남성이 내벽을 긁으며 빠져나가더니 뿌리 끝까지 단단히 쑤셔 들어왔다.

아아, 안 돼!

쾌락의 강렬한 불꽃이 은서의 몸을 짜릿하게 휘감았다. 지하가 오만하게 상체를 빳빳이 세운 채로 탄탄하게 힘이 들어간 둥근 엉덩이를 짧고 강하게 퉁겨 올렸다.

퍼억!

"흐읏!"

시트를 힘껏 그러쥔 은서의 하얀 손가락에 푸르스름한 실핏줄이 돋아났다. 머릿속이 텅 비어 버릴 정도로 강한 쾌감이 그녀의 척추를 타고 정수리까지 짜릿하게 솟구쳐 올라왔다.

더는, 더는 참을 수가⋯⋯!

은서가 저도 모르게 고개를 저어 댔다. 단단히 쌓아 올렸던 모래성 귀퉁이가 더 이상 참기 어려울 정도의 쾌감에 속절없이 허물어지고 있었다. 그가 브리프 사이를 최대치로 벌리며 좁은 틈으로 사정없이 쑤셔 넣을 때마다 은서는 미칠 것만 같았다. 아무리 참으려 해도 신음은 그녀의 의지를 배반하고 열락에 겨워 간헐적으로 터져 나왔다. 필사적으로 신음을 참느라 깨문 은서의 입술에 벌건 핏기가 맺혔다.

"빌어먹을."

거칠게 허리를 움직이는 지하의 표정이 점차 험악해졌다. 그녀의 달짝지근한 꿀이 흘러넘친 골짜기 사이를 오갈 때마다 그의 핏줄 솟은 검붉은 남성에 허연 애액이 잔뜩 묻어났다.

"어디까지 버틸 셈이지?"

무섭게 으른 그가 은서의 골반을 단단히 움켜잡고 한 손으로 브리프를 찢을 듯이 잡아 벌렸다. 애액에 젖어 번들거리는 굵은 남성이 쑤걱거리며 좁은 입구를 들락거렸다. 조개처럼 꽉 물고 있던 그의 몸을 놓칠 때마다 여린 꽃잎이 파르르 떨렸다. 거센 움직임에 침대의 삐걱거리는 소리가 커졌다.

"⋯⋯아!"

마침내 우두둑 소리를 내며 브리프가 찢어져 버렸다. 움직임을 제한했던 방어막이 사라지자 지하는 은서의 골반을 움켜쥐고 더는 들어갈 수 없을 정도로 아주 깊숙한 곳까지 쑤셔 들어갔다.

"으으, 읏⋯⋯."

"소리 내."

위협스러울 정도로 낮은 그의 음성이 그녀의 머리 위로 뿌려졌다. 은서는 입술을 깨문 채 필사적으로 터져 나오는 신음을 참았다. 그의 허리가 더욱 거칠게 움직이기 시작했다.

퍼억! 퍽! 퍽!

"……!"

지하가 무서운 속도로 들이쳤다.

"소리 내라고. 안 들려?"

"……훗!"

그가 더욱 속력을 높여 두꺼운 페니스로 예민한 내벽을 긁어 대자 은서는 엎드린 채로 자신의 손등을 깨물며 신음을 참았다.

절대 당신 맘대로 되도록 두지 않아!

"윤은서!"

지하가 화난 목소리로 으르며 은서의 팔을 뒤에서 낚아챘다. 은서의 손등에 벌겋게 피가 맺혀 있는 것을 보자 그의 눈에서 불꽃이 튀었다. 지하가 무섭게 굳은 얼굴로 그녀의 양팔을 낚아채 등 뒤에서 단단히 고정시켰다. 몸을 지탱하던 팔이 등 뒤로 묶이자 은서의 상체가 침대 위로 무너져 내렸다.

"소리 내, 어서!"

지하가 짐승같이 으르렁대며 근육이 꿈틀거리는 단단한 엉덩이를 거칠게 밀어 올렸다. 하늘로 치솟은 그녀의 엉덩이가 격렬한 움직임에 맞춰 음란하게 흔들렸다. 강한 삽입이 이어질 때마다 은서의 꽃잎 사이로 미끈한 애액이 흘러내렸다. 땀에 젖어 찰싹 달라붙어 있던 와이셔츠의 끝자락이 그가 허리를 퉁길 때마다 서로의 몸이 음란스럽게 섞이고 있는 곳에 닿아 축축이 젖어 들고 있었다. 지독히도 이율배반적인 몸과 머리의 상반된 의지. 그 신랄한 모순에 은서는 고개를 저어 댔다.

"웃기지 마……!"

은서가 헐떡이며 소리치자 그의 눈이 싸늘하게 가라앉았다.

"하. 그래?"

"아……!"

지하가 단숨에 번들거리는 페니스를 쑤욱 빼냈다. 뜨거운 내부를 가득 채웠던 단단함이 빠져나가자 본능적인 아쉬움에 그녀의 입술에서 한숨이 새어 나왔다. 거친 숨을 몰아쉬는 은서의 몸을 잡아 일으켜 세운 그가 그녀 앞에 일어섰다.

"……!"

그가 천장을 향해 솟구친 발기한 페니스를 그녀의 눈앞에 들이밀자 은서의 눈동자가 크게 흔들렸다. 자신의 애액으로 범벅이 된 검붉은 페니스는 그녀 자신의 욕망을 증명하는 것과 마찬가지였다. 은서가 고개를 돌리자 지하가 입술 끝을 비틀어 올리며 잔인한 어조로 말했다.

"빨아."

충격으로 커다래진 눈으로 그녀가 지하를 올려다봤다.

"뭐, 뭐라고?"

은서의 시야에 거친 정사로 땀이 배어난 군살 없이 탄탄한 그의 육체가 보였다.

"못 알아들어? 빨라고."

"……미쳤어!"

은서가 소리치며 고개를 돌리자 지하가 그녀의 뒷머리를 잡고 무섭게 발기한 남성을 붉은 입술 안으로 밀어 넣었다.

"……!"

그의 몸에서 자신의 달큰한 애액의 맛이 나자 은서는 눈을 질끈 감고 고개를 돌리려 했다. 하지만 그가 그녀의 뒷머리를 단단히 붙들고 도망가지 못하게 했다. 지하는 이를 악물고 터질 것 같은 남성을 천천히 앞뒤로 움직였다. 그녀의 입술이 크게 벌어지고 강한 압박감이 밀려들자 그의 단단한 허벅지에 잔뜩 힘이 들어갔다.

"싫어!"

은서가 두 손으로 지하를 밀어냈다. 그는 반동으로 침대 위로 쓰러진 그녀의 하얀 무릎을 움켜잡고 크게 벌렸다.

"헉."

은서의 눈이 크게 떠지더니 고개가 침대 위에서 뒤로 확 젖혀졌다. 지하가 그녀의 다리 사이로 고개를 숙였다. 거뭇한 체모에 뜨거운 숨이 닿자 거친 정사로 보풀아 오른 여린 꽃잎이 움찔거렸다. 그가 입술을 벌려 흥건히 젖은 그녀의 여성을 삼켰다.

"아홋……!"

그 순간 참을 수 없는 쾌감이 벼락같이 내리쳤다. 축축한 혀가 분홍빛 속살을 핥아 올리고 잔뜩 흥분된 여성을 뜨거운 입술로 빨아 당겼다. 동그랗게 솟아오른 음핵을 이로 살짝 깨물자 은서는 자지러질 듯 허리를 튕겨 올렸다.

"아악! 안 돼!"

지하가 상체를 일으켰다. 애액으로 번들거리는 자신의 입술을 혀를 내밀어 스윽 핥고는 그녀의 발목을 움켜잡고 크게 벌렸다. 그가 빳빳이 발기한 두꺼운 남성을 잡아 흥건히 젖은 은서의 달아오른 속살 사이로 푹 쑤셔 넣었다.

"아아!"

자궁 끝까지 닿을 듯 깊이 짓쳐들어온 사나운 불기둥에 은서에게서 결국 신음이 터져 나왔다. 지하는 은서의 날씬한 다리를 최대치로 벌려

서 꽉 움켜잡은 채 불끈거리는 페니스로 연달아 찔러 들어갔다.

"아웃! 아학!"

미친 듯이 몰아붙이는 그의 강한 힘에 은서는 비명 같은 신음을 내질렀다. 지하의 단단한 엉덩이가 뒤로 쑤욱 밀려났다가 힘을 주어 거칠게 쑤셔 들어갈 때마다 은서의 몸이 속절없이 위로 밀려 올라갔다.

"헉, 헉…… 빌어먹을, 윤은서……!"

지하의 쾌감으로 가득 찬 목소리가 낮게 갈라져 나왔다. 참을 수 없는 욕망이 그의 온몸을 뒤덮는 강렬한 쾌감과 맞물려 그를 미칠 듯이 몰아치고 있었다. 무서운 힘으로 들이치자 계속 밀려나던 은서의 등이 마침내 침대헤드에 닿았다. 은서는 반쯤 앉은 자세로 지하의 어깨 위에 다리를 걸친 채 엄청난 힘으로 들이쳐 오는 그의 욕망을 고스란히 받아 내고 있었다.

"아, 아아……!"

잔뜩 흐릿해진 눈으로 은서가 신음을 쏟아 냈다. 거세게 몰아치며 내벽을 찔러 대는 강한 페니스가 주는 쾌감에 도저히 정신을 차릴 수가 없었다. 지하는 그녀의 부풀어 오른 속살이 먹어 치우는 자신의 분신을 강렬한 시선으로 내려다보며 엄지손가락으로 은서의 꽃잎 사이, 동그랗게 솟아 있는 쾌락의 정점을 문지르기 시작했다.

"하, 하지 마……!"

놀란 은서가 급박하게 소리쳤다. 지하의 입술 끝이 비릿하게 말려 올라갔다.

"큭. 이렇게 많이 흘리면서?"

"나쁜……! 흐웃!!"

손가락 끝으로 미끈하게 젖은 음핵을 빠르게 문지르며 그가 허리를 거칠게 밀어 올렸다. 미칠 것 같은 쾌감이 은서를 휘어 감았다.

"아, 으읏……핫! 응, 으읏!"

정신없이 밀어치는 강한 쾌감 앞에 지하의 몸을 꽉 붙든 채로 헐떡였다. 그 와중에도 필사적으로 신음을 참으려는 그녀의 노력에 그가 조소했다.

"참지 마. 차라리 소리 지르는 게 더 편할 텐데?"

"아, 읏."

"신음을 참는다고 네가 나와 몸을 섞는 사실이 사라지진 않잖아? 윤은서."

손가락으로 음핵을 비틀자 은서의 몸이 자지러질 듯 출렁였다.

"아학!"

결국 단말마의 교성을 터뜨린 은서가 입술을 깨물며 그를 노려봤다. 하지만 그는 이 순간까지 그녀의 몸을 점령하고 있었다.

"쿡, 네가 그렇게 노려보면 더 자극된다는 건 모르는 모양이군."

"입…… 닥쳐……!"

그가 침대헤드를 잡고 은서를 그 안에 가둔 채 그녀의 두 다리를 자신의 어깨 위로 올렸다. 그녀의 엉덩이가 들려 올라가자 지하는 엄청난 힘으로 밀어 올리기 시작했다.

"아악!!"

짐승같이 몰아치는 그의 움직임에 은서가 비명 같은 신음을 내질렀다.

쿵! 쿵!

지하가 깊이 짓쳐들어올 때마다 침대헤드가 벽에 부딪히는 소리가 크게 울렸다. 깊숙이 파고든 그의 남성이 가차 없이 피스톤질을 했다. 온몸을 울리는 강한 마찰에 은서의 뒷머리가 침대헤드에 부딪혔고 날씬한 다리는 공중에서 사정없이 흔들리고 있었다.

"아! 아악! 윤지하! 흐읏!!"

감당할 수 없을 정도로 몰아치는 쾌락에 은서가 그의 등에 손톱을 박으며 소리쳤다.

"계속해."

지하가 거친 숨을 헐떡이며 을렀다. 은서가 쾌감으로 일그러진 얼굴로 노려보자 그가 야수처럼 눈을 번뜩이며 웃었다. 지하가 움직임을 멈추고 그녀의 입술을 삼켰다. 혀가 뒤섞이고 뜨거운 숨이 서로의 입술로 쏟아졌다.

"더러운…… 자식!"

은서가 고개를 홱 돌려 입술을 떼어 내며 내뱉었다. 그녀의 턱을 잡아 다시 자신에게 고정한 채 그가 말했다.

"계속해 봐. 윤은서."

입술이 닿을 듯 가까이 있었다. 그의 진한 숨결이 머릿속을 어지럽히자 은서는 소리치듯 말했다.

"개자식!"

"그거밖에 못 해? 좀 더."

"닥쳐! 이 나쁜…… 하윽!"

단단한 남성이 순식간에 뜨거운 여성 속으로 쑤셔 들어갔다. 그 순간 그의 몸을 끊어 버릴 듯 강하게 옥죄기 시작했다. 지하는 이를 악물고 치밀어 오르는 압박감을 참으며 은서의 몸을 들어 자신의 몸 위에 앉혔다.

"헉……!"

그녀의 몸을 관통하듯 아래에서 뚫고 올라오자 은서의 긴 속눈썹이 파르르 떨렸다. 그와 마주 보며 앉은 자세에서 은서의 몸이 위아래로 정신없이 흔들렸다. 그녀의 허리가 뒤로 확 휘어지자 탱글한 가슴이 그의 눈앞에서 관능적으로 출렁였다. 지하가 은서의 보드라운 가슴살을 한입에 삼키며 더욱 깊이 파고 들어갔다.

"아흐읏."

짜릿한 쾌감이 온몸에 퍼지면서 미칠 듯한 전율이 일었다.

안 돼…….

부옇게 흐려지는 시야로 은서는 입술을 깨물었다. 또 이 남자의 품 안에서 아찔한 절정이 찾아오고 있었다. 그녀의 육체는 이미 그녀의 통제를 벗어났다. 오로지 강렬한 본능만이 남았다.

"헉, 헉……."

쾌락에 항복한 은서가 그의 목을 껴안고 스스로 허리를 움직이기 시작했다. 땀으로 범벅된 몸이 찰싹 맞붙어 미끄덩거렸다. 단단한 그의 몸에 잔뜩 부푼 유두가 쓸릴 때마다 은서는 고개를 젖히며 쾌락의 신음을 쏟아 냈다. 아래에서 짓쳐 올리는 힘이 강해지고 움직임이 빨라질수록 은서는 그에게 죽을 듯이 매달렸다. 그가 그녀의 뒷목을 끌어당겨 사납게 입술을 빨았다. 서로의 입술 안에서 비릿한 피 맛이 났다. 땀에 젖은 몸을 짐승같이 움직이며 뜨겁게 질주했다.

"젠장, 윤은서!"

돌아 버릴 것 같은 쾌감에 지하가 으르렁거렸다. 그의 움직임이 믿기 힘들 정도로 빨라졌다.

삐걱, 삐걱, 삐걱삐걱삐걱!

짐승같이 사납게 움직이는 그의 움직임에 침대가 부서질 듯 요동쳤다. 벼락같이 쏟아지는 쾌감에 은서가 그의 단단한 몸을 손톱으로 날카롭게 할퀴어 댔다. 그녀의 몸을 포박하듯 강하게 껴안은 지하가 부서뜨릴 듯 사납게 들이쳤다.

"아아…… 아아악!"

전쟁 같은 격렬한 행위의 끝에서 끔찍한 절정 속에 몸부림치며 은서가 비명을 내질렀다.

쾅! 철컥.

그가 나가고, 현관문이 잠기는 소리가 들렸다.

어두운 오피스텔 안엔 다시 고요한 정적이 내려앉았다. 은서는 엉망으로 흐트러진 침대 위에 비스듬히 누운 채로 닫힌 현관문을 멍하니 바라봤다. 시트를 감고 있는 하얀 피부 위로 실크같이 부드러운 새까만 머리칼이 흘러 내려와 있었다.

손가락 하나 까딱할 힘도 없었다. 몇 번이나 서로를 뺏고 빼앗기는 동안 모든 것이 남김없이 텅 비어 버렸다. 그가 남기고 간 정사의 흔적들만 낙인처럼 온몸에 남아 있었다.

……미쳤어.

미친 거야, 윤은서. 넌 미쳤어.

스스로에 대한 환멸과 윤지하에 대한 뜨거운 증오가 마음속에서 격랑을 일으켰다. 증오? 윤지하를 증오한다? 하, 헛웃음이 은서의 비틀린 입술에서 흘러나왔다. 알고 있었다. 아무리 원망하고 저주를 퍼부어도 자신은 진심으로 그를 밀어내지 못한다는 걸. 그러기에는 너무나 오랫동안 그를 기다려 왔다.

이 밤이 지나면, 또다시 기다리게 될 것이다……. 윤지하, 그 남자를. 수도 없이 많은 밤이 지나고 지옥 같은 그리움에 온몸이 타 버릴 듯 괴로워도 결국 난 그를 기다릴 것이다.

현관 비밀번호도 바꾸지 못한 채.

1.
지배당하다

"안녕하세요."

은서가 로비에 들어서자 인셉션에 앉아 있던 직원들이 고개를 숙여 인사했다. 그들을 향해 가볍게 고개를 끄덕이며 인사한 은서가 빠른 걸음으로 로비를 가로질러 걸어갔다. 클래식한 화이트 재킷에 단정한 블랙 펜슬스커트를 받쳐 입은 은서의 날씬한 몸매에 여기저기서 힐끗거리는 시선이 날아들었다.

이 부윤그룹의 회장의 딸이자 상무라는 직책을 맡고 있는 윤은서는 누가 봐도 시선을 떼기 힘들 정도의 아름다웠다. 적당한 높이의 힐과 단정히 틀어 올린 머리에서 자연스럽게 흘러내린 몇 가닥의 머리칼이 그녀의 여성스러움을 한층 돋보이게 했다. 눈처럼 투명한 피부에 커다란 눈과 동그란 이마에서 매끄럽게 이어지는 작고 오똑한 코. 그리고 붉고 선명한 입술은 타인의 시선을 사로잡기에 충분했다.

임원 전용 엘리베이터 앞에 선 은서가 바로 뒤따라오는 비서에게 물었다.

"대한리조트는 어떻게 됐죠?"

뒤따라와 옆에 선 비서가 대답했다.

"큰 무리는 없어 보이지만 아직은 좀 더 지켜봐야 됩니다. 한신에서 쉽게 놔줄 생각은 없어 보이니까요."

"……그래요."

은서가 생각에 잠긴 듯 풍성한 속눈썹을 아래로 내리깔았다. 전대에는 호텔업 하나만 운영했던 부윤그룹은 아버지 윤 회장이 물려받으며 무차별적 인수합병을 진행하게 되었고, 그 결과 대형 기업으로 성장하였다. 특히 최근 십 년 사이 놀랄 만한 성과를 보이며 빠른 성장세를 보이고 있는데 사실 그건 윤 회장의 능력이 아니라 다른 이유 때문이라는 것은 이쪽 세계의 공공연한 비밀이었다.

띵.

엘리베이터가 도착하고 문이 열리는 순간, 은서는 숨을 삼켰다.

엘리베이터 안에는 날이 선 블랙 슈트를 입은 윤지하가 서 있었다. 수행원들과 함께인 그는 남들보다 머리 하나는 더 있는 큰 키에 조각 같은 외모와 압도적인 분위기를 가지고 있어 한눈에 시선을 집중시키는 힘이 있었다.

지하는 냉기가 도는 얼굴로 은서를 내려다봤다.

그녀가 기억하는 한, 그는 저 서늘할 정도로 건조한 눈빛으로 대부분의 인생을 보냈다. 그에게서 표정 변화를 느낄 수 있을 때는 오직 행위 중일 때뿐이다.

행위…….

새벽에 있었던 그와의 은밀한 행위가 떠오르자 은서의 속눈썹이 가늘게 떨려 왔다. 그녀는 지하가 눈치채지 못하게 얼른 시선을 아래로 내렸다. 그때 그가 태연히 은서의 옆을 스쳐 지나갔다. 그의 뒤를 따라 수행원들도 차례대로 내려 그를 따랐다.

작게 한숨을 내쉰 은서는 엘리베이터에 오르며 수행원들과 사라지는 그의 뒷모습을 시선으로 좇았다. 엘리베이터 문이 닫히자 비서가 참았던 숨을 후욱 내쉬며 말했다.

"저 사람은 어쩌면 저렇게 칼날 같은지……. 볼 때마다 사람을 긴장시킨단 말이죠."

"그래요?"

비서의 말에 은서가 아무렇지 않은 듯 대답하고는 시선을 옆으로 비꼈다. 은색으로 번쩍이는 엘리베이터 내벽에 자신의 창백해진 얼굴이 그대로 내비쳤다. 핏기가 가신 얼굴과 동요하는 눈빛. 그저 그와 마주쳤다는 이유만으로 그녀의 눈빛은 명백한 동요로 흔들리고 있었다.

부윤의 개, 윤지하.

암암리에 퍼진 그의 별명이다. 부윤을 이만큼 키운 남자가 저 남자라는 것을 모르는 사람은 없었다. 이 회사 내에서도, 그리고 밖에서도 마찬가지였다. 윤지하는 부윤의 개라는 별명에 걸맞게 윤 회장이 지시한 모든 적대적 인수합병에 성공했다. 도베르만 M&A 전문가, 악마 같은 흡수합병의 귀재, 비열한 기업사냥꾼…….

윤지하를 지칭하는 수식어들은 그의 놀라운 성공사례만큼이나 다양했으며 수단방법을 가리지 않는 업무방식처럼 적나라했다.

"상무님. 15층입니다."

비서의 목소리에 은서가 퍼뜩 고개를 들었다. 상념에 빠져 있는 사이 어느새 엘리베이터가 도착해 문이 열린 채였다.

"아, 네."

정신을 차린 은서가 서둘러 내린 뒤 상무실로 향했다.

집무실로 들어온 은서는 자신의 이름이 새겨진 명패가 배치된 책상 앞에 앉았다. 노트북을 켜고 결재서류에 막 손을 뻗는데 인터폰이 울렸다.

"네."

―윤 상무님. 회장님 호출입니다.

결재서류 파일을 열려던 은서의 손이 멈칫했다. 그녀의 시선이 손목 시계에 닿았다. 9시 5분. 윤 회장이 부르기엔 이른 시간이었다.

"알겠어요."

인터폰을 내려놓은 은서가 커다란 가죽 의자에서 몸을 일으켰다.

회장실로 올라가니 대기하고 있던 비서가 은서에게 문을 열어 줬다. 육중한 문을 열고 집무실로 들어서자 소파에 몸을 깊숙이 묻고 있는 윤 회장이 몸을 돌려 은서 쪽을 바라봤다.

"부르셨다면서요."

은서가 똑바로 선 채로 윤 회장을 보며 말했다.

"그래. 들어와라."

윤 회장이 은서에게 말하고는 그녀 뒤에 서 있는 비서에게 차를 가져다 달라고 말했다. 은서가 소파 맞은편에 앉은 뒤 윤 회장을 바라봤다. 아직 이룰 것이 많아서일까, 그의 눈은 나이답지 않게 예리한 빛을 잃지 않고 있었다.

하지만 은서는 늘 그 시선에 불편함을 느꼈다.

평생 동안 윤 회장은 결코 그녀에게 살갑거나 다정한 이미지는 아니었다. 그의 관심사는 일관된 한 가지였다. 오로지 부윤그룹의 확장과 번성. 그 외에 어떤 것도 그의 관심을 끌 수 있는 존재는 없었다. 자식들 역시 그 목표를 이루기 위한 하나의 도구에 지나지 않았다. 그 목표에 부합되느냐 마느냐가 그에게 좋은 자식인지 아닌지의 지표가 된다. 그리고 그 목표에 부합되지 않거나 자신의 기대에서 엇나갔을 때는 소름 끼치도록 잔인해지는 남자였다.

"저녁에 집으로 와라."

윤 회장이 소파에 느긋하게 앉은 채로 말했다. 은서가 미간을 살짝 좁혔다.

"오늘 말씀이신가요?"

"그래. 방금 지하 다녀갔다. 이번 유럽 건 성공적으로 마무리 지은 모양이니 축하를 해 줘야겠지."

엘리베이터에서 마주친 지하가 이곳에 들렀을 것이라고 은서도 예상했다. 어제 그녀의 오피스텔에 나타난 걸로 그의 유럽 출장이 끝났다는 것도 알고 있었다. 그 성과를 보고하기 위해 들렀을 것이다. 윤 회장이 흡족해하는 모습을 보니 그가 기대 이상의 성과를 올린 모양이다. 하긴 그에게 실패라는 단어는 어울리지 않는다. 지금껏 단 한 번도 성공 외에는 다른 결과를 가져온 적이 없으니까. 대외적인 큰 실수를 저지르거나 정해진 목표를 이루지 못했던 적도 없었다.

"알겠습니다."

은서가 표정 없이 대답했다. 윤지하가 가져온 결과가 꽤나 만족스러운 모양인지 윤 회장의 얼굴에 번들거리는 미소가 가득했다. 그 미소를 보자 순간 속이 거북해졌다.

"대한리조트 건과 금영푸드 건은 어떻게 진행되고 있지?"

"아직 조율 중입니다."

은서의 대답에 윤 회장의 얼굴에 일순 불만족스러운 기운이 스쳐 지나갔다. 원하는 시기에 원하는 결과를 내놓지 않는 것을 가장 싫어하는 윤 회장이었다.

"빨리 진행하도록 해. 할 얘기도 있으니 오늘 저녁엔 꼭 참석하고."

"네."

은서는 짧게 대답하고 소파 위에서 몸을 일으켰다.

회장실을 빠져나온 뒤 엘리베이터를 타고 상무실로 돌아가면서 은서는 저녁에 있을 성북동에서의 식사자리를 생각했다.

또 무슨 소리를 하려고.

은서의 하얀 이마가 슬몃 찌푸려졌다. 벌써 명치 끝이 답답해지는 기분이었다.

로비를 빠져나온 지하는 회사 앞에 대기시킨 검은색의 미끈한 벤츠 위에 올랐다. 우아한 움직임으로 차에 올라타는 그의 뒤에 마침 지나가던 여비서들의 시선들이 날아들었다. 도저히 다가갈 수 없을 정도로 차가운 남자지만 그에겐 처음 본 순간 여자의 마음을 단번에 움켜잡을 만한 치명적인 매력이 있었다.

수려한 외모와 쭉 뻗은 키에 떡 벌어진 어깨, 그리고 날렵한 허리와 긴 다리도 그랬지만 무엇보다 윤지하라는 남자 자체가 가지고 있는 분위기 때문이었다. 어딘가 위험스러울 정도로 어둡고 섬뜩할 정도로 차가운 분위기가 그의 전신을 감돌고 있었다. 색으로 하자면 어두운 밤하늘을 그대로 녹여낸 듯한 차갑고 고혹적인 블랙. 가슴이 철렁 내려앉을 정도로 깊은 그의 눈동자 색과 같은 색이었다.

지하가 차에 올라타자마자 짧게 말했다.

"송파지사로 가."

"네."

운전비서가 차를 출발시키던 그 때 갑자기 한 남자가 차 앞으로 뛰어들며 가로막았다.

"윤지하! 이, 이 더러운 새끼."

얼굴이 잔뜩 분노로 일그러진 중년의 남자가 고래고래 소리를 질러 댔다. 그 남자의 헝클어진 머리칼과 구겨진 양복, 그리고 핏발 선 눈이 사지에 몰려 있는 그의 다급한 상황을 말해 주고 있었다. 지하는 차 안에서 미동도 하지 않고 남자를 바라봤다.

"너 이 새끼, 안 나와?! 나와!"

지하를 확인한 남자는 완전히 이성을 상실한 사람처럼 미쳐 날뛰기 시작했다. 보닛을 양 주먹으로 쾅쾅 두들기고 잠긴 차 문을 붙잡고 세게 흔들어 댔다.

"나오라고! 나와, 이 빌어먹을…… 나오라고!"

"출발해."

남자에게 시선을 둔 채로 지하가 높낮이 없는 목소리로 말했다.

"그, 그게……."

운전비서는 출발하고 싶었지만 고함을 내지르며 보닛을 두드리는 남자 때문에 어쩌지를 못하고 있었다.

"제가 정리하겠습니다."

조수석에 앉아 있던 비서가 서둘러 문을 열고 밖으로 나갔다. 비서가 남자 쪽으로 다가가는 모습을 지하가 차가운 얼굴로 창밖으로 바라보고 있었다.

"이게 무슨 짓입니까?"

"이 새끼는 뭐야? 넌 꺼지고 윤지하 그 자식 나오라고 그래!"

"경찰 부르기 전에 빨리 비키십시오. 자꾸 이러면 당신만 손해라는 거 모릅니까?"

"꺼지라고 넌!"

비서와 남자 사이의 실랑이가 끝날 생각을 하지 않자 지하가 차 문을 열고 밖으로 나갔다. 그가 똑바로 걸어오자 남자의 핏발 선 눈이 흔들렸고 비서는 당혹스러운 표정을 지었다.

"본부장님! 위험합니다. 차에 들어가 계세요!"

지하는 비서의 말을 무시한 채 남자의 앞으로 섰다. 그의 냉소적인 얼굴이 고압적인 분위기를 풍기며 남자를 더럽다는 듯 내려다보자 그 남자의 얼굴이 시뻘겋게 달아올랐다.

"유, 윤지하 이……."

그의 흔들리는 눈빛을 내려다보며 지하가 건조하게 말했다.

"용건이 뭡니까."

"용건이 뭐냐고? 네, 네놈 때문에 내 회사, 내 회사가 싹 털렸는데 그따위 말이 입 밖으로 튀어나와? 하루아침에 우리 회사가 산산조각이 났단 말이다!"

남자가 벌겋게 달아오른 얼굴로 소리치자 지하는 입술 끝을 비릿하게 기울였다.

"멀쩡한 회사였으면 그렇게 쉽게 산산조각 나진 않을 텐데요. 그리 소중하면 처음부터 먹히지 않도록 제대로 기반을 다져 놓지 그랬습니까."

"뭐, 뭐라고? 그럼 내 회사가 문제가 있다는 거야? 네놈 수작에 말려들지만 않았어도—!"

남자의 목소리가 거칠게 올라가자 다가온 지하가 머리를 숙여 그의 귓가에 웃음기 섞인 목소리로 낮게 속삭였다.

"그 정도로 대단한 회사 같지는 않더군요. 재미없을 정도로 쉽게 손에 들어왔으니까, 당신 회사."

지하의 입술에서 흘러나오는 차가운 목소리를 들은 남자의 눈이 커다래지더니 얼굴에 핏기가 사라졌다.

"이, 이, 이 개자식……!"

남자의 그 말에 일말의 표정 변화도 없던 지하의 관자놀이가 꿈틀대며 그의 눈썹 끝이 날카롭게 치솟아 올랐다. 그때 회사 안에서 경비들과 수행원들이 달려 나왔다.

"당신 뭐야?! 남의 회사 앞에서 이게 무슨 짓이야!"

부랴부랴 달려 나온 수행원들이 그 남자를 포박하자 남자는 눈을 뒤집고 악을 써 댔다.

"놔! 이거 놔! 이 개자식! 죽여 버릴 거야! 죽일 거라고!"

"어허, 이 사람이! 잡혀 가고 싶어서 환장했나! 가만 안 있어?"

"다 죽여 버리기 전에 이거 놔, 안 놔?! 저놈 때문에 내가……!"

"놔둬."

그때 지하의 목소리가 그들 사이를 갈랐다. 날뛰는 남자의 몸을 잡아 누르고 끌고 가던 수행원들이 당황한 표정으로 지하를 돌아봤다. 그의 표정은 일말의 온기 하나 없이 싸늘했다.

"네? 하, 하지만……."

"놔두라는 말 안 들리나?"

지하의 무서울 정도로 살벌한 음성에 수행원들이 서로 쳐다보더니 쭈뼛거리며 남자를 놨다. 풀려난 남자는 그 자리에 쓰러질 듯 휘청거리다 겨우 똑바로 섰다. 고개를 쳐든 남자는 핏발 선 눈으로 지하를 노려보며 한 걸음씩 다가가기 시작했다.

"유, 윤지하……."

흔들리는 걸음만큼이나 불안정하게 흔들리는 남자의 눈빛에 수행원들이 불안한 표정으로 지켜보고 있었다. 지하의 비서도 초조한 표정으로 황급히 다가왔다.

"본부장님 위험합니다. 여긴 저희에게 맡기시고……."

"비켜 있어."

지하는 차가운 눈빛으로 미동 없이 선 채로 자신에게 다가오는 그 남자를 바라보고 있었다.

"너…… 너 때문에 다 끝났어. 너 때문에, 윤지하 네놈 때문에……!"

남자가 미친 사람처럼 중얼거렸다. 지하의 앞까지 다가간 남자가 시뻘겋게 달아오른 이마에 핏대를 세우며 지하의 멱살을 잡았다.

"시펄, 이 악마 같은 새끼 때문에 다 끝났어! 다 끝났다고! 이 개자…… 으헉!"

미친 사람처럼 소리를 지르던 남자를 우악스럽게 잡아 떼어 낸 지하가 바닥으로 처박았다. 속수무책으로 나뒹군 남자가 순식간에 지하의 구둣발 아래에서 뭉개졌다. 퍽! 퍽! 소리와 함께 남자의 몸이 새우처럼 구부려졌다. 인정사정없이 내리꽂히던 구두가 그 남자의 머리를 지그시 짓밟았다.

"세, 세상에……."

너무 급작스럽게 벌어진 일이라 지켜보고 있던 사람들은 지하의 발 아래 짓밟히고 있는 남자를 경악스러운 표정으로 쳐다봤다.

"커헉……."

딱딱한 시멘트와 지하의 구둣발 사이에 머리가 짓이겨진 남자가 고통스럽게 컥컥거렸다. 지하는 무표정한 얼굴로 그 남자를 내려다보며 높낮이 없는 목소리로 말했다.

"말을 꽤 함부로 하는군."

"컥, 커헉. 유, 윤지하…… 크허헉."

지하가 남자의 머리를 밟고 있는 발에 지그시 힘을 주자 바닥에 짓뭉개진 남자의 머리가 깨질 듯 조여들었다.

"크윽……! 사, 살려……."

터질 듯 시뻘겋게 달아오른 얼굴로 피를 흘리는 남자의 입술에서 고통스러운 신음이 흘러나왔다.

"조심하는 게 좋을 거야. 회사에 이어 목숨까지 날리고 싶지 않으면."

짓이기듯 남자의 머리를 밟고 있던 지하가 발을 내렸다. 그러자 남자가 자신의 머리를 움켜쥐고 고통스러운 듯 나뒹굴었다. 지하는 피로 더러워진 구두를 바닥에 툭툭 턴 후에 차 쪽으로 몸을 돌렸다.

"처리해."

"네, 네!"

지하의 말에 넋이 나간 듯 보고 있던 수행원들이 퍼뜩 정신을 차리고 바닥에 널브러져 공포에 떨고 있는 남자에게 달려갔다. 비서는 지하가 차가 있는 쪽으로 되돌아가자 안도의 한숨을 쉬며 앞질러 달려가 차 문을 열어 줬다.

"늦겠군. 어서 출발해."

차에 올라탄 지하가 손목시계를 확인하고는 말했다.

"네."

비서가 급히 차를 출발시켰다. 윤기 도는 까만 세단이 묵중한 엔진음을 내며 미끄러지듯 회사를 빠져나갔다.

8차선 도로로 진입한 뒤 비서는 조금 의외의 표정을 하고 룸미러를 쳐다봤다. 지하의 얼굴은 여전히 건조하기 짝이 없었지만 조금 전 그의 행동은 의외였다. 도베르만 기업사냥꾼이라 불리는 윤지하. 이런 일에는 이골이 날 만큼 났고 눈앞에서 목숨을 위협하는 더 심한 협박을 당했을 때도 눈 하나 깜짝 안 했었다.

'칼로 자른 듯 꼭 필요한 행동만 하는 윤지하가, 굳이 저런 파산자들 때문에 자기 구두를 더럽히는 짓을 하다니?'

비서가 의아스러운 얼굴로 지하를 살폈지만 역시 저 차가운 표정에서 무언가를 발견하기란 불가능했다.

'뭐, 오늘은 기분이 유독 더러운 날이었나.'

출장 기간 동안 쌓인 스트레스 때문이라고 간주한 비서는 빼곡하게 일정이 적힌 스케줄러로 시선을 옮겼다.

지하는 턱을 괸 채 무심한 눈으로 창밖을 내다봤다. 그의 서늘한 까만 눈동자가 어둡게 가라앉았다.

'개자식……!'

그는 그의 품 안에서 몇 번이나 자지러지던 은서를 생각하고 있었다. 절정의 순간 그녀는 극도의 쾌감에 몸을 떨면서도 그를 저주하듯 내뱉고는 했다.

까맣게 가라앉은 지하의 눈빛이 서슬 퍼렇게 빛났다. 그 미치광이의 입에서 나온 말에 지난밤 품 안에 있던 은서가 생각이 나자 목숨을 끊어 놓아도 전혀 아쉽지 않을 만큼 강렬한 분노가 치솟아 견딜 수 없어 그 분노를 표출하고 말았다.

이런 일은 언제나 벌어지는 일이었다. 윤 회장의 목표대로 이루기 위해선 이보다 더한 위험도 얼마든지 예상 가능했다. 지금까지 받은 살해 위협은 수도 없었다. 그가 하는 일은 죽음을 넘나드는 일이었다. 목숨을 내놓고 해야만 하는 일.

하지만 단 한 번도 이런 식으로 분노해서 그가 스스로 반응했던 적은 없었다. 창밖을 바라보는 그의 차가운 눈빛이 번뜩였다.

성북동에 위치한 윤 회장의 저택은 으리으리한 외형만으로도 알 수 있을 정도로 화려함을 갖추고 있는 대저택이었다. 화려한 장미화원을 갖춘 드넓은 정원에 값비싼 분재와 수석을 진열하고 건물 자체도 규모가 컸다. 거기에서 만족하지 않고 주기적으로 증축을 거듭하고 유행하는 마감재로 외관을 싹 바꾸는 일도 잦았다.

겸손함이라고는 눈을 씻고 찾아봐도 찾을 수가 없는 윤 회장 내외의 천박한 사치를 대놓고 드러내는 듯한 저택에 은서는 올 때마다 불편함을 느꼈다.

"아주 큰일을 했어. 수고했네."

식구들이 모여 앉은 거대한 식탁에서 윤 회장이 느릿하게 말하자 지하가 젓가락을 내려놓고 가벼이 고개를 숙였다.

"감사합니다."

"자네가 하는 일이니 내 의심하지 않았지. 얼마 전 끝낸 한신 건도 뒤탈은 없겠지?"

"물론입니다. 걱정 안 하셔도 됩니다."

믿음직한 지하의 말에 윤 회장은 만족스러운 얼굴로 식사를 이어 나갔다. 하지만 은서를 제외하고는 식탁에 앉아 있는 사람들 중 누구도 그들의 대화를 곱게 보는 이가 없었다. 그중 지하의 맞은편에 앉아 있는 윤한태의 눈에 순간 살기가 번뜩였다.

한태 옆에 앉은 윤 회장의 부인 장 여사의 눈빛에도 일순 불안한 빛이 스며들었다. 장 여사의 동생 장미림과 그 남편 이한수도 마찬가지였다. 그들의 심리를 꿰뚫듯 알고 있는 은서는 억지로 씹어 넘기는 밥알이 목구멍에서 딱딱하게 굳는 느낌이었다.

"아버지. 제 일은 궁금하지도 않으신 겁니까?"

한태가 수저를 내려놓으며 윤 회장을 향해 불만스럽게 말하자 장 여사도 거들었다.

"그래요. 여보, 한태도 이번에 큰일 했다지 않아요."

윤 회장은 한태를 힐끗 보고는 대수롭지 않다는 듯 미간을 좁혔다.

"넌 성과를 확실히 보일 수 있을 때 말을 해."

"……!"

무시를 당한 한태의 인상이 붉으락푸르락해지자 장 여사가 얼른 한태를 두둔하고 나섰다.

"그래도 한태도 열심히 하고 있는데 성과 정도는 물어봐도 되는 거잖아요."

"사내자식이면 적어도 은성 급 이상은 가지고 와야 밥상머리에서 꺼내 놓을 수 있는 법이지. 해외까지 나가서 그거 하나 따오고는 뭘 그래? 거기다 아직 끝나지도 않았다면서. 끝까지 다 처리나 하거든 말해. 아직 완전히 성사된 것도 아닌 일에 호들갑 떨지 말고."

"……알았습니다."

윤 회장의 타박에 한태가 굳은 얼굴로 말했다. 장 여사가 한태의 얼굴을 보고 속이 상한 듯 볼멘소리를 했다.

"아니 여보, 무슨 말을 그렇게 해요?"

"아유, 그래요. 형부. 왜 그렇게 한태한테만 박정하세요? 한태도 열심히 하잖아요. 지금이야 아직 뚜렷한 성과가 없지만 곧 제 할 일 정도는 잘 해내겠죠. 안 그래요?"

장미림이 살갑게 말하고는 이한수를 쿡쿡 찌르자 그가 윤 회장 쪽을 향해 비굴한 미소를 지으며 그녀를 거들었다.

"아무렴요. 분명 잘할 겁니다. 누구 아드님인데요, 하하."

은서는 자꾸만 체할 것 같았다.

지하를 이용해서 최대한 회사를 키워 보려는 윤 회장, 그리고 혹여 자신의 지분을 뺏기지나 않을까 노심초사하는 사람들……. 그 공포는 친아들인 한태에게 가장 컸고, 장 여사도 만만치 않았다. 장 여사의 백으로 부윤의 지사에서 임원 자리를 차지하고 있는 장미림 부부도 마찬가지였다. 그들은 틈만 나면 지하를 깎아내리고 한태를 치켜세우려 안달을 냈다.

윤 회장이 결코 공명정대한 사람이라 친아들보다 지하를 위하는 것이 아니다. 그에게 자식은 그저 사업을 위한 도구일 뿐이니 한태보다 지하가 자신의 목표에 도움이 되고 있어서 그를 칭찬하는 것이다. 친아들조차 자신의 권력을 나눠 가질 생각에 끔찍해하는 사람이니 오죽할까?

은서가 답답한 심정으로 지하를 쳐다봤지만 그는 다른 사람들의 대화에는 전혀 신경 쓰지 않는다는 듯 느긋하게 식사를 이어 가고 있었다.

이런 일들은 그에게 지나치게 익숙한 광경이라 그 태연한 얼음 가면을 유지하는 데 조금의 어려움도 없어 보였다. 은서조차 아무리 시간이 지나도 익숙해지지 않는 이 무겁고 불편한 공기가 그에겐 지극히도 자연스러워 보였다. 그것이 오히려 은서의 가슴을 죄이게 만들었다.

은서는 숨이 막히는 기분을 참아 내며 묵묵히 밥그릇만 비워 가고 있었다.

'……?'

일순 뜨거운 시선이 자신을 훑고 지나가는 느낌이 들어 은서가 밥그릇으로만 향하고 있던 고개를 들었다.

지하의 시선은 윤 회장을 향하고 있었지만 은서는 알 수 있었다. 그 시선이 조금 전 아무도 눈치채지 못하게 자신에게 머물렀음을……

불편하기만 했던 식사 시간이 끝난 건 윤 회장이 지하를 이끌고 서재로 사라진 이후였다. 멀찍이 떨어진 윤 회장의 서재를 쳐다보는 장 여사의 눈빛에 못마땅한 기색이 가득 서렸다.

"형부도 정말 너무해. 자기 친자식을 눈앞에서 그렇게 면박 줄 게 뭐 있어요? 안 그래요?"

장 여사의 표정을 읽은 장미림이 먼저 선수를 쳤다. 장미림의 말에 장 여사가 답답하다는 듯 한숨을 내쉬었다.

"내 말이 그 말이다. 속이 상해서 원……."

장 여사는 불편한 심기를 감추지 않았다. 표독스러운 표정을 지으며 서재를 노려보는 그녀의 목소리엔 날카롭게 날이 서 있었다.

"그러게 한태 넌 왜 그때 블루리조트 건을 실패해서……."

"다 지난 이야기 뭣하러 다시 꺼내?"

장미림이 한태에게 샐쭉하게 한마디 하자 장 여사가 눈을 무섭게 뜨고 타박했다.

"아유, 언니. 나도 속이 상해서 그래요. 그 일만 아니었어도 형부가 이렇게 윤지만 싸고돌겠어요? 그걸 쫄딱 말아먹었으니까 그나마 남았던 형부 신용이 사라진 거 아니에요."

"저라고 일부러 그랬겠습니까. 이모님."

한태에게도 듣기 좋을 리 없는 화제가 나오자 대번 못마땅한 티를 냈다.

"일부러 그런 게 아니라고 해도 답답해서 그렇지. 그때 네가 리조트 건 성공시킨다고 호언장담해서 내가 형부한테 얼마나 큰소리쳐 뒀었는데. 마지막으로 이번 딱 한 번만 믿어 보시라고. 그런데 그걸 그렇게……."

"아, 그 얘긴 그만하래도?"

장 여사가 신경질을 팍 내자 그제야 장미림이 입을 다물었다. 비단 한태가 말아먹은 사업이라는 게 그것만이 아니라 꺼내 보자면 수도 없다는 걸 이 자리에 있는 사람들은 다들 잘 알고 있었다. 회사 내에서도 소문이 퍼질 대로 퍼져서 그의 소문은 좋은 것이 하나도 없었다.

그런 이미지를 바꿔 보고자 지금껏 동원할 수 있는 모든 방법은 다 써서 한태에게 온갖 굵직한 프로젝트를 맡겨 온 장 여사였지만 한태는 단 한 번도 제대로 성공시킨 적이 없었다. 그중 가장 손실이 컸던 블루 리조트 이후로 윤 회장은 한태를 전혀 신용하고 있지 않은 상태였다.

하지만 아무리 그래도 한태가 자기 새끼다. 자기 새끼한테는 아무리 베풀어도 모자란 게 부모 심정이 아니던가. 그런데 고작 실패 몇 번 했다고 항상 지하와 비교해서 못난 놈 취급을 하는 남편에게 그녀도 속이 많이 뒤틀려 있는 상태였다.

"걱정 마, 한태야. 내가 어떻게 해서든 네 자리 확고하게 만들어 주마. 피는 못 이기는 법이야. 네 아비도 결국은 너한테 돌아서게 되어 있다."

장 여사가 한태에게 부드러운 목소리로 말하자 한태가 불만스러운 표정을 했다.

"그럼 어머니가 어떻게든 빨리 해 주시든가요."

한태의 빈정거리는 듯한 타박에 장 여사가 얼른 미안한 표정으로 달랬다.

"나도 그러고야 싶지……. 기다려 봐라, 우리 아들. 내가 어떻게든 해 준다니까?"

상을 치우는 안성댁을 도와 그릇을 정리하던 은서는 그들의 대화를 조용히 듣고만 있었다. 그들은 은서는 전혀 안중에도 없는 듯 자신들끼리 대화를 이어 나갔고 은서 역시 지금 이 상황이 익숙했다. 그들만의 세계에 딸인 자신은 언제나 열외였다.

'아무짝에도 쓸모없는 계집.'

언제부터인가 은서는 그 말에 익숙해졌다. 지금이 이조시대도 아니고, 아들 딸 차별이 너무하다 싶어 어릴 때는 반감도 가졌지만 모든 것은 익숙함에 적응되어 버리고 만다. 종가집 여식으로 태어나 단지 딸이라는 이유로 평생을 핍박받아 온 장 여사에게 딸보다 아들이 소중한 것은 숨 쉬는 것처럼 자연스러운 일일 테니까.

오로지 아들 윤한태만이 장 여사의 기쁨이자 희망이었다.

애초 사업적 기질이 전무한 이였지만, 결과적으로 장 여사가 오냐오냐하며 키운 결과 한태는 지독히도 나약한 인간이 되어 버렸다. 대신 여자 밝히기로는 둘째가라면 서러울 정도로 강남의 유명한 룸살롱에서 그를 모르는 여자들이 없었다. 술집 여자와 관련된 추문을 일으킨 것도 한두 번이 아니다. 지금껏 장 여사가 돈으로 무마시켜서 크게 터진 일은 없었지만 그때마다 한태는 주눅 들기는커녕 오히려 기고만장했다.

"걱정 마세요. 그 모든 걸 한 번에 만회할 만한 큰 건, 저한테 있습니다."

입술 끝을 비릿하게 말아 올리며 한태가 말하자 주변의 반응이 확 집중됐다.

"뭐? 정말?"

"정말이냐? 그게 뭔데?"

성급히 묻는 장 여사와 장미림에게 한태는 야비한 눈을 빛내며 거만을 떨었다.

"아직은 알려 드릴 수 없지만 걱정 마세요. 거의 다 준비되었으니 조만간 확실해지면 알려 드리죠. 그땐 지하 저놈, 지금처럼 이렇게 활개 못 치고 다닐 겁니다. 제 앞에서는 바닥에 딱 붙어 기어 다녀야 될 거예요."

"그래. 누구 아드님인데 이렇게 마냥 기 눌려 살지만은 않겠지. 암, 믿고말고. 후후."

장 여사의 눈가에 주름이 잡히며 흐뭇한 미소가 비어져 나왔다. 한태의 눈에도 묘한 빛이 번뜩이고 있었다.

'내가 언제까지 네놈 아랫바닥에서만 놀 거라곤 생각하지 마라. 윤지하. 넌 예전에도 그랬고 지금도 가진 건 쥐뿔도 없는 거지새끼일 뿐이야.'

비릿한 웃음이 그의 비틀려 올라간 입술에서 흘러나왔다.

"그 건은 어떻게 진행되고 있지?"

윤 회장이 서재까지 데리고 들어와 은밀히 묻는 '그 건'이라는 게 어떤 건지 단번에 알아챈 지하는 무표정한 얼굴로 대답했다.

"이제 마무리 단계입니다."

지하의 대답에 윤 회장이 탐욕스러운 눈을 번들거리며 빛냈다.

"아직 그쪽에서 눈치 못 챘겠지? 정보 쪽으로 만만찮은 놈들인데 그 놈들이 낌새를 채면 곤란해."

"걱정 마십시오. 매입처를 5개국으로 나눠서 진행했고 기존 거래 회사들도 매수해 놓은 상태입니다. 그중에선 십 년 가까이 거래한 회사도 있습니다. 눈치챘다면 지금쯤 뭔가 반응이 나왔을 겁니다."

"하긴…… 그것도 그렇겠군."

윤 회장이 소파에 깊이 몸을 묻더니 손가락으로 턱을 천천히 쓸었다. 지금 지하가 진행하는 거대 인수 작업이 성공하여 보령과 청해까지 흡수하게 되면 부윤의 힘은 막강해진다. 그렇게 되면 그리도 염원하던 대재벌의 라인에 합세할 수 있을 정도로 커질 것이다.

이제 조금만 더 지나면…….

윤 회장이 마른침을 꿀꺽 삼켰다. 높고 아득하기만 했던 평생의 꿈이 서서히 손아귀에 닿을 만한 거리로 좁혀지고 있다는 사실에 윤 회장은 주체할 수 없이 피가 뜨겁게 달아오르는 것이 느껴졌다.

"그렇다면 차질 없도록 계속 진행해."

"알겠습니다."

윤 회장은 감정 없이 대답하는 지하를 흡족한 표정으로 건너다봤다.

실현이 코앞까지 다가온 그의 꿈은 사실상 윤지하가 이루어 주고 있다고 봐도 무방했다. 처음부터 그러기 위해 선택한 아이고, 다행히도 윤지하는 윤 회장이 바라는 그대로 성장해 주었다.

똑똑.

그때 노크 소리와 함께 서재 문이 열렸다.

"부르셨어요?"

은서가 들어오자 흐뭇한 미소를 띠고 지하를 바라보고 있던 윤 회장의 표정이 순식간에 차가워졌다.

"앉아라. 자네는 그만 나가 보고."

은서가 윤 회장의 맞은편 소파로 다가오자 지하도 몸을 일으켰다. 스쳐 지나가는 두 사람의 옷깃이 살짝 닿았다 떨어졌다. 그 감각에 촉각을 곤두세운 은서가 얼른 표정을 정비하며 자리에 앉았다.

눈썹을 삐딱하게 올린 채 보고 있던 윤 회장은 은서가 앉자마자 버럭 고함을 쳤다.

"넌 도대체 뭣하고 있는 거야?!"

"네? 그게 무슨……."

대뜸 언성을 높이는 윤 회장의 말에 은서가 눈을 가늘게 떴다. 동시에 문고리를 잡던 지하의 손동작이 느려졌다. 윤 회장이 답답하다는 표정으로 은서를 다그쳤다.

"동우! 한동우 말이다. 다음 달에 부사장직을 승계한다고 하던데 왜 아직 그러고 앉았어? 결혼 안 할 거야?"

탁.

서재 문이 닫히는 소리가 들렸다.

은서는 동우가 부사장직을 승계했다는 말을 하며 답답하다는 듯 인상을 구기는 윤 회장의 의중을 알아차리고 낯빛이 어두워졌다. 윤 회장이 담배를 꺼내 물며 말을 이었다.

"아직 내부에서만 결정된 사항이라 언론에는 나오지 않고 있지만 이 바닥 사람들은 거의 알고 있을 거다. 지금까진 승계가 더 중요했으니 기다렸다만, 이제 모든 게 마무리되는 시점이니 너도 압박을 시작해."

"……."

윤 회장은 은서가 대답 없이 앉아만 있자 험악하게 눈을 부라렸다.

"약혼한 지가 언젠데 아직까지 그러고 있으니까 이상한 소문이 돌아서 약혼녀가 뻔히 있는데도 동우한테 중매 자리가 들어가는 거 아니냐! 그 집과 친분 맺으려는 집안 한둘이 아닌 거 몰라?"

윤 회장은 씩씩거리며 못마땅하게 지켜보다가 쐐기를 박았다.

"어서 추진해! 빠르면 빠를수록 좋다."

"네."

은서는 표정을 지운 채 대답하고 자리에서 일어섰다. 그녀가 서재를 빠져나가는 것을 보는 윤 회장의 눈이 사나웠다. 한동우를 잡아야 서진을 등에 업을 수 있다. 그래야만 그가 원하는 전자 쪽 사업에도 진출할 수 있는데 은서가 미적거리는 것이 영 마음에 들지 않았다.

서재에서 나온 은서는 지하가 이미 가 버렸다는 걸 알고 한편으로 안도했다. 이 집에 오래 있을수록 그에겐 전혀 이로울 것이 없을 것이다.

"아주머니. 저 갈게요."

어릴 때부터 이 집에서 집안일을 해 온 안성댁에게 인사하자 주방에 있던 그녀가 은서를 돌아보고 급히 앞치마에 손을 닦으며 다가왔다.

"아유, 은서 학생 벌써 가려고? 밥도 얼마 안 먹었는데. 뭐라도 좀 먹고 가지."

이미 학생 시절을 지난 지가 한참인데도 안성댁은 입에 붙은 대로 은서 학생이라고 칭했다. 안성댁은 은서가 이 집에서 유일하게 마음 붙일 수 있는 사람이었고 안성댁도 그런 은서의 마음을 아는지 집에 올 때마다 남모르게 챙겨 주는 것들이 많았다.

"괜찮아요. 다음에 또 올게요."

은서는 슬몃 미소를 짓고는 현관 쪽으로 걸어갔다. 안성댁은 현관을 나서는 은서의 뒷모습을 보며 안쓰러운 표정으로 혀를 찼다.

"이 집 독한 양반들 사이에서 어찌 저런 순한 애가 나와서⋯⋯. 쯧쯧, 불쌍한 것."

아무리 모시는 사람들이고 있는 집들이 거기서 거기라고는 하지만 윤 회장 일가는 사람 같지가 않았다. 지하에게도 그랬고, 은서에게도 그랬다. 그나마 장 여사의 총애를 한 몸에 받고 있는 한태가 있었지만 어릴 때부터 영악하더니 커 갈수록 개망나니가 되어 갔다. 그가 온갖 사고를 치는 것을 장 여사가 태연히 무마해 주는 걸 보며 안성댁은 은서가 더욱 불쌍해졌다.

그 관심, 조금만 은서에게 써 주지. 그 착한 애 놔두고 저런 놈만 싸고돌고 참⋯⋯.

피도 눈물도 없는 윤 회장이나 은서와 지하에게만 잔인한 장 여사 망나니 윤한태나 콩가루도 이렇게 콩가루가 없었다. 은서가 나가는 걸 지켜본 안성댁은 혀를 쯧쯧 차며 다시 주방으로 들어갔다.

"후우⋯⋯."

운전대를 잡은 은서는 한숨을 내쉬었다.

가방에서 소화제를 꺼내 입안에 털어 넣고 삼켰다. 식구들과 함께 식사를 하는 자리는 언제나 불편했다.

'결혼 안 할 거야? 어서 추진해! 빠르면 빠를수록 좋다.'

윤 회장의 고함 소리가 머릿속을 울리자 은서는 지그시 입술을 깨물었다. 표정을 다시 차갑게 굳힌 은서는 오피스텔 주차장에 차를 세운 뒤 엘리베이터를 타고 올라왔다. 현관문을 열고 들어오자마자 욕조에 뜨거운 물을 틀었다. 그러고는 주방에서 진한 코코아를 탔다.

물이 받아지는 동안 소파에 기대앉아 천천히 코코아를 마셨다. 따뜻한 코코아가 혀를 부드럽게 감쌌다. 진한 달콤함이 혀의 긴장을 풀며 식도를 타고 아래로 내려가 잔뜩 굳어 있는 위장을 따뜻하게 데웠다.

하, 이제야 좀 살 것 같네.

코코아로 긴장된 위를 녹인 은서는 이번엔 뻣뻣한 몸을 녹이려 뜨거운 물이 찰랑거리는 욕조 안으로 들어갔다. 뜨거운 물속에 몸을 담그자 부드러운 열기가 순식간에 온몸을 감쌌다. 전신의 숨구멍이 열리며 긴장이 풀리자 하아, 하는 노곤한 한숨이 절로 새어 나왔다.

윤 회장의 저택에 다녀오는 날은 온몸이 두들겨 맞은 것처럼 피곤하곤 했다. 식구들이 자신에게 원하는 것은 오로지 회사를 위한 것이었다.

부윤에 도움이 되는 자식으로 성장해 주는 것, 전문 경영인이 되어 회사에 보탬이 되는 것, 그리하여 결국 회사를 크게 키울 수 있는 기업의 남자와 결혼해 도움을 주는 것…….

어느 하나 은서가 원한 것은 없었다. 그리고 그것은 자신의 의지와는 전혀 상관없이 처음부터 당연하다는 듯 은서에게 주어진 운명이었다. 좋아하는 일을 꿈꿀 수 있는 자유 따위 처음부터 그녀에게 허락되어지지 않았다. 살면서 원하는 건 모두 그녀의 것이 아니었다.

원하는 것.

내가 원하는 것⋯⋯.

원하는 것을 생각하는 것만으로도 은서의 얼굴이 어두워졌다. 원하면 안 된다. 원하는 것이 있더라도 말을 해선 안 된다. 가지려 해선 안 된다. 그것이 절대 벗어나선 안 되는 굴레였다. 그 굴레를 벗어나려 한다면 결국 원했던 것은 망가져 버린다.

소연이 그랬고, 그림이 그랬다.

은서는 찰랑이는 맑은 물을 손바닥에 담아 천천히 떨어뜨리며 눈을 감았다. 과거를 떠올리자 가슴 안에서 스산한 바람이 불었다.

2.
차오르다

은서는 출근하자마자 윤 회장의 호출을 받고 회장실로 올라갔다. 얼마 전 호출을 받은 데 이어 연달아 호출을 받는 건 흔히 있는 일이 아니라 긴장한 얼굴로 회장실로 들어섰다. 은서가 들어서자 대기하고 있던 비서가 일어섰다.

"회장님께서 기다리고 계시니 들어가시면 됩니다."

"네."

은서는 짧게 대답하고 집무실 문을 노크한 뒤 문을 열었다. 분재를 다듬고 있던 윤 회장이 은서를 흘깃 돌아보며 말했다.

"진행하고 있는 대한리조트 건, 넌 손 떼는 게 좋겠다."

윤 회장의 말에 다가서던 은서가 멈칫했다.

"갑자기 그게 무슨 말씀이세요?"

"너 대신 맡을 사람이 생겼어."

"……윤지하가 맡는 건가요?"

윤 회장은 대수롭지 않게 대답했다.

"맞다. 그러니 넌 그 건에서 손 떼. 어차피 아직 본격적으로 들어간 상태도 아니니까."

역시.

은서의 빨간 입술이 시니컬하게 말려 올라갔다. 이런 일을 벌일 사람은 윤지하 그 남자밖에 없다.

"알겠습니다."

은서가 짤막하게 대답했다. 어차피 그가 맡게 된 이상 이쪽에는 승산이 없다.

"그리고 앞으로는 다른 것도 신경 쓸 것 없다. 넌 오늘부터 중국 쪽에만 신경 써. 나머진 지하가 알아서 할 거다."

은서는 지그시 입술을 깨물었다. 윤 회장의 말은 금영푸드 건도 지하가 맡게 되었음을 뜻했다.

"차라리 잘된 것 아니냐. 이참에 결혼 준비나 신경 써."

깨문 입술이 파랗게 질리고 있었다. 그럼 왜 그런 일까지 벌이며 회사로 불러들였단 말인가.

은서가 주먹을 말아 쥐고 윤 회장을 똑바로 바라봤다. 분재에 향하고 있던 시선을 은서에게 돌린 윤 회장은 입술 끝을 삐뚜름하게 기울였다.

"이해가 되지 않는다는 표정이군."

"조금 그렇습니다."

"그럴 거라면 왜 널 억지로 회사 일을 하게 만들었느냐, 그걸 묻고 싶은 거냐?"

은서가 대답하지 않자 윤 회장이 긍정의 의미로 받아들인 듯 입술 끝을 말아 올리며 말했다.

"그래도 결혼 전까진 하는 일이 있어야 동우와 구색이 맞지 않겠어?

그 집에서도 사업에 도움이 되는 며느리를 원할 테니 말이다. 요즘 시대엔 이 바닥에서 얌전히 내조나 하는 여자들 쓸모없는 애물단지 취급 당하는 거 몰라?"

"……!"

쓸모없는 며느리 취급당해 그 집에서 쫓겨날까 봐, 그래서 부윤에 피해를 줄까 봐 그렇게 하신 건가요?

은서는 그 말을 속으로 눌러 참으며 뼈가 하얗게 도드라질 만큼 주먹을 세게 움켜쥐었다. 어물전 좌판 위에 늘어선 생선처럼, 싱싱한 생선인지 물이 안 좋은 생선인지 눈깔이니 비늘이니 아가미니 이리저리 돌려가며 주물거리다 내팽개쳐지는 생선이 된 것 같았다.

끝없이 추락하는 기분에 멀미가 일 때 윤 회장의 목소리가 들렸다.

"그럼 그렇게 알고, 그만 올라가 봐라."

"……네."

은서는 겨우 대답한 후 일어서서 회장실을 나왔다. 최대한 냉정한 얼굴로 엘리베이터를 탔지만 문이 닫히자 그녀의 표정이 급속도로 어두워졌다. 입술을 깨문 은서는 상무실이 있는 15층이 아닌 17층을 눌렀다.

본부장실에 도착하니 지하의 비서가 집무실 안으로 안내했다.

은서가 집무실 안으로 들어서자 꼿꼿이 선 채로 바지 주머니에 손을 찔러 넣고 전면유리 밖을 내다보고 있는 그의 뒷모습이 보였다. 군살 하나 없는 탄탄한 몸매와 넓은 어깨가 천천히 이쪽으로 향했다.

"이게 무슨 짓이야?"

창가 쪽으로 다가서며 은서가 날카롭게 말했다. 뒤돌아본 지하의 눈빛은 무심했다.

"무슨 짓이라?"

그의 낮은 목소리가 흘러나왔다.

"날 무시할 생각이라면 성공한 거겠지만, 당신 실수한 거야. 내가 그렇게 우스워 보여?"

커다란 눈에 힘을 주고 자신을 노려보고 있는 은서를 지하가 가만히 건너다봤다. 그가 유리창에 등을 기댄 채로 가슴 위로 팔짱을 꼈다. 서늘한 시선이 은서에게 내려앉았다.

"뭘 말하는 건지 모르겠군."

"모르는 척하지 마. 왜 내 일을 당신이 가져가는 거지?"

은서가 똑바로 그를 노려보자 잔혹할 정도로 차가운 지하의 얼굴이 은서에게 향했다. 냉소를 담은 눈동자를 보자 머리끝까지 화가 치솟았다.

"당신 보기엔 내가 형편없어 보일 수도 있어. 난 당신처럼 저돌적으로 일을 처리하지 못하니까. 하지만 아무리 우습더라도, 내가 하는 꼴이 우습고 같잖게 보이더라도 이런 방법은 아니지. 이런 식의 모욕을 받을 만큼 내가 당신에게……."

"쿡."

차가운 조소가 그의 비틀어진 입술에서 흘러나왔다. 그 모습에 은서의 풍성한 속눈썹이 파르르 떨렸다. 고개 숙인 채 비릿한 웃음을 흘리던 지하가 은서와 시선을 맞췄다. 창가에 기댔던 몸을 바로 세운 지하가 자신을 노려보는 은서를 응시하며 입을 열었다.

"윤은서. 착각하지 마. 그건 네 일이 아니야. 일이라는 건 결국 감당할 수 있는 사람한테 떨어진다는 걸 모르나?"

"뭐라고……?"

은서는 숨이 막혀 왔다. 익숙해졌다고 생각하다가도 지하의 이런 차가운 말을 맞닥뜨릴 때마다 형편없이 구겨져서 바닥에 내팽개쳐지는 기분이었다. 목구멍까지 울컥거리고 차오른 뜨거운 울분을 억지로 밀어 삼키며 은서가 말했다.

"내가 감당할 수 있는지 없는지는 당신이 판단할 문제가 아니야."

창에서 몸을 떼어 낸 지하가 천천히 다가왔다.

"내가 판단할 문제가 아니다라, 그럼 누가 판단할 수 있지?"

그가 점점 다가오자 은서 얼굴에 커다란 그림자가 졌다. 익숙한 진한 머스크향이 느껴질 정도로 가까이 다가오자 그녀의 숨결이 살짝 거칠어졌다. 지하가 엄격한 얼굴로 내려다보며 말했다.

"네 잘난, 아버지나 윤한태가 판단할 수 있다고 말하고 싶은 건가?"

위협적이리만치 낮은 목소리였다. 코앞까지 다가온 그의 날렵한 구두가 보이자 은서는 저도 모르게 뒷걸음질 치고 싶은 기분이었다. 그 마음을 애써 눌러 참으며 은서는 지하를 향한 시선을 거두지 않았다.

"……."

지하가 더 가까이 다가오자 그의 숨결 향까지 느껴진다. 익숙한 체취……. 윤지하의 향. 머릿속이 엉망으로 흐트러지기 시작한다. 그가 가까이 다가왔다는 사실 하나만으로도 윤지하의 손길에, 입술에, 그 모든 것에 길들여진 육체가 먼저 반응한다.

뜨거움. 살이 데이고 숨결이 타들어 갈 것 같은 지독한 열락을 품은 뜨거움. 입으론 끝없이 저주를 퍼부으며 그가 주는 열락과 지독한 쾌감에 고양이처럼 허리를 휘고 땀에 젖은 그의 근육질 엉덩이를 한껏 잡아끌어당기는 천박한 본능.

"어쨌든."

은서가 눈을 질끈 감았다. 머릿속이 뜨겁다. 심장이 어지러이 뛰는 것이 느껴져 부서질 듯한 현기증이 일었다. 안 돼. 이대로 있다간 들키고 말아.

51

"그러지 마. 망치더라도 내가 망쳐. 당신이 상관할 바가 아냐."

조급해진 은서는 차가운 목소리로 말하고 홱 돌아섰다. 어서 이곳을 빠져나가야만 한다. 이 마음속의 격랑을 들켜 버리기 전에.

그때 지하의 강한 팔이 망설임 없이 뻗어 나와 은서를 잡았다.

"……!"

멈춰 선 그녀가 숨을 들이켰다. 강한 손아귀의 힘이 느껴지자 은서의 심장 박동이 더욱 빨라져 마구 요동치기 시작했다. 그의 손길 한 번에 다리가 훅 꺾일 것 같은 어지러움을 참아 내며 은서가 이를 악물었다.

"이거 놔."

은서는 뒤돌아보지 않은 채 짧게 숨을 몰아쉬고 말했다. 바로 뒤에 서 있는 지하에게서 쏟아지는 강한 시선이 등으로 고스란히 느껴졌다.

"놓으라니까."

다시 한 번 강하게 말했으나 그는 잡은 손에 더욱 힘을 줬다. 지하의 입술이 뒤에서 천천히 은서의 귓가로 다가왔다.

"윤은서."

바짝 긴장된 솜털에 그의 뜨거운 숨결이 와 닿자 순식간에 쭈뼛 일어섰다. 뜨거운 피를 빠르게 펌프질하는 심장의 고동에 머리가 먹먹해진다. 그가 관능적인 입술을 귓가에 바짝 붙인 채 느릿하게 다시 움직였다.

"네가 망치는 걸, 내가, 잠자코 보고 있을 것 같아?"

나쁜……!

귓바퀴를 뜨겁게 감는 낮고 느릿한 목소리에 은서의 자존심이 또 한 번 박살이 났다. 산산조각 난 자존심이 아프게 쿡쿡 찔러 댔다. 표정이 순식간에 딱딱하게 굳는 것이 느껴졌다. 돌아서서 그에게 무슨 말이든 쏴 주고 싶었지만 엉망인 표정을 보여 감정을 들키고 싶지 않았다.

"놔!"

은서가 잡힌 팔을 빼내려 힘껏 비틀었으나 꼼짝도 하지 않았다.

"넌."

저음의 목소리가 다시 흘러나왔다. 은서가 거친 숨을 몰아쉬었다. 그녀의 붉은 루비 귀고리가 앙증맞게 매달린 귀에 지하의 진한 숨결이 닿았다. 다시 솜털이 오소소 일어선다.

"이딴 삶과는 어울리지 않아."

"……뭐?"

그의 입술 끝이 비릿하게 말려 올라간다.

"윤은서는 공주니까. 안 그래?"

은서의 속눈썹이 파르르 떨렸다. 이죽거리는 듯한 그 말에 귓불까지 빨개진 은서가 주먹을 불끈 쥐고 고개를 휙 돌렸다. 지하를 노려보는 그녀의 두눈이 붉게 충혈되어 있었다.

"그래! 당신 말이 맞아. 지독히 잘난 당신이니 모르는 게 없겠지."

은서가 한 마디 한 마디 씹어 내뱉듯 말했다. 그를 똑바로 노려본 채로 붉은 입술을 지그시 깨물었다가 다시 열었다.

"하지만 윤지하. 그걸 알아야지. 난 이딴 삶의 공주 자리를 아직까지 꿰차고 앉아 있다는 거!"

이를 악문 그녀의 턱이 가늘게 떨렸다.

알고 있었다. 그의 말은 틀리지 않았다. 그건 누구보다 그녀 스스로가 잘 알고 있는 거였다. 말을 타고 온 기사의 구원도 기다리지 못하는, 탈출의 방법이 뻔히 있으면서도 스스로 탈출하지 못하는 나약한 공주…….

지하는 얼굴을 딱딱하게 굳힌 채 은서를 내려다보고 있었다. 잔뜩 힘을 준 그녀의 커다란 눈망울에 가득 물기가 차올라 있었다.

'나랑 놀자.'

그는 그 눈을 기억하고 있었다. 눈물이 가득 차오른, 꽃망울이 터지 듯 왈칵 터지던 울음.

'나랑 놀자 지하야, 응?'

하지만 언제부터인가 윤은서는 울지 않는다. 볼 때마다 울어 댈 정도로 눈물이 많았는데 언제부턴가 우는 법을 잊어버린 것처럼 울지 않는다. 넘칠 듯 차오른 눈물은 위험수위에서 아슬아슬하게 찰랑이다가 결국 흘러내리는 법 없이 말라 버린다.

눈물을 참아 내는 윤은서는 볼 때마다 지하의 내면 깊은 곳에선 벌겋게 이글거리는 강한 충동이 일었다. 제길, 차라리 울어. 울어 버리라고.

지하의 강한 턱이 단단히 굳었다.

"……그러니까, 내 일에 상관하지 마."

짓이기듯 말한 은서가 홱 고개를 돌렸다. 그때 지하가 잡고 있던 손아귀에 힘을 줘서 은서의 몸을 빙글 되돌렸다.

"흡!"

지하의 입술이 은서의 붉은 입술을 사정없이 덮쳤다. 거친 파도가 몰아치듯 격렬한 키스가 퍼부어졌다. 숨도 쉬지 못할 정도로 강하게 두 혀가 뒤섞였다. 그의 힘에 눌려 은서의 몸이 휘청거리며 뒤로 기울었다. 지하는 한 손으로 비틀거리는 은서의 몸을 끌어당겨 강하게 밀착시키고 격정적인 키스를 퍼부었다.

은서는 눈을 질끈 감고 지하의 가슴을 손으로 밀어내려 했다. 하지만 그는 더 강한 힘으로 턱을 잡아 고정한 뒤 그녀의 입술을 집어삼킬 듯이 키스했다.

"하, 아합. 읍, 으읍……."

거친 숨결과 타액이 섞이며 질척한 소리가 흘렀다. 지하는 그녀의 타이트한 치마를 우악스럽게 끌어 올린 뒤 얇은 브리프 안으로 순식간에 손가락을 밀어 넣었다.

"아!"

놀란 은서의 짤막한 비명이 터져 나오다 다시 그에게 삼켜졌다.

"……읍!"

안 돼!

은서가 눈을 질끈 감았다. 그가 다가오는 순간 이미 촉촉이 젖어 있던 것을 들키고 말았다는 수치심에 얼굴이 벌겋게 달아오를 것만 같았다.

지하는 자신의 입술로 그녀의 입술을 틀어막은 뒤 탐욕적으로 혀를 섞었다. 무자비한 손가락이 그녀의 까슬한 수풀에 끈적하게 묻어 있는 멀건 애액을 도톰한 속살에 거칠게 비벼 댔다.

"읍, 으읍!"

긴 손가락이 흥분으로 한껏 부푼 동그란 정점을 희롱하듯 매끄럽게 비비다가 큼직한 손으로 덮어 문질러 댔다.

아아!

은서의 신음이 그의 입술 안에 삼켜졌다. 훅 꺾이는 그녀의 허리를 단단한 팔로 받쳐 안으며 그의 손가락이 사정없이 여린 속살을 헤집었다. 도톰하게 갈라진 미끈거리는 속살을 타고 내려간 손가락이 뜨거운 여성 안으로 단번에 쑤욱 들어갔다. 좁은 입구를 파고 들어오는 이물감에 은서의 다리가 휘청거렸다.

찌걱찌걱찌걱.

그가 손가락으로 들쑤실 때마다 촘촘한 여성이 그를 삼키는 민망한 소음이 조용한 집무실 안을 커다랗게 울렸다.

그만…… 제발 그만.

훤한 대낮, 회사 안에서마저 그에게 속절없이 무너지고 싶지 않았다.

은서가 그의 입술에 점령당한 채로 그의 몸을 밀어내려 안간힘을 쓸수록 지하는 집요하게 뜨겁고 좁은 여성 안을 파고들었다.

뜨겁고 미끈한 애액이 그의 손가락을 감쌌다. 몇 번의 찌걱거리는 들쑤심만으로 은서의 안은 그의 손가락을 끊어 낼 듯 강하게 옥죄었다. 숨을 쉬지 못할 정도로 키스를 퍼부어 대는 지하에게 밀려 뒤로 주춤거리던 그녀의 등이 소파에 닿았다. 더는 도망칠 수 없는 곳에 이르자 그가 입술을 뗐다.

"하아, 하아……."

은서가 벌겋게 달아오른 얼굴로 거친 숨을 토해 냈다. 눈앞에 그의 얼굴이 자신을 똑바로 응시하고 있었다. 차가운, 그러나 일렁이는 열기를 품은 어둡고 진한 눈동자.

"빼."

은서가 그의 팔을 잡았다. 그리고 입술을 지그시 깨물고는 숨을 몰아쉬며 말했다. 그의 손가락은 아직도 그녀의 젖은 꽃잎 사이에 음란하게 들어가 있었다. 그는 반응이 없었다. 그녀를 내려다보며 꼼짝도 하지 않자 은서가 낮게 소리쳤다.

"어서!"

그가 매혹적인 까만 눈동자로 은서를 응시하며 손가락을 더욱 깊게 밀어 넣었다.

"……하윽!"

은서가 신음을 터뜨리며 무너지는 몸을 지하의 어깨를 잡고 버텼다. 헐떡이는 은서에게는 아랑곳없이 그의 손가락이 연달아 쑤걱거리며 들이치자 겨우 지탱했던 몸이 다시 휘청거렸다. 무릎이 꺾여 제대로 서 있을 수 없어 은서는 그를 잡은 손에 힘을 줬다.

"앗. 아앗."

소파에 바짝 기대 선 은서를 가둔 채 지하가 은밀하고 좁은 속살 사이를 연신 드나들었다. 그의 어깨를 움켜잡은 은서가 헐떡였다. 그녀의 뜨거운 샘에서 끊임없이 달큰한 액이 흘러넘쳤다. 그의 손가락이 내부 깊숙한 곳의 예민한 스팟을 긁어내리자 다리 사이가 조여들었다.

"이러지 마! 여긴……! 웃……."

도톰하게 솟아오른 꽃잎의 미끈한 정점을 엄지로 문질러 대자 은서는 눈앞이 캄캄해졌다. 그의 어깨 너머로 햇빛이 들어오는 책상이 흐릿하게 보였다.

언제 문이 열릴지 모르는 집무실에서 그와 이러고 있다니!

누군가에게 들킬지도 모른다는 공포가 머릿속을 어지럽혔다. 그리고 그 공포를 뚫고 아찔한 쾌감이 치밀어 올랐다.

"아아!"

이번엔 손가락 두 개가 좁은 입구를 뚫고 들어오자 은서가 신음을 내질렀다. 그의 손가락 움직임이 거칠어질수록 은서의 헐떡임은 커져 갔다. 팽팽하게 당겨져 찢어질 듯한 브리프가 손가락의 움직임을 자꾸 방해하자 미간을 좁힌 지하가 얇은 브리프를 단숨에 찢어 버렸다.

우두둑!

브리프가 찢겨져 나가자 은서의 눈이 당황스러움으로 물들었다.

안 돼. 윤지하……!

"더 벌려."

낮은 그의 음성에는 거부할 수 없는 힘이 있었다. 눈을 질끈 감은 은서가 허옇게 드러난 허벅지를 바들거리며 벌렸다.

"더."

지하가 명령했다.

은서가 입술을 깨물며 소파 등에 기대 선 채로 팔로 지탱하고 다리를 활짝 벌렸다. 그녀의 음부 위까지 말려 올라간 스커트 아래 쭉 뻗은 날씬한 맨다리를 그의 시선이 탐욕적으로 훑었다. 마치 혀로 핥는 듯한 시선에 은서의 몸이 떨려 왔다.

지하가 천천히 몸을 낮췄다.

"하지 마……!"

은서가 숨을 몰아쉬며 낮게 소리쳤다. 그의 얼굴이 그녀의 활짝 드러난 까슬한 수풀 쪽으로 다가가고 있었다.

"누가 오면 어쩌려고."

다급한 목소리로 은서가 다시 말했다. 하지만 지하는 그런 데는 신경도 쓰지 않는다는 듯 은밀한 골짜기를 관찰하듯 얼굴을 가까이 가져갔다. 뜨거운 숨결이 음모에 닿자 은서는 다리에 힘이 풀릴 것 같았다.

아아, 제발…….

거친 숨을 몰아쉬는 은서의 흐릿한 시야에 집무실 안의 풍경이 들어왔다. 밝은 집무실 안에 빛이 가득했다. 그 빛 아래에서 소파에 몸을 기댄 채 헐벗은 다리를 벌리고 선 자신의 음란한 모습을, 코앞에서 감상하고 있는 그가 더없이 두려우면서 흥분됐다. 그에게 철저히 지배당한 육체는 그를 거부하지 못했다. 아니, 오히려 어떤 기대에 숨을 죽이고 그를 기다리고 있었다.

마침내 지하의 뜨거운 입술이 거뭇한 체모에 닿았다.

"흐웃!"

은서는 터져 나오는 신음을 낮추려 온 힘을 다해야 했다. 바짝 긴장한 다리의 날씬한 종아리 근육이 팽팽하게 당겨졌다. 지하는 은밀하게 젖은 숲의 우유빛깔 욕망들을 남김없이 혀로 핥았다. 그의 뜨거운 입술이 예민한 속살을 담뿍 빨아들였다.

"그, 그만."

새된 음성을 흘리며 은서가 헐떡였다. 지하가 축축한 혀로 주름진 속살을 가차 없이 훑어 내렸다.

"아, 아흣…… 맙소사, 그만!"

은서는 정신이 나가 버릴 것만 같았다. 지하는 은서의 허벅지를 잡아 벌리며 더 깊숙한 샘으로 입술을 가져갔다. 뜨거운 입술이 촉촉이 젖은 꽃잎을 한 장 한 장 물었다가 놔줄 때마다, 혀를 세워 은밀한 계곡을 따라 훑어 내릴 때마다 은서는 몸서리를 쳤다.

"안 돼, 지하……! 으읏."

몇 번이나 꽃잎을 삼키고 정점을 휘감아 빨던 혀가 천천히 허벅지 아래로 내려갔다가 숲의 중심까지 단번에 훑어 올리자 은서의 허리가 확 휘어졌다. 은서는 잔뜩 달아오른 얼굴로 헐떡이며 소파를 움켜쥔 채 그를 내려다봤다. 허벅지를 타고 흘러내리는 한 줄기 달큰한 꽃물을 그의 혀가 아까운 듯 느릿하게 핥아 올렸다.

"……!"

은서의 얼굴이 민망함에 화끈거렸다. 믿어지지 않는다는 눈으로 내려다보는 은서의 시선을 지하가 뜨거운 눈빛으로 올려다봤다. 그의 입술이 다시 촉촉한 수풀로 파고들었다.

"날 자극시킨 건 너야."

도대체 내가 무슨 자극을……!

"아……!"

짜릿한 감각이 그가 빨아들이는 예민한 정점에서 타오르듯 번졌다. 흥분으로 보풀아 오른 동그란 정점을 끊임없이 자극시키는 그의 혀끝에 은서는 강한 쾌감을 느꼈다. 머릿속이 텅 비어 버릴 것 같은 쾌감이 점점 강하게 그녀의 몸에 불을 지폈다.

"아, 아앗!"

은서가 자기도 모르게 엉덩이를 달싹이며 활활 타오르는 쾌락으로 빠져들었다. 은서의 엉덩이가 음란하게 움직이며 그의 혀를 재촉했다. 촉촉이 젖은 속살을 핥아 올리며 피가 잔뜩 몰린 쾌감의 중추를 입술로 물고 강하게 빨자 은서가 자지러졌다.

지하의 강렬한 시선이 은서의 열락에 찬 표정을 빠짐없이 응시했다. 창가로 들어오는 햇살 아래에서 눈을 감고 붉은 입술을 살짝 벌린 채 신음을 흘리는 그녀의 모습은 미치도록 관능적이었다.

그는 그녀를 당장 소유하고 싶은 강한 욕망을 참아 내며 조갯살처럼 말랑한 은서의 속살을 빨아들이다가 뜨겁게 달아오른 입구 속으로 혀를 찔러 넣었다.

"하악!"

은서의 허리가 커다랗게 휘었다. 그녀의 달큰한 숲에 코를 박은 채로 지하가 혀를 세워 깊숙이 파고 들어갔다. 젖은 입술로 여성을 크게 물고 말캉한 속살을 헤치고 들어갈수록 진한 애액이 혀끝에 느껴졌다.

헉, 하며 무너지는 그녀의 몸을 지하가 움켜잡은 채 그가 더욱 깊숙이 매끄러운 혀를 밀어 넣었다. 소름 끼치는 쾌감이 은서를 몰아붙였다.

"안 돼……!"

은서가 신음성을 뿌리며 그의 머리칼을 움켜잡았다.

전율…….

그의 집무실, 그의 혀 하나로 그녀는 죽을 듯이 전율했다. 머릿속을 아찔하게 채우는 쾌락의 향기에 질식하려는 순간, 갑자기 입술을 떼어 낸 지하가 몸을 일으켰다. 무서운 표정으로 타액에 번들거리는 입술을 손등으로 문질러 닦은 지하가 은서의 스커트를 거칠게 내렸다.

"아."

배려 없는 우악스러운 손놀림에 은서의 몸이 휘청거렸다. 그녀의 가느다란 팔을 움켜잡은 지하가 그대로 집무실 문을 열더니 밖으로 내던지듯 밀었다.

맙소사! 이게 무슨……!

갑자기 내몰리듯 쫓겨난 은서의 상기된 얼굴을 비서들이 쳐다봤다.

"안녕히 가십시오."

느닷없이 들려온 비서진의 공손한 인사에 은서는 상기된 얼굴을 감추며 대답했다.

"네. 그럼."

은서는 재빨리 고개를 끄덕이고는 또각거리며 본부장실을 나왔다. 멋대로 휘저어 놓고 마구잡이로 쫓아낸 지하에게 미칠 듯이 화가 치솟았다.

은서가 나가자 본부장실의 비서들이 수군거렸다.

"우리 본부장님, 또 상무님한테 뭐라고 하셨나 봐. 상무님 얼굴이 시뻘게진 게 아주 화가 단단히 난 것 같지?"

"그러게. 세력싸움은 아닌 것 같은데……."

"뭐, 저 세계를 우리가 어떻게 알겠어. 구름 위의 존재들인데."

"하긴."

가볍게 끄덕거린 비서들이 의아함을 털어 내고 다시 일을 시작했다.

집무실에 앉아 있는 지하는 자신의 주먹 안에 들어 있는 것을 노려보고 있었다.

윤은서의 찢어진 브리프.

순간 그의 온몸에 강한 열망이 확 치받아 왔다. 그리고 그 열망에 못지않은 분노도 같이 치밀어 올랐다. 회사에서는 그녀를 건들지 않는 것이 그의 신조였다. 은서도 그걸 알기 때문에 이 집무실로 당당히 들어

온 것이리라.

지금껏 잘만 지켜 왔는데. 도대체 왜?

'동우! 동우 말이다. 다음 달에 부사장직을 승계한다고 하던데 왜 아직 그러고 앉았어? 결혼 안 할 거야?'

윤 회장의 그 말이 내내 지켜 온 신조조차 지키지 못할 정도로 충격이었던 걸까?

빌어먹을.

윤은서에 대한 인내심은 이미 바닥나 있었다. 조금 전에도 그녀의 몸을 탐하는 내내 그의 남성은 뜨겁고 좁은 샘 안으로 당장 밀고 들어가고 싶은 충동에 아플 정도로 빳빳하게 발기해 있었다. 그렇게 내보내지 않았다면, 까딱하면 무너지고 여기에서 윤은서를 가질 뻔했다.

"후우⋯⋯. 제길."

지하가 미간을 좁힌 채 낮게 한숨을 내쉬었다.

윤은서가 이미 오래전에 약혼을 했다는 걸 모르지 않았다. 약혼이라는 건 결혼을 전제로 하는 약속이라는 걸 모르는 바도 아니었다. 하지만 그게 현실화가 되고 있다는 사실에 왜 이렇게 자신이 흔들리는지 알 수 없었다.

윤은서와 한동우를 떠올리는 순간마다 미칠 것 같은 불길이 가슴속에 지펴 올랐다.

부윤의 개.

그의 머리를 차갑게 만드는 그 말을 떠올렸다. 불길이 일렁이는 눈빛이 차츰 냉기를 되찾았다. 서늘하게 가라앉은 눈으로 지하가 주먹을 움켜쥐었다.

은서는 상무실로 돌아온 이후로 일에 집중하지 못하고 있었다. 살짝 흐트러진 머리칼을 다듬으려 풍성한 머리칼을 풀어내곤 세차게 흔들었다. 윤기 흐르는 찰랑이는 머리칼이 공중에서 고혹적으로 나부꼈다.

나쁜 자식!

멋대로 농락당한 자신에게 환멸이 치밀어 올랐다. 보란 듯이 무너지는 걸 지켜봤다가 완전히 무너진 뒤에 구경거리로 전락시키는 잔인함이라니, 윤지하 당신 정말……!

머리칼을 양손으로 모아 묶으며 은서는 입술을 깨물었다. 그의 페이스에 이끌려 정신없이 열락에 떨던 자신의 모습이 창피했다. 회사에서, 그것도 윤지하의 집무실에서 그런 짓을 하다니……. 도저히 자신이 한 짓을 믿을 수가 없었다.

설상가상으로 그가 찢은 그대로 속옷도 입고 있지 않은 채라, 여러 가지로 난감한 상황에 처해 버렸다. 이대로는 집무실에서 나가지도 못할 것 같았다. 조금 전 상무실로 내려오는 단 2층 사이에도 누군가를 마주칠 것 같아 바짝 긴장하고 있어야 했으니.

우습게 됐군.

붉은 입술을 비틀어 실소를 흘린 은서는 할 수 없이 퇴근시간이 넘을 때까지 기다리기로 했다. 누구와도 쉽게 마주치지 못할 시간에 엘리베이터를 탈 작정이었다. 단정히 머리를 다시 틀어 올린 은서는 집무실 안에 앉아 창밖을 바라봤다. 고층 빌딩숲이 답답할 정도로 빼곡히 들어차 있는 걸 보며 문득 이상한 기분이 들었다.

오늘의 윤지하는 이상했다.

이건 분명 윤지하답지 않은 일이었다. 그가 그녀를 취하는 곳은 대부분 그녀의 오피스텔에서였고, 다른 곳일지언정 결코 회사는 아니었다. 회사에서는 그녀의 손끝 하나 건들지 않던 그였다. 아예 모르는 사람인 것처럼 굴었다.

어째서일까?

은서의 표정에 의문이 어렸다. 분노가 조금 가라앉고 나니 점점 더 이상한 기분이었다.

"칼날 같은 미남이라더니, 듣던 대로 출중하시네요."

예약제 VIP고객만 받는다는 고급 라운지 바에서 서지혜는 야릇한 미소를 띠고 테이블 맞은편의 지하를 건너다보고 있었다. 서지혜는 보령그룹의 고명딸이었다. 태어날 때부터 금수저 물고 태어난 그녀답게 온몸을 명품으로 화려하게 치장하고 있었다.

서지혜의 도발적인 시선에 지하가 차가운 미소를 지었다.

"저 역시 말씀 많이 들었습니다. 한 번 보면 시선을 돌리기 힘든 미인이시라고."

지하가 그 말이 사실이라는 듯 흑요석 같은 까만 눈동자로 그녀를 응시하며 말했다. 그 흔해 빠진 미사여구조차 이 조각 같은 미남의 묘한 관능을 품은 섬세한 입술에서 흘러나오니 짜릿했다.

'하아……. 지독히도 멋지군.'

서지혜는 신음 같은 한숨을 흘렸다. 윤지하라는 남자가 이렇게 멋질 줄은 몰랐다. 냉기가 도는 서늘하고 깊은 눈과 날카로운 턱 선은 그의 보석같이 차가운 매력을 더욱 돋보이게 만들었다. 아름다운 것은 언제나 사람을 매료시킨다. 아름다운 것, 반짝반짝 빛나는 것. 그녀는 단 한 번도 원하는 것을 손아귀에서 놓친 적이 없었다.

"그렇게 말씀해 주시니 아주 기분 좋은데요? 그런데, 왜 저를 보자고 하셨죠?"

서지혜는 농밀한 눈웃음을 지으며 말했다. 그 말에 지하는 입술 끝을 느른하게 올리며 황금빛 와인이 담긴 투명한 잔을 잡았다.

"급하시군요. 오늘 처음 만났는데 천천히 식사하면서 이야기하는 것
도 나쁘지 않을 것 같은데요."

이 남자 목소리도 좋다. 중저음의 낮고 묘한 울림이 있는 목소리가
그녀의 아랫배를 찌릿하게 만들었다.

"좋아요. 그럼 그렇게 하죠."

서지혜는 기다렸다는 듯 지하가 내민 잔에 자신의 잔을 부딪치고 와
인을 단숨에 들이켰다.

"하아."

우아한 손동작으로 와인 잔을 내려놓은 서지혜는 도톰한 입술을 제
혀로 스윽 핥으며 도발적인 시선으로 지하를 응시했다. 명백한 유혹의
시선에 그의 한쪽 입가가 비틀어지며 올라갔다.

"윤지하 씨는…… 실력이 아주 좋으시다고 들었는데요."

서지혜가 짙은 자줏빛 손톱으로 와인 잔을 천천히 쓸며 말했다.

"어떤 실력 말씀이시죠?"

"상대를 먹어 치우는 실력이요."

웃음기를 띤 서지혜의 눈빛이 야릇하게 그를 향했다.

"아."

지하가 매끈한 미간을 살짝 구기며 웃었다.

"어떤 의미인지 상상이 가는군요. 제 별명을 두고 말씀하시는 겁니
까?"

"기업사냥꾼?"

"네."

지하가 담담히 그녀를 쳐다보자 지혜가 고양이 같은 눈을 치켜뜨며
그를 응시했다.

아무리 매력적인 상대라도 어릴 때부터 회사를 지키는 걸 최우선으

로 교육받아 왔던 그녀였다. 지금 자신이 있는 위치가 어디인지, 얼마나 많은 것을 지켜야 하는지 늘 세뇌당하듯 학습당했다. 아장아장 걸을 때부터 사교파티에 참석했고, 겉으로 환한 웃음을 띤 엄마가 자신을 안고 귓가에 누가 도움이 되고 누가 위험이 되는지, 누가 상승세를 타고 있고 누가 곧 나락으로 떨어질지 일러 주며 훈련시켰다.

'이득이 되는 사람인지 독이 되는 사람인지 분간할 줄 아는 것이 자신을 지키는 것이야. 알겠니? 너에게 있는 돈만 보고 달려드는 것들은 쓸모가 없어. 너보다 더 많은 것을 가지고 더 많은 것을 줄 수 있는 상대를 만나야 해.'

그 말대로 어릴 때부터 철저히 상대를 가늠하고 판단했다. 철저한 이득 관계로만 움직이며 이 사람이 나에게 손실을 끼칠 것인지 득을 줄 것인지 예상하는 훈련을 해 어느 정도의 촉은 다져져 있었다.

그 유명한 기업사냥꾼, 부윤의 개라고 불리는 남자가 만나자고 연락이 왔을 때 지혜는 궁금했다. 주변에서 그의 소문을 뻔히 알면서 그에게 다가가고 싶어 안달하는 여자들을 많이 봐 왔었다. 그중 몇은 부나방이 된 듯 그에게 날아갔다가 날개 한 짝을 불태워버린 채 좌절하는 이들도 있었다.

그걸 알면서도 여자들은 그에게 접근하지 못해 안달을 냈다. 도대체 어느 정도기에? 그 남자가 뭐라고?

그게 궁금했던 그녀는 윤지하의 연락이 왔을 때 흔쾌히 수락했다. 그 치명적인 독을 가지고 있는 매력적인 남자가 궁금했고, 자신의 촉이 있는 이상 쉽게 당하진 않으리라는 확신도 있었다.

"과연 당신이 날 먹어 치울 수 있을까요? 그러려고 접근한 거라면 나도 만만치는 않은 상대라는 걸 알아 뒀으면 좋겠군요."

지혜가 입술 끝을 올리며 말했다. 그녀의 의중을 아는지 모르는지 지하가 수려한 얼굴에 미소를 담았다.

"당신의 어떤 것을 먹어 치우고 싶어질지는 아직 모르겠군요. 지금은 그저 호감이라고만 해 두죠."

그 미소가 지독히도 매력적이라 지혜는 보기만 해도 숨이 거칠어졌다. 지하가 그녀의 빈 와인 잔에 천천히 골드빛의 액체를 따랐다. 우아한 그의 손동작을 바라보며 지혜는 순수한 갖고 싶은 열망을 느꼈다. 이 정도로 강렬하게 무언가를 소유하고 싶다는 기분이 든 건 오랜만이었다. 어린 시절부터 뭐든 쉽게 가질 수 있었기에 정말 갖고 싶다는 충동은 좀처럼 생기지 않았었다.

"그 말, 지금은 믿어 볼게요."

지혜가 와인 잔을 내밀자 지하도 싱긋 웃으며 자신의 와인 잔을 들어 올렸다.

"그거 고마운데요."

챙, 하는 맑은 유리의 울림이 그들 사이에 울려 퍼졌다.

갑작스런 장 여사의 호출에 은서는 성북동으로 향했다. 집에 들어서자마자 날이 선 장 여사의 목소리가 날아들었다.

"도대체 넌 왜 그 모양이니? 떠다 준 것도 못 먹는 병신이야?!"

"네?"

미간을 찡그리는 은서에게 장 여사가 험악하게 눈을 부라렸다.

"지금 한태가 얼마나 힘든데 넌 계집년 주제에 지 오빠에게 힘이 되어 줄 생각을 해야지, 어떻게 지하에게 일까지 몰아 줘? 너 지금 제정신이야!"

장 여사가 이성을 잃은 듯 소리쳤다. 한태 문제만 얽히면 이성을 상실한 듯 구는 장 여사였다. 하아, 은서는 절로 한숨이 터져 나왔다.

"그건 제가 일부러 그런 게 아니에요."

"일부러 그런 거든 아니든 그거 때문에 윤지하만 점수 따고 네 불쌍한 오빠 더 힘들어지게 생겼어! 그러게 왜 그깟 일 하나 제대로 처리 못해서 그게 그놈한테 넘어가게 만들어. 왜!"

"……."

악다구니를 쓰는 장 여사를 보며 은서는 입을 다물었다. 자신의 의지로 넘어간 일은 아니었지만 어차피 무슨 말을 해도 소용없었다. 장 여사가 윤지하에게 받은 스트레스를 자신에게 푸는 것임을 알고 있었다.

"결혼은? 왜 아직 아무 소식이 없어?"

날카로운 장 여사의 목소리에 은서가 고개를 들었다.

"네?"

"몰라서 물어? 네가 오빠한테 해 줄 수 있는 게 뭐야. 한동우와의 결혼밖에 없다고 내가 누누이 말해 왔지 않았어? 그래서 너랑 한동우 이어 준 거라고 했지? 그런데 왜 아직 약혼상태에서 질질 끌고만 있는 거냐고 묻는 거잖아."

한태, 한태, 한태, 한태.

은서는 숨이 막혔다.

처음 동우와의 결혼을 추진한 건 장 여사였다. 지하와 함께인 이상 한태는 절대 윤 회장에게 인정받을 수 없다는 걸 본능적으로 간파한 장 여사는 은서에게 한태의 뒤를 봐 주길 종용하며 둘을 이은 것이다.

물론, 사교모임에서의 본인의 입지도 중요했다. 결국 은서의 결혼은 장 여사와 한태를 위해 꼭 필요한 일이었다. 그러니 그렇게 수시로 압박을 가한 것이었다.

"왜 대답이 없니? 결혼 안 할 거야?"

"……기다려 주세요."

"언제까지! 도대체 언제까지 기다려? 지금까지 키워 주고 돌봐 줬으면 됐지, 너한테 내가 뭘 더 얼마나 투자해야 하니? 이만하면 갚을 때도 됐지 않았어? 당장 진행해! 내가 직접 가서 그 댁과 담판 짓기 전에."

씹어 내뱉듯 말한 장 여사가 차갑게 노려보고는 돌아섰다. 은서는 말없이 그 자리에 가만히 서 있었다. 안성댁은 장 여사가 방으로 사라지고 나서야 발을 동동거리며 다가왔다.

"사모님도 참, 사람 현관에 세워 두고 이게 뭐하는 건지……. 일단 들어와. 은서 학생. 따뜻한 차라도 마시고 몸 좀 녹여. 응?"

"아니에요, 아줌마. 저 갈게요."

입술 끝만 올려 인형 같은 미소를 지은 채 은서가 몸을 돌려 현관문을 잡았다.

그녀는 아직 구두도 벗지 않은 채였다.

은서는 방 안에 앉아 있다.

고요한 방 안에 시계 초침 소리마저 겉돌고 있었다.

새벽 세 시.

아직까지 찾아오지 않는 걸 보면 오늘은 오지 않을 것이다. 그는 단 한 번도 이곳에서 아침을 맞은 적이 없으니까. 새벽이 물러날 시간이면 그가 올 일은 없다고 보는 게 맞았다. 알고 있으면서도 은서는 침대 위에 몸을 둥글게 말고 다리를 세우고 앉아 또 시계를 쳐다본다. 이건 은서 스스로도 어쩔 수 없는 일이었다.

이미 오래전부터 몸에 밴 지독한 습관.

윤지하, 그를 기다리는 일…….

그와의 관계는 잔인한 육체적인 관계밖에 없지만, 그건 때때로 그녀의 마음을 갈가리 찢어 놓았지만, 그럼에도 불구하고 그를 기다리는 습관은 멈출 수 없었다.

처음 그를 만났던 7살의 그 날 이래로.

윤은서는 단 한 번도 윤지하를 벗어날 수 있었던 적이 없었다.

단 하루. 단 한 순간조차.

오늘처럼 감정이 너덜너덜해지는 날은 더 그랬다. 이런 날은 유독 그가 기다려졌다. 차갑기만 한 얼굴뿐이라도 보고 싶고, 배려라고는 하나도 없는 손길이지만 그 손길에서 일말의 체온이라도 느끼고 싶어졌다. 그에게 형편없이 휘둘러지면서도 왜 그를 기다리는 건지…….

"오란 말이야. 윤지하. 이런 날은 와 달라고."

중얼거린 은서가 무릎 위로 얼굴을 묻었다. 생각나는 건 윤지하밖에 없었다. 지금 이 순간 옆에 있어 주었으면 하는 이는 오로지 그밖에 없었다.

―어떻게 됐지? 서지혜는 만났나?

전화기 너머로 들려오는 윤 회장의 목소리에서는 감출 수 없는 조급함이 묻어났다. 이번 프로젝트에 서지혜를 통해 얻어 내야 하는 정보가 상당히 중요한 만큼 그의 관심도도 클 수밖에 없었다. 탐욕적인 윤 회장의 목소리는 언제 들어도 그를 피곤하게 만들었다.

"네. 만났습니다."

지하가 담배에 불을 붙이며 고저 없는 목소리로 말했다.

―알고 있겠지만 그 여자한테 많은 것이 달렸어. 실수란 게 있어선 안 되네.

"계획대로 진행하겠습니다."

―그래. 믿겠네.

믿음?

"알겠습니다. 그럼."

전화를 끊은 지하는 휴대폰을 옆자리에 던지고 창문을 내렸다. 갓길에 세워 둔 차 안에 앉아 있는 그의 눈빛이 공허했다.

믿음이라……. 윤 회장에게 믿음이라는 단어를 들을 때마다 가슴속에서 묘한 균열이 일었다. 윤 회장과 믿음이라니, 세상에 그것만큼 이질적인 단어가 또 있을까. 그의 시선이 고층 오피스텔의 한 지점을 응시하고 있었다. 습관적으로 바라보는 그곳에 그녀가 있다.

또인가.

정신을 차려 보면 늘 이곳에 있는 자신을 발견한다. 그의 입술에 차가운 조소가 서렸다 일그러지듯 사라진다.

"후우."

창문 밖으로 희뿌연 담배 연기를 내뿜었다. 천천히 흩어지는 허망한 연기를 보며 목이 졸릴 듯 숨이 막혀 오는 답답함이 느껴졌다. 지하는 거칠게 손가락으로 넥타이를 당겨 느슨하게 풀었다. 도시 전체가 탁한 어둠에 가라앉아 모든 것이 더럽게 느껴지는 밤이었다.

훗, 하긴 어차피 모든 것이 더러운데 밤이라고 더럽지 말란 법은 없지…….

지하가 큭큭거리며 담배 연기를 창문 밖으로 내뿜었다. 그가 내뱉은 담배 연기가 빠른 속도로 도시의 더러운 어둠에 섞여 들었다.

3.
열망하다

파티장은 으레 그렇듯 화려한 조명 아래 화려하게 치장한 화려한 사람들로 넘쳐 났다. 눈부시게 밝은 홀 안에서 그들은 여유 있는 미소를 얼굴에 가면처럼 두르고 서로의 재력을 과시하며 누가 더 자신보다 서열이 높은지 본능적으로 서열을 정비하고 있었다. 다들 똑같은 웃음의 가면을 쓴 그들은 가면 아래서 서로를 시기하고 질투하며 무시한다.

은서는 망망대해에서 표류 중인 부표처럼 공허한 표정으로 그들을 바라보며 황금빛 샴페인만 홀짝였다. 이 안에 가득 들어차 있는 사람들을 보기만 해도 피로가 몰려왔다. 왜 눈에 뻔히 보이는 가면보다 그 가면 뒤에 숨은 표정이 이리도 적나라하게 잘 보이는 것인가.

"여기, 주름 가 있는 거 알아요?"

문득 은서의 미간에 동우의 손가락 끝이 와 닿았다. 은서가 그제야 동우를 바라보며 눈을 살짝 찡그리며 웃었다.

"제가 그랬어요?"

"이런 자리 싫어하는 거 너무 티 나요. 은서 씨."

동우가 미소 지은 채로 부드럽게 은서의 허리에 팔을 둘렀다. 한동우는 집안끼리 정해 놓은 은서의 오래된 약혼자였다. 지금은 약혼이 아닌 결혼을 강요받고 있는…….

동우의 시선이 은서에게 머물렀다.

광택 도는 진줏빛 드레스를 입고 있는 윤은서는 이 자리의 누구보다 아름다웠다. 마치 혈관이 보일 듯한 투명하고 하얀 살결과 과하지 않게 풍만한 가슴과 가느다란 허리는 모든 남자들의 수컷본능을 자극하기에 충분했다. 드레스가 움직일 때마다 살짝씩 드러나는 길고 날씬한 다리가 무척이나 관능적이었다.

자랑스레 그녀의 허리에 팔을 두른 채 동우가 그녀를 이끌었다. 그의 걸음에 따라 움직이며 은서는 목구멍이 꽉 조여 오는 기분이 들었다.

도저히 익숙해질 수 없는 삶도 있다.

평생을 그 자리에서 살아와도 그 자리가 내 자리가 아닌 것 같은 기분…….

마치 이상한 나라에 갇혀 있는 앨리스가 된 기분. 아니, 어쩌면 거울 속에 갇힌 앨리스인지도 모른다. 은서가 어릴 적 읽은 동화에 이상한 나라의 앨리스 작가가 쓴 거울 나라의 앨리스가 있었다.

사람들은 이상한 나라의 앨리스를 좋아했지만 은서는 묘하게도 거울 나라의 앨리스를 좋아했다. 그저 밝고 신비한 모험의 연속이던 이상한 나라의 앨리스와 달리 거울 나라의 앨리스는 그 나라 안의 모든 규칙에 따라 움직여야 했다. 결국 앨리스는 체스판의 말이었으니까.

그 체스판의 말에 불과한 앨리스가 은서 자신의 상황과 맞았다는 것을 어린 나이에도 알 수 있었다. 하지만 그 동화를 그렇게나 좋아했던 이유는, 결국 앨리스가 붉은 여왕을 잡고 승리하여 그 스스로가 하얀 여왕이 되기 때문이었다.

"……은서 씨?"

동우가 걸음을 멈춘 자신을 가만히 쳐다보자 은서가 얼른 미소 지었다.

"아무것도 아니에요."

여왕이 될 수 있을까?

아니면 결국 동화의 마지막처럼 모든 것은 부질없는 한바탕 꿈이 될 뿐인 걸까?

은서의 어두운 얼굴을 내려다보며 동우가 그녀의 허리를 부드럽게 쓸었다.

"분명 은서 씨가 좋아하는 분위기는 아니긴 하죠. 피곤하면 말해요. 언제든 바래다줄 테니."

부드럽게 미소를 지은 동우가 말하자 은서는 천천히 끄덕였다.

"네. 고마워요."

억지로 미소를 짓고 있는 시간이 길어지자 아무리 익숙한 일이라도 입가에 경련이 일 것 같았다. 은서는 드레스 자락을 추켜올리고 입꼬리를 한껏 당겨 올렸다.

'새장을 박차고 나갈 용기가 없으면 앵무새의 역할에 충실해야 해. 윤은서.'

은서는 속으로 주문처럼 읊조렸다.

그녀는 동우와 함께 드넓은 파티장을 한 바퀴 돌며 끝없이 이어지는 지루한 의식 같은 인사치레를 끝냈다. 한숨 돌릴 시간이 되자 동우는 그녀를 2층으로 향하는 계단으로 이끌었다.

"이제 위로 올라가서 잠시 쉴까요?"

"그래요."

그가 이끄는 대로 넓은 계단을 올라가는 순간, 은서의 동공이 확 커졌다.

"……!"

커튼이 쳐진 어두운 테라스 난간 한쪽에서 어떤 여자가 지하의 목을
감싸 안고 키스를 하고 있었다. 그 모습을 발견한 은서의 몸이 충격으
로 굳었다. 그녀의 몸이 딱딱하게 굳자 동우는 이상한 표정으로 그녀를
따라 테라스 쪽으로 시선을 옮겼다. 은서가 보고 있는 대상을 확인한
동우가 미간을 좁히고는 그녀의 어깨를 잡아당겼다.

"이쪽으로 와요. 은서 씨."

"아, 네."

계단 쪽으로 이끄는 동우에게 애써 대답을 하면서도 은서의 얼굴은
창백했다. 머릿속이 엉망진창으로 뒤섞였다.

저 여자의 얼굴을 알고 있었다. 보령의 서지혜…….

이번 타깃은 저 여자인 모양이다. 은서는 지금까지 몇 번이나 그가
이런 식으로 여자에게 접근하여 정보를 입수하는 등 자신의 목표에 맞
게 이용한다는 것을 알고 있었다. 그것이 다 윤 회장이 시킨 일이라는
것을 알고 있으면서도 다른 여자들과 함께 있는 그를 발견할 때마다 마
음이 수만 갈래로 찢어지는 기분이었다. 조각조각 찢어져 너덜거리는 마
음.

동우에게 이끌려 계단을 올라가다가 은서가 저도 모르게 고개를 돌
렸다. 무표정한 얼굴로 서지혜의 키스를 받고 있던 지하가 문득 이쪽으
로 시선을 돌렸다.

아……!

눈이 마주쳤다. 지하와 눈이 마주친 순간 심장이 죄이는 듯했다. 은
서는 그 순간 당황스러운 표정을 지우고 고개를 돌렸다. 그대로 태연하
게 계단을 올라가기 시작했다.

지하의 까만 눈동자에 은서의 하얀 어깨에 올라가 있는 동우의 손이 담겼다. 순간 그의 서늘한 눈이 날카롭게 빛났다.

태연을 가장했지만 은서의 얼굴은 밀랍인형처럼 창백하게 굳어 있었다. 동우는 은서의 핏기 가신 표정을 말없이 훑어 내리고는 그녀의 어깨를 감싼 손에 힘을 줬다. 그는 은서를 2층의 구석진 테이블로 이끌어서 나란히 앉았다.

"샴페인 새 걸로 가져다줄게요."

"고마워요."

동우가 친절한 목소리로 말하고 일어서자 은서가 입술 끝만 올려 미소를 짓고는 대답했다. 동우의 뒷모습이 멀어지자 은서의 미소가 거두어졌다. 조금 전 봤던 지하와 서지혜의 진한 키스가 머릿속을 가득 메우고 있었다. 입술을 깨문 은서의 턱이 바르르 떨렸다.

윤지하, 윤지하……!

힘껏 주먹을 쥔 은서의 창백한 손등에 실핏줄이 드러났다. 애써 호흡을 진정시키는데 톤이 높은 여자들의 목소리가 바로 앞에서 들렸다.

"어머, 오랜만이네? 윤은서 씨 맞죠?"

그 목소리에 은서가 퍼뜩 고개를 들었다. 중년의 부인들이 눈앞에 서 있었다. 낯이 익은 것이 어딘가에서 본 것도 같기에 은서가 미소를 지으며 일어섰다. 어디서 봤지? 전시회?

"아, 네. 잘 지내셨어요?"

은서가 인사하자 부인들이 살갑게 말했다.

"저번에 은서 씨 전시회 갔다가 너무 좋아서 기다리고 있는데 아직 소식이 없어서 안 그래도 궁금했어요. 이번엔 전시회 언제 해요? 나 은서 씨 그림 너무 좋아하는데."

역시 전시회에 왔던 모양이었다. 은서의 입가에 미소가 조금 더 자연스럽게 풀렸다.

"그렇게 말씀해 주시니 부끄럽네요. 그저 취미인데……."

"취미라니. 그렇게 잘 그리면서 아깝게. 아직 다음 일정은 없는 거예요?"

"네. 아직은 없어요."

"아니, 왜요? 내 주위에도 은서 씨 그림 좋다는 사람 한둘이 아닌데, 그럼 혹시 우리 화랑에서……."

그 때 그녀 옆에 샴페인 잔 두 개를 든 동우가 나타났다.

"자, 오늘은 은서 씨가 몸이 좀 안 좋으니 다음에 대화 나누시는 게 어떨까요?"

상냥한 말투로 부드럽게 웃고 있는 동우를 보고 부인들이 그제야 은서의 표정을 살피며 물었다.

"어머, 은서 씨 어디 안 좋아요?"

"어쩐지. 표정이 안 좋은 것 같더라. 그럼 다음에 봐요. 은서 씨. 전시회 하면 꼭 연락 주고."

"네. 그럴게요."

은서가 대답하자 부인들이 인사하고는 그녀 앞에서 멀어졌다. 그제야 동우는 은서 앞에 샴페인 잔을 놔주고 맞은편에 앉았다.

"이제 괜찮아요? 은서 씨 표정 정말 안 좋아 보여서 그래요. 감기 기운 있는 거 아니죠?"

"괜찮아요."

동우가 그녀를 살피는 듯 다정한 표정으로 말하자 은서가 대답하며 샴페인 잔을 들었다. 동우는 항상 그랬다. 집안끼리의 혼인 상대자로 만났던 첫 만남부터 지금까지 단 한 번도 상냥함을 잃어 본 적이 없는 남자였다.

'저 좋아하는 사람 있어요. 죄송해요.'

약혼 상대로 파티장에서 처음 만난 뒤 그와 개인적으로 처음 만났던 날 은서는 고백했다. 자신의 마음을 숨기고 그와 약혼을 하는 건 이기적인 생각이라는 이유에서였다. 억지로 끌려 나온 자리였지만 이런 상황에 끌려 다니는 건 본인만으로 끝내야 했다. 이 남자까지 말려들게 할 생각은 없었다.

'괜찮아요.'

그게 은서의 고백에 대한 동우의 대답이었다. 그는 지금과 같은 상냥한 미소를 지으며 은서에게 말했다.

'어차피 우리, 좋아하는 사람과 결혼할 수 없는 숙명인 거 알고 있잖아요? 상관없어요. 결혼하기 전까지만 정리해 주면.'

'제가 만약 끝까지 정리 못 하면요?'

'뭐 그래도 상관없고.'

'네?'

'어차피 그 사람과 결혼할 수 없는 처지니 이 자리 나온 거 아닌가? 그러니까 괜찮아요.'

뭐가 괜찮다는 건지 이해를 할 수 없었지만 동우는 정말 괜찮다는 듯 굴었다. 그리고 그때부터 지금까지 동우는 한결같았다. 한결같이 은서를 배려해 주고 상냥하게 대해 줬다. 어쩌면 그에게도 마음에 담고 있는 다른 상대가 있는 것인지도 모른다고 생각했다. 그래서 배려해 주는 것이리라. 같은 처지에 있으니까…….

하지만 그 시간이 길어질수록 점차 그 전제가 흔들리기 시작했다. 동우를 볼 때마다 그가 바라는 대로 해 줄 수 없는 자신에 항상 마음이 무거워졌다. 가슴을 짓누르는 무거운 돌덩이가 나날이 조금씩 커지는 느낌이었다. 그가 누군가를 좋아하는 게 아니라면? 순전히 지금 그의 희생을 강요하고 있는 거라면?

그런 생각이 점점 커져 갈수록 마음은 무거워져만 갔다.

"파리는 잘 다녀오셨어요?"

은서가 물었다. 동우는 얼마 전 파리로 출장을 다녀왔다고 했었다.

"빨리도 물어봐 주시네요. 전 은서 씨가 오늘 그 얘기 언제 물어봐 주려나 전전긍긍하고 있었는데."

동우가 싱긋 웃자 은서가 눈을 깜박였다.

"어머, 정말요?"

"그럼요."

동우는 샴페인을 한 모금 마시고는 고개를 들어 은서를 마주 봤다.

"많이, 보고 싶었거든요. 그곳에서."

"아……."

은서의 투명한 시선이 동우의 얼굴 위에 뿌려졌다가 난처한 듯 테이블 위의 샴페인 잔으로 향했다.

"그 말 하려고 지금까지 기다리고 있었어요. 은서 씨가 언제 물어봐 줄까 하고."

그리고 동우는 재킷 안주머니에서 작은 케이스를 꺼내 내밀었다. 벨벳 케이스를 본 은서의 눈빛에 난처함이 깃들었다.

"선물이에요. 은서 씨에게 이런 선물은 한 번도 안 한 것 같아서."

"동우 씨. 전……."

"비싼 거 아니니까 그냥 받아요. 내 손 무안하게 하지 말아 줬으면 좋겠는데."

장난스러운 투로 말하는 그의 목소리는 어딘가 진지함을 담고 있었다. 이 남자는 어디까지 진심이고 어디까지 거짓일까. 만약 진심이라면 어디까지 선을 그어야 하는 걸까. 고민하던 은서는 결국 그가 내민 케이스를 받았다.

"고마워요."

난감해하는 은서의 표정을 보고 동우가 미소 지었다.

"부담스러워하지 말아요. 내 기분이 그렇다는 거지 은서 씨한테 무언가를 바라는 건 아니니까."

"그래도 미안해요. 난 이런 거 받을 자격은 전혀 없는데."

"충분해요. 나한테는."

은서가 그의 눈을 바라봤다. 동우의 선한 눈이 진지한 빛을 내고 있었다. 받아 주지 않아도 좋지만, 지금 상태에서 밀어내지 말라는 그의 의중이 은서에게도 또렷이 전해지고 있었다. 가슴속이 뭉근하게 답답해졌다.

"……잠시 실례할게요."

은서가 양해를 구하며 자리에서 일어났다. 동우의 그 미소에 더 미안해져 버려, 화장실로 도망칠 수밖에 없었다.

화장실로 들어온 은서는 한참 손만 씻었다.

고급스런 인테리어의 화장실 조명에서 호박처럼 샛노란 빛이 일렁이듯 반짝였다. 말없이 손만 씻던 은서가 문득 고개를 들어 거울을 바라봤다.

동우를 처음 만났던 날이 생각났다.

온갖 사람들이 넘실대는 저택 정원 파티장에서였다. 겉으론 가볍게 보이지만 결코 가볍지만은 않은 미소를 띠고 다가온 남자. 처음 만난 순간부터 정혼자로 소개받은 남자.

그는 갓 스물이 넘은 나이와는 어울리지 않게 표정이 원숙했다. 상냥한 미소를 띠고 있었지만 그 표정은 정상적인 평온한 삶을 살아온 이들은 절대 흉내 낼 수 없는 표정이라는 걸 은서는 알았다. 그리고 지하로 인해, 은서는 상대가 누구든 간에 나이답지 않은 표정을 하고 있는 사람을 보면 마음이 약해졌다.

동우는 은서에게 처음부터 호의적이었다. 진심을 알 수 없지만 그는 시종일관 친절했다. 하지만 이미 그녀 마음엔 한 치의 틈도 없이 온전히 꽉 들어차 있는, 한 상처받은 남자가 있었다. 그래서 한동우는 그녀의 마음속으로 들어올 수가 없었다.

그걸 알고 있으면서도 그 후로 그는 내내 그녀 곁에 있었다. 그가 어떤 사람인지 확신을 갖기도 전에 그는 그녀의 약혼자로 옆에 있었다. 밀어내기 애매할 정도로만 가깝게. 그렇다고 결코 손이 안 닿을 정도로 멀리 떨어지지 않은 채로. 손만 뻗으면 닿을 수 있을 만한 딱 그만큼의 자리에서.

거울을 보던 은서가 손바닥으로 뺨을 가볍게 두드렸다. 언제까지나 이러고 있을 순 없었다. 은서는 과거의 기억에서 빠져나와 서둘러 화장실에서 나왔다.

"……!"

화장실을 빠져나온 은서는 숨을 들이켰다.

윤지하.

그 남자가 복도의 그로테스크한 붉은 타일 벽에 비스듬히 기댄 채로 은서를 바라보고 있었다. 그 자리에 서 있는 것만으로도 위압적인 그는 무서울 정도로 얼굴이 차갑게 굳어 있었다.

은서는 애써 표정을 굳히고 아무렇지 않은 듯, 드레스 자락을 움켜쥐고 그의 옆을 스쳐 지나갔다. 그를 온전히 지나쳤다고 생각했을 때 지하가 난폭하게 그녀의 팔을 움켜잡았다.

"무슨 짓이야?"

은서가 당황한 목소리로 잡힌 팔에 힘을 주며 말했다. 그는 냉기가

뚝뚝 떨어지는 듯한 표정으로 내려다볼 뿐 꿈쩍도 하지 않았다. 은서는
눈을 똑바로 뜨고 그를 노려보며 다시 말했다.

"놔, 이거."

낮고 완강하게 말했지만 지하는 그녀의 팔을 움켜쥔 채로 강하게 잡
아끌었다.

"윤지하!"

은서가 작게 소리쳤다. 그러나 그의 힘은 완강했다. 지하는 그녀의
가느다란 팔을 움켜쥔 채 그대로 빠르게 걸어갔다. 은서는 끌려가지 않
으려 애를 썼지만 그의 힘 앞에선 속수무책이었다. 그는 복도 끝을 돌
아 테라스가 있는 곳으로 은서를 끌고 갔다. 그러고는 밖에서는 보이지
않는 테라스 안쪽으로 그녀를 내던졌다.

"흡!"

벽에 거칠게 그녀를 밀어붙이고 몸으로 앞을 막은 지하가 순식간에
입술을 덮쳤다. 조개같이 앙다문 입술을 억지로 가르고 들어와 움츠러
든 은서의 혀를 단번에 찾아냈다. 지하는 탐욕적으로 그녀의 혀를 빨아
당겼다. 그의 혀에서 달달하지만 쌉싸름한 샴페인 맛이 났다.

다리 힘이 풀리려는 순간, 좀 전 테라스에서 봤던 그와 서지혜라는
여자의 키스 장면이 떠올랐다. 은서는 눈을 번쩍 떴다.

짜악!

은서가 힘껏 팔을 휘두르자 지하의 얼굴이 옆으로 홱 돌아갔다.

"……하."

지하의 입술에서 조소가 흘러나왔다. 은서는 거친 숨을 쌕쌕거리며
눈에 힘을 주고 지하를 노려봤다. 천천히 고개를 다시 돌린 지하의 눈
빛이 번뜩였다.

"으읍!"

그는 은서의 뒷머리를 한 손으로 움켜잡고 더 강하게 키스하기 시작했다. 타액에 번들거리는 입술을 맞물리고 거친 숨결까지 모조리 앗아버릴 듯 그녀의 입술을 집어 삼켰다.

꼼짝없이 입안을 점령당한 은서가 지하의 어깨를 밀어내려고 했지만 소용없었다. 그는 완강하게 은서의 혀를 감싸 빨아들였다. 미끈한 혀가 숨도 못 쉬게 압박해 왔다. 그의 가슴에 주먹질을 해 대는 은서의 가느다란 손목을 지하가 움켜잡았다. 그러고는 혀뿌리가 뽑혀 나갈 듯 세차게 빨았다.

숨이 막혔다.

은서의 머릿속이 순식간에 하얗게 비워졌다. 성난 키스에 잔뜩 부어오른 그녀의 작고 도톰한 입술을 잔인하게 빨아 대며 지하는 은서의 크림색 얇은 실크 드레스 위에 봉긋이 솟아오른 젖가슴을 한 손에 움켜쥐었다.

"아!"

우악스럽게 움켜쥐는 힘에 은서가 눈썹을 찌푸렸다. 둥근 모양이 엉망으로 망가지도록 거세게 움켜잡고 흐트러진 얇은 드레스 위로 뾰족하게 톡 불거진 유두를 거칠게 문질렀다. 하! 은서의 고개가 뒤로 젖혀지자 지하가 타액으로 번들거리는 입술을 떼어 냈다. 은서의 쾌락으로 물든 짙은 눈동자에 지하의 굳은 얼굴이 들어왔다. 그는 그녀를 죽일 듯이 노려보며 숨을 거칠게 몰아쉬었다. 그는 마치 화가 난 사람 같았다.

도대체 왜……?

혼란스러운 표정으로 은서가 숨을 몰아쉬는데 지하가 거침없이 그녀의 어깨에 걸쳐져 있던 얇은 드레스 끈을 잡아 내렸다. 그녀의 하얗고 풍만한 가슴이 출렁이며 쏟아졌다.

"아, 안 돼!"

은서의 얼굴이 당혹으로 얼룩졌다. 테라스 앞은 울창한 나무들로 막혀 있다지만 이곳은 명백히 오픈된 곳이다. 밖에서 보일 수도 있고, 파티장 안에서도 언제 사람이 올지 모른다. 은서가 지하의 탄탄한 가슴을 밀어내려 애썼지만 그는 은서의 허리를 잡고 몸을 더욱 가까이 밀착했다. 지하는 밤공기에 서늘하게 노출된 은서의 탐스러운 가슴을 노려보더니 고개를 숙여 한입에 삼켰다.

"……읏."

바짝 곤두선 분홍빛 유두가 그의 뜨거운 입술로 빨려 들어가자 은서가 신음을 삼켰다. 지하의 축축한 혀가 길게 핥아 올렸다가 둥그렇게 휘감자 소름이 끼칠 듯한 쾌감이 밀어닥쳤다. 가까스로 신음을 삼킨 은서는 바들거리는 팔로 지하의 몸을 움켜잡았다. 그의 뜨거운 입술에 삼켜졌다 풀려날 때마다 예민한 젖꼭지가 터질 듯 팽팽해졌다. 이렇게 아슬아슬한 상황에서도 그에게 충실히 반응하는 몸에 지독한 배신감을 느꼈다.

"이거 놔!"

은서가 지하의 몸을 힘껏 밀어냈다. 그가 멈칫하는 사이 한 손으로 드레스를 끌어 올리며 뒤돌아섰다. 지하의 눈에서 퍼런 불꽃이 튀겼다.

"앗!"

지하가 빠져나가려는 은서를 강하게 끌어당겨 다시 벽으로 밀쳤다.

"화나게 하지 마. 윤은서. 이미 돌아 버리기 직전이니까."

으르렁대는 듯한 낮은 음성이 은서의 머리 위로 뿌려졌다. 그 목소리가 지독히도 위험하게 느껴져 은서가 고개를 들었다.

"당신이 화날 이유가 뭔데?"

지하는 살벌하리만치 무시무시한 표정을 하고 은서를 내려다보고 있었다. 터져 버릴 것 같은 분노가 그의 온몸을 잠식하고 있었다. 그의 머릿속엔 아까 자신이 한 키스 따위는 안중에도 없었다. 그에게 그 행위는 그저 비즈니스 그 이상도 이하도 아니었으니까. 하지만 윤은서와 한동우는 달랐다.

지하의 번뜩이는 시선이 은서의 하얀 어깨에 날카롭게 박혔다. 마치 자기 것인 양 당당하게 은서의 어깨에 팔을 올리고 있던 한동우를 생각하자 미칠 듯한 분노로 피가 거꾸로 솟을 것만 같았다.

"하, 감히……."

지하가 딱딱하게 굳은 얼굴로 차갑게 내뱉고는 은서의 드레스를 우악스럽게 잡아 내렸다. 그러고는 벽에 기대고 있는 은서를 들어 올려 양다리를 자신의 허리에 감고 그녀의 하얀 어깨에 이를 박았다.

"아파……!"

찌릿한 통증에 은서의 미간이 찌푸려졌다. 그의 입술이 순식간에 그녀의 맨살을 훑으며 아래로 내려갔다. 지하의 애무에 부풀어 오른 젖가슴이 그의 입술 안으로 다시 쓸려 들어갔다. 거칠게 빨아 대며 한 손으로 반대쪽 가슴을 주무르는 그의 움직임은 거칠었다.

"아."

가슴과 어깨가 훤히 드러난 채 은서가 헐떡였다. 지하는 한 손으로 은서의 엉덩이를 잡고 움직이지 못하게 고정한 채 꼿꼿이 솟아오른 젖꼭지를 힘껏 빨아 댔다. 달빛을 받은 맨가슴이 타액으로 미끈하게 번들거렸다. 예민한 유두를 가슴살과 함께 쭉쭉 빨아 대던 그의 입술이 가느다란 쇄골을 타고 다시 올라갔다.

"후욱."

그녀를 내려놓은 그가 거친 숨을 몰아쉬며 은서의 어깨에 얼굴을 묻었다. 날뛰는 욕망을 자제하려 이를 악물었지만 소용없었다. 은서의 체취와 달콤한 살내음은 그를 더욱 미치게 만들었다. 지하는 이를 악물고 드레스 속으로 손을 집어넣어 말랑한 엉덩이를 꽉 움켜잡았다. 그러고는 드레스용 브리프를 단번에 벗겨 냈다.

"……아!"

지하가 날씬한 은서의 한쪽 다리를 잡아 올리자 하늘거리는 브리프가 그녀의 발목에 걸쳐졌다. 거친 숨결 사이로 바지 버클을 푸는 소리가 날카롭게 귀를 자극했다. 은서의 커다란 눈이 당혹감으로 흔들렸다.

말도 안 돼. 이런 곳에서……!

은서가 그의 몸을 밀치며 다리를 내리려고 하자 지하가 그녀의 새하얀 허벅지를 더욱 거세게 움켜잡고 넓게 벌렸다.

"아, 안 돼……. 하윽!"

팽팽하게 부풀어 오른 단단한 남성이 불시에 그녀의 예민한 속살을 가르고 침입해 들어 왔다. 은서의 여린 몸이 거센 반동으로 크게 출렁거렸다. 좁은 질을 꽉 채우며 깊숙이 짓쳐들어오자 그녀는 본능적으로 지하의 어깨를 꽉 움켜잡았다.

한 번, 두 번, 세 번. 그의 불덩이 같은 기둥이 사납게 들이쳐 오자 송곳으로 찌르는 것 같은 강렬한 쾌감이 내리쳤다.

"아아! 아흣!"

몸이 거세게 튕겨 올라갈 때마다 은서가 그의 단단한 몸을 움켜잡고 신음을 터뜨렸다. 지하는 그녀의 엉덩이를 단단히 잡아 벌려 미끈하게 젖은 좁은 틈새를 쑤걱거리며 밀고 올라갔다. 두꺼운 페니스가 잔뜩 성이 난 듯 거세게 푹푹 들쑤시자 은서의 아랫배가 홧홧해졌다. 뜨거움과 쾌감. 죽을 것 같은 쾌감이 점점 빨라지는 그의 피스톤질과 함께 은서의 몸을 뒤흔들기 시작했다. 터질 듯 달아오른 그의 불끈거리는 남성이 쑤욱 빠져나갔다가 내벽을 긁으며 끝까지 짓쳐들어왔다.

"아하앗⋯⋯!"

흐릿한 은서의 시야가 위아래로 크게 흔들렸다. 밤하늘과 울창한 나무가 어지러이 뒤섞였다. 더 이상은 아무런 생각도 머릿속을 침범하지 못했다. 이곳이 오픈된 장소라는 것도, 파티장 안에 동우가 있다는 것도 아무것도 생각나지 않았다. 오로지 온몸을 뒤흔드는 강렬한 쾌감만이 그녀의 모든 것을 장악했다. 은서는 그의 단단한 몸을 꽉 움켜잡고 유연한 허리를 한껏 비틀며 그를 더욱 깊게 받아들였다.

"크웃."

지하는 거친 신음을 흘리며 짐승처럼 사납게 허리를 움직였다. 그의 움직임이 격해질수록 은서의 발목에 걸쳐진 브리프가 사정없이 흔들렸다.

"학, 아, 아앗, 아⋯⋯!"

서로의 살이 부딪히며 찰싹거리는 은밀한 소리가 조용한 테라스를 음란하게 울렸다. 터질 것 같은 열기가 치솟는 불길처럼 뜨겁게 달아올랐다. 은서의 몸이 위아래로 들썩일 때마다 애액으로 범벅된 진한 핑크빛의 속살이 단단히 발기한 페니스를 한껏 물고 조여 댔다. 그 엄청난 압박감에 지하는 이를 악물고 허리를 거칠게 움직였다.

미칠 것 같아!

은서는 그의 목을 힘껏 껴안으며 터져 나오는 신음을 억지로 눌러 삼켰다. 여린 속살을 뚫고 사정없이 그가 들이칠 때마다 불에 덴 듯 홧홧한 뜨거움과 함께 벼락같은 쾌감이 내리꽂혔다.

"아아! 윤지하!"

은서가 지하의 등에 손톱을 박아 넣으며 교성을 내질렀다. 정신이 나가 버릴 것 같은 끔찍한 쾌감이 저릿저릿하게 온몸을 타고 내렸다. 귓가에 지하의 뜨거운 숨결이 쏟아졌다.

"더 해. 더 소리 질러."

격한 움직임에 그의 목소리가 뚝뚝 끊어져 나왔다. 땀에 젖은 은서의 탱글한 엉덩이를 꽉 움켜잡고 그가 반으로 갈라 버릴 듯 거칠게 들이쳤다.

"아흣!"

"더!"

"아아, 지하. 윤지하!"

엄청난 힘으로 좁은 질을 푹푹 쑤셔 올리자 은서가 본능적으로 허리를 휘며 그의 몸을 한껏 조여 댔다. 은서가 그를 부르는 열락에 휩싸인 목소리가 그로 하여금 광기 어린 욕망에 휩싸이게 만들었다.

"제길, 윤은서!"

그가 짐승같이 포효하며 무서운 속도로 들이쳤다.

"아아, 아아앗!"

거센 움직임에 맞춰 은서의 땀에 젖은 가슴이 위아래로 세차게 흔들렸다. 새된 신음을 연신 터뜨리는 그녀의 다리가 허공에서 정신없이 덜렁거리고 있었다.

"이제, 이제 더는……!"

절정으로 치달은 은서의 고개가 뒤로 확 젖혀졌다. 미친 듯이 움직이던 지하의 허리가 은서의 안으로 깊게 휘어졌다.

"학……!"

"크으읏."

소름 끼치는 절정의 순간, 지하는 한동우의 손길이 닿았던 은서의 하얀 어깨에 이를 박아 넣었다. 자신의 것을 뺏기지 않겠다는 강렬한 수컷의 욕망이 그를 마지막까지 몰아붙였다.

오피스텔로 돌아온 은서는 던져 놓은 휴대폰이 깜빡거리는 걸 흐릿한 눈빛으로 바라봤다.

[괜찮아요. 몸이 안 좋으면 푹 쉬어요.]

지하에게서 풀려난 뒤 도망치듯 그대로 파티장을 빠져나와 집으로 왔다. 집으로 온 뒤에야 동우가 떠올라 미안하지만 몸이 안 좋아 먼저 오게 되었다는 문자를 남겼다. 동우의 답장을 멍하니 보던 은서가 흘러내려온 머리칼을 쓸어 넘겼다. 이런 모습으로 동우를 대면하기는 힘들었다.

은서는 긴 머리칼로 가리고 있던 한쪽 어깨를 거울에 비쳐 봤다. 보랏빛으로 피가 멍울져 있는 어깨에는 그의 집착과 욕망이 고스란히 남아 있었다.

전쟁 같은 섹스 후에 남는 것은, 언제나 이런 상처뿐이었다.

그와 자신은 서로에게 늘 상처만 남긴다. 피가 터지고 살갗이 떨어져 나가도록 탐한 후에 혼자 버려지고 남는 것은 그의 흔적과 지독한 상실감뿐…….

은서는 그의 욕망이 쏟아졌던 자신의 허벅지 안쪽을 손가락으로 쓸었다. 울컥거리며 토해 내지던 뜨거운 정액이 허벅지를 길게 타고 내려가던 감촉이 생생히 떠오른다. 윤지하는 절대 이 몸 안에 그의 흔적을 남기지 않는다.

그러는 게 맞는다는 것을 알면서 우습게도 그 사실이 그녀를 더욱 깊은 절망으로 밀어 넣고는 한다.

"하……."

은서가 입술 끝을 비틀며 쓸쓸한 조소를 흘렸다. 서지혜와 키스하고, 보란 듯 흔적을 남겨 놓는 윤지하를 이해할 수가 없다. 지독한 소유욕을 보이듯 온몸에 자신의 흔적을 남긴 그의 마음은 뭐지? 이렇듯 엉망으로 만들어 놔야 속이 시원한 걸까? 그렇게 자신이 미운 걸까? 도대체 왜…….

출구 없는 미로를 헤매듯 은서는 답답하기만 했다.

지하가 부윤그룹 본사 로비로 들어서자 순식간에 모든 시선이 그에게 쏠렸다. 여자들은 그의 냉철하며 차가운 수려한 외모에, 그리고 남자들은 등골이 서늘해질 정도의 위압적인 분위기에. 모든 사람들의 시선을 단숨에 빼앗으면서도 거기에는 일말의 관심도 없다는 듯 서늘한 표정으로 지하가 걸어갔다.

지하가 엘리베이터에 몸을 싣고 사라진 이후에야 그에게 몰려들었던 시선들이 다시 제각각 흩어졌다. 그 모습을 로비 한편에서 한태가 눈을 부라리고 보고 있었다.

망할 윤지하…….

하이에나처럼 내 몫이었던 것을 당연한 듯 빼앗아 간 더러운 자식.

한태는 그가 사라진 엘리베이터 문을 노려보며 어금니를 으득 깨물었다. 평생 비교만 당해 왔고, 모든 파티장과 연회장에서 점찍어 둔 여자들이 다 저놈만 가지려고 안달을 냈다. 무려 3년을 공들인 대흥제약 외동딸까지 그렇게 말했었다.

'내가 왜 너와 술을 마셔야 하는데? 윤지하도 데려온다면 생각해 보겠지만.'

젠장, 감히 날 능멸해? 네깟 놈이 감히 날……!

한태의 얼굴이 사납게 일그러졌다. 씩씩거리며 거칠게 숨을 몰아쉬던 그의 눈이 묘한 빛을 내며 희번덕거렸다.

뭐, 좋아. 윤지하. 네 그 잘난 콧대를 짓뭉개 줄 날이 얼마 안 남았으니까 말이지…….

한태는 입술 끝을 비릿하게 비틀며 코웃음 쳤다. 그의 머릿속에 어젯밤 칼이라는 남자와의 통화가 떠올랐다.

'심사숙고한 결과 당신과 1순위로 계약하기로 했습니다. 축하해요, 미스터 윤.'

한태의 입술 끝이 주체를 하지 못하고 말려 올라갔다. 이 답변을 얻기 위해 얼마나 많은 뒷돈을 투자했는지 모른다. 세계에서도 서로들 가지고 싶어 안달 난 미국 특허 대체에너지관련 신기술 소유권을 독점하다시피 따오다니. 이건 거의 기적에 가까운 일이었다.

따기만 하면 무려 500억 대의 수익이 보장되어 있는.

"훗, 아버지. 이제 지금까지 절 그리 대하신 걸 후회하게 되실 겁니다."

조금 전 들렀던 회장실에서도 미국 출장을 다녀온다는 말만 하고 자세한 말은 아꼈다. 완벽히 계약이 체결된 이후의 윤 회장과 윤지하의 얼굴이 어떨지 상상만 해도 짜릿했다. 이제 미국만 다녀오면 윤지하와 자신의 입장은 완전히 뒤바뀌게 될 것이다.

"큭큭."

한태는 비어져 나오는 웃음을 억누르며 기사가 기다리는 차로 향했다.

'몇 살이야?'

'내가 잘…… 해 줄게. 나랑 놀아……. 으응?'

잠이 깬 지하는 멍하니 천장을 바라봤다. 혼란을 담은 그의 눈동자가 일순 텅 빈 듯 천장을 응시하고 있었다. 아주 오래전의 꿈을 꾼 것 같았다.

윤은서, 그 여자가 나오는 꿈.

지하는 침대에서 몸을 일으켜 꿈의 진득한 잔상을 털어 내 버리려 머리를 흔들었다. 그러고는 늘 그렇듯 침대 옆 탁자에 올려 둔 노트북의 전원을 켜고 욕실로 걸어갔다.

쏴아아아.

샤워부스 안에서 머리 위로 쏟아지는 차가운 물줄기를 맞으면서도 어딘가 계속 안개 속에 휩싸인 기분이 들었다. 꿈에서 봤던 어린 은서의 물먹은 까만 눈이 혼란스러운 머릿속을 파고들며 심장을 욱신거리게 만들었다.

"……젠장."

윤은서가 주는 익숙한 통증에 지하의 미간이 일그러졌다. 이대로 놔두면 계속 그 여자에 대한 생각에 휩쓸리고 말 것이다. 요즘 윤은서에 한해선 감정의 절제가 되지 않고 있는 상황이니. 지하는 머리를 냉정하게 하기 위해 현실을 생각했다.

부운의 개, 윤지하.

윤 회장을 위해서만 존재하는 충실한 개.

그 사실이 지금 그의 혼돈한 머릿속을 잠재울 유일한 현실이었다. 그의 날뛰기 시작하는 뜨거운 가슴이 천천히 식어 가는 것이 느껴졌다. 심장이 뭉근히 죄여 오는 통증도 점차 흐려지자 샤워기를 잠근 지하는 물에 젖은 얼굴을 손바닥으로 쓸어 올리며 샤워부스에서 나왔다.

지하는 침실로 돌아와 노트북 잠금 화면에 비밀번호를 눌렀다.

그의 얼굴은 평소처럼 서늘할 정도로 건조한 표정으로 돌아와 있었다. 오늘 일정을 확인하고 이메일 목록을 눈으로 훑던 그는 익숙한 주소를 발견하고 의미심장한 눈빛을 빛냈다.

「B36. 성공.」

칼이 보낸 간단명료한 메일 내용이 화면에 떠오르자 그의 입술이 느슨하게 말려 올라갔다.

"……큭."

차가운 그의 얼굴에 얼음 같은 미소가 덧씌워졌다.

4.
사로잡히다

"몇 살이야?"

처음 만난 그 남자애에게 물었다.

"나랑 동갑이라던데, 맞아?"

"……."

그 아이는 대답이 없었다. 난 최대한 상냥하게 묻는다고 물었는데,
왜 대답이 없을까?

"저기……."

용기를 내서 다시 말을 걸었다.

얼굴의 절반을 가린 덥수룩한 머리카락 때문에 그 아이의 눈이 보이
지 않았다. 할 수 없이 쪼그리고 앉아 고개를 들어 시선을 맞추려는데,
난 순간 숨을 삼켰다.

그 아이의 눈동자는 텅 비어 있었다.

단 한 번도 본 적이 없었던, 깊이조차 짐작되지 않는 텅 빈 눈동자.

그 눈동자를 보자마자 갑자기 울음이 왈칵 터져 나왔다. 이유는 알 수 없었지만 너무 너무 슬펐다.

그 눈동자가.

그 눈동자를 가지고 있는 그 아이가.

"내가 잘…… 해 줄게. 나랑 놀아……. 으응?"

울음기가 가득 배어나는 목소리로 말했다.

어떻게든 그의 텅 빈 눈동자를 채워 주고 싶었다. 웃을 수 있게 만들어 주고 싶었다.

"……윤 상무님."

문득 귀 안으로 들어온 비서실장의 목소리에 은서가 흠칫 놀라 고개를 들었다.

"이게 중국과 일본의 비교분석표입니다. 화면에 보이는 자료와 비교해서 보십시오."

"아, 네."

은서는 비서가 건네주는 분석표를 받아 들고 눈으로 훑으며 회의 내용에 집중했다.

회의 자리에서 자신도 모르게 다른 생각을 하고 있었다는 데 스스로 놀란 참이었다. 부윤그룹의 실무진들이 모여 있는 회의 자리였다. 쉽게 허점을 내보이면 안 된다는 걸 누구보다 잘 알고 있었는데…….

"이미 포화 상태이긴 하지만 중국 쪽이 아무래도 더 많은 가능성이 있다는 점에서 아시아권에선 중국 진출을 우선시하는 것이 맞을 듯합니다. 베이징과 상하이 쪽 호텔과 백화점에 먼저 들여놓는 걸 1차 안으로 잡았고 그에 따른 투자 건에 대해선…….."

그녀가 맡고 있는 중국 진출 건에 대한 회의가 이어지는 중이었다.

할아버지 대에선 고작 지방의 호텔 체인 정도였던 부윤그룹은 아버지 윤 회장이 확장에 확장을 거듭해 지금은 제법 덩어리가 큰 굵직한 그룹으로 자리 잡았다. 호텔 리조트와 전자부품 분야만으로는 만족하지 않은 윤 회장은 유통라인 쪽에 손을 뻗쳐 백화점, 대형마트, 편의점, 홈쇼핑의 최대 유통라인을 만들어 냈다.

물론 부윤그룹이 이렇게 빨리 몸뚱이를 불린 데는 정당한 방법만 쓰인 것은 아니었다. 실상 짧은 시간 안에 이 정도의 확장을 가능하게 한건 기업사냥꾼이라고 불리는 M&A 전문가 지하의 공이 컸다.

하지만 은서는 사실 이 모든 것에 회의적이었다. 철저히 부윤을 위해 키워진 그가 두각을 나타낼수록 견제세력은 늘어났다. 이미 장 여사나 한태의 적대감은 위험 수위를 넘어설 정도였다.

남의 땅을 짓밟고 점령해서 과연 뒤탈이 없을까. 아무리 그런 일이 비일비재한 세계이고, 그런 짓을 가장 뒤탈 없이 해낸 사람들만 살아남는 세계라 할지라도…….

이런 생각을 하면 그 남자가 또 비웃겠지.

'넌 이딴 삶과 어울리지 않아……. 공주니까. 안 그래?'

맘 약하고 착한 척만 하는 공주님.

부모인 왕과 왕비가 온갖 착취를 일삼아 백성 등골을 빼먹은 돈으로 드넓은 성 안에서 호의호식하는. 그러면서 그저 백성들이 안쓰럽다고 동정심을 흘리는…… 뻔뻔한 공주님.

회의가 끝나고 상무실로 돌아온 은서는 머리가 지끈거렸다. 습관적인 두통에 인상을 쓰고 서랍을 열어 두통약을 꺼냈다. 하얀 알약을 입안에 털어 넣으며 생각했다.

이 두통이 언제부터였더라…….

창밖의 쨍한 햇빛을 내다보며 은서의 머릿속은 과거로 내달렸다.

집안의 공기는 늘 눅눅했다.

아무리 넓은 집으로 이사를 하고, 이 나라에서 알아주는 부촌으로 옮겨 확장을 해도, 모든 가구를 반들반들한 이태리제 명품 가구로 싹 갈아 치워도 공기 중에 떠돌아다니는 눅눅함을 지우진 못했다.

기억도 나지 않을 때부터 한태 외에는 관심도 없는 장 여사 때문에도 그랬고, 회사일 외엔 관심도 없는 윤 회장 역시 마찬가지로 어린 은서의 숨통을 죄어 왔다.

'계집애면 얌전히 시키는 대로 말이나 잘 들어.'

장 여사가 늘 입에 달고 사는 그 말은 스스로를 위축시키기에 충분했다. 은서는 늘 어딘가 위축이 되어 있었고 식구들의 눈치를 보며 지내야 했다. 장 여사의 말대로 늘 감정을 참고 시키는 대로 잘하는 아이가 되려고 노력했다. 그러는 수밖에 없었다.

초등학교 3학년 때였다.

사립 초등학교에 다닐 때는 으레 그렇듯 출신 성분으로 서열이 정해졌다. 그 학교에 다니는 재벌가의 자식들은 자신들 부모에게 학습받은 그대로 행동했다. 서로의 집에 가지고 있는 것이 얼마나 많은가에 따라 자신들의 서열을 스스로 나눴다.

처음부터 많은 것을 가지고 있는 집안의 아이들도 많았지만, 그들 사이에 편입하고 싶은 작은 중소기업의 자식들도 몇몇 있었다. 기부금만 내면 들어갈 수 있는 학교니 무리해서 기부금을 내서라도 자기 아이를 그 학교로 보냈다. 하지만 그들의 그런 허영심은 아이에게 상처만 줄 뿐이었다. 그렇게 들어간 아이들은 어차피 따돌림의 대상이 될 뿐이었으니까.

소연의 부모도 그 부류였다.

하지만 소연은 다른 아이들과는 달랐다. 다른 아이들은 재빨리 자신의 서열을 파악하고 시녀처럼 굴거나, 납작 엎드려 있는 등 영악하게 처신한 데 반해, 소연은 그런 것 따위 상관없다는 듯 늘 밝았다.

3학년이 된 지 얼마 안 되었을 때 아이들은 서로의 재력을 은연중에 과시하며 파벌을 형성하고 있었다. 그 아이들 중 누구도 소연을 끼워 주지 않았다.

"은서 너, 전에 오빠 생일 파티 할 때 봤는데, 나 기억나?"

"응? 아, 으응."

부윤이 한창 세력을 확장하고 있던 차라 은서 주변에도 어느새 아이들이 모여들었다.

"부윤호텔 좋더라. 제주도에 놀러 갔을 때 가 봤는데 거기서 제일 큰 호텔이던데? 너네 호텔 다른 나라에도 있어?"

은서가 고개를 끄덕이자 질문을 던진 아이의 눈이 금세 반짝반짝 빛났다.

"어디? 미국에는 있겠지? 유럽에도 있어?"

"우리 집은 미국에 리조트 있는데, 하와이에."

"야, 요즘 하와이 별로래. 우리 엄마가 그러는데 거기보다는 요즘 중남미 쪽이 훨씬 상권이 좋다던데?"

은서는 이게 자신과 같은 열 살짜리 아이들이 하는 이야기가 맞는지 의문이 들 정도였다. 아이들끼리 하는 이야기를 한 귀로 들어 넘기는 은서의 시선은 소연에게 닿아 있었다. 아무도 끼워 주지 않자 소연은 끼리끼리 모여 있는 아이들을 한 바퀴 둘러보다가 서너 명의 아이가 모여 있는 쪽으로 다가갔다.

"무슨 얘기 하는 거야? 나도 끼워 주라."

소연이 슬쩍 끼어들자 그중 가장 서열이 높은 집 아이가 대번 얼굴을 구겼다.

"얘 좀 봐. 넌 낄 데 안 낄 데 모르니? 어딜 끼려고 그래?"

대놓고 면박을 당해도 소연은 기가 죽는 법이 없었다.

"그런 말이 어디 있어? 우리 다 같은 반이잖아. 왜 나는 끼면 안 되는데?"

"너 정말 그걸 몰라서 물어?"

"뭔데?"

"얘 좀 봐. 정말 모르나 봐. 어쩌니?"

아이들의 쿡쿡거리는 웃음소리와 비아냥거리는 목소리가 들려오자 은서는 숨이 막혀 오는 기분이었다. 그럼에도 소연은 태연했다.

"모르니까 물어보지. 그러니까 이유가 뭔데?"

소연이 재차 묻자 아이 하나가 선심 쓰는 듯한 표정으로 말했다.

"김소연. 너네 집 뭐 한댔지?"

"우리? 아빠가 공장 가지고 있는데, 그게 왜?"

"봐봐. 그게 너랑 우리가 다른 이유야. 고작 공장 하나 가지고 있는 중소기업 주제에, 우리랑 어떻게 어울리니? 우리 반에 재계 순위 100위 안에 못 드는 건 너까지 해서 딱 3명밖에 없는 거 몰라?"

최대한 이죽거리며 말하려는 듯 아이의 한쪽 입술이 한껏 비틀려 올라가 있었다. 그 얼굴을 본 순간 은서는 저도 모르게 소름이 돋았다. 어떻게 저 아이는 저 나이에 저런 말을, 저런 표정을 지으며 말할 수 있을까?

그런데 소연은 어린 나이지만 전혀 주눅 들지 않고 말했다.

"그게 뭐? 꼭 그 안에 들어야 친하게 지낼 수 있는 건 아니잖아."

소연의 말에 그 아이들은 어이없다는 표정으로 서로를 쳐다보더니 손가락으로 머리를 가리키더니 빙빙 돌렸다.

"얘 이건가 봐. 말도 못 알아들어. 그냥 무시하고 저기로 가자."

"그래. 그러자. 웃기지도 않아."

소연만 남겨 놓고 아이들은 우르르 다른 곳으로 몰려갔다. 작은 주먹을 말아 쥐고 아이들이 간 쪽을 바라보고 있던 소연이 뒤를 돌아본 순간, 반에 있던 모든 아이들이 소연의 시선을 피했다. 필사적으로 상대를 찾으려는 그 아이의 눈망울이 이리저리 헤맸지만 누구도 소연과 시선을 맞추는 아이는 없었다. 소연이의 그 작은 주먹이 파르르 떨리는 것이 보였다. 참을 수 없어진 은서는 어느새 그 아이에게 다가가고 있었다.

"어? 은서야. 너 쟤한테 가려고 그래? 놔둬, 그냥."

"그래. 우리랑 어울리지 않는 애잖아."

주위에 있던 아이들의 목소리를 무시하고 은서는 소연에게 다가갔다. 실내화 끝만 바라보고 있던 소연은 누군가가 다가온 걸 알아챘는지 고개를 들었다. 소연은 울지 않고 있었다. 그래서 은서는 한편으로 안심했다.

"난 윤은서야. 나랑 놀래?"

그 순간 소연의 동그란 눈이 반달처럼 접히더니 활짝 웃었다.

"응. 은서야."

솜사탕 같은 몽글몽글한 웃음을 짓는 소연이 그날부터 은서의 유일한 친구가 되었다. 어른들과 다를 바 없이 사교적으로 친구를 상대하는 다른 아이들과 달리 소연은 진심으로 대해 줬다. 은서는 소연과 함께 있으면 즐거웠다. 생전 처음으로 생긴 친구라는 존재가 이렇게나 소중하다는 것을 처음 알 수 있었다.

주변의 시선을 지독히 신경 쓰는 장 여사는 은서의 생일과 지하의 생일에도 파티를 열어 줬다. 한태만큼 화려하진 않아도 나름의 구색은 갖출 만한 파티였다. 은서는 처음으로 생일 파티 날 친구를 초대했다. 소연은 가지고 있는 옷으로 최대한 예쁘게 차려입고 시간에 맞춰 나타났다.

"생일 축하해. 은서야. 여기 선물."

"선물은 준비할 거 없다니까."

"에이, 그래도 생일이잖아. 너 그러고 있으니까 진짜 공주 같다."

선물을 전해 준 소연이 은서의 핑크빛 드레스를 칭찬해 주자 은서가 웃었다.

"고마워."

"그런데 나 이런 파티는 처음이야. 너무너무 떨려."

소연은 호기심에 찬 시선으로 주위를 둘레둘레 둘러봤다.

"떨 거 없어. 그냥 맛있는 거 먹고 놀면 돼."

은서의 말에 소연이 해맑게 웃었다.

"응. 맛있는 거 정말 많다. 불러 줘서 고마워. 은서야. 솔직히 조금 부러운 것도 있었거든. 다른 애들이 이런 파티 얘기 할 때마다 어떤 데인지 궁금했었어."

"뭘."

소연의 말에 은서는 뿌듯한 마음이 들었다. 늘 사교파티니 모임이니 말하며 인맥 과시를 해 대는 반 아이들 사이에서 어린 나이라도 소외감을 느낄 수 있었을 것이다. 은서는 누군가를 행복하게 해 줄 수 있다는 느낌이 어떤 건지도 처음 알 수 있었다.

"그런데 나 인사하고 오는 동안엔 혼자 있어야 되는데 심심하지 않겠어?"

"괜찮아. 난 혼자서도 잘 놀거든. 신경 쓰지 마."

"응. 그럼 얼른 갔다 올게."

소연이 기다리고 있다는 생각에 평소보다 미소가 수월하게 지어졌다.

미소. 사람들과 인사할 때는 가면처럼 둘러쓰고 있어야 하는 미소. 이때부터 은서는 그 미소 가면에 익숙해져 있었던 것 같다. 이 자리에 있는 모든 사람들도 마찬가지였다. 사람들은 모두 미소 가면을 쓴 채 인사를 나누고 있었고 그 모습은 겉보기에는 무척이나 화기애애해 보였다.

"은서야. 생일 축하한다."

"네. 감사합니다. 장관님."

"은서가 벌써 숙녀가 다 됐구나. 크면 아주 미인이 되겠어."

"감사합니다. 회장님."

모든 것은 가면일 뿐이라는 걸 알면서도 미소를 지으며 인사를 나눴다. 인사를 나눈 후 돌아갈 상대가 있다는 것은 무척이나 들뜨는 일이었다. 미소 가면을 벗어 버린 은서는 진심으로 웃음을 머금고 소연이 있는 곳으로 돌아갔다.

"미안. 심심했지?"

"아냐. 괜찮았어. 여기 예쁜 꽃도 많고 맛있는 것도 많아서 너무 좋다."

기다림에도 환하게 웃어 주는 소연을 보고 은서의 미소가 절로 깊어졌다. 그때 소연이 갑자기 눈을 빛내며 물었다.

"저기, 그런데 저 남자는 누구야?"

"응? 누구?"

"저기. 저 우리 나이 또래로 보이는 애. 턱시도 입고 너네 아버지와 같이 있는 아이."

소연이의 소곤거리는 목소리를 들으며 시선을 돌리니 그곳에 지하가 있었다. 지하 역시 자신과 별다를 바 없는 미소 가면을 쓴 채 아버지 손에 이끌려 여러 사람들과 인사를 나누고 있었다.

"아아…… 윤지하야."

"윤지하? 너희 오빠야?"

"아니, 그건 아니야. 그런데 왜?"

은서의 말에 소연은 두 볼을 발갛게 물들였다.

"저런 잘생긴 남자애는 처음 봤어. 어쩌면 저렇게 귀공자같이 생겼을까? 키도 크고. 몇 살인데?"

"우리와 동갑이야."

"아, 동갑이구나. 우리보단 많아 보이는데……. 6학년 오빠들보다 키도 큰 것 같은데?"

소연이 지하를 바라보며 소곤거렸다. 그 시선에 따라 은서도 지하 쪽으로 시선을 돌렸다. 소연의 말대로 그는 이 자리에 있는 그 누구보다도 귀티가 흐르는 얼굴이었다. 또래 아이들보다 훨씬 큰 키와 성숙한 표정은 그를 더욱 빛나는 존재로 보이게 만들었다.

"소연아. 저쪽에 예쁜 꽃 많은 정원 있어. 구경시켜 줄게."

"정말? 그래. 가 보자."

은서는 소연을 데리고 정원 쪽으로 걸음을 옮겼다. 소연은 재잘거리며 파티장에서 본 사람들에 대한 이야기를 늘어놓았다. 말로만 듣던 유명한 사람도 봤다며 잔뜩 상기된 얼굴로 말하는 소연을 보니 정말 데려오길 잘했다는 기분이 들었다.

그날 처음으로 파티에 친구를 초대했다는 생각에 은서는 한껏 들떠 있었던 것 같다. 그래서 장 여사가 유심히 소연을 지켜보는 걸 느끼지 못하고 있었다.

파티가 끝나고 난 뒤 손님들께 인사하고 소연을 보낸 뒤에 장 여사가 은서의 방으로 찾아왔다.

"아까 그 아이 누구니?"

"네?"

막 소연이 준 선물을 풀어 보려던 은서는 장 여사를 돌아보며 물었다. 장 여사는 팔짱을 낀 채로 은서를 싸늘히 내려다봤다.

"너랑 달라붙어 있던 그 아이 말이다. 어느 집 아이야?"

"소연이요? 소연이는 그냥……. 평범한 집인데."

은서가 어물거리자 장 여사는 그럴 줄 알았다는 듯 빨간 입술을 비틀었다.

"그럴 줄 알았어. 내가 그런 격 떨어지는 애랑 친분 쌓으라고 그 학교 보낸 줄 아니?"

"어머니. 소연이는……."

"앞으로 그 아이랑 놀지 마. 알았어?"

차갑게 말을 내뱉은 장 여사는 휙 몸을 돌려 문을 쾅 닫고 나갔다. 방 안에 남겨진 은서는 소연이 준 선물을 손에 꼭 쥔 채로 망연자실 서 있었다.

그 후로 소연을 집으로 데려온 적은 없었지만 은서는 변함없이 소연과 사이좋게 지냈다. 학교에서만 노는 건 상관없지 않을까 싶었고 이미 소연은 은서에게 무척 소중한 존재였다. 단 하나뿐인 친구를 그저 우리 집안과 격이 맞지 않는다는 이유로 멀리하고 싶지는 않았다.

그러던 어느 날 날벼락 같은 소리를 들었다.

"은서, 다음 달에 영국으로 유학 일정 잡아 놨으니까 그렇게 알고 준비해."

통보하듯 말하는 장 여사의 말에 학교에서 돌아온 은서는 계단을 오르려다 놀란 얼굴로 멈춰 섰다.

"이렇게 갑자기 유학이요……?"

"그래. 원래 오빠만 보낼 생각이었는데 고맙게 생각하렴. 너한테도 기회를 주는 거니까."

선심 쓰듯 말하는 장 여사의 얼굴을 은서는 할 말을 잊은 채 한참 바라보고만 있었다. 고작 열 살이던 은서에게 영국은 너무나 먼 땅으로 느껴졌다. 그리고 무엇보다, 지하와 소연과 멀어지는 것이 싫다는 생각이 먼저 들었다.

은서가 당황스러운 표정을 지은 채로 바라보고 있자 장 여사가 인상을 찡그렸다.

"네, 하고 대답하고 어서 올라갈 것이지 뭣하고 서 있어?"

입술만 달싹이다가 겨우 말을 꺼냈다.

"어머니. 전⋯⋯."

장 여사 말대로 늘 네, 만 하던 은서였다. 단 한 번도 아니요, 라는 말은 입에 담아 본 적이 없었다. 지금까지 항상 부모님이 시키는 대로 따랐지만 유학이라니. 갑자기 유학이라니⋯⋯.

"뭐?"

장 여사의 신경질적인 목소리가 날아왔다. 은서는 숨을 삼키고 겨우 말했다.

"전 유학 가고 싶지 않아요."

은서의 말을 들은 장 여사의 눈빛이 단박에 싸늘해졌다.

"유학 가고 싶지 않다고? 그 말은 지금, 시키는 대로 하지 않겠다는 소리니?"

되묻는 차가운 목소리에 서릿발이 뚝뚝 떨어지는 것 같았다. 은서는 땀이 축축이 배어난 주먹을 꼬옥 말아 쥐었다. 처음으로 원하는 것을 말하는 것은 무던히도 용기가 필요한 일이었다. 그래도 처음이니까. 아니요, 라고 하는 것은 처음이니까 혹시, 내 말을 들어주시지 않을까 하는 기대감에 은서는 다시 말했다.

"저는 지금 여기가 좋아요. 멀리 가고 싶지 않아요."

그 순간 장 여사의 눈이 날카롭게 가늘어졌다.

"하, 그래?"

그때 은서는 알았다. 장 여사의 그 눈은, 자신이 소중하게 생각하고 있는 게 뭔지 정확히 알고 있는 눈이라는 걸.

"그럼 할 수 없지. 네 아버지에게 알려야겠구나. 네가 유학에 가지 않겠다고 한다고 말이지."

"……!"

그 순간 은서의 팔뚝에 오소소 소름이 돋아났다. 윤 회장이 무서운 사람이라는 것은 은연중에 알고 있었다. 수시로 압박을 가하는 장 여사보다 평소에는 집안일에 무관심하지만 결정적인 순간 나서는 윤 회장이 더 무섭다는 걸 알고 있었다. 시키는 대로만 하면 평온을 유지할 수 있었다. 하지만 언제나 문제는 그 궤도를 이탈할 때 발생하곤 했다.

윤 회장의 귀에 들어간다면 분명히 무슨 일이 생길 것이라는 걸 은서는 직감적으로 느꼈다. 그리고 그 직감이 틀리지 않았다는 것은 일주일이 채 지나기 전에 알게 됐다.

은서는 그날도 별일 없을 거야, 라고 스스로 주문을 걸며 교실 문을 열었다. 자리로 향하던 은서는 그 자리에 그대로 얼어붙고 말았다. 늘 웃고 있던 소연이 울고 있었다.

얼굴이 굳은 은서는 설마, 하는 생각으로 얼른 소연에게 다가가 물었다.

"소연아. 왜 그래?"

얼굴을 가리고 울고 있던 소연이 은서를 보더니 더 크게 눈물을 터뜨렸다.

"으, 은서야."

눈물로 범벅이 된 소연의 얼굴을 보자 무서운 예감이 등골을 타고 올랐다. 설마, 설마 아니겠지……

"왜 그래. 왜 그러는데. 말해 봐. 혹시 무슨 일 있는 거야? 응?"

소연의 얼굴이 엉망으로 찡그려졌다.

"흑, 엄마, 엄마가…… 너랑 놀지 말래. 너, 너랑 놀면 우리 집 망한대."

"……뭐?"

"우리 공장에 거래하던 데를 다 끊어 버리겠다고 너희 아빠가…….

흐윽. 도대체 어떻게 된 일이냐고 어제 아빠한테 막 맞았어. 우리 아빠

그러셨던 적 하, 한 번도 없는데……."

은서는 피가 거꾸로 솟는 듯한 기분이었다. 소연이 우는 소리가 귓가

에서 웅웅 울렸다.

"우, 우리 집 이제 어떡해? 은서야. 저, 정말 너희 아빠가 우리 집 망하

게 하는 거야? 나 이제 이 학교도 못 다닐 거라고 엄마가 그러는데…….

그게 정말이야?"

"세상에, 김소연 이제 어떡하니? 그 조그만 공장 하나마저 망하게 된

거야? 어쩜."

"잘됐네, 이참에 네 수준에 맞는 학교로 옮겨. 그럼 되는 거잖아?"

소연이 우는 모습을 보고 아이들은 키득거렸다. 은서의 머릿속에 뜨

거운 열기가 퍼졌다. 잠시 아무 말도 못 하고 하얗게 질린 얼굴로 서 있

던 은서는 겨우 숨을 고르고 소연에게 말했다.

"소연아. 걱정하지 마. 내가 집에 가서 그만두게 할게."

"저, 정말?"

은서의 말에 소연이 발갛게 충혈된 눈으로 올려다봤다.

"응. 약속할게. 그러니 안심해."

다짐하듯 말한 은서는 그대로 다시 교실 문을 나왔다. 머릿속이 엉망

진창으로 어그러졌지만 한 가지는 확실히 알 수 있었다. 이 일은 윤 회

장이 벌인 것이라는 것.

은서는 어떻게 집까지 온지도 모르게 정신없이 집으로 뛰어왔다. 집에 들어오자마자 장 여사의 방으로 가 문을 벌컥 열었다.

화장대 앞에 앉아 입술을 빨갛게 칠하고 있던 장 여사가 뒤돌아봤다.

"학교는 어쩌고?"

"유학, 갈게요."

은서가 턱까지 찬 숨을 몰아쉬며 말하자 장 여사가 은서를 똑바로 봤다.

"뭐?"

"저 유학 갈게요. 그러니까 소연이네 집 그냥 놔두세요."

장 여사의 눈이 가늘어졌다. 그러더니 새빨간 입술 끝도 가늘게 올라갔다.

"그러니까 진작 그랬어야지. 알았다. 회장님께 말씀드릴 테니 넌 다시 학교나 가 봐."

"……네."

장 여사는 태연히 일어나서 전화기를 들었다. 은서는 그 모습을 보고 조용히 방문을 닫고 나왔다.

그때 은서는 확실히 알았다.

좀 더 어릴 땐 곰 인형이 쓰레기통에 처박혔고, 반짝이는 공주 거울이 산산조각이 났고, 처음으로 완성했던 수채화 액자가 부서졌다. 설마 아니겠지, 하고 마음속으로는 부인하면서도 착한 딸이 되었던 이유는 은연중에 또다시 소중한 무언가가 부서질까 봐 겁이 났기 때문이다. 이제야 그 공포가 현실이 될 수밖에 없던 이유를 확실히 알았다.

부모님은 자신들의 말대로 따르지 않으면 가차 없이 은서의 가장 소중한 것을 망가뜨린다. 그제서야 확실히 알게 된 은서는 모든 기대를 접고 그대로 부모님이 바라는 대로 유학을 갔다.

　은서의 시선은 여전히 창밖의 햇살을 받는 한강을 향해 있었다. 하얗게 부서지는 햇빛이 물비늘처럼 강의 표면을 은빛으로 반짝이고 있었다.

　그때 일 이후로는 부모님의 뜻을 거스르지 않고 저 물처럼 흐르는 대로 조용히 살아갔다. 단 한 번을 제외하고는.

　그 남자, 윤지하는 어땠을까. 그 남자에게는 과연 어떤 선택의 여지가 존재했을까…….

　은서에게 선택의 여지가 없었듯 그는 다른 방식으로 길들여졌을 것이다. 그가 길들여지는 방식을 처음부터 똑똑히 지켜봐 왔기에 누구보다 잘 알았다. 윤지하나 윤은서나 결국은 그 집안의 꼭두각시들일 뿐이다. 그래서 윤은서는 윤지하를 원해선 안 되었다.

　윤지하만은…….

　잔잔하게 흘러가는 물줄기를 보는 은서의 눈빛이 점차 어둡게 가라앉았다. 어릴 때는 무의식중에 두려워했던 것 같다. 그를 향한 마음이 커져 가는 것을 들킬까 봐, 지하를 소중히 생각하는 자신의 마음을 장여사나 윤 회장이 알게 된다면 틀림없이 그도 망가뜨릴 거라고 생각하여 불안해했다.

　그가 회사에 큰 역할을 하게 된 이후로는 그런 걱정은 사라졌다. 아마 윤 회장은 회사에 도움이 되는 그를 망가뜨리진 못할 것이다. 윤지하가 망가지면 가장 타격을 받을 사람은 자신이니까. 윤 회장이 윤지하를 철저히 길들여 왔고 그런 그의 능력이 지금 윤 회장의 성공을 이뤄 주고 있는 거니까…….

　어느 순간 은서는 자신도 윤지하에게 가해자의 입장이라는 것을 알게 되었다. 그 집 모든 사람들이 윤지하에게 가해자가 되는 것이고 은서 역시 원하든 원하지 않든 공범이 되어 버렸다. 허울 좋은 방식으로 윤지하를 가둬 두고 인간 이하의 취급을 하며 회사의 이익만을 위한 존재로만 만든 사람들은 윤은서의 식구들이니까.

"하아."

저도 모르게 입술에서 답답한 한숨이 흘러나오는데 전화벨이 울렸다. 동우였다.

타이트한 블랙 슈트가 감싼 늘씬한 몸이 우아하게 차에서 내렸다. 누가 봐도 시선이 돌아갈 만큼 멋진 남자였다. 뱀파이어처럼 파르스름할 정도로 창백한 피부에 깊고 서늘한 눈동자를 가진 남자가 넥타이를 잡고 거칠게 흔들며 옆에 서 있는 비서에게 물었다.

"몇 프로 남았지?"

"이제 5프로 정도면 됩니다."

비서는 정중하게 대답했다.

"아직도 버티는 중인가?"

"네."

지하는 차가운 얼굴에 냉소적인 웃음을 비틀어 담았다.

"아직 정신을 못 차린 모양이군. 두 번 정도 하한가 치고 빠져나가면 정신 차리겠지. 그대로 진행해."

"알겠습니다."

비서가 대답하자 지하가 빠른 걸음으로 건물 쪽으로 걸어갔다. 비서는 지하의 뒷모습을 미간을 좁히고 바라보고 있었다.

언제나 느끼는 거지만 그가 모시는 이는 어지간히 피도 눈물도 없는 인간이었다. 지금 자기가 잡아먹고 있는 몸통이 이 나라에서 어떤 존재인지를 알면서도 저렇게 거침없이 일을 진행시키다니…….

비서는 저도 모르게 한기가 느껴져 몸을 부르르 떨었다.

"당신 말대로 하기로 했어요."

지하의 차에 올라타자마자 지혜가 석류를 깨문 것 같은 빨간 입술을 끌어 올리며 말했다.

"이런, 놀라운데?"

지하가 놀라운 표정으로 말하자 지혜가 그에게 슬쩍 눈을 흘겼다.

"내 능력 무시하는 거죠? 내가 그거 하나 못 따낼까 봐?"

"설마."

보기 좋게 미소를 지은 지하가 지혜의 허리를 끌어당겼다.

"아."

지혜가 야릇한 한숨을 내쉬며 탄탄한 지하의 품에 기댔다. 그녀를 안은 채로 지하가 속삭이듯 낮게 말했다.

"그래도 회사 내에서 반발이 상당하다고 들었는데 괜찮겠어? 내 일 때문에 너무 억지로 몰아붙인 거면……."

"그 정도가 뭐가 어때서. 특혜를 준 것도 아니고 1순위만 당신에게 넘긴 것뿐이잖아요? 당신이 제값 쳐서 줄 거고. 난 손해 보는 장사 안 해요."

"쉽게 말하지 마. 이 건으로 태신그룹과 당신 회사가 틀어질 수도 있는 위험도 있는 거 몰라? 그러니 걱정하는 거잖아."

"당신은 그런 걱정 안 해도 된다고 했죠? 내가 알아서 해."

지하의 입꼬리가 말려 올라갔다.

"고마워."

지하의 칭찬에 지혜의 표정이 환해졌다.

"흐응. 아무렴요? 더 해 줘요. 당신 칭찬받고 싶어서 한 건데."

지하의 목덜미에 입술을 묻으며 지혜가 속삭였다. 지금 자신의 결정으로 자기 회사에 얼마나 큰 타격을 줄지 알 리가 없는 그녀의 얼굴을 바라보며 지하가 부드럽게 미소 지었다.

"물론이야. 덕분에 많은 도움이 됐어. 정말 고마워."

"……말로만?"

지혜가 야릇한 미소를 지으며 지하를 바라봤다. 그녀의 진한 갈색의 눈동자에서 욕망의 불꽃이 일렁였다. 그를 소유하고 싶은 욕망은 서지혜로 하여금 어떤 짓을 할 수도 있게 만들고 있었다. 이 무서울 정도로 매력 있는 남자가 만든 덫일 수도 있지만, 이렇게 달콤한 덫이라면 얼마든지 빠져 줄 수 있을 만큼 윤지하는 달콤했다.

사실 지혜는 지금 만나는 남자가 있었다. 집안끼리 이어진 관계로 늘 만나 오던 뻔한 타입의 재벌가 남자였다. 운이 좋았는지 지금은 러시아 지사에 있는 터라 들킬 위험 없이 지하를 만나고 있었다.

시시한 남자. 그 남자에게 적당히 맞춰 주는 데이트도, 적당히 좋은 척하는 섹스도 지루해지던 차였는데 잘됐어.

지혜가 앵두 같은 입술 끝을 살짝 끌어올렸다. 아직 완전히 지하가 넘어오지 않았지만 온전히 자신의 소유가 되면 그 남자는 그때 정리하면 될 터였다.

윤지하는 겉으론 차가워 보였지만 친절했고 매너 있었다.

그리고 항상 자신에게 달아올라 먼저 허겁지겁 달려들던 다른 남자들에 비해, 그는 육체적인 것 역시 요구하지 않았다. 오히려 그게 지혜를 달아오르게 만들었다. 어서 저 남자를 온전히 소유하고 싶은 욕망이 그녀를 안달하게 만들었다.

"갖고 싶은 게 있으면 뭐든 말해 봐. 당신이 날 위해 애썼으니 답례를 하지."

지하의 말에 지혜의 눈에 슬쩍 실망의 빛이 스쳤다. 그녀가 원하는
건 흔한 명품 따위가 아니었다. 그런 것들과 비교도 되지 않게 탐이 나
는 윤지하, 바로 이 남자였으니까.

"어머, 정말요? 안 그래도 되는데……. 그래도 당신이 주는 선물 받
고 싶으니까 그럴게요."

지혜는 그런 마음을 감추며 화사하게 웃었다.

그녀가 먼저 그를 호텔로 이끌 순 없었다. 자칫 천한 여자처럼 보일
수 있었다. 지금은 이대로도 좋았다. 오히려 그가 자신의 몸을 탐내는
다른 남자들과 달리 소중히 대해 준다는 생각도 들었다.

거액의 돈을 들인 대가로 그녀의 몸은 완벽한 바디라인을 지니고 있
어 남자들의 숱한 유혹에 익숙해져 있었다. 서지혜는 오히려 지하의 이
런 애타게 하는 면이 신선하고 자극적이었다.

지하는 서지혜를 데리고 백화점 명품관으로 향했다.

그가 지금 주는 선물이 이별의 선물이 될 것이라는 것을 알 리 없는
서지혜는 마냥 행복한 표정으로 지하의 팔짱을 끼고 기댔다.

은서는 동우가 기다리고 있는 커피숍으로 들어갔다. 갑자기 연락해
온 동우가 회사 근처에 있다는 말을 하여 서둘러 퇴근을 하고 나오는
길이었다.

"미안해요. 기다렸죠?"

은서가 자리에 앉으며 흘러내리는 머리칼을 하얀 손가락으로 쓸어
올려 귀 뒤로 넘겼다. 동우는 전혀 개의치 않는다는 듯 상냥한 얼굴로
웃었다.

"갑자기 약속을 잡은 건 난데, 괜찮아요. 혹시 선약이 있던 건 아니

에요?"

"아뇨."

은서는 살며시 웃으며 투명한 유리잔을 들어 올려 물을 한 모금 마셨다. 잔을 내려놓다 문득 장 여사의 말이 뇌리를 스치고 지나갔다.

'도대체 언제까지 기다려? 지금까지 키워 주고 돌봐 줬으면 됐지, 너한테 내가 뭘 더 얼마나 투자해야 하니? 이만하면 값을 때도 됐지 않았어? 당장 진행해! 내가 직접 가서 그 댁과 담판 짓기 전에.'

윤 회장에 이어 장 여사의 독촉까지 이어지자 조금씩 조여 오던 숨통이 바짝 조여진 것 같은 기분이었다. 질식할 것만 같은 생각에 은서의 매끈한 이마가 살짝 찌푸려졌다.

"표정이 안 좋네요. 무슨 일 있었어요?"

"아, 무슨 일은요. 아무 일도 없어요."

동우가 걱정스러운 얼굴로 묻자 은서가 고개를 저으며 웃었다. 그녀의 얼굴을 말없이 바라보고 있던 동우가 부드러운 눈빛으로 끄덕거렸다.

"그럼 다행이고요."

"그런데 무슨 일로 갑자기 만나자고 하신 건가요?"

은서가 묻자 동우가 말했다.

"아직 식전이죠? 그럼 우선 배를 채울 수 있는 곳으로 자리를 옮기죠."

"아, 네. 그래요."

동우가 일어서자 은서는 그를 따라 자리에서 일어섰다.

그들이 종종 가던 그리스 레스토랑의 야외 테라스에 앉아 식사를 한 후 붉은 포도주를 마셨다. 은서의 하얗고 가느다란 손가락과 투명한 유리잔 안의 붉은빛 와인이 고혹적으로 매치되고 있었다. 동우는 와인을 마시는 은서의 모습을 말없이 바라봤다.

문득 동우와 시선이 마주치자 은서는 바람에 흩날리는 머리칼을 쓸어 넘기며 말했다.

"바람이 시원하네요."

"네. 날씨 좋은데요, 오늘."

동우가 주위를 한 번 둘러본 뒤 맞는 말이라는 듯 끄덕이며 싱긋 웃었다.

언제나 느끼지만 미소 짓는 그의 얼굴은 다정하다. 이 남자와의 결혼……. 동우와의 결혼생활을 한 번도 구체적으로 생각해 본 적도 없으면서 지금까지 약혼을 이어 온 자신이 잘하고 있는 것인지 도무지 자신이 없었다. 그렇다고 윤 회장이나 장 여사의 닦달처럼 그에게 마음에도 없는 결혼을 들이밀고 싶지도 않았다.

차라리 어딘가 멀리 떠나 버렸으면.

묘한 도피본능을 느낀 은서는 쓸쓸한 표정으로 와인 잔을 입으로 가져갔다. 도망가 봐야 아무것도 해결되지 않아. 은서는 와인을 삼키며 속으로 중얼거렸다.

물끄러미 와인을 바라보고 있자니 윤지하가 생각났다. 와인의 위험할 정도의 붉은색이 절로 그를 떠올리게 만들었다. 어쩌면 윤지하는 와인과 닮았다. 첫맛은 달콤하지만 그 달콤함에 취할 겨를도 없이 쓸쓸한 맛을 느끼게 되는 것도…….

"파스퇴르가 와인이 있는 곳에는 슬픔과 걱정은 날아간다더니, 말짱 거짓말인 모양이네요."

"네?"

갑자기 들린 동우의 목소리에 은서가 고개를 들었다.

"은서 씨를 보니까 와인 앞에서도 슬픔과 걱정이 넘치는 것 같아서요. 무슨 일 있어요? 오늘은 조금 많이 마시는 것 같은데."

"아…… . 제가 그랬나요?"

느끼지 못했던 일인 듯 은서가 손에 든 와인 잔을 물끄러미 바라봤다.

"평소에는 두 잔을 넘기지 않잖아요. 오늘은 벌써 주량을 두 배 넘어선 것 같은데…… . 역시 무슨 일이 있는 것 같은데, 무슨 일이에요? 내가 물어보면 안 되는 일인가?"

와인 잔에서 상냥한 미소를 띠고 있는 동우에게 시선을 옮긴 은서가 입을 열었다.

"동우 씨."

"네?"

평소의 눈빛과 다른 은서를 보며 동우가 와인 잔을 내려놨다.

"사창가의 여자들이 지긋지긋한 그 생활을 청산하고 싶어서 빠져나왔다가도 왜 다시 그곳으로 돌아가는지 알아요?"

의외의 말을 하는 은서를 동우가 빤히 바라보며 고개를 저었다.

"글쎄요. 경제력 때문 아닐까요?"

"아뇨."

은서는 낮게 대답한 다음 와인 잔을 입으로 가져갔다. 탐스러운 붉은 입술에 핏빛 액체가 천천히 흘러 들어갔다.

"그 생활에 철저히 익숙해졌기 때문이에요. 사람은 자신이 하던 대로, 살아온 대로 살아가게 되어 있어요. 그러니까 내내 더러운 곳에서 구르면서 살아온 사람들은 그 더러움과 역겨움에 철저하게 익숙해져 버리죠."

"…… ."

자조적인 은서의 목소리는 어딘가 우울했다. 동우는 대답하지 않았다.

"그래서 끔찍해하고 지긋지긋해하면서도 사람은 자신의 환경을 쉽게 바꾸지 못해요. 죽을 만큼 힘들다고 말하면서도 어제 그렇게 살았듯이 오늘도 그렇게 살고 있죠."

……나처럼요.

은서는 그 뒷말을 삼킨 채 다시 주욱 와인을 마셨다. 동우는 말없이 와인 잔만 빙글빙글 돌리며 생각에 잠긴 듯했다. 은서는 동우에게 시선을 맞추고 말했다.

"동우 씨. 저는 동우 씨가 행복해졌으면 좋겠어요."

동우가 이마를 슬몃 찡그렸다.

"행복이라……. 은서 씨는 지금 내가 행복해 보이지 않나요?"

"네."

은서는 틈을 두지 않고 대답하며 동우의 눈을 바라봤다.

"동우 씨만 사랑해 주고 진심으로 대해 줄 사람을 만나요. 나는요. 나는…… 지독히도 이기적인 여자라 안 돼요. 전 아무리 더럽고 혐오스러워도 지금까지처럼 살아갈 테고 그럼 동우 씨에게도 언젠가 분명 상처를 주겠죠. 제 진흙탕 속으로 동우 씨 끌어들이고 싶지 않아요."

"……."

동우가 입을 다물고 은서를 바라봤다. 은서의 투명한 눈빛이 진심을 담은 채 동우를 향하고 있었다.

"더 늦기 전에 그렇게 해요. 저 사실 동우 씨한테 선 자리 들어오는 거 알고 있어요. 저 때문에 거절하지 말고 진행시켜요. 저도 그게 더 편할 것 같아서 그래요."

진심이었다. 은서는 이 남자에게 더 이상 못할 짓을 하고 싶지 않았다. 희망 없는 사람 기다리는 일, 돌아보지 않는 사람 바라보는 일, 그

끝을 알 수 없는 지옥은 자신만으로 충분했다.

동우가 헛웃음 짓듯 고개를 흔들며 웃었다.

"은서 씨가 이런 말 하는 건 처음 보네요."

"……미안해요. 좀 더 빨리 제대로 말했어야 하는데."

은서가 기다란 속눈썹을 내리깔았다.

이런 말은 벌써 몇 번이나 했었다. 우회적으로 몇 번이나 밀어냈지만 밀어내지지 않았다. 동우는 그 정도로 밀려날 사람이 아니었다. 좀 더 확실히 했어야 했다. 그를 위해서도.

"미안하다는 말, 하지 말라고 했죠."

동우의 표정을 본 은서는 순간 멈칫했다. 이 남자는 종종 깜짝 놀랄 만큼 진지한 눈빛을 한다. 평소의 상냥한 미소가 지워졌을 때의 표정이 그의 진짜 얼굴 같다는 생각도 들었다. 어쩌면 동우 역시 미소 가면에 너무나 어린 나이부터 익숙해져 버린 건지도 모른다. 자신의 본래 얼굴이 뭔지 기억이 나지 않을 정도로.

동우는 가만히 은서를 바라보다가 말했다.

"은서 씨는 그 남자와 결혼하고 싶은 거예요?"

"……네?"

허를 찔린 표정으로 은서의 눈이 황망스럽게 커졌다. 그 눈을 똑바로 바라보며 동우가 말했다.

"은서 씨가 누구 좋아하는지 알고 묻는 거예요. 그 남자와 결혼할 생각인 거예요?"

"……."

동우의 다갈색 눈동자가 흔들림 없이 그녀를 주시하고 있었다. 은서는 당혹스러움이 드러난 표정을 숨기지 못한 채 그의 눈을 마주 봤다. 그의 말대로 동우는 알고 있다. 윤은서가 좋아하는 게 누구인지 틀림없이 알고 있다는 얼굴이었다.

"그런…… 그럴 수 있을 리가 없잖아요."

은서는 혼란스러운 표정으로 고개를 저었다.

"그럼 은서 씨는 평생 혼자 살면서, 평생 그 남자만 생각하다가 늙어 죽을 생각이에요?"

"전……."

동우가 흔들리는 은서의 시선을 잡으며 확고하게 말했다.

"은서 씨와 결혼하는 사람은, 나예요."

"동우 씨. 잠깐만요."

"그게 가장 좋은 방법인 거 알잖아요."

다른 방법이 없다는 것도 알고 있지 않냐는 얼굴로 동우가 부드럽게 웃었다.

맞다. 그의 말이 맞다. 윤은서와 윤지하가 맺어질 수 있는 방법은 없다. 그건 오로지 파멸만이 있는 길이다. 그 길을 뻔히 알면서 나아갈 수 있는 방법은…… 없다.

동우는 말문이 막힌 듯한 은서를 보며 말했다.

"조금 전에 은서 씨가 질문했으니 나도 하나 질문하죠. 왜 다이달로스는 이카루스에게 날개를 달아 준 걸까요?"

"그건…… 다이달로스가 만든 미로에서 탈출하는 유일한 방법이 나는 것밖에 없어서가 아닌가요?"

혼란스러운 얼굴로 미간을 좁힌 은서의 말에 동우가 싱긋 웃었다.

"맞아요. 그래서 밀랍으로 날개를 만들어서 아들과 함께 탈출한 거죠. 다이달로스는 발명가이자 기술자였으니까. 날개를 달아 주며 다이달로스가 아들에게 말하죠. 절대 높이 날지 말라고. 하지만 미로를 빠져 나온 이후에도 이카루스는 아버지의 말을 무시하고 높이 날다가 어떻게 되죠?"

"……."

은서가 동우를 가만히 바라봤다. 태양에 날개가 타들어 가서 추락해 버린 이카루스를 누구에게 빗댄 것인지 말을 안 해도 알 수 있었다.

"제가 너무 높이 날고 있다는 뜻인가요?"

동우가 부드럽게 미소를 띤 얼굴로 말했다.

"지금 흔들리고 방황하는 거 다 이해할 수 있어요. 그건 상관없으니 언젠가 나한테 돌아와 주기만 하면 돼요. 포기할 때까지 기다릴게요. 어차피 지금 은서 씨 감정……. 언젠가는 정리해야 하는 거잖아요."

정리해야 하는 거라고 단호하게 말하는 동우에게 은서는 아무런 말도 할 수 없었다. 그 말이 맞다는 걸 알고 있으니까. 동우는 은서의 모든 상황을 알고 있었고 지금껏 살아온 그의 세계와 같은 세계에 은서역시 살아갈 수밖에 없다는 것도 알고 있었다.

"……네."

은서는 힘없는 얼굴로 겨우 대답만 했다. 그런 대답밖에 할 수 없었다. 그의 말대로 언젠간 포기해야 할 감정이니까.

윤지하에 대한 윤은서의 감정은…….

하지만 이 밀랍 날개는 도대체 누가 달아 준 거지?

서지혜가 이끄는 대로 유명한 정통 그리스 레스토랑에 온 지하는 무심한 눈길로 주변을 훑었다. 아무나 커버하기 힘든 짙은 다크블루 정장을 그야말로 모델같이 소화한 아름다운 남자에게 식당 안의 모든 시선이 쏠렸다. 호기심을 담은 그 시선들은 자연히 함께 식당에 온 지혜에게로도 향했다. 그녀는 그 시선을 마음껏 즐기며 도도한 걸음걸이로 걸어갔다.

이런 반응이 좋았다. 지금까지 어떤 남자를 만나도 느껴 보지 못했던 기분. 지하를 소개시켜 줄 때의 친구들의 부러움에 찬 시선을 생각하면 절로 뱃속이 짜릿해지는 기분이었다.

"잠깐 화장실 좀 다녀올게요."

자리에 앉은 후 지혜가 생긋 웃으며 말했다.

"그래."

지하가 입가에 미소를 매단 채로 대답했다. 지혜는 그가 사준 백을 보란 듯이 허리에 끼고 화장실로 걸어갔다.

'이제 진도를 빼야 하는데 말이지.'

화장실 거울 앞에 선 지혜는 화장을 고치며 생각했다. 만나던 남자가 외국에서 돌아오기 전에 빨리 확실한 내 남자로 만들고 싶었는데 지하는 생각처럼 되지 않았다.

거울을 보며 눈을 가늘게 뜬 지혜는 이미 두 개나 풀어진 셔츠의 단추를 하나 더 풀었다. 은밀한 가슴계곡이 노골적으로 보였다. 가방에서 향수를 꺼내 뿌리며 비장한 표정으로 결심을 다졌다.

'오늘은 꼭 윤지하를 갖고야 말겠어.'

그의 탄탄한 몸매를 상상하는 것만으로도 온몸의 피가 뜨거워지는 기분이었다. 그는 절정의 순간 어떤 신음 소리를 흘릴까? 저 수려한 얼굴이 땀에 젖은 채로 사정없이 일그러지는 관능적인 모습을 상상하자 마음이 급해졌다.

그때 홀 안의 지하는 긴 다리를 꼬고 앉아 따분한 표정으로 앉아 있었다. 정리할 관계지만 오늘까지는 서지혜에게 투자할 필요가 있었다. 그녀가 직접 선택한 파멸의 길로 인도하게 된 일말의 죄책감이랄까.

죄책감? 훗, 웃기는군.

서지혜가 자신에게 뭘 바라는지 알고 있었다. 남들에게 보이는 화려한 액세서리. 그로 인한 우월감. 그와 함께 있을 때 거만한 시선으로 주변을 훑으며 유독 여자들이 많이 모인 곳으로 그를 데리고 가는 그녀의 천박함에 비위가 뒤틀렸던 게 한두 번이 아니었다.

지하는 싸늘한 표정으로 와인을 들이켠 후 아무 곳에나 시선을 던졌다. 온몸이 더러운 수면 밑바닥까지 가라앉는 기분이었다. 가슴 속이 답답해져 왔다. 이곳의 모든 공기가 순간 참을 수 없을 정도로 더럽게 느껴져 숨이 막혀 왔다.

본능적으로 창을 찾으려는 그의 시선이 테라스 형 라운지로 이어진 커다란 창문에 닿았다. 창문 밖에는 연인들로 보이는 남녀가 앉아 있었다.

"⋯⋯!"

순간 지하의 눈빛이 흔들렸다. 테라스에 앉아 있는 그림 같은 연인을 바라보는 그의 얼굴이 얼음처럼 차갑게 굳어 갔다.

"많이 기다렸죠?"

진동하는 향수 냄새와 함께 서지혜의 목소리가 귓가에 들렸다. 시선을 돌리니 지혜가 요염한 웃음을 흘리며 지하 앞에 앉았다. 그의 딱딱한 얼굴을 본 지혜가 눈을 깜빡거리며 물었다.

"어머, 지하 씨. 표정이 왜 그래요? 무슨 일⋯⋯."

"미안하지만 먼저 일어나야겠어."

지하가 자리에서 벌떡 일어났다.

"네? 지금요?"

지혜가 놀란 눈으로 그를 올려다봤다. 그녀의 얼굴에 당황이 맺혔다. 화장실에서 몰래 전화로 호텔까지 예약해 둔 마당에 지금 돌아간다니?

"회사에서 급한 연락이 왔어. 다음에 연락하지."

지하는 표정을 풀지 않고 말한 뒤 돌아섰다. 지혜는 어안이 벙벙한 표정이 되었다가 자신에게 쏠려 있는 주변 여자들의 시선을 의식하고 황급히 일어섰다.

"지, 지하 씨. 잠깐만요. 같이 가요."

또각또각 구두 굽 소리를 요란하게 내며 지혜가 그를 허둥지둥 따라 갔다.

집까지 대리기사에게 운전을 맡기고 은서는 뒷좌석에 몸을 실었다. 흔들리는 차 안에서 내내 동우의 말이 머릿속을 헤집었다. 이카루스의 날개⋯⋯. 한동우는 언제부터 자신의 감정이 향한 상대가 윤지하라는 것을 알고 있었던 걸까.

'은서 씨와 결혼하는 사람은, 나예요. 그게 가장 좋은 방법인 거 알 잖아요.'

그가 말하는 게 무슨 의미인 줄 안다.

하지만 도대체 어떻게 하란 말인가. 누구는 그걸 몰라서 이렇게 고민 하며 망설이느냐고? 감정을 스스로의 선에서 컨트롤할 수 있었다면 처 음부터 일을 이 지경까지 만들지도 않았다. 얌전히 동우와 결혼했을 것 이고 모두가 바라는 대로 그렇게 인형처럼 살고 있겠지.

그렇다면 지금은 인형이 아닌가? 지금은 부윤의 인형이 아닌, 체스판 의 말이 아닌 삶을 살아가고 있는 건가? 와인은 몸뿐만이 아니라 머릿 속도 함께 엉망진창으로 만들었다.

"도착했습니다."

"아, 네."

대리기사가 하는 말에 정신을 차려 보니 어느새 오피스텔 주차장에 들어와 있었다. 계산을 마친 은서는 대리기사가 그를 따라온 다른 기사 의 차를 타고 돌아가는 것을 차 안에서 멍하니 보고 있었다.

"하아."

깊은 한숨을 내쉰 은서가 차에서 내리려는데 누군가가 그녀의 차로 다가오는 것이 느껴졌다. 뭐지? 본능적으로 위험을 느낀 은서가 차 문을 잠그고 다가온 자를 쳐다봤다.

"······!"

그녀의 눈이 커졌다. 윤지하였다.

차가운 표정의 그를 발견하자 은서의 눈에 긴장의 빛이 어렸다. 은서는 숨을 멈추고 그가 다가올 때까지 그 자리에 앉아 있었다. 그를 알아봤으면서도 은서가 내리지 않자 지하의 눈썹이 사납게 치켜 올라갔다.

지하는 그녀가 앉아 있는 쪽의 닫힌 창문을 주먹으로 내려쳤다.

쾅!

주차장이 쩌렁쩌렁 울릴 정도로 큰 소리였지만 은서는 미동도 하지 않았다. 쾅! 쾅! 이대로 두면 그의 주먹이 으스러지든가 경비원이 달려오든가 둘 중의 하나일 것 같아 은서는 할 수 없이 창문을 조금 내렸다.

"무슨 일이야? 난 할 말 없으니 할 얘기 있으면 여기서 해."

"내려."

지하가 낮은 목소리로 말했다. 위험할 정도로 낮은 그의 목소리에 은서가 숨을 들이켰다.

"여기서 하라니까."

"내려. 억지로 끌려 나오고 싶지 않으면."

뚝뚝 끊어지는 듯한 살벌한 목소리를 들은 은서는 깊게 한숨을 내쉬었다. 도대체 이번엔 무슨 일로 저렇게 화가 난 걸까.

은서가 차에서 내리자마자 지하는 몸을 돌려 엘리베이터로 뚜벅뚜벅 걸어갔다. 은서는 압도적인 그의 커다란 뒷모습을 보며 아랫입술을 깨물었다. 그의 뒷모습은 냉기를 펄펄 날리고 있었다.

그의 심기가 왜 비틀어졌는지는 몰랐다. 그저 그가 내뿜는 기운이 무척이나 위험하다는 것만 알 수 있었다.

엘리베이터 앞에 선 지하의 서늘한 얼굴이 그녀를 향했다. 분노로 뜨겁게 일렁이는 그의 눈동자를 보자 은서는 침을 꿀꺽 삼켰다. 지하의 저런 눈빛을 볼 때마다 그 뒤의 벌어지는 일은 늘 한결같았다. 긴장된 눈빛으로 작게 숨을 토해 낸 은서는 주먹을 말아 쥐고 지하를 뒤따라갔다.

"싫어!"

현관문을 열고 들어오자마자 지하는 우악스럽게 은서를 벽으로 밀쳤다. 그녀의 등이 쿵 소리를 내며 벽으로 밀쳐지자 지하는 그대로 거칠게 몰아붙이며 하얀 허벅지를 잡아 넓게 벌렸다. 원피스가 형편없이 구겨져서 은서의 허리 부근까지 말려 올라갔다. 손바닥만 한 브리프가 그의 무자비한 손길에 끌려 내려갔다.

지하는 무섭도록 굳은 얼굴로 은서를 노려보며 현관 앞에서 그녀를 범하기 시작했다.

"아, 아훗!"

지하가 거침없이 찔러 들어갈 때마다 그의 무서운 힘으로 은서의 몸이 벽에 쿵쿵 부딪혔다. 그의 양복재킷을 움켜잡은 채로 은서가 헐떡였다.

"하, 하지 마. 그만……!"

은서의 숨 가쁜 요구를 묵살한 채 지하는 그녀의 다리를 더욱 활짝 벌리며 빳빳하게 곤두선 검붉은 페니스를 더욱 깊게 쑤셔 넣었다. 좁은 입구를 꽉 채우며 드나드는 단단한 남성을 은서의 촘촘한 속살이 본능적으로 움켜잡았다.

"하윽! 아, 아아!"

은서의 교성이 커졌다. 그가 잔인하리만치 철저하게 예민한 스팟을 찍어 올리자 미칠 듯한 강한 쾌감이 몰아쳤다. 위아래로 정신없이 흔들리는 그녀의 몸을 꽉 잡은 채로 지하는 힘껏 그녀의 안으로 파고들었다. 더욱 깊이, 더, 더 깊이. 아무리 깊숙이 쑤셔 들어가도 미칠 듯한 소유욕은 잦아들지 않고 오히려 더 그를 과격하게 몰아붙였다. 무서운 힘으로 연달아 푹푹 찍어 올리자 은서의 눈앞이 부옇게 흐려졌다.

안 돼……!

쾌감에 짓이겨지며 은서가 이를 악물었다.

"후욱, 후욱. 빌어먹을."

한껏 팽창한 두꺼운 페니스를 그녀의 몸 안으로 깊이 찔러 넣으며 지하가 거칠게 으르렁거렸다. 좁고 뜨거운 그녀의 안으로 내질러 들어갈수록, 그녀의 가녀린 몸을 힘껏 껴안을수록 터질 것 같은 갈증이 그를 압도했다.

한동우와 함께 있는 윤은서를 볼 때마다 그는 모든 자제심을 상실했다. 그녀에 대한 소유욕이 그의 내부에서 미쳐 날뛰고 있었다. 지하는 윤은서의 모든 걸 부숴 버릴 듯이 광포하게 들이쳤다.

"아악! 윤지하!"

은서가 비명 같은 교성을 내지르며 사정없이 들이치는 그를 움켜잡고 고개를 확 젖혔다. 쑤걱거리며 올라오는 강한 힘에 머릿속이 아찔해졌다. 쉴 새 없이 몰아치는 거친 움직임이 그녀를 격정적으로 뒤흔들었다. 그의 우악스러운 힘에 엉망으로 흐트러진 블라우스 사이로 탐스러운 젖가슴이 육감적으로 출렁였다.

젠장, 윤은서! 윤은서! 윤은서!

지하는 이를 악문 채로 맹렬히 허리를 움직였다. 정신없이 밀려드는 거대한 남성이 그녀의 내벽을 긁으며 푸욱 찔러 올렸다.

"……읏!"

그 반동에 은서의 몸이 위아래로 크게 흔들렸다.

"날 원한다고 해."

지하가 거친 숨을 몰아쉬며 사납게 을렀다. 은서는 흐릿한 눈을 치켜 뜨고 부연 시야로 그를 봤다.

원한다니. 윤지하, 당신 몸을 원한다고 내 입으로 말하라는 소리야? 날 그렇게 비참하게 만들고 싶어?

은서의 눈에 분기가 차올랐다.

"나쁜 자식, 싫어!"

은서가 허리를 비틀며 말했다. 그 움직임에 지하는 인상을 쓰고 낮게 신음하며 은서의 땀에 젖은 탱글한 엉덩이를 꽉 움켜쥐었다.

"으흣!"

"말해. 날 원한다고."

허리를 거칠게 밀어 올리며 그가 다시 말했다.

"……싫…… 흐읏!"

"빌어먹을, 어서 말하라고!"

거칠게 쑤셔 대던 그의 남성이 쑤욱 빠져나가더니 은서를 잡아 현관 앞 테이블 위에 올렸다. 그러고는 그녀의 입술에 격렬한 키스를 하며 뜨겁게 달아오른 여성 속으로 깊게 찔러 들어갔다.

"……!"

자궁까지 치밀어 들어올 듯한 강한 충격에 은서의 눈이 확 떠졌다. 그의 혀와 입술이 탐욕적으로 은서의 입술을 빨아 삼켰다.

"으읍! 읍!"

그의 입술에 삼켜진 채 은서는 막힌 신음을 쏟아 냈다. 그가 사정없이 들이치자 테이블이 벽에 부딪혀 쿵쿵 소리를 냈다. 살과 살이 섞이는 질척한 소리가 현관 앞을 울렸다. 참을 수 없는 쾌감이 아랫배를 휘저어 댔다. 그가 들쑤셔 올릴 때마다 꽃잎은 한없이 벌어지며 그의 분신을 꽉 감싸 안았다.

"윤은서. 말해. 부숴 버리기 전에."

지하가 은서의 다리를 잡아 더 벌리며 무섭게 들이쳤다. 퍽퍽거리며 여린 속살을 짓쳐 들어가자 은서의 온몸에 힘이 팽팽하게 들어갔다.

"아흐읏!"

내벽을 훑어 오르는 강한 쾌감이 치받치자 은서는 미칠 것만 같았다. 그녀의 몸을 지탱하고 있는 테이블이 부서질 듯 삐걱거렸다. 야생마 같은 그의 움직임을 따라 정신없이 흔들리며 지하의 등을 움켜잡았다. 정말 온몸이 부서져 버릴 것 같았다.

"안 해?"

으르듯 말한 지하가 그녀의 안으로 깊숙이 삽입한 채로 바들거리는 양다리를 잡아 그러모았다. 가느다란 두 개의 발목을 잡아 은서의 몸 앞으로 붙이자 그가 그녀에게 더욱 깊숙이 파고 들어갔다.

"헉……!"

은서의 눈이 커다랗게 떠졌다. 골반까지 닿을 듯 깊숙이 짓쳐들어온 그가 그녀와 자신의 몸 사이에 다리를 가두고 양팔로 벽을 짚었다.

"아아! 너, 너무 깊어……!"

둘 사이가 달라붙을수록 은서의 엉덩이가 들려 올라가며 삽입이 깊어졌다. 숨도 쉴 수 없을 정도로 깊숙이 들어온 그가 뒤로 빠져나갔다가 다시 더욱 강하게 밀고 들어왔다.

"윤지하! 그만……!"

은서가 발갛게 달아오른 얼굴로 숨을 몰아쉬며 고개를 저어 댔다. 그녀의 얼굴에 바짝 얼굴을 갖다 댄 지하가 강하게 허리를 퉁겨 올리며 말했다.

"당장 말해. 어서! 날 원한다고 말해!"

벽을 짚고 은서를 가둔 채로 미친 듯이 찔러 올라가며 지하가 소리쳤다. 부서질 듯 삐걱삐걱거리는 테이블에 은서의 땀에 젖은 엉덩이가 앞뒤로 흔들리며 쉴 새 없이 마찰을 일으켰다. 아랫배까지 찔러 들어올 듯 그가 강하게 쑤셔 올라오자 은서는 더 이상 참을 수가 없었다.

"아웃, 윤지하, 널…… 원해!"

마침내 은서가 굴복하듯 소리쳤다.

짐승같이 몰아치던 지하가 입술 끝을 올리며 속도를 늦췄다.

"잘했어."

그제야 그는 강하게 압박하고 있던 은서의 몸을 풀어줬다. 다리가 그의 어깨 위로 올라가고 벽을 짚었던 그의 손이 둥근 그녀의 엉덩이를 잡았다.

"하아, 하아……."

은서는 막혔던 숨을 쏟아 내며 잔뜩 흐려진 시선으로 그를 바라봤다. 그는 아직 완벽한 슈트 차림이었다. 땀에 젖은 탄탄한 그의 몸에 와이셔츠가 찰싹 달라붙어 있었다. 풀어헤친 와이셔츠 단추 사이로 보이는 단단한 근육 사이로 땀이 배어나 있었다.

지하는 그녀의 호흡이 돌아올 때까지 천천히 움직였다. 바짝 조여들며 한계까지 내몰리던 여성을 달래듯 부드럽게 움직였다. 이미 아슬아슬한 한계지점까지 올라갔던 그녀의 몸은 극도로 예민하게 달아올라져 있었다.

지하는 두 개의 몸이 질척거리며 섞여 들어가는 부분으로 손가락을 가져갔다. 천천히 흔들리며 그를 바라보던 은서의 시선이 그의 손가락 쪽으로 향했다. 매끈한 애액에 젖은 그녀의 숲과 보풀아 오른 속살을 손가락 끝으로 어루만지자 그녀의 허리가 튕기듯이 올라갔다.

"아!"

촉촉한 클리토리스를 뭉개듯 비비기 시작하자 아찔한 쾌감이 그의 손가락 아래 정점에서 터져 나왔다. 은서는 눈앞이 몇 번이나 깜깜해지는 것을 참아 내며 버텼다. 할딱대는 신음 소리가 급박하게 이어지더니 그녀의 정점에서 극도의 쾌락이 번져 나갔다.

"하앗!"

은서의 허리가 활처럼 휘며 절정에 닿자 그가 그녀의 엉덩이를 양쪽으로 한껏 잡아 벌리며 깊게 쑤셔 들어갔다. 은서는 비명 섞인 신음을 터뜨리며 허리를 비틀었다. 그녀의 꽃잎 사이에서 쉴 새 없이 애액이 흘러나왔다. 지하는 그 애액을 손가락으로 훑은 뒤 들어 올렸다.

"……!!"

그의 시선을 따라 손가락을 바라본 은서의 눈이 커다래지더니 붉게 얼굴이 달아올랐다. 지하는 지독히도 섹시한 눈빛으로 웃더니 은서 눈앞에서 손가락을 혀로 스윽 핥았다.

"무슨……!"

은서가 소리치자 지하가 그녀의 몸을 잡아 돌렸다. 은서의 손바닥이 벽을 잡아 지탱하자 그녀의 하얀 엉덩이를 움켜쥔 그가 순식간에 엉덩이 사이를 가르고 그녀 안으로 밀고 들어갔다.

"아학!"

찢어질 듯이 빠듯하게 들어차는 강한 압박감에 은서가 교성을 내질렀다. 압박감은 순식간에 엄청난 쾌감으로 바뀌어 은서의 온몸을 훑고 지나갔다. 그의 빳빳한 남성은 그녀 안을 깊숙이 찔러 대다 갑자기 쑤욱 빠져나갔다.

싫어!

틈새 없이 자신을 채우던 그의 존재가 빠져나가자 은서는 저도 모르게 손톱으로 벽을 긁어내렸다.

"어떻게 해 줄까?"

미끈한 엉덩이 사이로 끄덕이는 분신을 잡아내려 입구에 대고 고정시킨 뒤 천천히 비비면서 그가 말했다.

"어떻게 해 주길 바라냐고. 네 입으로 얘기해 봐."

미끈대는 입구를 살살 문지르며 교묘하게 그녀의 애를 태우자 은서가 입술을 깨물었다.

"……윤지하."

은서가 한숨 같은 신음을 흘렸다. 그가 어떻게든 해 줬으면 했다. 머리가 어떻게 돼 버릴 것만 같았다. 그에게 철저하게 길들여진 몸이, 그를 원하고 있었다. 미치도록.

그녀의 귀에 바짝 입술을 대고 지하가 낮은 목소리로 말했다.

"말해 봐. 어서."

"……홋."

귓가에 느껴지는 뜨거운 숨결에 은서는 어깨를 흠칫 움츠렸다. 허벅지 안쪽으로 진한 꽃물이 흘러내리고 있었다. 꽃잎을 쿡쿡 찔러 대는 성난 페니스에 은서의 숨이 거칠어졌다.

"제발, 넣어 줘……! 아흑!"

은서의 목소리와 함께 팽팽히 솟구친 그의 페니스가 그녀의 몸을 단번에 관통해 들어왔다. 그녀의 속살이 쾌락의 비명을 지르며 그를 꽉 움켜쥐었다. 지하가 땀에 젖은 탄력 있는 엉덩이를 강하게 밀어붙이며 들이쳐 오자 은서의 입술이 절로 벌어졌다.

"아흑!"

몸이 투웅 하고 밀려 올라갈 때마다 벽을 잡고 있는 은서의 손가락이 바들거리며 전율했다. 지하는 양손으로 골반을 큼직하게 잡고선 숨 쉴 틈도 없이 찍어 올려 댔다.

"하악! 아흣!"

"후욱, 후욱."

가히 미쳐 있다고밖에 볼 수 없을 정도로 지하의 움직임은 동물적이었다. 뒤에서 몸을 바짝 붙인 뒤 한 손으로 은서의 허연 가슴을 주무르며 다른 한 손으로 그녀의 음핵을 문지르자 은서가 거친 숨을 터뜨리며 머리를 쳐올리고 흔들어 댔다. 끔찍한 쾌락에 휩싸여 머리가 어떻게 돼 버릴 것 같았다.

"아아! 윤지하!"

지하는 온몸을 한 치의 틈도 없이 뒤에서 밀어붙인 채 있는 힘껏 그녀 안으로 내질러 들어갔다. 그녀의 몸 안에서 몰아치는 그의 움직임이 믿을 수 없을 정도로 빨라지고 있었다.

퍽! 퍽!

삐걱대는 테이블이 벽에 부딪히는 소리가 거칠게 울렸다.

"아, 아아!"

"……크읏……!"

가녀린 은서의 몸 안으로 무자비하게 들이치던 지하가 허벅지에 바짝 힘을 줬다.

"아흐읏……!"

은서의 입술에서 참을 수 없는 신음이 쏟아져 내리고, 그녀의 안에서 빠져나온 그가 바들거리는 하얀 엉덩이 위로 자신의 절정을 쏟아 냈다.

5.
진저리치다

한태의 생일 파티는 늘 성대하게 치러졌다.

17번째 생일을 맞이한 그날도 마찬가지였다. 장 여사가 하나뿐인 아들을 위해 특별히 준비한 생일 파티답게 모든 것을 최고급으로 준비한 초호화 파티였다. 화려한 연회장에서 한태는 자신이 세상의 주인공인 양 굴었다.

초대받은 사람들도 모두 상류층 인사들이었다. 그들의 어린 자식들도 참석해 그들만의 세계에서 강한 자에게 굴복하고 약한 자들을 뭉개는 사회성을 익혀 갔다. 거물급 인사들과 인사를 나누기 바쁜 윤 회장과 아들 손을 잡고 이리저리 끌고 다니며 소개시켜 주기에 바쁜 장 여사와 달리 은서는 인형처럼 한쪽에 가만히 서 있을 뿐이었다.

……지루해.

장 여사가 시키는 대로 행복한 딸의 모습을 연기하며 서 있는 것은 익숙했지만 지루했다. 시선은 절로 지하에게 닿았다. 그 역시 은서와 비슷한 처지인 건지 이런 자리에선 늘 말없이 가만히 서 있었다.

하지만 모든 스포트라이트를 집중시켜도 빛이 나지 않는 한태와는 달리 지하는 그 자리에 그냥 서 있기만 해도 모든 시선을 끌어당겼다. 은서와 같은 15살이지만 또래보다 키가 큰 지하는 턱시도 차림이 아주 잘 어울렸다. 그 나이 땐 그런 옷을 입으면 마치 꼬마신랑처럼 풋내 나기 쉬운 법인데 지하는 그렇지 않았다.

나이와 어울리지 않는 서늘한 눈빛과 조각같이 수려한 얼굴은 그의 나이를 잊고 매료될 만한 묘한 분위기가 있었다.

"난 동호제약 한유리야. 어느 학교 다녀?"

"안녕? 다음 주 내 생일 파티 할 건데 올래?"

그의 주변에 끊이지 않고 여자아이들이 몰려들었다. 그중엔 지하보다 훨씬 나이가 많을 듯한 성숙한 몸매의 여학생도 있었다. 그 모습을 일그러진 얼굴로 보고 있던 한태가 결국 폭발했다.

"이건 내 파티잖아! 그런데 왜 저 자식이 주인공보다 더 주목을 받는 건데?! 저 자식 보내 버려! 당장 꺼지라고 하란 말이야!"

"그래도 파티 중엔 조금 참아 봐. 조금 후엔 엄마가 집으로 보낼 테니까."

장 여사가 달랬지만 한태는 멈추지 않았다.

"당장 보내지 않으면 나도 가 버릴 거야! 사람들한테 인사도 안 하고 가 버릴 거라고!"

"얘는, 엄마가 오늘 너 소개시켜 주려고 초대한 사람들이 얼마나 많은데 그런 소릴 해. 엄마라고 보기 좋아서 데려온 줄 아니? 정말…….알았으니까 기다려 봐."

결국 한태를 진정시키기 위해 지하를 보내기로 마음먹은 장 여사가 연회장으로 나왔을 땐 이미 지하는 보이지 않았다.

연회가 열리는 특급호텔 밖의 정원은 조용했다. 안에서 흐르는 음악 소리가 간간이 새어 나올 뿐 휴식을 취하기 나쁘지 않은 환경이었다. 흐드러지게 핀 꽃으로 꾸며진 정원 안 구석 벤치에 지하가 앉아 있었다.

답답한 듯 타이를 푼 채 벤치에 기대듯 앉아 있는 지하를 발견한 은서는 내심 안도했다. 그가 이곳에 있을 것 같긴 했지만 혹여 없을까 봐 불안해했다.

지하는 쭈뼛거리며 자신에게 다가오는 은서를 발견하고 그녀 쪽으로 고개를 돌렸다.

"이거 먹어."

은서가 접시 위에 포크와 여러 가지 음식들을 조금씩 담아 온 것을 내밀었다.

"뭐야? 이건."

지하가 미간을 좁히며 물었다.

"너…… 아무것도 안 먹었잖아. 이거라도 먹어."

지하가 접시에서 은서 쪽으로 천천히 시선을 올렸다. 그의 흑요석처럼 까만 눈동자를 본 은서가 숨을 삼켰다. 머뭇거리는 그녀의 얼굴을 응시하던 지하가 머리칼을 쓸어 올리며 자리에서 일어섰다. 그러고는 말없이 그녀를 스쳐 지나갔다.

은서가 뒤돌아보자 멀어지는 지하의 뒷모습이 보였다. 작게 한숨을 내쉰 은서는 그가 앉아 있던 벤치에 앉았다. 접시 위에 곱게 담아 온 음식들로 시선이 떨어졌다.

네가 먹어 줬으면 하는 마음에 열심히 담아 왔는데…….

은서는 포크로 예쁘게 담긴 음식들은 하나씩 찍어서 먹기 시작했다.

바람이 불고, 흐드러지게 핀 장미향이 퍼졌다. 달콤하고 진한 향기를 깊숙이 들이마시며 은서는 천천히 접시를 비워 갔다.

항상 밀어내는 걸 알면서도 그의 곁을 맴돈다.

처음 본 그날부터 내내.

왜에. 너도 놀고 싶다고 하지…….

너도 놀고 싶다고 하지.

넌…… 나랑 안 놀고 싶어?

나만 너랑 놀고 싶은 거야?

응? 지하야…….

"……!"

번쩍 눈을 뜬 은서가 튕기듯 몸을 일으켰다.

언제 침대 위에 눕혀진 거지?

주위를 둘러보니 역시 오피스텔 안은 텅 비어 있었다. 그의 흔적은 조금도 남겨져 있지 않았다.

"하."

깊은 한숨을 내쉬는 은서의 탐스러운 가슴이 출렁거렸다. 그 하얗고 보드라운 젖가슴 위에 피멍처럼 붉은 낙인이 흩어져 있었다. 그것을 말없이 바라보던 은서가 작게 실소를 흘렸다.

바보 같은 기대인 걸 알면서도 잠에서 깨어나면, 늘 그를 찾는다.

혹시 아직 그가 있을까 봐.

옆에 잠들어 있을까 봐……. 만에 하나 몹시 지쳐 실수로라도 잠들 수도 있지 않을까 하는 어리석은 기대는, 그가 남겨 놓은 흔적 외엔 아무것도, 아무것도 없다는 사실을 아프게 재확인시키는 것으로 늘 끝이 난다.

그리고 늘 제자리.

나는 다음에도, 또 그다음에도 그럴 거야.

말로는 당신을 원망하고 저주하면서 마음속으론 새벽 내내 당신을 기다리고, 아침이 와도 이곳에서 당신이 떠나지 않길 바라겠지. 이 끔찍한 저주에서 풀려나려면 내가 어떻게 해야 할까? 응? 윤지하…….

침대 위에서 무릎을 세우고 앉은 은서가 그 사이에 얼굴을 묻었다. 매끄러운 살결을 타고 부드러운 머리칼이 커튼처럼 차르륵 흘러내렸다. 이 밤도 더는 잠들 수가 없을 것 같았다.

출근할 때부터 머리가 아프더니, 두통이 더 심해졌다. 입안에 두통약을 털어 넣은 은서는 약기운이 퍼지길 기대하며 관자놀이 부근을 손가락으로 꾹꾹 눌렀다.

"하아……."

은서는 낮게 한숨을 내쉬며 고개를 돌려 창밖을 바라봤다. 늘 보던 한강 물결 위로 눈부시게 햇빛이 부서졌다. 멍하니 그 찬란한 빛을 바라보는 은서의 눈빛이 흔들렸다.

저 빛을 그리고 싶다.

지금 당장 하얀 캔버스 위에, 저 반짝이는 빛을.

적어도 그림을 그리는 순간에는 모든 걸 잊고 몰두할 수 있었다. 어릴 때부터 그랬다. 그리고 싶은 것들이 머릿속으로 생생하게 펼쳐질 때면 가슴이 두근거렸다. 학교 미술실에서 그림을 그리는 순간이 어쩌면 지금까지의 인생에서 가장 평화로웠던 순간이 아닐까. 그러자 그곳에서의 익숙한 나무 이젤 냄새와 종이 냄새, 유화물감 냄새가 순간 참을 수 없이 그리워졌다.

"훗……. 도피인가."

은서는 자조적인 미소를 지으며 고개를 흔들었다. 창가에서 시선을 거두고 모니터 화면을 응시하자 전화벨이 울렸다.

"네. 저예요."

동우였다.

―곧 퇴근이죠? 아직 식사 전이면 같이 해요. 지금 그쪽으로 가고 있어요.

"그래요."

전화를 끊은 은서의 흐린 시선이 다시 창밖의 반짝이는 은빛 물결로 향했다. 동우는 그 날 이후로 별다른 말이 없었다. 그날의 대화로 무언가가 미세하게 균열이 갔을 것이다. 은서는 숨기고 있는 것을 동우는 알고 있었고 그것을 입 밖으로 꺼냈다. 그 차이는 무척이나 큰 것이었다. 그런데도 동우는 그 이후에도 여느 때와 다름없이 대했고 은서 역시 그러했다.

과연 잘하고 있는 걸까?

분명 균열이 간 걸 알고 있으면서도 이렇듯 모르는 척 회피하는 것이 과연 올바른 일일까? 머리가 깨질 듯 두통이 엄습해 옴을 느꼈다. 은서는 인상을 찡그린 채로 서랍에서 좀 전에 넣어 둔 약을 다시 꺼내어 입에 털어 넣었다.

다시 미칠 듯 그림 그리고 싶은 충동을 느꼈다.

지하는 커피숍에서 장 여사와 마주 앉아 있었다.

장 여사는 지하의 눈치를 살피며 그의 실적에 대한 칭찬을 늘어놓고 있었다.

"자네가 있어 우리 회장님이 얼마나 든든해하시는지 모르네. 얼마 전에도 어찌나 칭찬을 하시던지 말이야. 어릴 때 그 작은 아이가 이렇게

든직하게 성장할 줄 누가 알았겠어? 자네가 있어서 정말 다행이고 다행이지."

억지로 칭찬을 늘어놓는 장 여사의 보톡스로 빵빵한 얼굴이 어색하게 비틀렸다. 천박한 빨간 입술이 부자연스럽게 말려 올라갔다. 지하는 입가에 정중한 미소를 띠고 있었지만 눈동자는 서늘했다. 여간해선 본론으로 들어갈 생각을 하지 않자 지하가 슬쩍 입꼬리를 비스듬히 기울이며 말했다.

"밖에서 보자고 하신 걸 보면 편한 이야기는 아닌 것 같군요."

"응? 아, 아니 그건 아니고."

장 여사가 허를 찔린 듯한 표정으로 커피 잔을 들어 올렸다.

"무슨 일 때문인지 말씀하세요."

커피를 급히 들이켠 장 여사가 슬쩍 고개를 들고 눈을 굴렸다. 장 여사의 익숙한 표정을 보며 지하는 코웃음이 비어져 나오는 것을 삼켰다.

한결같은 대사. 한결같은 표정.

"저기 그게 말이다. 실은…… 이번에도 조금 문제가 생겼어. 한태 일 말이네."

예상했던 말이 나오자 지하의 입술 끝이 더욱 휘어 올라갔다. 장 여사는 속이 타는지 물을 들이켰다. 급히 들이켜고는 탁 소리 나게 물컵을 내려놓은 장 여사가 빠르게 말했다.

"내가 이런 부탁 엔간해선 하지 않으려고 하는 거 자네도 잘 알지?"

"물론이죠. 말씀해 보세요. 또 뭔가 문제가 생긴 겁니까?"

지하가 속마음을 숨기고 미소 짓자 장 여사는 어색하게 경직되어 있는 얼굴로 애써 웃었다.

"자네도 알겠지만 한태가 이번에 미국 나가서 따온 거 있잖아. 그게 분명 잘될 거라고 생각했었는데……. 아무래도 일이 잘못된 모양이야.

회장님 성격 자네도 잘 알지? 이번 일까지 잘못되면 분명 한태 그냥 안 놔둘 거야, 그 양반. 아마 어디 외국으로 내쫓을 것 같은데……."

장 여사는 초조한 시선으로 지하의 얼굴을 살피며 말을 이었다.

"그래서 말인데. 그…… 한태가 아직 도장은 안 찍었다고 하는데……. 그거 자네가 좀 찍어 주면 안 되겠나?"

그의 미소가 깊어졌다. 지하의 미소를 볼 여력이 없는지 장 여사는 이왕 입에서 말이 나온 김에 서둘러 이어 갔다.

"자네는 이룬 게 많아서 이 정도의 실수로 그 양반이 내치진 않을 거야. 면목 없긴 하지만 그래도 그간 자네 어미로 키워 준 정을 봐서 다시 한 번 부탁하네. 형제 같은 아이 아닌가, 자네에게도. 솔직히 아비 사랑을 다 자네에게 뺏기지만 않았으면 한태도 이렇게 불쌍하게 되진 않았을 건데……."

"……."

사골 우리듯 몇 번이고 우려먹은 그 말이 장 여사 입에서 또 흘러나오자 지하의 관자놀이 부근이 꿈틀거렸다. 어미라고 키워 준 이가 자신의 아들의 실수를 몇 번이나 뒤집어씌운다는 말인가? 지하의 목구멍에서 쓴물이 치솟아 올라왔다.

"그래 줄 수 있지?"

지하가 대답이 없자 초조해진 장 여사가 노골적으로 대답을 강요했다. 말없이 장 여사를 응시하던 지하가 선뜻 대답했다.

"그러죠. 어려울 것 있겠습니까?"

"그렇게 해 주겠어?"

지하의 말에 장 여사의 안색이 확 밝아졌다.

"네. 그 건은 제가 책임지고 처리할 테니 걱정 마십시오."

"고맙네. 역시 자네밖에 없어."

"뭘요."

지하는 여전히 그림 같은 미소를 짓고 있었다. 안심이 되었는지 장여사의 목소리가 평소의 여유를 찾았다.

"아, 그리고……."

안도한 얼굴로 싱글거리던 장 여사가 생각났다는 듯 목소리를 낮춰말했다.

"잘 알겠지만 이건 우리만 아는 거네. 혹여나 그 양반 귀에 들어가지않게 잘……. 알겠지?"

"물론입니다."

"그래. 그럼 자네만 믿고 있겠네."

지하의 평소와 다름없는 미소에 장 여사는 안심하고 자리에서 일어섰다. 고민을 털어 내고 홀가분한 발걸음으로 카페를 나서는 장 여사의뒷모습을 보는 지하의 얼굴이 단숨에 싸늘해졌다.

"쿡."

지하는 입술 끝을 비스듬히 기울인 채 천천히 자리에서 일어났다. 날이 선 듯 차가운 그의 얼굴에 조소가 드리워졌다.

은서는 동우와 모던한 분위기의 다이닝바에 자리를 잡고 앉았다. 주문을 마친 동우가 은서를 바라보며 미소 지었다.

"수월하게 진행되고 있는 것 같던데요?"

동우의 말에 은서가 고개를 들었다.

"네? 무슨……?"

은서가 의아스러운 표정을 짓자 동우가 다시 말했다.

"부윤, 이번에도 합병 성공했다면서요."

"아, 네."

일 얘기였나. 은서가 끄덕거리자 동우가 어깨를 으쓱였다.

"음, 이런 데서까지 일 얘기만 하는 남자 재미없죠? 다른 얘기 할까요?"

그때 음식이 나오고 자연스레 화제가 바뀌었다. 동우는 일상적인 시시콜콜한 대화를 이어 갔다. 은서는 동우의 말에 적당히 맞장구를 쳐 주며 포크를 움직였다. 은서가 포크로 스파게티를 쿡쿡 찌르고만 있자 동우가 말했다.

"요즘 작업실 못 갔죠?"

"네. 요즘은 좀 바빠서요."

은서는 조금 전 회사에서 했던 생각이 머릿속을 스쳐 지나갔지만 담담하게 대답했다. 양평에는 은서의 작업실이 있었다. 전에 부윤에서 추진했던 미술전시회에 그녀도 참여하게 됐었는데 그때 그 핑계로 얻어 둔 작업실에 은서는 시간이 날 때마다 들르곤 했다. 하지만 그녀가 작업실을 찾는 것을 윤 회장이나 장 여사는 마뜩지 않게 생각하여 한동안 가지 못한 곳이었다.

"은서 씨는 주기적으로 붓 잡아 주지 않으면 입안에 가시 돋잖아요. 바람도 쐴 겸 같이 갈래요?"

"아뇨. 지금은 조금 그렇고 다음에 가요."

은서가 웃으며 대답하고는 고개를 숙여 포크질을 했다.

지금 붓을 잡으면 놓기가 싫어질지도 모른다. 다시 이쪽으로 돌아오고 싶어지지 않을지도 모른다. 영영 도망쳐 버리고 싶어질지도 모른다.

그리고 무엇보다 동우와 함께 가고 싶지는 않았다. 아무래도 불편했다. 동우는 그녀에게 작업실을 같이 가고 싶다는 말을 종종 했지만 이런저런 핑계로 은서는 미루고 있었다.

"그림 그리는 은서 씨 정말 예쁠 것 같아요. 빨리 보고 싶은데…….

기다리고만 있다가 제 입안에 가시가 돋게 생겼어요."

동우가 너스레를 떨자 은서가 웃었다.

"저 붓 잡으면 거기에 빠져서 옆에 누가 있든 그림만 그려요. 동우 씨 심심할 거예요."

"괜찮아요. 그걸 보고 싶은 거니까."

"그래도 그건……."

"정말이라니까요? 어쨌든 은서 씨 작업실 가게 되면 저도 꼭 데려가 요. 알았죠?"

동우가 웃는 얼굴로 재촉하듯 말하자 은서는 마지못해 알겠다며 끄덕거렸다. 원하는 대답이 나왔는지 동우는 만족스러운 표정으로 다시 식사를 했다. 은서도 조용히 음식을 먹으며 점점 밀려오는 두통을 밀어 내려 애썼다.

"결혼하면요."

순간적으로 귀에 박힌 낯선 단어에 은서가 흠칫 놀라 포크질을 멈추 고 고개를 들었다. 동우가 진지한 눈빛으로 바라보고 있었다. 그가 결혼 이라는 말을 직접적으로 입에 담은 건 처음이기에 은서의 표정이 조금 굳었다.

"결혼하면 집 안에 작업실 만들어 줄게요. 은서 씨 원할 때 언제라도 그림 그릴 수 있게. 결혼한 후에는 은서 씨가 하고 싶지 않은 일은 안 해도 돼요."

"……."

은서는 멍하니 동우를 바라봤다. 동우의 말에 그녀는 선뜻 대답할 수 가 없었다. 한참 그를 바라보던 은서가 겨우 말했다.

"고마워요."

"뭘요."

싱긋 웃었지만, 받아들인다는 의미로 고맙다는 말을 하는 것이 아니라는 걸 동우도 알았다. 은서가 혼란스러운 마음을 가다듬고 겨우 다시 포크를 들려는데 동우가 다시 말했다.

"이제 미련은 그만 정리할 때가 된 것 같아요. 은서 씨."

"네?"

"이제 회사 내에서의 승계절차도 끝나 가니 우리 결혼 진행하죠?"

싱긋 웃는 동우의 얼굴을 은서는 할 말을 잃은 듯 포크를 든 채로 바라봤다. 명치끝이 답답해졌다. 부사장으로 동우가 승진했다는 소식을 들은 이후 정해진 수순이라 생각했지만 막상 결혼이라는 말을 들으니 머릿속이 텅 비워지는 것 같았다.

"내가 다 알아서 할 테니까 은서 씨는 드레스나 골라요. 내가 그날 최고로 아름다운 신부로 만들어 줄 테니 걱정 말고."

"……네."

다짐을 받듯 그가 말하자 은서가 대답했다.

머릿속이 새하얗게 변해 버렸다.

은서는 결국 양평에 있는 작업실을 찾았다. 작업실에 도착한 은서는 대충 먼지를 정리하고 머리를 질끈 묶었다. 작업용 까만 앞치마를 두르고 천천히 팔에 토시를 꼈다.

동우에겐 미안하지만 알리지 않았다. 혼자서 생각을 정리할 시간이 필요했기 때문이었다. 그의 말 때문에 머릿속이 너무 복잡했다. 결정을 하지 않으면 안 될 시기까지 내몰렸는데도 은서는 지금 주저하고 있었다.

동우와의 결혼.

과연 그 남자와 결혼해서 살아갈 수 있을까? 가능하긴 할 것이다. 지금까지 살아왔듯 숨죽인 채 생글생글 웃는 인형처럼. 체스판의 말처럼…….

은서는 작게 한숨을 내쉬며 커다란 팔레트 위에 물감을 짜낸 후 물통에 물을 담아 붓을 씻어 냈다. 작업 준비를 마치고 나무 이젤 위에 캔버스를 올려 두고 앞에 앉았다. 하얀 캔버스를 바라보고만 있어도 마음이 차분하게 가라앉는 느낌이었다.

연필을 어디다 뒀더라……?

연필을 찾으려 고개를 이리저리 돌리는데 나무 테이블 뒤에 익숙한 스케치북이 보였다. 그 스케치북을 발견한 은서의 눈빛이 흔들렸다. 여러 개의 낡은 스케치북 사이에 끼어서 모퉁이만 살짝 보였지만 그게 무슨 스케치북인지 한눈에 알 수 있었다.

그 안의 모든 종이 위에는 오로지 한 남자의 데생만이 있었다.

일곱 살의 지하가 앞에 서 있었다.

"지하야."

이름을 불러 봐도 그 아이는 대답이 없었다. 여전히 텅 빈 눈동자로 날 응시할 뿐이었다.

"아버지. 지하는 왜 말도 없고, 웃지도 않아요?"

내가 묻자 아버지는 입술을 비스듬히 올리며 웃었다.

"그게 좋은 거다."

"뭐가 좋다는 거예요?"

"비어 있어야, 집어넣기 쉽지."

"……네?"

이해하지 못할 아버지의 말에 난 그저 고개를 갸웃거리기만 할 뿐이었다.

지하는 집에 온 얼마 뒤부터 윤 회장이 선별한 과외선생들로부터 철저한 교육을 받았다. 아침 일찍부터 새벽까지 이어지는 스파르타식의 혹독한 교육을 어린 지하는 불평 한 번 하지 않고 따랐다. 지하를 가르치는 선생들로부터 그의 학습능력에 대한 칭찬이 수시로 들려왔고 그럴 때마다 윤 회장은 흡족한 미소를 짓곤 했다.

하지만 난 그런 지하가 안쓰러웠다.

나도 하기 싫은 공부를 지하에게만 엄하게 닦달해 가며 교육시키는 아버지가 미웠다. 마치 작은 방에 유폐된 포로처럼, 지하는 방 안에 갇혀서 매일 공부만 했다.

"아버지. 저 지하랑 놀고 싶은데……."

어린 마음에 그렇게 말하면 지하도 쉬면서 놀 수 있지 않을까 해서 슬쩍 아버지에게 말했다.

"지하 너도 놀고 싶니?"

아버지가 지하를 보며 물었다. 그 말투가 차가웠던 것도 같지만 난 그의 대답을 기다리느라 그런 건 느낄 수가 없었다.

어서 너도 놀고 싶다고 해. 나랑 놀고 싶다고…….

하지만 내 바람과는 달리, 지하는 그저 가만히 고개를 저었다.

"전 공부할게요."

지하의 대답에 난 실망감이 가득 찬 눈으로 그를 바라봤다. 아버지는 지하의 대답이 만족스러운지 미소를 지으며 서재로 들어갔다.

아쉬운 마음에 자기 방으로 들어가려는 지하의 옷깃을 잡았다.

"왜에. 너도 놀고 싶다고 하지……."

지하는 내 얼굴을 가만 보더니 돌아서서 자기 방으로 가 버렸다. 난 그런 지하의 뒷모습을 서운한 눈으로 바라봤다.

넌 나랑 안 놀고 싶어?

지하의 아무 감정도 담고 있지 않은 텅 빈 눈동자가 너무 슬퍼 보였

다. 그래서 웃게 해 주고 싶었다. 하지만 지하는 좀체 틈을 내주지 않았
다. 방 안에서도 잘 나오지 않고 식구들과 한 식탁에서 밥 먹을 때도 아
무 말 없이 조용히 밥만 먹었다.

그저 조용하게. 있는 듯 없는 듯 공기같이.

어머니나 오빠의 곱지 않은 시선에도 관심 없다는 듯 지하는 아버지
의 명령에만 따르며 조용히 살아갔다. 그 집에서 지하는 철저히 고립되
어 갔다.

은서는 스케치북 첫 페이지의 데생을 봤다.

오래되어 노랗게 빛바랜 종이 위에는 어린 지하가 있었다. 마찬가지
로 어렸던 은서가 그렸던 그림이라 허술하기 짝이 없었지만 지하의 눈
은 그림으로도 느낄 수 있을 만큼 텅 비어 보였다.

그래. 넌 이런 얼굴이었지…… 이런 눈이었어. 그땐 이렇게 텅 비어
있기만 했었는데 지금은 이 텅 빈 눈동자에 냉소만 가득한 것 같아. 시
리도록 차가운 냉기. 왜 그렇게 되어 버렸을까?

아니, 알고 있다. 왜 그렇게 되어 버린 건지. 누구보다 잘.

"하아."

과거의 기억을 멈추고 은서가 한숨을 내쉬며 붓을 잡아 들었다. 그때
작업실의 커다란 창문에 헤드라이트 불빛이 환하게 비쳤다.

"뭐지……?"

여긴 은서가 쓰는 작업실만 있어서 타인이 출입하는 곳이 아니었다.
창밖 불빛을 의아스럽게 바라보던 은서의 얼굴이 딱딱하게 굳었다.

지하의 벤츠였다.

"내가 여기 있는 건 어떻게 알았어?"

지하는 문을 열어 주자마자 곧장 소파로 걸어가 털썩 누워 버렸다. 은서는 당혹스러운 표정으로 그를 바라보고 있었다.

"여기 있을 것 같아서."

소파 위에 느른하게 누워 담배를 꺼내 물며 지하가 말했다.

"그게 무슨 말이야? 그럼 날 찾……."

조급하게 묻던 은서가 씁쓸한 표정으로 시선을 내리깔고 뒷말을 삼켰다.

저 남자에게 무슨 말을 듣고 싶은 거야? 네가 보고 싶어서 왔다는 말이라도 듣고 싶은 건가? 슬몃 헛웃음을 흘린 은서가 다시 말했다.

"아니야. 대답할 필요 없어. 신경 쓰지 않을 테니 마음대로 해."

은서는 지하에게서 몸을 돌려 이젤 앞으로 걸어가 앉았다. 아직까지 저 남자에게 애정이라는 걸 기대하는 자신의 마음에 울컥 화가 치솟았다. 나무 의자 위에 앉아 팔레트에 풀어 둔 적색 물감을 붓에 묻혔다. 지하는 미끈한 흑표범처럼 나른하게 누워 고개를 이쪽으로 향한 채 담배 연기를 뿜어내고 있었다. 그런 그를 애써 모른 척하며 은서는 눈앞의 캔버스에만 몰두했다.

"……."

은서는 꼿꼿이 붓질을 하려 했지만 쉽지 않았다. 보지 않아도 느껴지는 그의 강렬한 시선에 한쪽 얼굴이 굳어 경련을 일으킬 지경이었다. 붓을 잡고 있는 손가락이 가느다랗게 떨리고 있는 걸 들키고 싶지 않아 은서는 필사적으로 손가락에 힘을 그러쥐어야만 했다.

은서를 바라보고 있는 지하는 손끝에 매달린 담배를 또 한 모금 빨아들였다. 벌써 몇 개비째인지도 몰랐다. 은서의 옆모습을 바라보고 있는 그 역시 본인의 행동에 의문을 갖고 있는 중이다.

내가 왜 여기까지 온 거지?

오피스텔에 그녀가 없었다면 그냥 그대로 차를 돌려 집으로 가거나 다른 곳을 향했어야지 여기까지 오는 수고는 할 필요가 없었다. 하지만 정신 차리고 보니 어느새 이곳으로 오고 있었다. 왠지 여기에 윤은서가 있을 거라는 느낌이 들었다.

"……후우."

길게 한숨을 내쉰 지하는 스스로의 이해하지 못할 행동에 대해 생각하기를 그만뒀다. 이 생각은 지금까지 살아온 모든 인생 전반에 걸쳐 있는 절대 풀리지 않는 의문이었다.

내 평생 해결되지 않는 유일한 의문은 너 하나다. 윤은서…….

지하가 싸늘한 조소를 흘리며 인상을 찡그렸다. 그의 시야에 긴장한 은서의 하얀 옆얼굴이 박혀 있었다.

어느 순간부턴가 저 여자의 얼굴은 저랬다. 처음 봤을 땐 웃다가, 울더니. 그 후로는 내내 웃고, 또 울 것 같다가 웃더니…… 그러다 내내 울려 버리고, 그다음에는 차갑게 굳었다.

굳어 버렸다.

어떤 감정도 없는 것처럼.

무표정한 저 여자의 얼굴을 볼 때마다 화가 치솟았다. 웃지도 울지도 않는다면 화를 내게 만들 수밖에 없었다. 유일하게 윤은서가 감정을 내보이는 순간은 몸을 섞는 순간밖에 없었다. 그래서 그녀를 사정없이 몰아붙였다. 내 아래에서 입술을 깨문 채 신음을 흘리고, 원망하며 저주를 퍼붓도록……. 차라리 그게 나았다. 아무 표정도 없는 윤은서보다는.

갑자기 실소를 흘리며 쿡쿡대는 지하를 은서가 이상하다는 듯 바라봤다. 보지 않으려고 했는데 결국 궁금함을 참지 못하고 봐 버렸다. 시선이 마주친 뒤에야 은서는 그를 보는 것을 후회했다.

"왜, 내가 미친 사람 같나?"

지하가 입꼬리를 늘리고 물었다.

"…… 미친 사람 맞잖아."

"황송하군."

은서가 고개를 돌리며 차가운 목소리로 말했지만 지하는 여전히 웃음을 흘리고 있었다. 은서는 문득 그가 평소 같지 않다는 걸 느꼈다. 이런 식의 대화를 나누는 일은 생소했다. 그와는 늘 전쟁 같은 육체관계가 있었을 뿐이다. 이러는 건 윤지하답지 않았다. 그러고 보니 최근 유독 그답지 않은 모습을 많이 보게 된 것 같다. 회사에서의 그 일도 그렇고…… 어째서? 혹시 무슨 일이 있는 건가?

"무슨 일……."

은서는 저도 모르게 불쑥 튀어나온 말에 스스로 놀라 황급히 뒷말을 삼켰다. 걱정하는 마음을 들킨 것 같아 표정을 더욱 차갑게 굳히는 걸 지하가 물끄러미 바라보고 있었다.

"왜 말을 하다 말지? 무슨 일 있냐고 묻고 싶은 건가?"

삼킨 뒷말을 지하가 태연히 꺼내 물었다. 그의 시선이 집요하게 은서를 향했다. 탐스러운 까만 머리칼을 질끈 묶고 있는 그녀의 목덜미가 눈송이처럼 하얗다. 그 가녀린 목을 보자 무자비하게 이를 박아 넣고 싶은 강한 충동과 함께 온몸에 익숙한 열기가 지펴 올랐다. 오로지 윤은서만이 느끼게 하는 열기. 온몸을 타들어 갈 듯한 뜨거운 치받침.

"그런 거 궁금할 사이 아니잖아, 우리."

은서는 고집스레 캔버스에 시선을 맞추고 붓을 움직였다. 그의 시선에 점차 열기가 감지됐다. 이 공간에 묘한 열기가 지펴지고 온도가 상승하는 듯한 기분이었다.

"흐음, 그런가……."

지하가 낮은 목소리로 나른하게 말하더니 헛웃음을 흘렸다.

"넌 나를 개자식으로 생각하니까?"

"……!"

지하의 느긋한 말투에 은서의 시선이 그에게로 향했다. 딱딱하게 굳어 있는 은서의 표정을 지하가 차가운 시선으로 보고 있었다.

"내 말이 틀려? 네가 항상 하는 말이잖아. 윤지하는 개자식이라고, 아주 끔찍하다고."

은서의 두 눈이 흔들렸다.

내가 당신에게 어떤 감정인지 뻔히 알면서 그딴 소리 하지 마.

입술을 달싹이던 은서는 숨을 몰아쉬며 고개를 다시 돌렸다. 대답이 없자 지하의 얼굴에서 감돌던 느긋한 미소가 싹 지워졌다. 은서는 붓을 물통에 담가 휘젓고는 신경질적으로 흔들어 털었다.

"왜 대답이 없지? 말해 보라니까."

은서는 대답 없이 팔레트의 물감에 붓을 뭉갰다. 마치 그의 말은 전혀 들리지 않는 듯 행동하자 미간을 잔뜩 좁힌 지하의 얼굴이 차가워졌다.

"윤은서."

지하에게서 무섭도록 낮은 목소리가 흘러나왔다. 그의 눈빛이 날카로워지더니 아래턱에 단단히 힘이 들어갔다.

벌떡 몸을 일으킨 그가 빠르게 다가오기 시작했다. 그 소리를 듣고도 은서는 여전히 캔버스 위에만 시선을 박고 있었다. 거친 발걸음으로 성큼거리며 다가간 지하가 은서의 턱을 움켜잡아 휙 돌렸다.

"말을 해."

잔뜩 가라앉은 그의 목소리에서 냉기가 스며 나왔다. 은서의 풍성한 속눈썹이 가느다랗게 떨렸다. 둘의 시선이 불꽃이 튀듯 공중에서 사납게 부딪혔다.

"말하라고!"

"……맞아."

지하가 사납게 으르자 은서가 그를 노려본 채로 붉은 입술을 열었다.

"난 윤지하가, 끔찍이도, 증오스러워."

은서가 씹어 내뱉듯 낮게 을렀다. 눈에 바짝 힘을 주고 지하를 노려보는 은서의 눈자위가 벌겋게 달아올라 있었다.

"하."

지하는 천천히 입술을 비틀며 웃더니 은서의 턱을 움켜잡은 손에 힘을 줘 바짝 끌어당겼다. 거칠어진 숨결이 맞닿을 듯 가깝게 뿌려졌다.

"알고 있어. 네가 날 끔찍해한다는 거……. 그런데 말이야."

그녀의 작은 턱을 들어 올리며 지하가 을렀다. 그의 시선이 그녀의 붉은 입술에 고정됐다. 새빨간 과즙을 깨문 듯 선명한 붉은 입술은 늘 그를 미치게 만들었다.

"이 저주를 퍼붓는 입술로, 날 사랑한다고 하지 않았던가?"

"……!"

은서의 눈동자가 크게 흔들렸다.

"난 분명 들었는데. 이 입술에서 나온 고백."

지하가 그녀의 동요하는 눈빛을 똑바로 내려본 채 천천히 말했다. 은서는 숨을 몰아쉬며 지하를 죽일 듯 노려봤다.

"입 닥쳐."

"아니라고? 그런 적이 없다?"

"옛날 일 들먹이지 마."

"옛날 일?"

지하의 낮게 되물어 오는 목소리에 은서가 입을 다물었다. 그가 냉혹할 정도로 서늘한 시선으로 강렬하게 그녀를 응시하고 있었다.

"그럼 지금은 아니다?"

지하의 냉기를 품은 목소리가 뚝뚝 끊어져 나왔다.

"이제 윤은서는, 더 이상 윤지하를 사랑하지 않는다?"

은서가 이리저리 흔들리는 시선으로 그를 바라봤다. 그녀의 모든 것을 간파한 듯한 깊은 눈동자를 그녀에게 고정한 채 다그치자 은서는 목구멍아래가 꽉 막힌 듯 조여들었다.

"설마."

그의 입술 끝이 비릿하게 비틀어지는 것을 본 은서가 입술을 깨물었다.

"……나쁜 자식!"

은서가 손바닥으로 강하게 그의 가슴을 밀어냈다. 마지막 자존심까지 갈기갈기 찢어진 기분이었다. 그때의 고백이 아무리 우습더라도, 겉으로 거부하면서 속으로는 여전히 증오할 만큼 사랑한다는 걸 뻔히 안다고 해도, 이런 식으로 모욕을 줄 필요도, 자격도, 윤지하에게는 없었다. 이렇게 사람을 비참하게 만들다니……!

뒤로 한 발짝 물러난 지하를 은서가 바들거리는 턱에 잔뜩 힘을 준 채로 노려봤다.

"착각하지 마. 난 당신 사랑 안 해. 절대로! 아니, 설사 그랬다 하더라도 이젠 못 해."

"못 해?"

지하가 눈썹을 추켜올렸다. 안 한다와 못 한다의 차이를 모를 그가 아니다. 은서는 숨을 몰아쉬고는 그를 바라봤다.

"당신도 알잖아. 나 곧 결혼하는 거."

은서의 입술에서 결혼이라는 말이 흘러나오자 지하의 얼굴이 순식간에 차갑게 굳었다. 그 단어 하나가 그의 얼굴에서 얼음 가면을 벗겨 냈다. 하지만 은서는 그에게서 시선을 돌리고 있어 그의 표정을 보지 못했다.

은서는 고개를 숙인 채로 물감 먹은 캔버스를 바라보고 있었다. 원하든 원하지 않든 이미 흐름은 결혼으로 향하고 있다. 집안에 이어 동우까지 강경하게 나오는 이상 더 미룰 수도 없을 것이다. 생각만 해도 답답하지만 그것이 인형으로서의 삶이다. 이곳에선 여왕으로 인도해 주는 하얀 기사도 없다. 스스로 여왕이 되는 방법은 애초에 없었다. 그저 수긍한 채 살아가야 하는 것이다.

"……한동우와 결혼?"

한참 후에야 지하의 낮은 목소리가 들렸다.

"맞아. 어차피 약혼한 지도 오래됐으니까."

은서는 담담한 목소리로 말했다. 그건 스스로에게 하는 말이기도 했다. 그런 은서를 지하가 무섭게 노려보며 이를 으득 깨물었다.

"누구 맘대로?"

위험스러울 정도로 낮은 목소리로 말한 지하가 은서를 거칠게 일으켜 세운 뒤 뒤로 밀쳤다. 덜컹! 소리와 함께 은서가 이젤 옆 큼지막한 나무 테이블 위로 쓰러졌다.

"윤지하! 왜 이래!"

놀란 은서에게서 새된 비명이 터져 나왔다. 지하는 순식간에 그녀의 위를 덮쳐 꼼짝 못하게 한 뒤 거칠게 입술을 삼켰다.

"으읍!"

은서가 반항하며 그를 밀치려 했지만 강한 힘으로 그녀를 움켜잡고 있어 꼼짝도 하지 않았다. 지하는 무자비하게 혀를 밀어 넣어 입술을 벌린 뒤 숨 막히는 격렬한 키스를 퍼부었다. 숨도 쉬지 못할 정도로 키스가 몰아치자 은서는 고개를 옆으로 돌리려 했다. 지하는 그녀의 작은 턱을 꽉 잡아 고정하고 더욱 크게 벌리며 깊이 침투해 들어갔다.

"읍, 으읍……!"

거친 몸싸움이 나무 테이블을 덜컹거리게 만들었다. 은서가 필사적으로 몸을 움직이려 했지만 그녀의 모든 움직임을 포박한 지하는 그녀의 혀뿌리를 뽑아 버릴 듯 사납게 빨아 당겼다. 볼 안의 여린 살들과 촉촉한 점막까지 샅샅이 훑은 그의 혀가 모든 것을 앗아 갈 것처럼 격렬하게 움직였다.

"싫어!"

겨우 입술이 풀려난 은서가 소리치고는 그를 밀쳤다. 몸을 일으켜 세우기 위해 옆으로 돌리자 밀려난 힘에 잠시 주춤한 지하가 노기등등한 살벌한 시선으로 은서를 노려봤다. 그가 반만 뒤집힌 은서의 골반을 잡고 완전히 몸을 뒤로 뒤집으며 자신 쪽으로 확 끌어당겼다.

"아!"

완강한 힘에 의해 은서가 속절없이 끌려 내려가며 손바닥으로 테이블 위를 짚었다. 테이블 위에 앞으로 엎드려지자 지하가 뒤에서 강한 힘으로 그녀를 움직이지 못하도록 압박했다.

은서가 몸을 일으켜 세우려 하자 지하의 억센 손이 그녀의 스커트를 우악스럽게 잡아 올렸다.

"……!!"

은서의 눈빛이 당혹감에 크게 흔들렸다. 이 수치스러운 자세가 어떤 일을 위한 것임을 직감했다. 은서는 빠져나오려 힘껏 몸을 비틀었지만 뒤에서 더 강한 힘으로 내리누르는 지하에게 갇혀 꼼짝할 수가 없었다. 그는 평소보다 더 거친 손길로 은서의 허벅지를 움켜잡은 채 옆으로 벌렸다. 은서의 날씬한 두 다리가 양옆으로 넓게 벌어졌다.

"이러지 마. 윤지하…… 아."

그가 무자비한 손길로 얇은 브리프를 끌어 내렸다. 주체할 수 없는 분노에 머릿속이 터질 듯 뜨겁게 달아올랐다.

결혼.

이미 알고 있던 일이지만 결혼이라는 말이 윤은서의 붉은 입술에서 흘러나오는 순간 지하는 명백히 이성을 상실했다. 그의 머릿속은 새빨갛게 이글거리는 분노와 미칠 듯 끓어오르는 소유욕만이 날뛰고 있었다.

"윤지하!"

새까맣게 어두워진 지하의 눈동자 안에 탐스러운 우윳빛 엉덩이가 적나라하게 들어왔다. 그는 뒤에서 은서의 다리를 잡아 나무 테이블 위에 올렸다. 엉덩이를 그에게로 향한 채 테이블 위에서 네 발로 선 짐승같이 무릎 꿇린 자세가 되자 은서의 얼굴이 붉게 달아올랐다.

"이런 건…… 이런 건 싫어!"

은서가 소리를 지르며 그에게서 벗어나려 했지만 골반을 단단히 잡고 있는 지하 때문에 한 발짝도 벗어날 수가 없었다.

"놔! 윤지하! 이거 놔! 놓으라고!"

지하는 발버둥치는 그녀의 몸을 움켜잡은 채로 수치심으로 오므리려는 그녀의 다리를 잡아 더 넓게 벌렸다. 허연 엉덩이와 샘이 흐르는 은밀한 골짜기가 그의 시야 안에 들어왔다. 지하는 어둡게 가라앉은 눈동자로 은서의 골짜기를 훑었다.

은서는 그가 어디를 바라보고 있는지 느낄 수 있었다. 심장이 미친 듯이 쿵쾅거렸다. 지하가 그녀의 말랑한 엉덩이를 두 손으로 큼직하게 움켜쥔 뒤 고개를 숙였다.

"무, 무슨 짓을!"

날카롭게 소리치며 은서가 몸을 비틀어 댔다. 하지만 그의 단단한 손아귀에 잡힌 몸은 꿈쩍도 하지 않았다. 잔뜩 움츠러든 그녀의 은밀한 곳에 뜨거운 입김이 닿았다.

"아아! 안······!"

은서가 소스라치게 놀라 입술을 질끈 깨물었다. 그의 혓바닥이 촉촉이 젖은 비밀스러운 속살을 뒤에서 길게 핥아 올리자 은서는 감전된 듯 온몸에 전기가 올랐다. 그의 혀가 닿은 곳에서 엄청난 쾌락의 불덩이가 일어났다.

"하악!"

은서가 비명 같은 신음을 내질렀다. 온몸이 짜릿짜릿해질 정도로 강한 쾌감에 숨도 쉴 수가 없었다. 은서의 바들거리는 팔이 휘청 꺾였다. 테이블 위로 낮게 깔린 상체와 고양이같이 추켜 올라간 엉덩이가 그의 혀 움직임에 예민하게 반응하며 떨었다. 지하의 혀가 끈질기게 움찔거리는 관능을 자극하며 천천히 위아래로 움직여 쓸었다. 축축한 혀가 그녀의 꽃잎 사이의 정점까지 느릿하게 훑어 가자 은서의 헐떡임이 커졌다. 그가 입을 크게 벌려 여성 전체를 한 입에 삼켰다.

"아, 아훗!"

어느새 은서는 수치심도 잊은 채 헐떡거리고 있었다. 정신이 나가 버릴 것 같은 강렬한 쾌감이었다.

"아아악!"

그녀의 안에서 커다란 폭발이 일어나듯 끔찍한 오르가즘이 퍼졌다. 진한 애액이 허벅지를 타고 미끈거리며 흘러내렸다. 우윳빛 애액까지 아깝다는 듯 핥은 그가 은서의 다리를 다시 바닥으로 내리고 지체 없이 자신의 벨트를 풀었다.

지하는 무섭도록 단단히 발기한 굵은 페니스로 그녀의 흠뻑 젖은 엉덩이 사이를 음란하게 비벼 댔다. 뜨거운 속살과 미끈한 애액에 팽팽히 곤두선 남성이 미친 듯이 자극되자 지하가 낮은 신음을 흘리며 힘껏 허리를 밀어 올렸다.

덜컹!

"하앗!"

나무 테이블이 삐걱거리는 소리를 내며 앞뒤로 흔들렸다. 좁은 속살을 뚫고 단숨에 깊숙한 곳까지 밀고 들어오자 은서의 눈이 크게 떠졌다. 맙소사! 골반까지 치고 올라올 듯한 굵고 두꺼운 남성에 머릿속이 새하얗게 비워졌다. 그녀가 정신을 차리기도 전에 그의 불끈거리는 뜨거운 욕망이 다시 강하게 짓쳐들어왔다.

"아! 아웃! 아! 아핫!"

은서의 입술에서 뚝뚝 끊기는 신음이 연달아 터져 나왔다. 무자비하게 쑤셔 들어온 그의 분신이 그녀의 내부을 거칠게 휘저어 댔다. 좁은 길을 가로질러 꽉 채웠다가 빠져나가고 다시 찢어질 듯 밀고 들어왔다. 테이블 위로 무너진 은서는 자지러질 듯 교성을 터뜨리며 손톱을 세워 테이블 위를 긁어 댔다. 더할 나위 없이 빽빽이 채워진 내부에 숨이 막혀 왔다.

덜컹! 덜컹!

지하가 허리를 거세게 밀어 올릴 때마다 나무 테이블이 부서질 듯 삐걱거렸다. 바짝 흥분한 남성을 틈새 없이 꽈악 움켜쥐는 촉촉한 속살에 지하가 거친 숨을 헐떡였다.

"크읏."

지하는 무자비하게 허리를 움직였다. 은서의 좁은 입구를 뚫고 들어갈 때마다 힘 조절이 전혀 안 되고 있다는 게 느껴졌지만 멈출 수 없었다. 까치발을 한 채 버티고 있던 은서의 다리가 후들거렸다. 쉴 새 없이 강한 삽입이 이어졌다. 불덩어리 같은 뜨거운 그의 기둥이 쑤욱 빠져나 갔다가 뿌리까지 단번에 들이쳐 오자 벼락같은 아찔한 쾌감이 그녀의 온몸을 휘감았다.

"아으읏……!"

잔뜩 흥건해진 그녀의 꽃잎이 살이 섞일 때마다 찌걱거리며 은밀한 신음을 흘리고 있었다. 지하는 자신의 몸을 바짝 은서에게 붙이며 그녀 의 셔츠 아래로 손을 집어넣어 브래지어를 들춰 올렸다. 정신없이 출렁 이는 젖가슴을 움켜쥐고 팽팽하게 곤두선 젖꼭지를 문지르자 은서가 다 급히 헐떡였다.

"아, 안 돼……! 그, 그만."

거친 숨을 내뱉으며 미친 듯이 허리를 움직이는 그의 눈엔 핏발이 서 있었다. 처음부터 자신의 것이 될 수 없는, 절대 가질 수 없는 여자를 향한 지독한 소유욕이 그를 서서히 미치게 만들고 있었다.

"윤은서."

잇새로 내뱉는 지하의 낮은 목소리에서 평소의 그답지 않은 뜨거움 이 느껴졌다.

"아학!"

테이블을 움켜잡은 은서의 몸이 앞뒤로 세차게 흔들렸다. 열락에 가 득 찬 그녀의 눈빛이 탁하게 흐려졌다.

"제길, 윤은서!"

은서의 젖가슴을 꽉 움켜쥔 채로 땀에 젖어 번들거리는 단단한 엉덩 이를 힘껏 밀어 올렸다.

덜커엉!

테이블이 부서질 것 같은 강한 마찰 소리와 함께 두 사람의 입술이 한껏 벌어졌다.

"헉……!"

"아아……!"

끊어질 듯한 신음을 흘리며 은서의 몸이 바들바들 떨렸다. 두 번째의
절정이 그녀의 몸을 잠식하고 있었다. 테이블 위에 무너진 채 파르르
떠는 은서의 몸을 지하가 잡아 앞으로 돌렸다.

은서는 그가 이끄는 대로 힘없이 끌려갔다. 온몸의 힘이 하나도 남김
없이 모두 빠져나간 것만 같았다. 그러고는 자신과 마주 보도록 은서를
테이블 위에 앉혔다. 지하는 거추장스러운 앞치마를 그녀의 머리 위로
벗겨 냈다. 잠시 휘청거리던 은서가 가느다란 팔을 뒤로 뻗어 테이블을
잡아 지탱하자 가슴 위까지 말려 올라간 흐트러진 셔츠 아래 발갛게 부
풀어 오른 핑크빛 젖꼭지가 드러났다. 거친 그녀의 숨결에 따라 유혹적
으로 오르내리는 관능의 정점을 강렬한 눈빛으로 쳐다보던 지하가 고개
를 숙여 입술 안으로 삼켰다.

"하……!"

은서의 고개가 뒤로 크게 젖혀졌다. 두 번의 절정 뒤에 지나치게 예
민해져 있는 성감대를 그가 핥고 깨물며 자극하자 견딜 수 없다는 듯
몸을 비틀어 댔다.

"아, 아아, 윤지하……!"

그녀의 의지를 배반한 몸은 저도 모르게 양팔로 그를 잡아 끌어당기
고 있었다. 어쩔 줄 몰라 옴찔거리는 그녀의 엉덩이를 움켜잡은 지하가
꼼짝 못하게 한 뒤 맑은 물을 울컥 토해 내는 페니스를 그녀의 흠뻑 젖
은 속살에 갖다 댔다. 두꺼운 남성이 위아래로 움직이며 한껏 달아오른
꽃잎 사이를 비벼 대자 은서가 다급한 숨을 몰아쉬며 헐떡거렸다.

"으, 응. 아! 아웃."

관능적인 그의 움직임에 따라 은서의 입술에서 연달아 신음이 터져 나왔다. 끔찍한 쾌감에 온몸이 완벽하게 달아오른 그녀의 욕망으로 탁해진 눈동자를 똑바로 들여다보며 지하가 말했다.

"넌 날 벗어나지 못해."

"……흐읏!"

지하는 헐떡이는 은서의 얼굴을 똑바로 바라보며 희롱하듯 그녀의 입구에 자신의 남성을 거칠게 문질러 댔다.

"못 벗어나."

지하가 낮게 가라앉은 목소리로 말했다. 그가 예민한 속살에 검붉은 기둥을 비벼 대자 은서가 거친 숨을 몰아쉬며 고개를 젖혔다. 안달이 나서 그의 단단한 분신을 당장에 집어삼키고 싶은 엉덩이가 옴찔거렸다. 지하는 느른한 웃음을 지은 채 매끈한 페니스의 끝부분으로 그녀의 속살을 집요하게 자극했다.

"네가 원하는 걸 말해. 지금 나에게 원하는 게 뭐지?"

"하, 으읏…… 지, 지하. 제발……."

낮은 그의 목소리와 찌꺽이며 비벼 대는 소리가 음란하게 울렸다. 은서는 숨도 쉴 수 없을 정도로 강한 열망에 휩싸여 엉덩이를 움직였다.

"아!"

"……큭."

그녀의 움직임에 따라 깊숙한 곳으로 미끄러져 들어갈 뻔한 남성을 겨우 다시 빼낸 지하가 거친 숨을 몰아쉬었다. 그 역시 욕망의 불길에 단단히 휩싸여 당장 내질러 들어가고픈 충동을 주체하기가 힘들었다. 이를 악물고 겨우 참아 낸 지하가 그녀의 목덜미에 땀으로 범벅된 얼굴을 묻고 을렀다.

"제대로 말해. 내가 미치기 전에, 어서."

꽉 잠긴 목소리로 으른 지하가 그녀의 엉덩이를 움켜잡은 채로 거칠게 허리를 움직여 비벼 대기 시작했다. 당장 그를 원하는 여성이 한껏 조여들며 흘린 미끈한 애액이 그의 굵은 페니스를 흠뻑 적셨다.

"……제발."

은서가 물기 젖은 눈으로 애원했다. 무얼 애원하고 있는 것인지 은서 스스로도 알 수 없었다. 온몸이 쾌락의 노예가 된 기분이었다. 온몸이 활활 타오를 듯한 끔찍한 욕망이 입술을 바짝바짝 마르게 했다.

"제발 날 좀 어떻게든 해 줘!"

그 순간 그의 단단히 발기된 페니스가 그녀의 좁은 속살을 단번에 찔러 들어갔다. 그 충격으로 은서의 엉덩이가 크게 뒤로 밀려났다.

"아흐읏!"

온몸을 가득 채우는 짜릿함에 은서의 속눈썹이 파르르 떨렸다. 거칠게 허리를 움직이던 지하가 인상을 쓰며 낮게 신음했다.

"이런, 날 죽일 셈이야?"

이를 악문 지하가 미친 듯이 허리를 밀어 올리기 시작하자 은서가 정신없이 신음을 쏟아 냈다.

"아, 아읏! 지하, 지하……!"

그녀가 상체를 뒤로 젖히고 양팔로 테이블을 지탱한 채 음란하게 엉덩이를 흔들어 댔다. 말려 올라간 셔츠 아래에 드러난 탐스러운 젖가슴이 위아래로 정신없이 출렁였다. 그의 몸이 그녀의 몸 안에 깊게 담금질할 때마다 그녀의 안에서 무언가가 터져 버릴 것 같았다.

그때 그녀의 흔들리는 몸을 꽉 움켜잡은 지하가 미친 듯이 속도를 올리기 시작했다.

"아악! 윤지하!!"

은서가 비명 같은 신음을 내질렀다. 그 소리에 맞춰 지하가 들이치는 속도도 더욱 빨라졌다. 열락에 젖어 한껏 찌푸려진 채 신음을 쏟아 내는 그녀의 얼굴을 그가 욕망에 이글거리는 눈빛으로 노려보며 격렬하게 허리를 움직였다.

"윤은서."

"아, 학! 하윽!"

"눈 떠."

양손으로 은서의 얼굴을 단단히 붙잡고 얼굴을 가까이 댄 지하가 무섭게 을렀다. 거친 치받침에 사정없이 흔들리던 은서가 감고 있던 눈을 떴다. 땀에 젖은 그의 얼굴이 보였다.

"지하…… 아!"

그가 격렬하게 짓쳐 올리자 은서의 눈이 다시 감겼다 떠졌다. 쾌감으로 얼룩진 흐릿한 그녀의 얼굴을 노려보던 그가 잡아먹을 듯 은서의 입술을 삼켰다.

"으읍……."

거칠게 혀를 뒤섞으며 자궁까지 치밀어오를 듯 깊숙이 푹푹 쑤셔 올리자 은서는 미칠 것만 같았다. 고개를 휘젓는 그녀의 얼굴을 강하게 움켜쥔 채 다시 거친 키스를 퍼부은 지하가 퉁퉁 부어 오른 은서의 아랫입술을 살짝 물고는 말했다.

"차라리 부서져 버려. 윤은서. 내가 망가뜨려 줄 테니까."

"아악!"

진심인 듯 그의 몸이 미친 듯이 그녀에게 들이쳤다. 정신없이 흔들리는 그녀의 다리가 그의 땀에 젖은 엉덩이를 감더니 더욱 끌어당겼다. 온전하게 합쳐진 두 개의 몸이 더 깊이 들어가지 못해 안달이 난 듯 서로를 끌어당겼다. 철썩거리며 살이 부딪히는 소리와 테이블이 삐걱대는 소리가 점차 숨 가쁘게 빨라졌다.

"윤은서!!"

덜컹! 덜컹! 덜컹!

포효하듯 신음한 지하가 온몸이 땀에 젖은 채 짐승같이 몰아치며 은서의 가슴을 움켜쥐었다.

"아아!!"

은서의 날카로운 교성이 터져 나왔다.

모든 것이 멈춘 듯한 그 절정의 순간. 은서는 마침내 자신의 속에 있던 뜨거운 어떤 것이 완전히 터져 버렸다는 것을 느꼈다.

결국은 터져 버렸다.

인정하지 않을 수 없었다, 이젠.

아무리 부정하려고 해도 난 이 남자를 지독하게도 원하고 있다…….
견딜 수 없이 괴로워도, 끔찍한 굴욕감과 수치심에 몸을 떨어도…… 윤지하가 가지고 싶다. 다른 건 아무것도 대신할 수 없는, 이 남자를 온전히 갖고 싶은 자신의 욕망을.

결국은 깨달아 버렸다.

그가 준 끔찍한 전율 속에서.

지하는 차 안에서 작업실 창문을 통해 은서를 바라보고 있었다. 시동을 끈 어두운 차 안에선 밝은 작업실 안이 잘 보였다. 한참을 멍하니 앉아만 있던 은서가 다시 캔버스 위에 천천히 붓질을 하기 시작한다. 지하는 어두운 곳에 세워 둔 차 안에서 담배를 물고 은서가 붓질을 하는 것을 한참 바라봤다.

"후우……."

길게 담배 연기를 뿜어내는 지하의 얼굴에 자조적인 미소가 떠올랐다.

7년을 기다려 이제야 모든 준비가 끝났는데, 난 무얼 망설이고 있는 것인가……. 철저히 부윤의 개로 살아왔지만 드디어 그 인간들을 개로 만들 수 있게 되었는데.

그런데 왜?

지하의 얼음장 같은 얼굴이 괴로운 듯 일그러졌다. 조금 전 은서가 한 말이 그의 심장을 꽉 움켜잡았다.

'오늘이 마지막이야. 이젠 다신…… 날 찾아오지 마. 더 이상 당신에게 이용당하고 싶지 않아.'

"이용? 우습군……."

지하가 조소를 지으며 눈을 번뜩였다.

누가 누굴 이용한다는 말인가. 윤지하가 윤은서를? 하!

입꼬리를 비틀며 비릿한 웃음을 흘리던 지하의 표정이 딱딱하게 굳었다. 그는 무섭게 굳은 얼굴로 거칠게 시동을 걸었다.

부아아아앙!

묵직한 엔진음을 남긴 채 지하의 차가 빠르게 그곳을 빠져나갔다.

6.
타오르다

"지하 씨! 도대체 나한테 왜 이러는 거예요?"

차에 올라타려는 지하를 서지혜가 가로막았다. 옆에 있던 비서가 지하의 눈치를 살피자 먼저 들어가 있으라는 눈짓을 했다. 비서가 운전석 문을 열고 타는 걸 지켜본 후 지하는 서지혜에게로 천천히 고개를 돌렸다.

"……이제 볼일 없다고 확실히 말했던 것 같은데. 못 알아들었나?"

그의 얼굴에는 서늘하리 만치 차가운 표정만이 떠올라 있었다. 그 표정을 어이 없이 바라보는 지혜의 눈에 분기가 차올랐다.

"당신, 날 이용한 거군……."

지혜의 입술이 파르르 떨렸다. 표독스러운 눈이 지하의 냉기 흐르는 얼굴을 노려봤다. 그는 지혜를 똑바로 바라보며 느른한 미소를 지었다.

"이제야 안 건가? 생각보다 멍청한데, 서지혜 씨."

"뭐라고?"

지혜가 날카롭게 눈을 치켜떴다. 지하는 표정변화 없이 싸늘하게 그녀를 내려다보며 말했다.

"당신 애인 돌아올 때 된 것 같은데. 가서 그 남자 맞을 준비나 하지 그래."

"애, 애인?"

지하의 말에 지혜의 눈빛이 당황으로 흔들렸다. 애인이라니, 설마 이 남자 그를 알고 있는 건가?

지하의 의중을 살피려는 듯 지혜가 눈을 가늘게 뜨고 지하의 수려한 얼굴을 뚫어져라 바라봤다. 하지만 그의 얼굴에서는 여전히 아무것도 감지할 수가 없었다.

"내가 모른다고 생각한 건 아니겠지? 양손에 쥐고 흔들 만큼 내가 만만해 보이나?"

지혜의 쓸데없는 수고를 덜어 주려는 듯 지하가 말하자 그녀의 얼굴에 짧게 희망의 빛이 스쳤다.

"설마 당신 그걸 오해한 거야? 세상에. 그 사람은 아무것도 아니야. 처음부터 정리하려던 거였어. 내가 다 설명할게. 그러니……."

지혜가 살갑게 웃으며 그의 팔을 붙잡자 지하가 가차 없이 잡아 떼어 냈다.

"아!"

거센 힘에 확 떠밀려진 지혜가 넘어질 듯 주춤거리다가 겨우 똑바로 섰다. 당혹스러운 표정으로 그를 올려다보는 지혜를 내려다보며 지하가 입술 끝을 잔인하게 비틀어 올렸다.

"지, 지하 씨?"

"눈치가 형편없군. 이만하면 알아들어야지."

비웃음을 담은 지하의 표정을 보자 지혜의 얼굴이 굳어졌다. 자신이 완전히 속은 거라는 걸 적나라하게 보여 주는 얼굴이었다. 그 신랄한 표정에 그녀의 진한 화장으로 덧칠된 얼굴이 시뻘겋게 달아올랐다.

철썩!

지하의 얼굴이 옆으로 홱 돌아갔다. 뺨을 내려친 지혜의 손이 부들부들 떨렸다. 죽일 듯이 지하를 노려보는 그녀의 눈빛이 이글거렸다.

"……쓰레기 같은 자식!"

지혜가 씹어뱉듯 내뱉고는 홱 돌아섰다. 지하는 표정 없는 얼굴로 멀어지는 서지혜의 뒷모습을 잠시 바라봤다.

이런 일은 익숙했다. 원하는 것을 빼낸 끝은 늘 이런 식이었으니까. 서지혜의 반응에 기분이 상할 건 없었지만 기분이 좋을 리도 없었다.

"퉤."

지하는 입안에 고인 피를 바닥에 뱉은 후 차로 돌아왔다. 지하가 차에 올라타자 지금까지 지켜보고 있던 비서가 걱정스럽게 물었다.

"본부장님, 괜찮으십니까?"

"출발해."

지하는 평소와 똑같은 무표정한 얼굴로 말했다.

"아, 네."

비서가 얼른 차를 출발시키며 룸미러를 힐끗거렸다. 창밖을 내다보는 지하의 표정에선 여전히 어떤 감정도 읽어 내기가 힘들었다. 이런 일이 있을 때마다 눈 하나 깜짝 않는 윤지하의 모습은 정말 무서울 정도였다.

회사에 도착한 지하는 곧장 회장실로 올라갔다.

"왔군."

고가의 소나무 분재의 새 가지를 잘라 내던 윤 회장은 지하를 보고 입매를 늘렸다. 지하는 가벼이 목인사를 한 뒤 윤 회장이 이끄는 소파에 앉았다.

"그래, 보령도 해결됐다고?"

윤 회장의 물음에 지하가 표정 없이 답했다.

"이제 마무리만 남았습니다."

"큭큭. 그래……. 벌써 소문이 퍼져서 보령 쪽은 주가가 바닥을 쳤어. 이제 게임은 끝났다고 봐야겠지."

손가락으로 턱을 문지르며 윤 회장은 만족스런 미소를 머금었다. 하지만 그의 눈만은 아직도 채워지지 않은 탐욕에 번들거렸다.

"수고했네."

윤 회장이 말했다.

"아닙니다."

짤막한 대답을 하는 지하를 바라보는 윤 회장의 시선은 만족스러웠다. 그 날, 보육원에서 처음 지하를 봤을 때 자신이 느꼈던 감이 틀리지 않았다는 사실이 스스로를 흡족하게 했다. 윤지하는 분명 자신을 목표하는 데까지 데려다 줄 수 있을 것이다. 그리고 그날이 멀지 않았음이 그를 더욱 들끓게 만들었다.

"그럼 나가 봐. 나머지도 차질 없이 진행하고."

"네. 그럼."

지하는 짧게 인사한 후 일어서서 문 쪽으로 걸어갔다. 그의 뒷모습을 눈으로 좇는 윤 회장의 얼굴에 비릿한 미소가 어렸다.

지하가 회장실에서 나오자 대기하던 회장실 비서가 얼른 엘리베이터 버튼을 누른 뒤 그를 흘끔거렸다. 윤지하는 그런 시선들에 익숙한지 힐끗거리는 비서에게는 신경도 쓰지 않았다. 엘리베이터가 도착하고 그가 조금의 지체 없이 엘리베이터 안에 오르자 비서는 아쉬움의 한숨이 절로 나왔다.

엘리베이터 문이 닫히자 우뚝 서 있던 지하의 차가운 입술이 비틀어졌다.

"잘 길들여진 하이에나라……."

혼잣말처럼 내뱉는 그의 낮은 목소리가 칼날처럼 섬뜩했다. 반질한 유리에 비치는 그의 표정이 무서우리만치 딱딱하게 굳어 있었다.

"은서 씨?"

동우의 말에 생각에 잠겨 있던 은서가 퍼뜩 고개를 들었다. 눈이 마주치자 맞은편에 앉아 은서를 주시하고 있던 동우가 부드럽게 웃었다.

"눈앞에 있는 은서 씨가 꼭 없는 사람처럼 느껴져서요."

"아, 미안해요. 제가 잠시 다른 생각을……."

은서가 미안한 표정으로 말했다. 동우는 거의 줄지 않은 은서의 스테이크 접시를 힐끗 쳐다본 뒤 다시 그녀의 얼굴로 시선을 돌렸다.

"무슨 생각했는지 물어봐도 돼요?"

"별거 아니에요."

미소를 지으며 은서가 말하자 동우가 끄덕였다.

"그렇군요. 안색이 안 좋으니 너무 무리하지 말아요."

"네. 미안해요."

동우의 배려는 친절했지만 은서는 그에게 전혀 집중할 수가 없었다. 그녀의 머릿속은 오로지 윤지하로 꽉 차 있다. 예전에도 그랬지만 그날 작업실에서 끝을 통보한 이후는 꼼짝없이 모든 신경을 지하에게 잠식당한 상태였다.

'이젠 다신 날 찾아오지 마.'

자신이 내뱉은 그 말이, 그 말을 들은 지하의 표정이, 목구멍에 콱 걸린 가시처럼 아무리 노력해도 내려가지지가 않았다. 그렇게 해야만 했다. 결혼을 추진하게 된 이상 더 이상 그 관계를 유지할 수는 없었다.

그런데 윤지하 당신은…… 왜 그런 표정을 했던 거지?

그 말을 듣고 거칠게 재킷을 들고 작업실을 나가던 그의 창백해진 얼굴이 머릿속을 떠나지 않았다. 명백히 상처받은 얼굴.

혼란스러운 표정으로 물 잔을 입술로 가져가는 은서를 말없이 바라보던 동우가 몸을 일으키며 말했다.

"아무래도 컨디션이 안 좋아 보이네요. 그만 일어나죠."

"네? 아, 네."

친절한 미소를 띠고 일어서는 동우를 보며 의아스러운 표정을 지었던 은서가 서둘러 따라 일어섰다.

같이 있는 동우에게 전혀 신경을 쓰지 못할 정도로 머릿속이 엉망진창이었다. 이대로는 동우에게도 너무 미안한 일인 것 같아 차라리 지금 일어서는 게 나을 것이다.

동우는 은서의 오피스텔 주차장에 차를 세우고 잠시 멈춰 있었다.

은서는 말없이 앉아 있는 동우의 옆모습을 의문스러운 시선으로 바라봤다. 평소에는 은서를 바래다준 뒤에 주저 없이 바로 차를 출발시켰는데 지금의 그는 뭔가 할 말이 있는 표정으로 전방을 바라보고 있었다.

"은서 씨."

앞만 노려보던 동우가 입을 열었다. 그 말에 은서가 동우를 바라보자 그도 그녀에게 시선을 돌렸다. 동우의 얼굴은 진지했다.

"드레스 말이죠."

"아…… . 네."

결혼 이야기인가.

대답하는 은서의 얼굴이 어두워졌다. 그 얼굴을 확인하며 동우의 표정이 더욱 굳었다.

"처음엔 은서 씨에게 고르게 할 생각이었는데 알아보니 딱 맘에 드는 디자인이 있어서요. 그냥 내가 골랐는데, 괜찮죠? 그리고 결혼식은 최대한 빨리 진행할 예정이에요. 빠르면 빠를수록 좋잖아요."

전에 없이 확고한, 일방적인 동우의 말에 은서의 눈이 당혹스럽게 커졌다.

"동우 씨. 전……."

입술을 깨물며 은서가 말하자 동우가 말을 잘랐다.

"그냥 내 말대로 하죠. 은서 씨."

동우의 목소리는 그전과 달리 완강했다. 늘 유하게 배려해 주던 그였기에 은서는 아무 말도 하지 못한 채 난감한 시선으로 바라보고만 있었다.

"동의한 걸로 알고 있을게요. 그럼, 잘 들어가요."

고개를 돌린 동우는 다시 전방으로 시선을 향한 채 시동을 걸었다. 떠밀리듯 차에서 내린 은서는 동우의 차가 빠져나가는 모습을 멍하니 서서 지켜봤다. 오늘의 동우는 그동안 알고 있던 모습과 조금 다른 모습이었다.

오피스텔로 들어오자마자 욕조에 뜨거운 물을 받았다. 욕조에 걸터앉아 따뜻한 코코아가 담긴 머그컵을 양손으로 잡고 천천히 마셨다. 코코아의 단맛이 쓰게 느껴져서 은서는 눈을 찌푸리며 내려놨다.

은서는 훈김이 나는 뜨거운 물이 일정한 소리를 내며 받아지는 모습을 말없이 지켜봤다.

동우의 말과, 지하의 표정이 그녀의 머릿속을 잔뜩 어지럽히고 있었다.

물이 다 받아지자 입고 있던 옷들을 하나하나 벗어내 버리고 머리를 틀어 올려 핀으로 고정시킨 뒤 욕조 속으로 미끄러지듯 들어갔다. 가슴까지 올라오는 뜨거운 물속에 잠기니 기분 좋은 열이 감돌았다.

어느 여류 시인이 그런 말을 했다던가? 뜨거운 목욕으로 치유할 수 없는 것들이 분명 있긴 하지만, 그다지 많다고는 할 수 없다고……. 지금의 자신은 치유시켜야 할 것이 너무나 많았다.

그 말을 생각하던 은서는 문득 쓴웃음을 지었다. 결국 그 여류 시인조차 오븐기에 머리를 처박고 자살하지 않았던가.

똑. 똑.

물을 잠그자 샤워기에서 물방울 떨어지는 소리가 조용한 욕실을 울렸다.

윤지하…….

그녀의 치유되지 못한 머릿속은 또다시 지하를 꺼내 와 펼쳐 놨다. 그가 그녀를 찾아오지 않은 지 일주일이 넘었다. 회사에서 우연히 그와 마주칠 때마다 은서는 풀릴 것 같은 다리에 억지로 힘을 줘 서 있어야 할 정도로 긴장했다. 하지만 그때마다 늘 봐 오던 차가운 얼굴로 말없이 그녀를 스쳐 지나가는 그에게 참을 수 없는 아쉬움을 느껴야만 했다.

"하……."

은서는 한심스러운 자신의 모습에 욕조 안에서 탄식 섞인 한숨을 뱉어 냈다.

이러지도 못하고 저러지도 못하는 이중성.

욕조 안에서 무릎을 세우고 팔로 지탱해 앉았다. 그 움직임을 따라 조용히 파란을 일으키는 물의 움직임을 지켜보며 은서는 과거의 기억 속으로 빨려 들어갔다.

유학을 마치고 돌아왔던 열네 살, 공항에는 안성댁이 나와 있었다.

"은서 학생, 잘 지냈어?"

"아줌마. 오랜만이에요. 건강하셨어요?"

오랜만에 맡는 고국 냄새와 안성댁 얼굴에 반가워 은서가 환하게 웃으며 다가갔다. 기사가 기다리는 차로 은서를 데려간 안성댁은 머뭇거리며 말했다.

"오늘 사모님께서 나오시려고 했는데 많이 바쁘셔서 어쩔 수 없이 내가 나오게 됐어. 사모님도 아쉬워하셨으니 너무 서운해하지는 말아. 알았지?"

"괜찮아요."

은서가 밝게 웃어 주며 대답했다.

정말 괜찮았다. 식구 중 누군가가 나올 거라는 기대는 처음부터 하지 않았다. 장 여사는 유학을 가던 날에도 학부모 대표로서 참석할 회의가 있다며 한태의 학교에 가 있었다. 윤한태 모친의 극성 치맛바람은 이미 초등학교 시절부터 유명했었다.

같은 학교에 다니던 은서의 반에는 한 번도 나타나지 않았지만 한태의 학급에는 뻔질나게 드나들며 물량공세를 펼쳤다. 한태가 전교 부회장까지 할 수 있었던 건 장 여사가 어마어마한 재단 기부금을 뇌물식으로 기부했기 때문이라는 건 공공연한 비밀이었다. 그렇게 돈을 쳐 바르고도 부회장밖에 못 한 것은 한태의 자격미달 때문이라는 것도.

회장은 윤지하였다. 그 무렵의 지하는 이미 일반 교육과정은 물론 대학과정까지 패스해 버린 뒤였다. 그래서 학교교육은 제쳐 두고 본격적인 경영에 대해 배우고 있었다. 매번 전교 1등을 차지하고 거기에 뛰어난 외모까지 지닌 지하는 초등학생 때부터 압도적인 득표율로 회장 자리를 차지했다.

그것이 그 스스로의 의사가 아닌 윤 회장의 뜻이었다는 걸 알게 된 건 나중에서였다. 당시의 은서는 타지에서 그런 소식들만 간간이 듣고 있었기에 지하가 정말 대단하다고만 생각하고 있었다.

넌 어떻게 변했을까?

집으로 향하는 차 안에서 은서는 내내 지하의 생각뿐이었다. 영국에 있는 동안 궁금했던 그가 어떤 식으로 변했을지 무척 궁금했다.

한여름의 시뻘겋게 달아오른 아스팔트를 달려 집으로 돌아왔을 때 지하와 마주쳤다.

그새 껑충 키가 커 버린 그를 본 순간 작은 심장이 쿵쾅거리며 내달리기 시작했다. 아이였을 때도 잘생겼다는 느낌이 들 정도로 창백한 피부에 이목구비가 선명했는데 3년이란 시간 동안 그는 무척 달라진 모습이었다. 청소년답지 않은 수려한 마스크에 특유의 냉기 어린 분위기까지 합쳐져 보기만 해도 심장을 떨리게 했다.

"오랜만이야. 잘 지냈……어?"

떠는 걸 들키지 않으려고 정말 많은 노력을 기울여야 했지만 조금 떨었던 것도 같다. 떨어져 있던 몇 년 사이 지하의 눈은 더욱 차가워져 있었다.

"어."

그 서늘한 시선으로 힐끗 은서를 쳐다본 지하는 짧게 대답만 하고 스쳐 지나갔다. 깜짝 놀랄 만큼 넓어진 등과, 반팔 아래 드러난 팔뚝의 단단함이 왠지 얼굴을 화끈거리게 만들었다.

그동안 그곳에서 난 네 생각이 많이 났는데…….

어떻게 지내고 있는지, 정말 많이, 궁금했는데.

은서는 꺼내지 못한 말들을 가슴에 품고 방으로 돌아와 짐을 풀었다.

그날 밤 늦게야 식구들이 돌아왔고 모두 모인 자리에서 식사를 했다. 윤 회장과 장 여사는 은서가 유학 기간 동안 있었던 일은 전혀 궁금하지 않은 듯 회사 일과 한태에 관한 이야기들만 했다. 은서는 그런 분위기가 이미 익숙해져 그림자처럼 밥을 먹고 있는 지하만 슬쩍슬쩍 몰래 쳐다볼 뿐이었다.

식사 시간이 끝나고 방으로 돌아와 침대에 누웠지만 잠이 오지 않았다. 오랜만에 한국에 돌아왔기 때문이라기보다, 오랜만에 지하를 봤기 때문이라는 이유가 더 컸다. 바로 옆방인 지하의 방에 온 신경이 쏠려 쉽게 잠을 이루지 못하고 있는데 그 방에서 둔탁한 소리가 들렸다.

쿵. 쿵.

……이게 무슨 소리지?

의아스러운 느낌에 침대 위에서 몸을 일으킨 은서가 살짝 방문을 열자 지하 방 문이 거칠게 열리는 소리가 났다. 흠칫 놀라 문고리를 잡고 문만 조금 연 상태로 보니 한태가 잔뜩 화가 난 얼굴로 그 방에서 나오고 있었다. 그때 은서의 눈이 크게 흔들렸다.

한태의 손에 들린 야구배트…….

맙소사.

은서는 직감적으로 무슨 일이 벌어졌는지 눈치채고 서둘러 지하의 방으로 달려갔다.

"윤지하……. 헉."

지하의 방문을 열자마자 놀란 은서가 손으로 제 입을 틀어막았다. 피투성이가 된 지하가 쓰러져 있었다.

"이, 이게 어떻게 된…… 자, 잠깐만 기다려. 사람을, 사람을 불러 올……"

"……윤은서."

당혹스러운 얼굴로 방을 나서려던 은서를 지하의 낮은 목소리가 불러 세웠다. 은서가 돌아보자 지하가 힘겹게 몸을 일으키더니 침대에 등을 기대고 앉았다. 거친 숨을 몰아쉰 그가 휴지로 이마에서 흐르는 피를 닦으며 은서를 올려다봤다. 차가운 그의 시선이 날카롭게 날아와 박혔다.

"쓸데없는 짓 하면 가만 안 둬."

낮게 흘러나오는 지하의 목소리가 온몸을 굳게 할 정도로 섬뜩했다.

"그, 그래도……"

"참견하지 말고 나가."

"……."

은서는 휴지로 익숙하게 얼굴을 닦는 지하의 모습을 보며 숨이 막혀 왔다.

한두 번이 아니구나……. 이런 일.

지하를 보니 그걸 알 수 있었다. 한태의 이런 폭행이 처음 있는 일이 아닐 거라는 것.

Rrrr. Rrrr.

문득 욕실을 울리는 휴대전화 벨소리에 은서는 화들짝 상념에서 깨어났다. 욕조와 이어지는 대리석 위에 놔둔 휴대전화를 들어 올려 액정을 확인했다.

"……!"

윤지하라는 이름을 확인하자 숨이 멎을 것 같았다.

불쑥 찾아왔을지언정, 개인적인 전화는 하지 않던 그였다. 그럼에도 은서는 늘 그의 번호를 저장해 두고 있었다.

벨이 울리는 짧은 시간 수많은 생각이 스쳐 지나갔다.

그날 작업실에서 본 이후 아무런 연락도 없었는데, 왜? 하지만 미처 고민이 끝나기도 전, 몇 번 울리지도 않은 벨은 그대로 뚝 끊겼다. 벨소리가 더 이상 들리지 않게 되고서야 은서는 전화를 받지 않은 것을 후회했다.

끊긴 전화기를 손에 든 은서는 물의 온기에서 풀려난 몸이 싸늘하게 식어 가는 것도 인식하지 못한 채 한참을 그 자리에 서 있었다.

전화를 끊어 버린 지하는 낮은 한숨을 내쉬었다.

바에 앉아 독한 술 한 병을 통째로 비우고도 윤은서를 향한 빌어먹을 감정은 수그러들지 않았다. 한참을 휴대폰만 바라보고 있던 지하는 싸늘한 조소를 흘리며 휴대폰을 테이블 위로 내던졌다.

웃기는군. 전화를 해서 무슨 말을 지껄이겠다고.

단숨에 온더락 잔을 비운 지하가 거칠게 머리칼을 쓸어 넘겼다. 기다란 손가락 사이에 담배 끝을 물고 빨아들였다가 한숨과 함께 흐릿한 연기를 내뱉었다.

"후우."

예전, 그 지옥 같은 집에 은서가 다시 돌아왔던 날이 떠올랐다.

영악한 윤한태는 절대 부러질 정도의 상처를 입히진 않는다. 예전에 학교 계단에서 밀어서 공개적으로 다리를 부러뜨렸던 이후로는 윤 회장에게 무슨 말을 들은 건지 절대 남들에게 보이게끔 폭행을 행사하지 않았다. 다만 방법이 악랄해졌다. 이불로 둘둘 말고 무차별 폭행을 가했다. 절대 머리가 깨지거나, 뼈가 부러지지는 않을 정도로만.

지하는 몸을 웅크린 채 이를 악물고 신음 소리 한 번 내지 않은 채 그 시간을 견뎠다. 그가 살려 달라고 애원하지 않는 모습에 더욱 화가 난 탓인지 한태는 분이 풀릴 정도로 피떡을 만들어 놓고 나야 직성이 풀리는 듯했다.

주기적으로 일어나는 일에 지하는 서서히 익숙해져 갔다.

통증에도, 고통을 참는 것에도.

그런데 그 모습을 그날 은서에게 들켰을 때…… 가슴속에 이상한 불길이 치솟았다. 그런 모습, 보이고 싶지 않았다. 그 여자의 그런 하얗게 질린 얼굴, 동정에 가득한, 불쌍해 죽겠다는 표정을 본 순간 벌레라도 씹은 듯 기분이 더러워졌다.

"쓸데없는 짓하면 가만 안 둬."

사람들을 부르려 나가는 은서를 말리자 그 커다란 눈에 물기가 가득 고여 흔들렸다.

"그, 그래도……."

"참견하지 말고 나가."

당혹스러움에 가득 찬 시선을 무시하고 차갑게 내뱉었다. 그딴 눈으로 날 보지 말고 나가. 당장 나가라고!

그렇게 소리치고 싶은 마음을 꾸역꾸역 눌러 참는 순간 다행히 알아들은 건지 그 여자가 비척거리며 방을 나갔다. 문이 닫히고 나서야 침대에 기대앉은 채 고개를 뒤로 젖혔다. 야구배트에 맞은 갈비뼈가 부러진 건지 호흡곤란을 일으키고 있어 잇새로 뒤틀린 신음이 새어 나왔다. 거칠게 숨을 몰아쉬는데 몇 년 만에 본 그 여자의 모습이 떠올랐다.

'잘 지냈⋯⋯어?'

여전히 시리도록 맑은 윤은서의 투명한 눈동자와 마주한 순간 머릿속이 일순 정지된 듯한 느낌을 받았다. 기묘한 정적. 그 여자를 볼 때마다 느끼는 이질적인 감각, 공기의 뒤틀림⋯⋯.

낯선 심장의 반응.

그건 기대와는 달리 그 여자가 떠나기 전보다 더욱 커져 있었다. 도저히 기분 탓이라고 생각할 수 없을 정도로.

제길, 안 보면 나아질 줄 알았는데⋯⋯.

터진 입술을 손등으로 거칠게 훔치는데 방문이 조심스럽게 다시 열렸다.

"뭐야?"

약상자를 가지고 들어오는 은서를 보자마자 사나운 목소리가 튀어나갔다. 그 목소리에 멈칫거리면서도 은서는 다시 조용히 문을 닫고 물수건과 약상자를 든 채 다가왔다.

"치료라도 해야지. 그렇게 놔두면 안 돼."

"됐어."

성가시다는 듯 손을 저었지만 그 여자는 이번엔 물러서지 않았다.

"누구 부르지 않을 테니까, 이거라도 하게 해 줘."

그렇게 말하고 앞에 앉아 약상자를 열었다. 붉은 입술을 깨문 채 창백해진 얼굴로 상처를 훑어보더니 가느다란 손가락으로 물수건을 잡고 얼굴로 갖다 댔다. 사납게 눈썹을 추켜올리자 파르르 떨리는 손이 시야에 보였다.

더 거부할까 하다가 그 손을 보고 그냥 놔뒀다. 그 여자는 아주 조심스럽게 이마와 입술의 피를 닦아 내기 시작했다.

"⋯⋯."

말없이 피를 닦아 내고 소독을 한 뒤 연고를 바르던 윤은서의 기다란 속눈썹에 투명한 눈물방울이 맺혔다. 그 여자의 눈빛만큼이나 투명한 눈물.

그 눈물을 보니 가슴속이 이상하게 뻐근했다. 배트로 얻어맞은 고통보다 더욱 아린 듯한 통증에 기분이 나빠졌다.

"그만, 됐어."

고개를 돌리고 반창고까지 붙이려던 손을 거칠게 밀어냈다. 그대로 잠시 멈춰 있던 여자가 주섬주섬 다시 약상자를 챙겼다.

"……미안."

물기 어린 목소리로 겨우 말한 여자가 피에 젖은 물수건과 약상자를 들고 도망치듯 방을 나선다.

탁.

다시 문이 닫힌 방 안에 정적이 내려앉았다.

……제길.

지하가 거칠게 위스키를 잔에 붓고 들이켰다. 과거의 기억이 그에게 끈적끈적한 넝마처럼 달라붙었다.

그때 누군가가 어깨에 손을 올리는 것을 느낀 지하가 고개를 돌렸다.

"괜찮으면 같이 마실래요?"

모델 같이 늘씬한 몸매의 여자는 육감적인 라인을 그대로 드러내는 타이트한 블랙 원피스를 입고 있었다. 여자는 은근한 눈웃음을 흘리며 새빨간 입술을 감아올렸다. 지하의 어깨에 올린 손가락을 느릿하게 쓸어내리며 그녀가 말했다.

"어때요? 나와……."

"꺼져."

여자의 손을 귀찮다는 듯 치우며 지하가 말했다.

"……!"

조각미남의 입술에서 흘러나온 냉기가 펄펄 풍기는 낮은 목소리에 여자의 얼굴이 보기 좋게 일그러졌다.

지하가 그 말만 하고 고개를 다시 돌려 버리자 여자는 붉게 달아오른 얼굴로 망연자실 서 있다가 웨이브 진 긴 머리를 홱 돌리며 빠르게 걸어갔다.

지하의 시선은 계속 휴대폰에 꽂혀 있었다.

역시, 다시 전화가 오진 않는다.

"후우……."

그가 신경질적으로 머리를 쓸어 넘겼다.

부르르르.

그 때 갑자기 휴대폰 진동이 울리자 지하는 재빠르게 낚아채서 액정을 확인했다. 잔뜩 커진 그의 눈이 액정에 뜬 이름을 확인하자 맥이 풀리듯 내리깔렸다.

"무슨 일이야."

전화를 받은 지하의 목소리에 한숨이 묻어났다.

—어떻게 된 거야? 예정일이 지났잖아.

"……알고 있어. 기다려."

—이쪽은 준비가 다 끝났다고. 기다리기 지루할 정도라니까? 혹시 계획에 뭔가 차질이라도 생긴 거야?

"그런 건 아니야. 곧 실행할 거니까 기다려."

딱딱한 지하의 목소리를 들은 전화기 저편에서 잠시 침묵이 흘렀다. 지하는 손바닥으로 거칠게 얼굴을 쓸었다.

—윤. 그 여자 때문이면……. 아니다. 그래, 알았어. 기다릴 테니 신

호 줘.

"……그러지."

칼은 눈치가 있는 사람이었다. 그는 지하의 상태를 눈치챘으면서도 굳이 말하지 않고 전화를 끊었다.

"후우."

지하는 미간을 찡그리고 손바닥으로 마른 얼굴을 쓸었다. 남은 양주를 단번에 입안에 털어 넣은 지하는 차가워진 눈빛으로 몸을 일으켰다.

"결혼을 진행시키기로 했다고?"

"네."

장 여사의 말에 은서가 표정 없는 얼굴로 대답했다. 장 여사는 그럴 줄 알았다는 듯 웃으며 말했다.

"안 그래도 결혼 언제 하냐고 주변에서 성화가 심했는데 이제야 진행이 되는구나."

"……."

은서가 장 여사를 물끄러미 바라봤다.

장 여사도 그랬다. 시종일관 어서 날을 잡으라고 은서를 압박했다. 동우의 서진그룹과 합쳐지면 어떤 모임에 나가서도 누구도 자신을 무시하지 않을 것임을 확신하고 있었다. 갑자기 커진 재력에 최상류층 마담들의 모임에도 끼게 된 장 여사지만 아직 대기업의 대열에 들어서지 못한 그녀는 종종 모임 자리에서 천대 아닌 천대를 받아야만 했다.

"동우만큼 너한테 잘해 주는 사람이 어디 있겠어. 지금까지 약혼 유지하면서 다른 여자 한 번 안 만난 애야. 밀려드는 선 자리 다 거절한 것도 동우라더라. 우리 회사랑은 비교도 안 될 만큼 큰 데서 온 것들도 가차 없이 잘라 버렸어. 그런 남자한테 사랑받는 걸 천운으로 여겨라."

은서가 씁쓸히 웃었다. 그 말에 저변에 깔린 '너 따위에게' 라는 메시지를 못 알아들을 정도로 바보는 아니었다. 자조적인 웃음을 보지 못한 모양인지 장 여사는 태연히 말을 이었다. 평소 귀에 못이 박히도록 한 그 말을.

"이제 결혼하면 서진그룹과 한 배를 타는 거니까 네 오빠를 위해 네가 힘을 써야 해. 말 안 해도 잘 알겠지?"

은서와 동우의 결혼이 진행되면 한태에게 떨어질 이득에 장 여사는 기분이 좋은 듯 한껏 다정한 미소를 지어 보였다. 그 미소를 보며 은서는 과거의 한 기억을 떠올렸다.

한태가 지하를 폭행하는 걸 알게 된 뒤, 늘 마음 졸이며 또 그가 그런 일을 겪지 않을까 전전긍긍하고 있을 때였다. 지하가 집에서도 항상 고개를 숙이고 다니는 것을 그저 습관이라 생각했었는데 얼굴의 상처를 가리기 위한 것임을 알게 됐다. 조금 긴 듯한 머리칼도, 상처를 가리기 위해서라는 것도.

얼굴의 상처는 머리칼로 가릴 수 있었지만 한여름이라 반팔을 입고 있는 그의 팔에 보이는 멍자국은 그러질 못했다. 그 보랏빛 멍자국을 언뜻언뜻 볼 때마다 가슴이 아려 입술을 깨문 적이 한두 번이 아니었다.

그러던 어느 날, 고개를 숙이고 학교를 가려고 대문을 향해 걸어가는 지하를 멀찍이서 뒤따라가고 있었다. 계단을 내려가려던 찰나 계단 밑에서 장 여사가 그의 상처를 보더니 대번 인상을 찌푸리는 것이 보였다.

"여기저기 광고라도 하고 다닐 셈이니? 긴팔로 갈아입고 가."

그 말에 지하는 장 여사를 흘깃 쳐다봤다. 더러운 것이라도 보는 듯한 표정으로 그를 노려보던 장 여사가 입술을 비틀었다.

"내 말 안 들리니? 어서 다시 안 올라가고 뭣하고 섰어?"

날카로운 장 여사의 말에 아무 대답도 하지 않은 지하가 그대로 다시 계단으로 몸을 돌렸다. 순간 그와 눈이 마주쳤다.

"······!"

혐오.

그의 까만 눈동자 안에 담긴 명백한 그 감정을 읽은 순간, 알 수 있었다. 장 여사는······. 한태의 폭력을 알고 있었다는 걸.

"지금 한태 얼마나 힘든 입장인지 몰라. 윤지하 그놈 때문에 자기 자리 다 뺏기고 얼마나 불쌍하니. 하나밖에 없는 니 오빠니까 네가 잘 힘써 줘야 돼. 그러라고 동우랑 연결해 준 거니까."

장 여사의 나긋나긋한 말투에 은서의 정신이 현실로 돌아왔다.

"왜 대답이 없어? 알겠니?"

"네."

은서가 서늘한 목소리로 대답하자 장 여사가 표독스러운 눈을 빛내며 말을 이었다.

"내가 알아보니 그쪽에서 전자 쪽으로 영역을 확장한다더라. 슬쩍 떠봐서 지금 맡은 사람 없으면 한태 밀어 넣어 줘. 지금 하고 있는 일보다는 사장 자리 앉아서 사람이나 부리고 하는 게 한태에게 맞을 거 같으니까."

장 여사의 새빨갛게 칠한 입술과 얼굴 전체에 허옇게 바른 고가의 팩트가 마치 가부키 배우를 보는 것처럼 부자연스러웠다. 탐욕스러운 눈빛을 번뜩이며 우아한 표정을 짓고 있는 보톡스가 잔뜩 들어간 팽팽한 얼굴이 역겨웠다.

"그만 일어날게요."

밀려오는 구토감을 참으며 은서가 자리에서 일어났다.

"그래. 그럼 다음에 또 들르렴. 혼수도 해야 하고 이것저것 바빠질 테니까."

전에 없이 더없이 상냥한 말투로 장 여사가 말했다. 그날 지하를 역겨운 듯 바라보던 장 여사의 표정이 그 얼굴 위로 겹쳐졌다.

집에 들어온 은서는 그날 먹은 모든 것을 토해 내야만 했다. 참을 수 없는 혐오감이 위장을 더욱 뒤틀리게 만들었다.

"하아……."

변기 물을 내리고 몸을 일으켜 휘청거리며 욕실을 빠져나왔다. 머릿속이 엉망진창이었다. 무얼 향한 혐오인지, 장 여사를 향한 혐오인지 윤한태를 향한 혐오인지 아니면 그 모든 걸 알면서도 방관했고 지금 역시 그들이 만들어 놓은 새장 안에 갇혀 있는 자신에 대한 혐오인지…… 정확한 이유를 알 수 없는 강한 혐오감이 끝도 없이 밀려들었다.

이런 사랑 없는 결혼은 자신뿐 아니라 한동우 역시 불행하게 만드는 건 아닐까?

알고 있었다.

동우의 말대로 이쪽 세계에서는 사랑 없는 결혼을 하는 사람이 사랑으로 이루어진 결혼을 한 사람보다 훨씬 많다는 것을. 다수가 정상의 기준에 속한다는 비뚤어진 방식으로 평한다면 은서의 생각은 비정상이다. 이 세계에서 원하는 행복과 불행의 기준에 은서의 생각은 전혀 상식적이지 않다.

하지만 그렇다고 하여 지금 상식을 좇아 이대로 결혼을 하는 것이 맞는 걸까? 정말? 마음속에 이렇게 커다랗게 담아 둔 사람이 있는데도 다른 사람과 태연하게 결혼하고 남들 앞에서 행복한 척 웃음을 보이는 게 과연 옳은 걸까?

도대체 어떻게 이 새장을 벗어날 수 있지? 아니, 벗어날 수 있더라도, 어쩌면…… 어쩌면 방법을 알고 있으면서도 이곳에 윤지하가 있기 때문에 스스로 그걸 거부하고 있는지도 모른다.

지금도 그를 기다리고 있는 것처럼…….

아니, 아니야.

은서가 고개를 휘저었다. 이런 위험한 생각이 결국 그를 파멸시킬지도 모른다. 온전한 레일을 벗어났을 때 어떤 일이 생길지 누구보다 더잘 알지 않은가. 윤지하는 안 된다. 절대로.

다시 구토감이 밀려들었다.

열일곱의 어느 여름.

지하의 키가 한태보다 훨씬 커진 이후로는 그의 몸에 주기적으로 맺혀 있던 멍이 사라졌다. 그를 향한 한태의 인격적 모욕발언은 더욱 심해졌지만 적어도 신체적인 폭행은 사그라진 것 같아 내심 안도했다.

지하는 여전히 집 안에서 떠돌듯 그림자 같은 생활을 유지했고 윤 회장의 기대에도 충분히 부응했다. 그의 천재성이 부각될수록 한태와 장여사의 냉대는 심해졌지만 지하는 전혀 신경 쓰지 않는 듯했다.

그러던 어느 날. 학원이 끝난 뒤 기사 아저씨와 어긋나서 평소와 다르게 학원 차를 타고 집에 오게 됐다. 학원 차를 타고 좁은 골목 사이를 뱅글뱅글 돌아가는 것도 신선했다. 내성적인 성격이라 아이들의 대화에 끼지는 못했지만 또래 아이들의 차 안에서의 수다 소리를 듣는 것만으로도 활기가 느껴졌다. 그 수런거림을 즐기며 가만히 창밖을 바라보고 있었다.

신호에 걸려 차가 멈추었고 네온사인이 화려한 번화가의 시끄러운 소음이 귀가 아플 정도로 울려댔다.

그 골목 사이에 질이 안 좋은 아이들이 모여 앉아 있는 것이 보였다. 껄렁하게 앉아 있는 남자아이들과 엉켜 붙어 나이에 어울리지 않게 야한 화장을 한 여자아이들은 체리처럼 붉게 칠한 입술을 크게 벌리며 까르륵 웃어 댔다. 그중엔 교복을 입은 채로 당당하게 담배를 피우는 아이들도 있었다.

"뭐야? 쟤네들 완전 장난 아니다. 일진 애들 같은데. 우리 학교 애들 아냐?"

"교복 보니까 그런데? 교복 입고 저기서 저러고 있냐……. 미쳤네, 미쳤어."

학원 차 안에 있던 아이들이 인상을 구기며 숙덕거리는 소리가 들려왔지만, 난 마냥 저 모습이 신기하고…… 부러웠다.

저 방탕할 정도의 자유분방함이.

누구의 시선도 신경 쓰지 않는다는 듯한 치기 어린 객기가, 부러울 정도로 신기했다. 그 생소한 모습을 신기한 듯 바라보다가 그중 어느 여자아이 한 명과 눈이 마주쳤다. 민망함에 고개를 돌리려는 순간, 문득 그 아이들 사이에서 지하를 발견했다.

……설마?

처음엔 그게 지하인지 의심했다.

여러 명의 질 안 좋은 아이들과 섞여 있는, 학교에서 예쁘다고 소문난 여자애를 껴안다시피 무릎 위에 앉힌 남자애가 설마 지하일 줄은 몰랐다.

학원 차 안에서 창백하게 굳어 있는데 그와 눈이 마주쳤다.

"……!"

눈이 마주친 지하는 아무런 표정 변화가 없었다. 그는 조금 지루하다
는 표정으로 앞에 앉은 여자애가 자신의 몸을 어루만지는 것을 방관했
다.

그때 신호에 걸려 멈춰 있던 학원 차가 다시 움직였다. 도저히 믿기
지 않는 모습이 차창 뒤로 사라져 갔지만 그저 창백한 얼굴로 굳어 있
을 수밖에 없었다.

차가운 밤공기가 콧날에 맺혔다 사라진다. 탁한 어둠이 익숙한 듯 그
의 모든 것을 감싸고 있었다. 손가락 끝에 매달린 기다란 담배의 붉은
열기가 빨갛게 타올랐다가 점멸했다.

후우.

한숨처럼 흘러나온 뿌연 연기가 아스라이 흩어져 우물처럼 어두운
검은 밤과 하나가 된다.

시동을 끈 조용한 차 안에 앉아 있는 지하의 시선이 창밖의 한 곳
을 향해 있었다. 그의 시선 끝에 불 꺼진 은서의 방 창문이 보였다.
저 창문의 불빛이 꺼지기 전부터 지하는 여기서 조용히 지켜보고 있
었다.

그녀는 아마 잠들었을 것이다.

언제부터인지는 모르겠지만 지하는 자기도 모르게 이 자리에서 그녀의
불 꺼진 오피스텔을 지켜보는 일이 많아졌다. 엘리베이터를 타고 올라가
익숙한 비밀번호를 누르고 현관문을 열면, 그녀를 안을 수 있다…….

그의 눈빛이 어둡게 잠겼다.

미칠 것 같은 욕망이 그의 내부에서 야수처럼 날뛰고 있었다. 당장

그녀를 품에 안고 싶은 강렬한 욕망.

말없이 오피스텔을 지켜보고 있던 지하는 낮은 한숨을 내쉬고 천천히 시동을 걸었다.

그의 차가 조용히 그곳을 빠져나갔다.

사교계 파티는 늘 달갑지 않았지만 오늘은 더했다.

은서가 억지로 미소를 끌어 올리며 판에 박힌 듯한 지루한 인사를 이어 나가는데 동우가 슬쩍 고개를 숙이고 물었다.

"오늘도 얼굴이 안 좋아 보이는데 괜찮아요? 요즘 내내 이러는 것 같은데."

다행히 동우는 평소와 같은 다정한 얼굴이었다.

"괜찮아요."

은서가 생긋 웃어 보였지만 속은 전혀 괜찮지 않았다. 벌써 며칠이나 잠들지 못하고 있었다. 평소에도 불면증에 자주 시달리는 은서였지만 요즘은 아예 잠을 포기하고 지내야 할 정도로 심해졌다. 새벽 내내 날카롭게 깨어 있는 신경이 누굴 기다리고 있는지 알면서도 은서는 애써 무시했다.

문득 머리 위에서 동우의 굳은 목소리가 들렸다.

"다른 쪽으로 가죠."

"네? 아……."

동우가 허리를 갑자기 거칠게 잡아끄는 통에 은서가 휘청거렸다. 동우가 서둘러 그 자리를 피하려는 것이 느껴져 의아하게 생각한 은서가 뒤를 돌아보려 하자 동우가 막았다.

"빨리 와요. 은서 씨."

동우가 계단 쪽으로 은서를 완강하게 이끌었다.

"윤지하 왔어."

누군가의 수군대는 목소리에 은서의 고개가 저절로 뒤로 돌아갔다. 지하가 유유히 파티장 입구로 들어오고 있었다. 디너슈트 차림의 지하가 들어서자 압도적인 존재감이 느껴졌다. 파티장의 여자들은 그가 들어오는 순간 모두 시선을 그쪽으로 돌렸다.

……여긴 왜?

오늘 명단에는 분명 없었는데 갑자기 그가 등장하자 은서의 머릿속이 혼란스러워졌다. 눈이 마주치기 전에 고개를 돌린 은서는 서둘러 계단을 올라갔다.

"……."

동우를 따라 계단 쪽으로 사라지는 은서의 뒷모습을 본 지하의 눈썹이 꿈틀거렸다. 한동우와 다정히 서서 계단을 올라가는 은서를 날카로운 시선으로 지켜보던 지하의 귀에 목소리가 들렸다.

"이거 윤 본부장 아닙니까. 여기서 보니 또 반갑군요."

계단을 향해 서 있던 지하는 인사를 건네는 남자에게 고개를 돌렸다.

"오랜만입니다. 박 사장님."

"이번에 윤 본부장 덕분에 부윤이 더욱 크게 성장할 기회를 잡았다고 하던데, 정말 능력이 출중하십니다그래. 보령은 노리던 곳도 많았는데 결국 부윤에 흡수되는 걸 보면 말입니다."

"과찬이십니다."

박 사장을 향해 단정한 미소를 짓고 있는 지하의 모든 신경은 은서가 사라진 계단 쪽에 머물러 있었다.

한편 은서는 동우에게 이끌려 2층의 구석진 자리에 앉았다. 동우의 표정이 어둡게 가라앉아 있었다.

"동우 씨."

은서의 목소리에 동우가 퍼뜩 고개를 들더니 얼른 평소의 상냥한 미소를 지어 보였다.

"미안해요. 갑자기 올라와서 놀랐죠?"

"아뇨. 그건 괜찮지만……. 어디 몸이 안 좋으신 건 아니에요?"

"아, 아닙니다. 아무것도."

은서의 말에 동우가 손을 흔들었다. 그때 그들 주위로 나이 지긋한 남자들이 다가왔다.

"이거 서진그룹의 새로운 황태자 한동우 아닌가?"

이 바닥의 큰손으로 유명한 우성의 정 회장이 다가오자 동우가 자리에서 일어섰다. 은서도 그를 따라 일어서서 정 회장에게 인사했다.

"안녕하셨습니까."

"무사히 승계 절차 끝냈다고 들었네. 축하하네. 아, 그리고 보니 좋은 소식이 또 있었군. 곧 결혼한다지?"

정 회장이 말하자 은서가 슬며시 굳었다.

"이런, 나름 비밀리에 진행한다고 했는데 벌써 다 퍼진 건가요?"

동우는 미간을 살짝 찌푸리며 난감하다는 듯 웃었다.

"모르는 척하기는. 그렇게 거창하게 결혼식 준비를 하면서 소문이 안 나길 바란 건가? 일부러 세상 사람 다 알라는 듯 떠들썩하게 할 모양이던데."

"하하. 들켰군요. 신부가 워낙 아름답다 보니 저도 모르게 여기저기 알리고 싶어졌나 봅니다."

동우가 웃으며 말하자 정 회장이 옆에 있는 은서를 노골적인 시선으로 훑었다.

"옆에 계신 분이 그 아름다운 분이신가? 부윤의?"

"아, 전……."

은서가 대답하려는데 동우가 그녀의 어깨를 감싸 안으며 미소 지었다.

"맞습니다. 저와 결혼할 여자입니다."

정 회장이 눈을 가늘게 뜨고 은서를 봤다.

"부윤이라……. 흐음. 그 집안은 남자나 여자나 인물이 타고난 모양이군."

정 회장이 남자로 지칭하는 사람이 윤지하라는 걸 알아챈 은서의 눈빛이 흔들렸다. 동우는 그녀의 어깨를 잡은 손에 힘을 줬다.

"결혼식에 회장님께서도 꼭 참석해 주십시오. 조만간 정식으로 연락 드리겠습니다."

"그래. 기대하지."

입술을 비스듬히 올린 정 회장이 뒤돌자 은서는 동우를 따라 정 회장에게 고개를 숙였다. 정 회장은 일행들과 함께 천천히 멀어졌다. 그들의 뒷모습을 보던 동우가 은서 쪽으로 고개를 돌렸다.

"큰 어른께서 아시게 되셨으니 이제 우리 결혼은 기정사실화되겠군요."

동우는 은서를 내려다보며 미소 지었다. 은서도 슬몃 입가를 끌어 올리려 했지만 경직된 입매는 움직이지 않았다. 가슴속이 묵직하게 답답해졌다. 이런 곳에서 일방적으로 그들의 결혼이 기정사실화되는 것을 가슴 한편이 거부하고 있었다. 은서는 동우가 호화 결혼식을 준비하고 있다는 사실조차 몰랐다.

동우는 거기서 멈추지 않고 만나는 사람마다 그들의 결혼 이야기를 끄집어냈다.

"아, 이쪽이 제 예비 와이프입니다. 부윤의 고명딸이죠. 은서 씨, 어서 인사해요."

"안녕하세요."

"이야! 이거 정말 미인이신데요?"

"감사합니다."

은서는 무표정한 얼굴로 동우가 시키는 대로 끌려 다니며 인사를 해야 했다. 불편한 은서의 표정을 그는 철저히 무시하기로 마음먹은 듯 보였다. 그 때였다.

와장창!

"꺄악!"

그 순간 뒤에서 들리는 날카로운 파열음에 동우와 은서의 시선이 뒤로 향했다. 그녀의 동공이 확 커졌다.

윤지하……!

서지혜가 잔뜩 취한 얼굴로 깨진 와인 잔을 들고 지하를 노려보고 있었다. 그녀의 손에 흉기처럼 들린 날카로운 와인 잔을 본 은서의 얼굴에 핏기가 가셨다. 다들 경악하며 뒤로 물러났지만 지하는 주머니에 손을 찔러 넣고 태연히 서지혜를 바라보고 있었다.

"세상에, 저 여자 미쳤나 봐."

"이러다 일 나겠는데?"

은서는 주변에서 수군거리는 사람들의 목소리가 머릿속에 들어오지 않았다. 그에게 위태롭게 다가가고 있는 서지혜의 손에 들린 번뜩이는 유리만이 보였다.

"윤지하, 이, 이 비열한 자식……!"

서지혜가 잔뜩 일그러진 얼굴로 지하를 노려보며 다가갔다. 지하는 여전히 표정을 읽을 수 없는 차가운 얼굴로 서지혜를 응시하고 있었다.

"사랑한다고 했으면서! 날 사랑한다고 했으면서 이용만 했어!"

눈에 핏발을 세운 서지혜가 날카롭게 소리쳤다. 은서의 심장이 미친 듯이 뛰었다. 저 여자가 당장이라도 저 날카로운 것을 들어 지하를 찌를지도 모른다는 생각에 온몸의 피가 거꾸로 치솟는 것 같았다.

"위험해요. 은서 씨. 저쪽으로 가죠."

저도 모르게 점차 앞으로 다가가고 있던 은서의 팔을 동우가 잡아끌었다.

"잠시만요, 동우 씨."

은서가 불안한 시선을 지하와 서지혜에게 박은 채 움직이려 하질 않자 동우는 강제적으로 은서의 몸을 돌려세웠다.

"앗."

우악스러운 그의 손길에 은서의 몸이 휘청거렸다. 동우는 그대로 은서를 거칠게 잡아끌며 말했다.

"은서 씨와 관계없는 일 아닙니까?"

"네?"

은서는 미간을 좁힌 채 동우의 딱딱하게 굳은 표정을 올려다봤다. 그의 얼굴에서 이미 젠틀한 미소는 사라지고 차가운 눈빛만이 그녀를 향하고 있었다.

"꺄아악!"

앙칼진 비명 소리가 들리자 은서가 깜짝 놀라 하얗게 질린 얼굴로 뒤돌아봤다. 뒤에서 달려든 수행원에게 제압당한 서지혜가 버둥거리며 끌려 나가고 있었다.

"놔! 이거 놔!! 저 자식…… 죽여 버릴 거야! 놔!!"

끌려 나가면서도 고래고래 소리 지르는 서지혜를 보며 은서는 지하가 다치지 않았다는 생각에 안도의 한숨을 내쉬었다. 그때 자신을 잡고 있는 동우의 팔에 힘이 들어갔다. 완력을 느낀 은서가 고개를 들어 동우를 올려다봤다.

"동우 씨?"

은서는 무시무시한 표정으로 자신을 보고 있는 그의 얼굴에 흠칫 놀랐다. 은서의 놀란 표정을 본 동우는 얼른 표정을 부드럽게 풀고 말했다.

"깜짝 놀랐네요. 저 사람은 사방에 적이 많겠어요."

"아무래도…… 그렇겠지요."

동우는 평소와 다름없는 표정으로 돌아와 있었지만 은서는 그가 불편해졌다.

"역시 피곤해 보이네요. 그만 가죠."

그녀의 팔을 잡아끌며 동우가 말하자 은서는 혼란스러운 표정으로 끄덕였다. 지하가 아무 일도 없었다는 걸 속으로 안도하며 동우를 따라 걸어갔다.

지하의 시선이 동우의 손에 이끌려 파티장을 빠져나가는 은서의 뒷모습을 좇았다. 은서는 희고 투명한 피부와 잘 어울리는 다홍빛 드레스를 입고 있었다. 과하지 않게 파인 등 라인을 바라보던 지하는 그 허리에 자연스럽게 놓인 동우의 손에 눈을 날카롭게 떴다.

제길!

지하가 이를 악물었다. 앞에 있는 사람들이 끊임없이 무언가 말을 건네며 명함을 내밀고 있었지만 지하의 귀엔 그들의 목소리가 들리지 않았다.

스스로가 우스워져 지하는 견딜 수가 없었다.

이 자리는 스케줄에 없는 자리였다. 하지만 참석자 명단에 윤은서의 이름이 있는 것을 알고 중요한 디너 약속을 취소해 버렸다.

어째서?

저 여자를 만나기 위해서?

이제 이런 대외적인 자리에서밖에 만날 수 없으니까?

"……큭."

지하는 비릿한 조소를 흘리며 신경질적으로 술을 들이켰다.

파티장 밖으로 나온 동우와 은서는 직원이 차를 가져오기를 기다리며 로비에 서 있었다. 동우가 재킷을 벗어 은서의 어깨에 걸쳐 주려 했다.

"날이 쌀쌀하네요. 이거 입고 있어요."

상냥한 미소를 짓고 있는 동우가 왠지 불편해 은서가 그의 손을 살짝 밀어냈다.

"괜찮아요. 이제 차에 탈 건데요, 뭐."

미소를 띠며 은서가 밀어내자 동우가 다시 말했다.

"그럼 내가 바래다줄게요."

"차 가지고 와서 괜찮아요."

"그건 비서 시키면 되니까."

"아, 아니에요. 그러실 거 없어요."

점점 더 불편해지는 마음을 표정에 보이지 않으려 노력하며 은서가 미소를 지은 채로 고개를 저었다. 그 얼굴을 물끄러미 바라보던 동우가 낮게 한숨을 내쉬었다.

"어렵네요. 은서 씨는."

"기분 상하셨다면 미안해요. 저 때문에……."

"미안하다는 말 들으려고 한 말이 아니에요."

그의 목소리가 굳어 있는 것이 느껴지는 순간 동우의 차가 도착했다. 직원이 키를 내밀자 그걸 받아 든 동우가 다시 평소의 상냥한 얼굴로 은서를 바라봤다.

"그럼 저 먼저 가야겠군요. 전화할게요."

"네. 조심히 들어가세요."

동우가 차를 타고 떠나자 은서도 뒤이어 파킹된 자신의 차에 올라탔다. 차가 출반하기 전 은서의 시선이 지하가 있는 파티장 쪽에 잠시 머물렀다.

7.
움켜쥐다

밤늦게까지 회사에 남아 있던 은서는 상무실을 나와 엘리베이터 버튼을 누르고 기다렸다. 피곤함이 잔뜩 묻어나는 은서의 야윈 얼굴이 반들반들한 은색 엘리베이터 문에 비쳤다. 은서는 지끈거리는 머리를 꾹꾹 눌렀다.

동우와의 결혼 준비는 놀라운 속도로 진행되고 있었고, 회사 역시 순조로웠다. 윤 회장이 연일 기분 좋은 표정을 보이고 있는 걸 보니 그가 윤 회장의 염원을 거의 다 이룬 눈치였다.

그렇게 된다면…… 지금보다 훨씬 더 몸뚱이가 비대해지겠지. 이 부윤그룹은…….

연일 주가가 상한가를 치고 있다고 하고 결혼 준비는 무엇 하나 문제되는 것 없이 착착 진행되고 있는데 전혀 기쁘지 않았다. 다들 기쁜 듯 보이는데 은서만이 아직도 홀로 망망대해를 표류 중인 부표 같았다.

"하아……."

엘리베이터가 도착하자 은서는 작은 한숨을 내쉬며 고개를 숙이고 엘리베이터에 올랐다. 바닥을 향한 그녀의 시야에 날렵한 구두가 들어왔다. 은서가 천천히 시선을 올렸다.

"……!"

순간 은서는 숨을 들이켰다. 눈앞에 윤지하가 있었다.

평소보다 날카로워진 날렵한 턱 선과 창백할 정도로 파리한 그의 얼굴을 확인하는 순간 엘리베이터 문이 닫혔다. 버튼도 누르지 못하고 황망한 표정으로 그를 바라보고 있는데 엘리베이터가 움직이기 시작했다.

은서가 비켜서서 벽 쪽으로 고개를 돌렸다. 그러쥔 하얀 주먹 안에 땀이 배어나는 게 느껴졌다. 침을 삼키는 소리가 조용한 공간에 크게 울렸다.

"잘 진행되고 있나?"

"……뭐?"

갑자기 머리 위로 쏟아진 낮은 목소리에 은서가 흠칫 놀라 고개를 들었다. 올려다보니 그가 표정 없는 차가운 얼굴로 내려다보고 있었다.

"결혼."

"아. 결혼……. 잘 진행되고 있어."

은서가 최대한 담담한 목소리로 대답했다. 평온하지 못한 표정을 들킬까 봐 은서는 얼른 다시 고개를 벽 쪽으로 돌렸다.

이런 우연, 지금까지 몇 번이나 있던 일인데…….

은서는 눈시울이 뜨거워져 주먹을 움켜쥐었다. 시선이 마주치면 그와의 관계를 끝낸다 했으면서 속으로는 내내 그리워한 마음을 들킬 것 같았다. 다시 그의 전화가 오기를, 매일 밤 그가 찾아오기를 기다렸다는 것을 들킬 것 같았다.

필사적으로 눈에 힘을 줘 눈물을 참고 있는데 갑자기 고개가 위로 들려 올려졌다.

"……!"

은서의 작은 턱을 잡아 올린 지하가 그녀의 흔들리는 눈빛을 똑바로 내려다보고 있었다. 지하의 깊게 가라앉은 눈동자가 은서의 시선을 휘어 감았다. 둘의 시선이 얽혀들었다. 이 공간을 잊은 듯 서로의 눈빛에 깊게 빠져들었다.

띵.

영원히 끝나지 않을 것 같은 시간이 지나고 엘리베이터는 지하 주차장에 도착했다. 그 소리를 듣고 겨우 정신을 차린 은서는 재빨리 몸을 돌렸다. 열린 문을 향해 한 발 내딛는데 지하가 은서의 팔을 강하게 붙잡고 엘리베이터 안으로 끌어당겼다.

"앗!"

지하는 주먹으로 닫힘 버튼을 거칠게 누르고 은서를 벽으로 바짝 밀어붙였다. 순식간에 양팔을 옆으로 뻗어 그 사이에 그녀를 가두자 은서가 당혹스러운 표정으로 시선을 올렸다. 바짝 가까이에 와 있는 그의 뜨거운 눈빛을 보자 숨이 멈추는 것 같았다. 지독히 익숙한, 그의 어둡게 가라앉은 눈동자에 심장이 미친 듯이 쿵쾅거리기 시작했다.

"놔줘. 여긴 회사야."

은서가 바짝 마른 입술을 열어 겨우 소리를 냈다. 팔 안에 그녀를 가둔 지하가 팔을 굽혀 얼굴을 더 아래로 숙였다. 그의 수려한 얼굴이 은서의 코앞까지 다가왔다. 은서의 시선이 정처 없이 흔들리는 걸 본 그의 입술 끝이 천천히 말려 올라갔다.

"왜, 여기서 범하기라도 할 것 같은가?"

"……!!"

느른한 목소리에 은서의 얼굴이 달아올랐다. 익숙한 그의 체취에 숨이 가빠 왔다. 심장박동이 올라갈수록 뇌에 산소가 부족해진 듯 어지러웠다.

"할 말이 있다면 빨리……."

말을 다 잇지 못하고 은서는 흠칫 숨을 삼켰다. 지하의 한쪽 손등이 내려와 허공에서 잠시 멈추더니 은서의 뺨에 살짝 닿았다. 기다란 손가락으로 쓸 듯, 은서의 볼을 천천히 쓸어내렸다.

은서는 내심 놀랐다. 그가 이렇게 부드러운 손길로 얼굴을 매만진 적은 단 한 번도 없었다. 그는 항상 거칠었고 무자비했다. 윤지하와는 전혀 어울리지 않는 지독히 부드러운 손길에 은서는 얼굴이 뜨거워졌다. 혼란스러운 눈빛으로 그의 눈을 바라보자 지하가 열기를 품은 눈동자로 시선을 맞춰 왔다. 그의 입술이 천천히 다가왔다.

은서는 저도 모르게 눈을 감았다. 부드러운 입술이 닿을락 말락 하는 위치에서 지하가 멈췄다. 그의 흔들리는 시선이 은서의 파르르 떨리는 긴 속눈썹을 훑고 붉은 입술로 내려왔다.

그때 엘리베이터 문이 다시 열리는 소리가 들렸다.

"……?"

은서가 번쩍 눈을 떴다. 앞에 서 있던 지하가 없었다. 급히 엘리베이터 밖으로 나가 보니 성큼성큼 걸어가는 지하의 뒷모습이 보였다.

윤지하…….

은서는 입술을 깨물고 그의 뒷모습을 바라봤다. 조용한 주차장을 울리는 그의 차가운 구두 소리를 은서는 꼼짝도 못 하고 듣고만 있었다.

새벽 두 시.

은서는 침대 위에 걸터앉아 멍하니 시계를 바라보고 있었다. 테이블 위에는 마시지도 못하는 독한 술까지 놓여 있었다. 이걸 마셔서라도 잠을 잘 수 있다면……. 그리고 잠을 자는 동안만이라도 그 남자를 잊을 수 있다면.

은서는 망설임 없이 술을 한 입에 털어 넣었다.

이젠 더 이상 어쩔 수가 없어서 그를 놓아 버렸는데 이 괴로움은 도대체 뭐지?

"하아."

은서는 연거푸 빈 잔에 술을 따라 입안에 털어 넣었다. 술잔을 내려놓고 가느다란 손가락으로 엘리베이터 안에서 지하의 손등이 닿았던 뺨을 쓸었다. 뺨에 그의 감촉이 남아 있는 것 같은 느낌에 몇 번이나 쓸어 봤지만 아무리 해도 그가 쓰다듬던 감촉과는 달랐다.

그를 놓아 버리고 깨달은 것이 있다.

어떻게 해도 그를 기다리는 일을 멈출 수 없다는 것.

"윤지하. 난 어떡하면 좋을까……?"

은서의 술에 취해 흐려진 시선이 현관문을 향해 고정되어 있었다.

그의 이중생활을 알게 된 열일곱 이후로 내내 이제까진 느끼지 못했던 새로운 감정에 시달렸다.

질투.

그 감정이 질투라는 명료한 두 글자로 머릿속에 인식된 건 그로부터 한참이 지난 후였다. 그날 학원 차 안에서 봤던 그와 다른 여자와의 농도 짙은 스킨십 때문에 끔찍한 괴로움에 시달려야 했다.

그 감정이 질투라는 걸 깨달았을 때, 지하를 향한 감정이 동정에서 사랑으로 넘어왔음을 인정해야만 했다.

언제 넘어온지도 모르게…….

어쩌면 처음부터 사랑이었다는 듯이.

그래서 지하가 늦는 밤이면 그가 돌아오기 전까지 한숨도 자지 못한 채 머릿속을 헤집어 대는 온갖 상상들로 괴로워했다. 다른 누군가와 껴안고 키스를 나누는 지하의 모습을 상상하면 나도 모르게 눈물이 왈칵 쏟아졌다. 가슴이 꽉 틀어막힌 것같이 답답하고 괴로웠다.

윤지하는 윤은서가 절대 사랑하면 안 되는 사람이다. 그는 비록 인간 취급도 못 받는 기업을 위한 부품으로 키워졌지만 대외적으로는 명백히 아버지인 윤 회장이 후원하는 사람이었다. 남들 보기엔 불쌍한 고아를 데려와서 아들같이 키웠으니 피가 섞이지 않았다 해도 그를 사랑한다는 건 고지식한 한국 사회에선 명백한 패륜이었다.

패륜…….

그런 위험한 짓을 저지른다면 윤 회장은 절대 그냥 놔두지 않을 것이다. 충분히 그럴 사람이라는 것을 알고 있었다. 결국 이러지도 저러지도 못한 채 시간이 흘러 몇 년이 지났다.

지하의 일탈은 다행히 그리 길게 가진 않았던 모양이다. 그는 그 후에도 그저 아무 일도 없었다는 듯 윤 회장이 시키는 대로의 일만 하며 이방인 같은 삶을 유지했다. 그녀도 그 사이 미대를 포기하고 부모님이 원하는 대로 경영과로 옮겼다.

그러던 어느 날 윤 회장과 장 여사의 대화 속에서 그가 곧 유학을 가게 될 거라는 사실을 알았다. 부윤의 완벽한 부품이 되기 위한, 윤 회장이 준비해 놓은 유학. 그 사실을 알게 되자 마음이 급해졌다.

3년이라니…….

그렇게 긴 시간 동안 떨어져 있어야 한다는 사실에 조급함은 더해졌다. 더구나 지하는 대학 입학과 동시에 이 집에서 나간다. 그와 헤어질지도 모른다는 현실이 절박함으로 자신을 몰아붙였다.

그 절박함이, 결국 지하에게 충동적인 고백을 하게 만들었다. 그리고 그날 이후로 윤지하와의 관계는 철저한 나락으로 떨어졌다.

은서가 술에 취해 흐릿한 눈빛으로 과거의 시간 속으로 빨려들던 그 시간.

지하는 늘 그녀의 창을 지켜보는 자리에 차를 세워 두고 담배를 피우고 있었다. 그녀가 선을 긋기 전에도 충동적으로 은서를 찾아갈 때보다, 이렇게 지켜보다가 차를 돌린 때가 훨씬 많았다.

이 행동은 뭘 의미하는 걸까?

스스로 의미 없는 의문을 던진 지하가 입술 끝을 비릿하게 말아 올렸다.

……하긴. 이유가 무슨 필요가 있을까. 윤은서는 내 것이 될 수 없는데.

절대 내 것이 될 수 없는 것.

내 것이 되면 안 되는 것. 그것이 윤은서였다. 그녀의 주변 모든 것을 파괴시키려 하면서 그녀를 원한다는 이기적 모순. 그래. 하지만……

이 정도는 괜찮겠지. 이 시간만큼은.

남은 몇 개비의 담배를 모두 피울 때까지의 시간을 핑계 삼아 지하는 핏기 없는 차가운 얼굴로 은서의 어두운 창문을 바라보고 있었다.

회사 주차장에 차를 세운 은서는 머리가 깨질 듯한 숙취로 미간을 잔뜩 찌푸리고 엘리베이터에 올랐다. 누군가 머릿속에 큰 북을 집어넣고 둥둥 울려 대는 것만 같았다.

"하아……."

한숨을 내쉬며 엘리베이터 벽에 기대서 있는데 1층에서 비서들로 보이는 여자들이 몰려 탔다. 은서는 힘든 몸을 추슬러 허리를 펴고 꼿꼿이 섰다. 문이 닫히기 직전 엘리베이터 안으로 지하가 성큼 들어왔다.

"어머, 본부장님. 안녕하세요."

엘리베이터 안의 여직원들이 호들갑스럽게 인사하자 지하도 고개를 끄덕였다. 은서의 시선이 문 앞에 서 있는 지하의 등을 향해 있었다. 몸이 안 좋은 탓인지 머릿속에 열기가 올라왔다.

"저희 먼저 내릴게요."

9층에서 비서들이 우르르 내렸다. 문이 닫히고, 엘리베이터 안에 둘만 남게 되었다. 지하의 넓은 등을 바라보고 서 있는 은서는 얼마 전 엘리베이터 안에서 있었던 그의 손길이 생각나서 입술을 깨물었다. 다시 그 순간으로 되돌리고 싶은 욕망이 그녀를 힘겹게 만들었다.

태연히 서 있는 그의 높은 어깨를 원망스럽게 바라보고 있는 사이 엘리베이터가 15층에 도착했다. 엘리베이터 문이 열리자마자 은서는 지하의 몸을 피해 서둘러 엘리베이터에서 내렸다.

탁.

뒤에서 문이 닫히는 순간, 은서는 마음 속 깊이 절망하는 자신을 발견했다. 혹시 그의 손이 그날같이 잡아 주지 않을까 내심 기대했던 것을 깨닫자 비참한 기분이 밀려들었다.

……멍청이.

차갑게 닫힌 문에 비친 자신의 얼굴을 노려보던 은서는 입술을 깨물며 고개를 돌렸다. 엘리베이터 안에서 바짝 곤두섰던 긴장이 풀리자 그제야 무너질 것 같은 몸 상태가 느껴졌다.

상무실로 들어선 은서는 비서의 인사에 미소를 지으며 끄덕인 뒤 아무렇지도 않은 척 집무실로 들어갔다. 그제서야 무너지듯 의자에 앉았다. 창백한 얼굴로 이마를 쓸던 손바닥을 펴 보니 흥건히 땀이 차 있었다.

덜컹.

그때 노크도 없이 문이 열렸다. 은서가 흠칫 놀라 고개를 들었다.

"……윤지하?"

싸늘한 표정으로 쳐다보고 있는 그를 확인하자 은서의 눈이 커졌다. 지하가 문을 닫고 책상 앞으로 성큼성큼 걸어왔다. 은서는 뭐라 할 말도 찾지 못한 채 바라보고만 있었다. 그가 바로 앞까지 다가오고 나서야 은서는 겨우 입을 열었다.

"무슨 일이야? 말도 없이 찾아오고."

그녀의 앞까지 다가온 지하의 표정은 여전히 얼음같이 차갑기만 할 뿐 아무것도 읽을 수 없었다. 지하는 은서의 질문에는 대답도 하지 않은 채 커다란 손을 느닷없이 그녀의 이마에 갖다 댔다. 은서가 흠칫 놀라는 것에도 아랑곳 않고 그대로 가만히 있었다.

"뜨겁군."

손바닥에 전해 오는 열기를 확인한 지하의 미간이 좁혀졌다. 은서는 황망한 손길로 그의 손을 밀어냈다.

"……괜찮아."

"언제부터 이랬지?"

지하는 인상을 찡그린 채로 은서의 턱을 잡아당겼다. 시선을 맞추고 낮게 묻는 그의 목소리는 어딘가 화가 나 있는 듯 날카로웠다.

"괜찮다니까."

그의 시선만으로도 온몸이 더 뜨거워질 것 같아 은서는 고개를 돌리려 했지만 지하의 힘은 완강했다. 그녀의 턱을 단단히 잡고 끌어당긴 지하는 바짝 얼굴을 갖다 대고 무서운 눈으로 은서를 내려다봤다.

"날 화나게 할 생각이 아니라면 똑바로 말해. 언제부터 이랬어?"

으르는 그의 목소리와 뜨거운 숨결에 은서의 숨이 거칠어졌다. 조금만 움직이면 입술이 닿을 것 같았다.

"이거 놔."

은서가 입술을 깨문 채로 고개를 돌리려 했다. 이렇게 가까이서 바라보면, 영락없이 들킬 것 같았다. 그를 향한 애증, 그리고 미칠 것 같은 그리움까지.

"놓으라고!"

은서가 날카로운 목소리로 말하자 지하의 얼굴이 딱딱하게 굳었다. 차갑게 굳은 얼굴로 그녀를 내려다보던 지하가 은서를 놔줬다.

"제길."

지하는 거칠게 머리칼을 쓸어 올리더니 창 쪽으로 시선을 돌리고 낮은 한숨을 내뱉었다. 한참 창밖을 노려보던 그가 다시 은서에게 얼굴을 돌렸다.

"그런 상태로 내 앞에 알짱대지 마. 쓰러질 것 같은 꼴로 서 있는 거, 내 눈에 한 번만 더 보이면 어떻게 할지 장담 못 해."

차갑게 내뱉은 지하가 뒤돌아섰다. 화가 난 듯 걸어가는 그의 뒷모습을 보는 은서의 눈빛이 흔들렸다. 저 뒷모습이 그녀의 심장을 아프도록 조여들게 만들었다.

지하가 거칠게 집무실 문을 열었다.

차를 가지고 들어오려던 비서가 갑자기 문을 열고 나온 그에게 화들짝 놀라 멈춰 섰다. 지하는 흘깃 쳐다본 뒤 그대로 상무실을 나가 버렸다. 지하가 상무실을 빠져나갈 때까지 그 자리에 서 있던 비서가 은서에게 다가오면서 말했다.

"사, 상무님. 본부장님 화나셨어요? 표정이 너무 무서워요."

비서가 놀란 가슴을 추스르며 말하자 창백한 얼굴로 앉아 있던 은서가 힘없이 말했다.

"별일 아니에요. 그보다…… 오늘 몸이 안 좋아서 그만 가 봐야겠어요."

"안색이 안 좋아 보이시더라니, 몸이 안 좋으셨군요. 알겠습니다, 상무님."

은서는 고개를 끄덕인 후 내려 뒀던 가방을 다시 메고 일어섰다.

회사에서 나온 은서는 운전할 힘도 없어 차를 주차장에 둔 채 택시를 잡았다. 파리한 얼굴로 차창 밖을 내다보는 은서의 표정은 어두웠다. 쓰러질 것 같은 몸 상태 때문만이 아니었다. 조금 전 그와의 짧은 만남을 통해 확실히 알아 버렸기 때문이다. 은서 본인의 마음을.

난 죽어도 윤지하를 벗어날 수 없어…….

묻어 두고 싶었지만, 모르는 체하고 싶었지만 도저히 그럴 수 없었다. 알아 버렸다. 그녀 평생의 사랑은 처음부터 윤지하였고 죽을 때까지 윤지하인 것을, 온몸으로 깨달아 버렸다.

"아가씨, 괜찮아요?"

룸미러로 힐끗거리던 기사가 하는 말에 은서는 흠칫 놀랐다.

"네?"

"내내 울기에 무슨 일 있나 하고…… 괜찮죠?"

……울어?

은서가 자신의 손을 들어 얼굴에 대보자 손바닥에 흥건한 눈물이 묻어났다. 그러고 보니 눈가가 몹시 뜨겁고 코가 시큰거렸다. 울컥 토해지는 울음을 삼키느라 목구멍은 아플 지경이었다.

울고 있었구나. 내가…… 울고 있었어.

미술도구가 부서진 날 이후로는 절대 울지 않겠다고 다짐했다. 그래서 울지 않았다. 울 것 같으면 죽을힘을 다해 참았다. 그런데…… 자각하지도 못하는 사이 눈물이 흘러넘쳤다. 윤지하에 대한 감정을 인정하자마자.

황급히 가방에서 꺼낸 손수건이 금세 흥건히 젖었다.

오늘이 티핑 포인트가 되어 버렸다. 이제 위험수위까지 차오른 물은 마지막 한 방울로 넘쳐 버렸다. 무너진 둑처럼 터져 버린 눈물을 닦아 내며 은서는 머릿속이 맑아지는 것이 느껴졌다.

후련하구나. 눈물이라는 거.

내내 참고만 사느라 이 후련함을 모르고 살았다.

"뭐, 뭐야?"

장 여사의 얼굴이 어이없다는 듯 형편없이 일그러졌다. 은서는 그 얼굴을 바라보며 담담한 얼굴로 말했다.

"저 동우 씨와 결혼 못 한다고요."

"아니, 아니 그게 무슨 말이야? 지금 결혼 준비도 다 돼 가는 판에, 뭐가 아쉬워서 결혼을 못 해?"

장 여사가 눈을 날카롭게 치켜뜨고 소리쳤다.

"죄송하지만 전 그 사람 사랑하지 않아요. 그건 그 사람도 알고 있어요."

"뭐? 사랑?"

기가 차다는 듯 헛웃음을 지은 장 여사가 입술 끝을 비틀며 말했다.

"속편하게 살아오더니 못하는 소리가 없구나, 아주. 사랑? 이쪽 바닥에 사랑해서 결혼한 사람이 있는 줄 알아? 사랑이니 뭐니 하는 건 지킬 것 없는 사람들이나 하는 천한 감정놀음일 뿐이라고 내가 한두 번 말해?"

은서가 그저 바라보고만 있자 장 여사가 다시 목소리를 높였다.

"헛소리 말고 얌전히 결혼해! 그게 다 널 위한 일이니까."

장 여사가 그 말만 하고 일어나 뒤돌아섰다. 그 뒷모습을 향해 은서가 담담한 목소리로 말했다.

"왜 제가 오빠를 위해 결혼해야 하죠?"

장 여사가 멈칫하더니 천천히 고개를 돌렸다. 어이없는 표정으로 은서를 쳐다보자 은서도 소파 위에서 몸을 일으키고 싸늘한 표정으로 마주 봤다.

"……뭐라고?"

"오빠를 위한 것이면서 왜 저를 위해서라고 하시냐구요. 동우 씨와 결혼하는 게 정말 저를 위한 일이에요?"

은서가 정곡을 찌르자 잔뜩 당황한 장 여사의 얼굴이 시뻘게졌다.

"너, 너 지금 말 다했니?"

"아뇨. 더 이상 어머니 아버지의 의사대로 따를 생각 없어요. 저 이 결혼 안 해요."

철썩!

사납게 은서의 뺨을 후려갈긴 장 여사가 날카롭게 소리를 질렀다.

"이게 어디서 어미에게 눈을 똑바로 뜨고……! 계집애 주제에 시키는 대로 할 것이지 뭔 말이 많아! 계집인 거 알면서도 안 지운 것만도 고맙게 생각해야지. 지금껏 호의호식 누린 게 누구 덕분인데 버르장머리 없이 감히……!"

장 여사가 또 이성을 상실하고 있었다. 화가 나면 미친 사람처럼 소리를 지르는 모습에 익숙한 은서는 태연히 고개를 들어 올렸다. 얻어맞은 뺨이 발갛게 달아오르고 있었지만 표정은 전혀 변화가 없었다. 그 표정을 본 장 여사가 이마에 핏대를 세우며 소리 질렀다.

"잔말 말고 결혼해! 네가 한태를 위해 해 줄 게 이거밖에 더 있어? 그딴 소리 한 번만 더 입에 올려 봐! 가만두지 않을 테니!"

"아무리 그러셔도 제 마음 변하지 않아요. 몇 번이라도 다시 말씀드리죠. 저 이 결혼, 못 해요. 아니, 안 해요."

눈썹을 파르르 떨며 노려보던 장 여사가 다시 세차게 은서의 **뺨**을 내려쳤다. 철썩! 하는 소리가 집 안을 쩌렁쩌렁 울렸다.

"어디 네 맘대로 해 봐! 상속 분배에서 넌 완전히 배제해 버릴 테니까! 그럼 네 앞으로 떨어지는 유산은 단 한 푼도 없어! 명심해!"

잔뜩 노기등등한 얼굴로 소리친 장 여사는 씩씩거리며 방으로 들어가 버렸다. 은서는 그 자리에 선 채로 실소를 흘렸다.

그깟 유산, 처음부터 원한 적 없었다. 내가 유산 때문에 지금까지 얌전히 지냈었다고 생각하는 건가? 정말…….

그런 은서를 안성댁이 주방에서 안쓰러운 눈길로 바라보고 있었다. 한동안 잠잠하다 했더니…… 아니 저 작은 얼굴 때릴 데가 어디 있다고!

이러지도 저러지도 못하고 지켜보고만 있는데 굳은 듯 앉아 있던 은서가 가방을 챙겨 몸을 일으켰다.

"아줌마. 저 갈게요."

"어, 그, 그래. 가려고?"

주방을 향해 인사하는 은서의 얼굴은 생각과 달리 눈물범벅이 아닌 말간 얼굴이었다. 오히려 한편으로는 후련해 보였다. 그 얼굴을 눈을 깜박이며 보고 있던 안성댁이 생각났다는 듯 얼른 말했다.

"잠깐만 있어 봐. 은서 학생."

안성댁은 급히 비닐에 얼음을 담아 깨끗한 새 행주로 감싼 채로 종종걸음으로 달려 나왔다.

"볼이 빨갛게 부었어. 일단 이걸로 좀 식혀 봐."

안성댁이 얼음주머니를 은서 손에 쥐여 주며 말했다.

"고마워요."

은서는 퉁퉁 부은 볼로 생긋 웃으며 얼음주머니를 받아 들고는 현관

문을 나섰다. 씩씩한 발걸음이 오히려 짠했던지 안성댁은 현관 밖으로 멀어지는 은서를 한참이나 바라보고 있었다.

그런 안성댁의 시선을 뒤로하고 자신의 자동차로 돌아온 은서는 후끈거리는 볼에 얼음주머니를 대고 앉아 있었다. 장 여사의 반응은 예상했던 것과 전혀 다를 것이 없었다. 이 정도 각오도 없이 약혼을 파기하려 한 건 아니었다. 당연한 수순처럼 느껴질 정도였다.

은서는 천천히 시동을 걸며 휴대전화를 꺼냈다. 통화버튼을 누르고 기다리는 사이 나지막한 한숨이 새어 나왔다. 통화음이 몇 번 가지 않아 상대방이 전화를 받았다. 은서는 호흡을 가다듬고 말했다.

"동우 씨. 저예요."

비가 내리고 있었다.

전면이 통유리로 되어 있는 카페 안에선 비가 내리는 거리가 잘 보였다. 색색의 우산을 쓰고 지나가는 사람들 중엔 하나의 우산을 나란히 쓰고 가는 연인들도 보였다. 서로의 한쪽 어깨가 젖을 정도로 작은 우산 안에 찰싹 몸을 붙이고 나란히 걸어가는 그들의 표정은 지금 마시고 있는 코코아에 들어간 마시멜로처럼 부드럽게 말랑거렸다.

……예쁘다.

은서는 그 모습을 물끄러미 보며 생각했다. 평범하지만 부럽고 예뻐 보였다. 다들 저렇게 누구의 시선도 신경 쓰지 않을 정도로 환하게 웃을 수 있는 상대와 연애하는 걸까? 저 사람들은 누군가를 절대 사랑하면 안 되거나, 강제로 결혼하거나 해야 할 일들이 없는 걸까?

저런 평범한 연인들처럼 평범하게 지하와 한 우산을 쓰고 가는 상상을 해 보려 했지만 잘 되지 않았다. 그녀의 상상 속에서 지하는 몰아치는 거센 비를 우산 하나 없이 온몸으로 맞고 있었고, 자신은 우산을 든 채 이러지도 저러지도 못하고 쫄딱 젖은 지하를 안쓰럽게 바라만 보고 있었다.

왜…… 같이 쓰자는 말을 하지 못하는 걸까.

양손으로 잔을 잡고 코코아를 호로록 마시던 은서가 흐리게 웃었다. 이렇게 그를 보며 아프고 괴로울 바에야 차라리 우산을 버리고 같이 퍼붓는 비를 맞는 게 마음이 편할까?

그 때 동우가 카페 안으로 들어서는 모습이 보였다. 은서는 조금 긴장된 표정으로 동우를 맞았다.

"비 많이 오는데 이런 날 불러내서 미안해요."

"아뇨. 괜찮아요."

동우는 머리에 묻은 물기를 털며 싱긋 웃었다. 그러다 은서의 붉게 부어오른 뺨을 보고 멈칫했다.

"은서 씨 얼굴이 왜 그래요?"

"아, 아무것도 아니에요."

은서가 웃으며 고개를 저었다. 바로 얼음찜질을 해서 아까보다는 많이 가라앉아 있었지만 아직도 눈에 띄는 모양이다.

"정말 괜찮은 거예요?"

동우가 걱정된다는 눈빛으로 다시 물었다. 그 눈빛을 담담하게 받으며 은서가 입을 열었다.

"네. 그보다…… 할 얘기가 있어요."

은서의 표정을 읽은 동우의 눈빛이 살짝 흔들렸다.

"그전에 주문부터 할게요. 잠시만요."

동우가 카운터에서 커피를 주문한 후 돌아와 앉자 둘은 한동안 말없이 있었다. 분위기가 가라앉은 걸 느꼈지만 은서는 가만히 있었다. 침묵이 불편했는지 동우가 말을 꺼냈다.

"내가 너무 내 맘대로 골랐나? 드레스 같은 건 역시 은서 씨가 고르고 싶었을 텐데. 내 맘대로 다 정해 버려서 기분 나쁘죠?"

동우가 미안하다는 듯 웃었다.

"네?"

은서가 고개를 들어 동우를 바라봤다. 그는 아무렇지도 않은 얼굴로 웃고 있었다. 은서가 그런 말을 할 생각이 아님을 모를 사람이 아닌데도 그랬다.

"지금이라도 맘에 안 드는 게 있으면 말해요. 식장 분위기나 그런 건 나름대로 최상급으로 골랐는데 은서 씨 마음에는 안 들 수 있는 거니까."

"동우 씨, 잠깐만요."

"아, 그래도 이왕이면 드레스는 내가 고른 걸로 입었으면 좋겠는데. 다른 건 몰라도 드레스는 특별히 주문해서……."

"동우 씨."

은서의 제지에도 굴하지 않고 결혼 이야기를 이어 나가는 동우의 말을 은서가 강하게 잘랐다. 웃음을 머금고 있던 그의 얼굴에서 차츰 미소가 지워져 갔다. 천천히 숨을 고른 은서가 말을 이었다.

"제가 할 이야기는 드레스나 그런 문제들이 아니에요."

"그럼 무슨 문제일까요?"

동우가 옅게 미소를 지은 상태로 부드럽게 물었다. 분명 부드럽게 웃고 있었지만 은서는 거기에서 문득 소름이 끼칠 듯한 차가움을 느꼈다.

"이 결혼, 나는 안 되겠어요. 동우 씨는 괜찮다고 하지만 아무래도 이건 아닌 것 같아요. 정말 미안한 말인 거 알고, 동우 씨에게 못할 짓 하는 거라는 것도 아는데…… 역시 전 동우 씨와 결혼 못할 것 같아요."

은서의 목소리가 흘러나오자 동우의 얼굴이 명백히 굳어 가는 것이 보였다. 하지만 이런 말일수록 확실하게 말을 해야 할 것 같아 은서는 목소리에 힘을 실었다.

"동우 씨 말대로 기다리면 달라질지도 모른다고 생각했었어요. 우리 같은 사람들 조건 맞춰 결혼하는 게 당연하다는 것도 잘 알아요. 하지만 역시 나는 안 되겠어요. 그렇게 결혼해선 나는 절대 행복해질 수 없을 것 같아요. 미안해요."

여지를 남기지 않으려 노력하며 최대한 담담한 말투로 말한 후 은서가 고개를 숙였다.

"……."

동우는 말이 없었다. 주문한 커피가 테이블 위에 놓이고 따뜻한 커피 향이 그들 사이를 감돌았지만 분위기는 이루 말할 수 없을 정도로 냉각했다.

"제 잘못이에요. 이렇게 끌고 오면 안 되었던 건데 정말 미안해요. 사과로 될 일이 아니라는 건 알지만 정말……."

"그렇게."

말없이 커피를 바라보던 동우의 시선이 은서의 얼굴로 향했다. 굳은 그의 얼굴에서 딱딱한 목소리가 흘러나왔다.

"그렇게 윤지하가 좋은 건가?"

"미안해요."

"……."

"정말, 미안해요."

미안하다는 말밖에 할 말이 없어서 은서는 거듭 사과했다.

"후우……."

길게 한숨을 내쉰 동우가 피곤한 듯 얼굴을 쓸었다. 커피가 식어 가는 것을 바라보며 은서는 죄인인 양 앉아 있었다. 입술이 달싹였지만 뭐라 할 말이 없었다.

한동안 창밖을 응시하던 동우는 은서에게 시선을 돌렸다.

"좋아요. 그럼 우리 결혼, 없었던 걸로 하죠."

벌떡 자리에서 일어나며 동우가 차갑게 말했다. 은서가 따라 일어섰다.

"동우 씨."

"더 이상 아무 말도 듣고 싶지 않아요. 먼저 가겠습니다."

냉랭하게 은서의 말을 끊어 버린 동우는 빠른 걸음으로 카페를 나가 버렸다. 그의 뒷모습을 바라보며 서 있던 은서는 풀썩 의자 위로 무너지듯 앉았다. 입술 사이에서 무거운 한숨이 새어 나왔다.

"하아……."

우유부단의 죗값이겠지. 좀 더 일찍 정리했어야 하는 건데……. 뒤늦은 후회라는 걸 알면서도 은서는 후회가 됐다. 착잡한 표정으로 내리는 비를 한참 내다보던 은서는 커피가 다 식고도 한참을 그 자리에 못 박힌 듯 앉아 있었다.

집으로 돌아오니 상당히 늦은 시간이었다.

은서는 자신이 그 시간까지 뭘 하고 있었는지도 잘 기억이 나지 않았다. 카페에서 나와서 비 오는 거리를 정처 없이 돌아다니다가 발이 아파서 더 이상 걸을 수 없는 상태에 이르렀을 때에야 주차시켜 둔 곳으로 돌아갔다.

얼어붙은 몸을 뜨거운 코코아로 녹이고, 욕조에 뜨거운 물을 콸콸 받아 지친 몸을 담갔다. 아직도 마음을 무겁게 짓누르고 있는 죄책감에 은서의 표정이 몹시 어두웠다.

누군가에게 상처 주는 것보다는 차라리 상처받는 게 더 나았다. 살아오면서 다른 이에게 상처받는 일에는 면역이 생겨 단단해졌지만 누군가에게 상처를 주는 데는 익숙하지 않았다. 상처를 주는 게 오히려 더 힘이 드는 일인지도 모르겠다.

어쩌면…… 윤지하 당신도 그랬을까.

은서는 이 순간에도 윤지하를 떠올리고 있었다. 동우와 결혼을 하지 않는다고 해서 지하와 잘될 수 있을 거라 기대를 하는 것은 아니다. 당장에 그와의 장밋빛 미래 같은 것을 바라고 한 일은 아니었다. 다만 지금 이 순간 스스로의 감정에 충실하고 싶었다.

다른 누군가의 강요가 아닌 스스로의 인생을 살고 싶었다. 윤지하와의 감정은 그와 둘만의 감정으로 남겨 놓고 해결하고 싶었다. 그러기 위해서 동우에게서, 그리고 집에서도 자유로워지고 싶었다. 한순간에 모든 일이 바뀌지는 않겠지만 조금씩…… 조금씩 노력하다 보면 그럴 수 있게 되지 않을까? 적어도 윤지하에게 그를 원한다는 말을 당당히 할 수는 있게 되지 않을까?

"그래. 그랬다가 설사 안 되더라도 이대로 혼자 늙어 죽을 때까지 윤지하만 생각하면서 살지, 뭐."

은서는 후련한 기분으로 바이올렛 빛깔의 얇은 슬립 원피스를 입고 욕실에서 나와 취침 등만 놔두고 불을 껐다.

그 때 현관 벨 소리가 날카롭게 울렸다.

……설마?

은서는 놀란 얼굴로 벌떡 일어났다. 놀라움과 기대감이 섞인 표정으로 현관문을 바라보던 그녀는 곧 깨달았다.

그는 비밀번호를 알아.

아직 현관 비밀번호를 바꾸지 않았다. 그렇다는 건 윤지하가 아니라는 뜻이다. 은서가 이상한 표정으로 시계를 보는 사이 또 한 번 벨이 울렸다. 새벽 한 시. 누군가가 찾아오기엔 지나치게 늦은 시간이다.

현관 앞 터치스크린으로 다가가 화면을 확인한 은서의 눈이 커다래졌다.

"……동우 씨?"

─문 열어 줘요. 은서 씨.

문을 열어 줘야 하는 것인지 은서는 잠시 고민했다. 그가 바래다줘도 항상 지하주차장까지였다. 그건 은서 스스로 그어 놓은 선이기도 했다. 그런데 이렇게 갑자기 찾아오다니? 게다가 어떻게 호수를 알았지?

─은서 씨. 나 여기 계속 서 있게 할 거예요?

"아, 미안해요."

한숨 쉬는 듯한 동우의 말에 은서는 일단 오피스텔 입구 잠금장치를 풀어 줬다. 동우가 엘리베이터를 타고 올라오는 사이 급히 오피스텔 안의 불을 환하게 켜고 무릎까지 내려오는 롱 카디건을 입어 단추를 잠갔다. 그러자 현관 노크 소리가 들렸다.

현관문을 열자 아까와 똑같은 차림의 동우가 서 있었다.

"밖으로 나오라고 전화를 하지 그랬어요. 잠시만 기다려요. 제가 나갈……."

현관 앞에 서 있는 은서를 지나쳐 동우가 집 안으로 성큼 걸어 들어갔다. 그가 지나가는 순간 진한 알코올 향이 훅 끼쳐 왔다. 소파에 털썩 앉는 동우를 보며 은서가 한숨을 내쉬고 현관문을 닫았다. 거실로 들어서자 집 안의 밝은 조명 때문에 동우의 취한 상태가 더 잘 보였다.

"동우 씨. 술 많이 마셨어요?"

"……."

동우는 은서의 물음에도 대답하지 않고 소파에 몸을 묻은 채로 가만히 앉아 있었다. 불그스름한 얼굴과 딱딱하게 굳은 표정은 평소에 봐 오던 그와는 어딘가 달랐다. 취기 때문인지 핏발이 선 채로 허공을 노려보고 있는 동우에게서 본능적인 위험이 감지됐다.

"물 좀 마실래요?"

우선 술을 조금 깨게 해야 할 것 같아 은서가 주방 쪽으로 몸을 돌렸다.

"……됐어."

동우가 필요 없다는 듯 손을 들어 올렸다. 은서는 평소답지 않은 반말을 하는 동우를 잠시 바라봤다. 그는 여전히 자신을 보고 있지 않았다. 멍하니 허공만 노려보고 있을 뿐이었다. 은서는 그의 맞은편 소파로 조용히 걸어가 앉았다.

이 남자도 혼란스럽겠지. 화도 날 것이고…….

고의든 아니든 결과적으로 동우에게 일방적으로 상처를 준 셈이 되었으니 그에게도 납득할 만한 시간을 줘야 한다는 생각이 들었다. 그가 어떤 날 선 말을 하든 우선 받아 주고 제대로 다시 사과하자고 생각하며 은서는 그를 바라봤다.

"오늘 제가 한 얘기 때문이라면 정말 미안하게 생각하고 있어요. 좀 더 빨리 말했어야 했는데……."

"너, 내가 우습냐?"

은서의 말을 뚝 끊으며 동우가 날카로운 목소리로 말했다. 은서는 방금 전 자신이 들은 말이 동우의 입에서 나온 말인지 확신이 서질 않아 눈을 가늘게 뜨고 그를 바라봤다.

"방금 뭐라고 했어요?"

동우는 정면만 응시하던 얼굴을 천천히 돌려 은서를 향했다. 그의 벌 겋게 핏발이 선 눈과 마주치자 은서는 순간 팔뚝 위로 오소소 소름이 돋았다.

"내가 우습냐고. 왜? 내가 이렇게 말하니까 이상해?"

은서의 얼굴이 순식간에 창백해졌다.

이 사람이 정말…… 한동우?

"하! 그래. 넌 이런 모습 낯설겠지. 네가 알고 있던 한동우와 다르니까. 그렇지? 물론 결혼하기 전까진 너한텐 이런 모습 안 보이려고 했어. 그랬는데…… 이젠 그렇게 할 필요가 없겠더라고. 어차피 이대로 가 봐야 윤은서가 얌전히 결혼할 리도 만무하고, 안 그래?"

동우가 입술 끝을 비릿하게 비틀며 말을 이었다.

"그러니까 네가 내 말대로 그 더러운 새끼 잊고 나한테 얌전히 왔으면 이런 꼴 안 봤잖아. 그럼 너나 나나 참 좋았을 텐데, 그 좋은 방법 놔두고 왜 이렇게 상황을 거지같이 만들어?"

생전 처음 보는 남자가 거기 앉아 있었다.

불콰해진 얼굴로 입술을 이죽거리는 그의 얼굴은 도저히 은서가 알던 한동우가 아니었다.

"동우 씨 많이 취한 것 같아요. 오늘은 우선 돌아가고 내일 술 깨면 그때 다시……."

"닥치고 내 얘기 들어!!"

"……!"

동우가 버럭 소리를 내지르고는 시뻘겋게 달아오른 얼굴로 은서를 노려봤다. 독이 올라온 듯한 벌건 눈으로 죽일 듯이 노려보는 살기에 은서는 그만 할 말을 잃었다.

"윤은서. 니가 그렇게 잘났냐?"

쿠웅!

동우가 소파를 박차고 일어섰다. 그는 은서를 똑바로 노려보며 천천히 거리를 좁혀 왔다.

"내가 몇 년을 너한테 투자하고 기다려 줬는데, 끝까지 내 뒤통수를 쳐? 감히 윤은서가 한동우를? 하! 거지 같아서 진짜, 고작 부윤 따위로 어딜 넘보려고! 그 같잖은 인간들 다 참아 주고 결혼해 준댔는데도 니가 나를 까? 결국 윤지하 그 새끼한테 한동우가 개처발린다는 거네? 응?"

무섭게 노려보며 이죽거리는 동우가 점차 가까워 왔다. 은서는 살벌한 그의 시선을 마주 보며 눈에 힘을 줬다.

"실망이군요. 우리의 약혼이 파기되었다고 해도 지금까지 알던 한동우라는 사람까지 이런 식으로 망가뜨릴 필요는 없었을 텐데."

"입 닥쳐!"

동우가 미친 사람처럼 소리를 질렀다. 벌겋게 달아오른 얼굴과 분노에 차 이글거리는 핏발 선 눈이 정말 그를 미친 사람처럼 보이게 만들었다.

"넌 날 모욕 준 거야. 알아? 감히 네까짓 게!"

네까짓 게.

한동우에게서 장 여사와 똑같은 말을 들을 줄은 몰랐다. 어이없어서 은서가 실소를 흘리는데 그 모습을 본 동우의 얼굴이 더욱 무섭게 굳었다.

"웃어?!"

"앗, 이봐요!"

동우가 억센 힘으로 그녀의 어깨를 잡고 거칠게 일으켜 세웠다. 우악스럽게 은서의 작은 어깨를 움켜잡고 시뻘겋게 달아오른 얼굴을 바짝 들이대고 을렀다.

"웃어? 내가 우습냐? 하! 그래. 넌 언제나 이런 도도한 얼굴이었지."

"이러지 말아요!"

"그래서, 도도하고 고귀하셔서 공주님 보시기에 이 한동우가 우습냐? 아주 같잖게 보여? 어? 내가 우습냐고!"

동우가 이마에 핏대를 세운 채 은서의 어깨를 흔들며 미친 사람처럼 소리를 질러 댔다.

"한동우 씨!"

은서가 그를 밀어내려 하자 동우는 더욱 단단히 그녀의 몸을 움켜잡은 채 술 냄새 풍기는 얼굴을 가까이 대고 이죽거렸다.

"윤지하가 그 대단한 몸으로 널 단단히 홀린 모양이지? 그 자식한테 수도 없이 다리 벌려 준 거…… 내가 모를 것 같아?"

"……!!"

은서의 하얀 얼굴에 핏기가 완전히 가셨다. 입술을 파르르 떨리게 하는 모멸감에 은서도 눈에 힘껏 힘을 줬다. 동우는 은서의 몸을 꼼짝 못하게 움켜잡은 채로 고개를 숙여 은서의 귓가에 뜨거운 숨을 불어넣었다. 은서가 진저리치듯 몸에 힘을 줘 벗어나려 애를 쓰자 동우는 무서운 힘으로 더욱 강하게 움켜잡았다.

"내가 얼마나…… 벼르고 있었는 줄 알아?"

동우가 한 손으로 은서의 등부터 허리라인을 소름 끼치게 훑으며 귓가에 입술을 갖다 대고 속삭였다.

"넌 모르겠지. 남자들이 널 볼 때마다 얼마나 흥분하는지."

동우는 탐스러운 여체를 보며 밀려오는 갈증에 제 입술을 핥았다. 그리고 음산하게 웃었으며 이어 말했다.

"뭐, 좋아. 어차피 결혼하면 다 보상받을 생각이었지만 조금 빨리 시작한다고 해도 나쁠 건 없겠지."

"뭐, 뭐라고요……?"

은서의 눈이 흔들렸다. 지금 동우가 도대체 무슨 말을 하고 있는 건지 가늠이 되지 않았다. 동우의 눈을 노려보자 뱀처럼 기분 나쁜 그의 시선이 은서의 몸을 느리게 훑어 내렸다.

"지금부터 내가 착실히 적응시켜 준다고."

동우가 잔인한 미소를 지으며 은서의 카디건 앞섶을 움켜잡았다.

"왜 이래요!"

"걱정 마. 이래 뵈도 허리 놀림 하나는 어디 가서 안 빠지니까. 나만 보면 침 질질 흘리면서 엉덩이 들이댈 정도로 철저하게 훈련시켜 주지……. 그놈보다 더."

미쳤어!

믿기지 않는 더러운 말에 은서가 동우를 거세게 뿌리쳤다.

"당신 미쳤……! 악!!"

동우가 침대 위로 거칠게 은서를 확 밀쳤다. 침대 위로 쓰러져 나뒹구는 은서의 몸 위를 단숨에 덮친 동우가 그녀의 하반신을 움직이지 못하도록 꽉 눌렀다. 거센 힘으로 동우가 꼼짝 못하도록 짓누르자 은서가 발버둥 치며 비명을 질러 댔다.

"아악! 비켜!! 비키라고, 이 더러운 자식아!!"

"얌전히 있는 게 좋을 거야. 날 화나게 할수록 네 몸을 더 더럽게 만들어 버리는 수가 있거든."

비릿하게 웃으며 카디건 단추를 푸는 동우의 팔을 은서가 힘껏 깨물었다. 이가 살갗을 파고 들어갈 정도로 세게 깨물자 동우가 얼굴을 일그러뜨렸다.

"이게……!"

동우가 눈을 부라리며 그녀의 뺨을 힘껏 후려갈겼다.

철썩!

"아악!"

강한 충격에 은서의 몸이 침대 위로 내팽개쳐졌다. 동우가 바짝 화가 난 얼굴로 버럭 거렸다.

"이년이 보자 보자 하니까 아주……! 허억?!"

그때 동우의 몸이 갑자기 뒤로 확 끌어당겨지더니 바닥으로 나뒹굴었다. 쿠당탕 소리와 함께 요란스럽게 탁자가 무너지는 소리가 들리자 은서가 고개를 번쩍 들었다.

"지, 지하!"

은서가 엉망으로 헝클어진 머리칼 사이로 놀란 눈을 크게 뜨며 소리쳤다. 바닥에 쓰러져 있는 동우의 앞에 거친 숨을 몰아쉬는 위압적인 지하의 뒷모습이 보였다. 도대체 여길 어떻게……? 은서가 흔들리는 시선으로 지하를 보고 있자 그가 돌아봤다. 순간 그의 눈이 커지더니 얼굴이 뻣뻣하게 굳었다.

"너……!"

은서의 벌겋게 부어오른 볼과 터진 입술, 그리고 잡아뜯긴 듯한 옷을 본 지하의 눈에 시뻘건 불꽃이 튀었다. 지하는 몸을 돌려 바닥에서 상체를 겨우 일으켜 세우고 있는 동우에게 무섭게 달려들었다.

퍽! 퍼억!

동우의 몸 위에 올라탄 지하가 무자비하게 주먹을 내려쳤다. 살이 짓뭉개지는 소리와 함께 동우의 비명 소리가 방 안을 울렸다.

"으헉! 억!!"

피가 튀기는 주먹질이 이어지자 혼이 빠진 얼굴로 앉아 있던 은서가 깜짝 놀라 지하를 뜯어말렸다.

"안 돼! 지하, 그만!"

은서가 그의 등을 붙잡고 늘어져도 지하는 멈추지 않았다. 그가 무서운 얼굴로 인정사정없이 주먹을 날릴 때마다 동우의 얼굴에서 피가 튀었다. 코뼈가 주저앉고 형체를 알아볼 수 없을 정도로 피로 범벅이 되자 은서가 지하의 앞을 막았다.

"비켜."

지하는 가슴을 들썩거리며 거친 숨을 몰아쉬고 있었다. 그의 목소리가 무섭도록 낮았다.

"그만해. 한동우를 죽일 셈이야?"

"그럴 거니까 비켜."

"윤지하!"

정말 그가 자신의 눈앞에서 살인을 저지를 것 같아 은서가 날카롭게 소리쳤다. 은서의 공포에 젖은 눈빛을 본 지하는 이를 악물고 동우를 놔줬다. 지하가 일어서자 은서는 안도의 한숨을 내쉬며 동우를 내려다봤다. 엉망으로 얼굴이 뭉개지긴 했지만 신음을 흘리고 있는 걸 보니 분명 죽진 않았다.

"따라와."

지하는 은서를 거칠게 일으켜 세워 확 잡아끌었다. 그는 그대로 현관 밖으로 은서를 끌고 성큼성큼 걸어갔다. 엘리베이터 앞에 다다르자 지하가 엘리베이터 버튼을 부술 듯이 주먹으로 내려쳤다.

쾅!

지하의 얼굴이 무섭도록 딱딱하게 굳어 있었다.

"빌어먹을."

가슴을 들썩이며 숨을 몰아쉬는 지하는 머릿속이 새하얘질 정도로 분노하고 있었다. 은서의 오피스텔 앞에 차를 세워 두고 보고 있었을 때 우연히 술 취한 동우가 택시에서 내리는 것을 봤다. 그가 오피스텔 입구로 들어가자 은서의 방에 불이 켜졌다. 한동우가 윤은서의 집에 드나든다는 건 상상도 하지 못했던 일이라 속에서 불길이 치밀어 올랐다.

정신을 차리고 보니 어느새 머릿속이 분노로 가득 차 은서의 집 현관 문을 열고 있었고 억지로 은서를 범하려는 한동우를 보는 순간 눈앞에서 불꽃이 튀겼다.

띵.

명쾌한 소리와 함께 엘리베이터 문이 열리자 지하는 커다란 손으로 은서의 손을 잡고 올라탔다. 딱딱하게 굳은 얼굴로 엘리베이터 문만 죽일 듯 노려보고 있는 지하를 올려다보며 은서는 윗 단추가 뜯어진 카디건을 한 손으로 잡아 꽉 여몄다. 그녀 역시 충격이 컸는지 손가락이 바들바들 떨리고 있었다.

만약 지하가 그때 나타나지 않았더라면…….

최악의 상황이 떠오르자 은서는 눈을 질끈 감았다. 정말 큰일 날 뻔했다. 한동우가 그런 사람인지 지금껏 눈치채지 못하고 있었다니. 종종 그의 본모습이 겉모습과는 다른 것 같다는 생각이 들긴 했지만 이 정도로 섬뜩한 면을 지니고 있는 줄은 몰랐다.

……어?

은서는 미세하게 떨고 있는 식은땀에 젖은 자신의 손을 지하가 꽉 잡아 주는 것을 느꼈다. 자신의 손을 감싸고 있는 그의 커다랗고 따뜻한 손에 그녀는 순식간에 안심이 되어 갔다.

아직도 비가 내리고 있었다.

거센 빗줄기에 지하는 자신의 양복 상의를 벗어 은서의 머리를 덮고 한 손으로 그녀의 어깨를 단단히 끌어안았다. 그리고 조금 전까지 그녀의 창을 올려다보고 있던 자신의 차로 은서를 데려갔다. 보조석에 앉은 은서는 입술이 창백해져선 바들바들 떨고 있었다. 정신적인 충격 때문인 것 같았다. 지하는 그런 그녀를 굳은 얼굴로 쳐다보고 히터를 최대한 높였다.

"조금만 참아. 곧 따뜻해질 테니."

그의 말처럼 따뜻한 온기가 천천히 차 안을 덥히기 시작했다. 지하는 말없이 전방만 바라보고 있었다. 그가 옆에 앉아 있다는 것만으로도 묘한 안심이 되어 은서는 조금씩 진정이 되어 감을 느꼈다. 그때 지하가 갑자기 몸을 돌려 차 문을 열었다.

"어, 어디 가?"

화들짝 놀란 얼굴로 은서가 그를 붙잡았다. 은서의 불안에 흔들리는 눈을 보며 지하가 말했다.

"잠시만 기다려. 금방 올 테니까."

"아, 응."

은서는 머쓱한 표정으로 움켜잡고 있던 그의 팔을 천천히 놨다. 차에서 내린 지하가 문을 닫고 나갔다. 은서는 거센 빗줄기를 뚫고 걸어가는 지하를 보며 생각했다.

바보같이 굴었네. 나도 모르게…….

애도 아니고 왜 그렇게 필사적으로 잡았을까 생각하니 부끄러워졌다. 작게 한숨을 내쉬며 비 오는 창밖을 보고 있으니 머릿속이 어질어질했다. 떨림은 많이 가라앉았지만 이상하게 온몸이 열이 나는 듯 추웠다.

잠시 시야에서 사라졌던 지하는 정말 금방 다시 나타났다. 머리의 물기를 털어 내며 차 안으로 들어선 그의 손엔 편의점 봉투가 들려 있었다. 은서가 의문스러운 눈빛으로 그 봉투를 바라보자 지하는 봉투 안에서 뜨거운 코코아 캔을 꺼내 은서의 손에 쥐여 줬다.

"들고 있어. 따뜻한 거니까."

캔을 쥐여 준 그는 무릎담요 몇 장을 꺼내 은서에게 덮어 줬다. 의외의 자상함에 은서는 얼굴에서 열기가 뻗치는 것 같았다. 그때 문득 서늘한 감촉이 볼에 닿았다.

"부기 가라앉도록 이대로 있어."

지하가 차가운 캔을 은서의 부어오른 뺨에 대고 있었다. 터진 입술을 바라보는 지하의 눈빛이 어둡게 가라앉아 있었다.

"고마워."

그의 진지한 눈빛이 어쩐지 쑥스러워져 은서는 고개를 숙였다. 그때 지하가 코코아 한 캔을 더 따서 은서에게 내밀었다.

"마셔. 넌 예전부터 불안할 때면 그거 마셨잖아."

은서가 멍하니 지하를 바라봤다. 지하가 볼에 대고 있는 캔을 서늘한 쪽으로 옮겨 대 주며 전방으로 시선을 돌렸다. 깊게 한숨을 내쉬는 그의 얼굴이 아직 굳어 있었다.

……알고 있었구나.

내가 불안할 때면 늘 코코아 마시는 거.

은서는 그가 준 코코아를 마셨다. 따뜻한 코코아가 입술 안부터 목 깊숙이 흘러 내려가자 몸의 긴장이 천천히 풀려 갔다. 코코아를 다 마실 때까지 말없이 기다려 주던 지하가 물었다.

"좀 진정됐어?"

"응. 괜찮아…… 고마워, 정말. 당신 덕분에 살았어."

지하는 은서의 뺨에 대고 있던 캔을 떼어 내고 퉁퉁 부은 뺨을 손가락으로 살짝 쓸었다.

"아픈가?"

은서가 고개를 저었다. 이렇게 따뜻한 지하라니……. 믿어지지 않았다. 불쑥 눈물이 치솟아 올랐다. 황급히 고개를 숙였지만 눈물이 그의 손으로 뚝 떨어졌다.

"윤은서……."

지하의 얼굴이 일그러졌다. 눈물이 말라 버린 듯 절대 울지 않던 그녀가 우는 모습에 조금 전의 일이 그렇게 큰 충격이었나 싶어 그의 강한 턱이 팽팽히 조여들었다.

"아니, 아니야. 그게 아니야. 방금 그 일 때문이 아니라."

그가 오해를 한 것 같아 은서가 고개를 저었다.

"그럼?"

"당신이 이렇게 다정한 게 기뻐서……. 그래서 그래."

"뭐……?"

그 말에 지하의 눈빛이 흔들렸다. 은서가 눈물에 젖은 투명한 눈빛을 들어 그를 바라봤다.

"나 윤지하 당신 사랑해. 평생 당신만 사랑했어."

지하의 흑요석처럼 새까만 눈이 은서를 바라본 채 굳어 있었다. 그의 흔들리는 눈빛을 똑바로 응시하며 은서는 말을 이었다.

"당신에 대한 마음을 계속 숨기고만 살았는데 이젠 그러지 않기로 했어. 더 이상 그럴 수가 없어져 버렸어. 그래서 그냥 스스로 인정하기로 했더니 그 이후로 계속 이렇게 쓸데없이 눈물이 나와. 그것 때문이니까 이상한 걱정은 하지 마."

지하는 굳은 얼굴로 은서를 내려다봤다. 한참을 보고 있던 그는 다시 전방으로 시선을 돌리고 깊게 한숨을 내쉬었다.

"후우……."

그는 어떻게 반응해야 좋을지 몰라 당혹스러워 보였다.

"곤란하게 하려는 거 아냐. 다만 말하고 싶었어. 당신에게……. 이건 내 감정이니까 당신이 부담스럽게 생각할 건 없어."

은서의 말에 지하가 눈을 가늘게 뜨고 그녀에게 시선을 돌렸다.

"부담스럽게 생각한다? 무슨 뜻이지?"

"그건……."

뭔가 말을 하려던 은서가 입술을 깨물더니 고개를 숙였다. 그 모습에 지하가 성마르게 은서의 턱을 잡아 올리고 다시 시선을 맞췄다.

"제대로 말해. 그날 작업실에서 다신 찾아오지 말라고 한 건 윤은서 너 아닌가? 그런데 무슨 의미로 나에게 그런 소리를 하는 거지?"

강렬한 눈빛으로 노려보며 지하가 사납게 을렀다. 그런 그의 눈을 마주 보며 은서가 붉어진 눈으로 입술을 달싹였다.

"당신은, 당신은 날……."

"날 뭐, 계속해."

은서가 말을 삼킨 채로 똑바로 쳐다보고만 있자 가슴이 터질 듯 답답해진 지하가 얼굴을 바짝 들이대고 다그쳤다.

"계속해 보라니까!"

은서가 눈을 질끈 감았다.

"……섹스파트너로 생각했잖아."

"……!"

지하의 얼굴에 핏기가 가셨다. 섹스파트너? 그 충격적인 단어에 지하는 이 여자 입에서 나온 말이 과연 그 말이 맞는지 스스로 믿기지 않을 정도였다. 잠시 거칠게 숨을 고른 지하가 낮은 목소리로 은서에게 말했다.

"윤지하가, 윤은서를, 섹스파트너로 생각한다?"

느릿한 말투로 천천히 되뇌이던 그가 이내 입술을 비틀며 헛웃음을 흘렸다.

"하!"

"난 그렇게 생각했어."

지하가 그녀의 얼굴을 양손으로 잡고 바짝 끌어당긴 뒤 무섭게 노려봤다.

"윤지하와 윤은서, 섹스파트너가 될 수 있는 관계인가? 설사 내가 섹스파트너를 만든다고 하더라도 유일하게 제외되는 대상이 너라는 거 몰라?"

그의 낮은 목소리가 점차 날카로운 파열음처럼 강렬하게 치솟아 올라갔다.

"대답해! 정말 그걸 몰라서 하는 말이냐고!"

그의 핏발 선 두 눈을 노려보며 은서가 차가운 목소리로 말했다.

"그럼, 뭔데? 당신은 항상 내 몸밖에 원한 적이 없잖아. 그럼 그게 섹스파트너가 아니면 도대체 뭐지?"

"윤은서!"

"늘 당신 맘대로, 당신 편한 대로만 날 가졌잖아! 단 한 번이라도 따뜻하게 안아 준 적이 있었어? 섹스 후에는 뒤도 안 돌아보고 날 그 자리에 버려 두고 가 버렸잖아! 그럼 그게 뭐야? 그게 섹스파트너가 아니면 도대체 뭐란 말이야!"

은서가 왈칵 눈물을 쏟아 내며 소리치자 지하의 눈빛이 크게 흔들렸다.

"흐윽."

여린 어깨를 가늘게 떨며 우는 은서를 아무 말도 못한 채 지하가 바라봤다. 벌겋게 부푼 뺨과 피가 터진 입술이 일그러지며 쏟아 내는 눈물이 그의 마음을 아프게 짓눌렀다.

"……."

지하가 은서의 얼굴을 놓아줬다. 시트에 등을 기댄 채 창밖의 쏟아지는 비를 바라보며 담배를 피워 물었다. 창문을 열고 담배 연기를 뿜어

내자 허연 연기는 순식간에 비와 섞여 들었다. 빗소리와 서러운 흐느낌 소리가 조용한 차 안을 간헐적으로 울리고 있었다.

지하는 담배를 비벼 끄고 입을 열었다.

"내가."

낮은 목소리에 은서는 눈물 젖은 얼굴을 들어 그를 바라봤다.

"널 울리는 일이 내 존재를 확인할 수 있는 유일한 방법이던 얼마 전까지, 너를 괴롭혔다는 거 인정해."

"그게 무슨…… 말이야?"

은서의 물음에 지하의 미간이 찡그려지는 것이 보였다.

"빌어먹을 만큼 유치하지만 그렇게밖에 할 수 없었어. 널 웃게 할 자신이 없어서 울리는 것밖에 하지 못하는 미친놈이라고 해도 할 말 없고. 그게 사실이니까. 하지만 지금은 네가 우는 게…… 힘들어."

꽉 잠긴 듯한 목소리가 그의 굳은 입술에서 흘러나왔다. 미간을 잔뜩 좁힌 지하가 한숨 쉬듯 말했다.

"그러니까 울지 마."

믿기지 않게도, 그의 목소리가 살짝 떨리고 있음이 느껴졌다. 은서의 얼굴은 보지 못한 채, 지하가 힘겨운 표정으로 말하고 있었다. 결코 들어 본 적이 없는 그의 진심을.

윤지하. 그게 당신 마음이야……?

은서가 혼란스러운 표정으로 지하를 바라보고 있었다. 머릿속이 뒤죽박죽으로 엉켜들었다. 지금 눈앞에 있는 사람이 지하가 맞는지 의심스러울 정도였다. 하루 사이에 너무나 많은 일들이 일어나 어쩌면 이게 꿈이 아닐까 하는 생각도 들었다. 바로 오늘 새벽까지 그를 그리워하며 술에 취해 잠들었는데…….

낮에 장 여사를 만났던 일과, 동우와의 일. 그리고 지금 지하와 이런 대화를 나누고 있는 모든 일들이 비현실적으로 느껴졌다. 은서는 갑자기 온몸에 힘이 풀렸다.

"……은서?"

은서의 몸이 앞으로 천천히 쓰러지는 것을 보고 지하가 급히 그녀를 잡았다. 그녀가 힘없이 그의 품으로 쓰러졌다.

"……!"

지하의 얼굴이 창백해졌다.

은서의 몸은 불덩이였다.

고등학교 졸업식만 남은 어느 날.

집을 나가려고 방에서 짐을 싸는 지하에게 다가갔다. 마침 그날 집에는 식구들이 아무도 없었다. 지하의 방으로 가는 발걸음이 떨렸다. 어디서 그런 용기가 생겼는지 모르겠다. 그저 필사적이어서…… 너무나 필사적이어서 그랬었던 것 같다.

온몸의 용기를 다 짜낸 고백.

"지하야. 난 널…… 좋아해."

덜덜 떨면서 그랬다.

그러자 침대 위에 앉아 있던 지하가 고개를 돌려 날 쳐다봤다. 마치 얼음처럼 차갑고 아무 감정이 없는 듯한 얼굴.

"설마 지금 사랑고백이라도 하고 있는 건가?"

그에게서 흘러나오는 목소리 역시 지독히도 냉소적이었다.

"맞아. 사랑하고…… 있어. 오래전부터."

땀이 배어난 주먹을 움켜쥐고 겨우 말하자 그의 입술 끝이 비틀어졌다.

"이봐, 공주님. 지금 동정을 사랑으로 착각하는 거 아냐?"

이죽거리는 듯한 그의 비웃음이 가득한 얼굴에 심장이 무너지듯 아
팠다.

"그렇게 말하지 마. 동정 아니야."

"그래?"

싸늘한 그의 시선이 똑바로 날아들었다. 일말의 온기조차 없는 잔인
한 시선. 그 시선에 무릎이 꺾일 것 같았지만 필사적으로 참아 내며 그
의 시선을 받아 냈다. 그의 입술에서 낮은 목소리가 흘러나왔다.

"그걸 어떻게 장담할 수 있지?"

"……!"

나는 흔들리는 시선으로 그를 바라봤다. 내 고백을 일말의 진심도 담
기지 않은 것으로 치부해 버리는 그의 냉정함에 비참함을 느꼈다. 그가
절대 친절한 남자가 아니라는 건 알고 있었지만 이렇게까지 잔인할 필
요는 없었다.

"……어떻게 하면 믿어 줄 건데."

땀이 밴 손가락으로 치마를 꼭 움켜쥐고 말하자 지하는 입꼬리를 끌
어 올리며 웃었다. 그리고 비스듬히 올라간 그 입술 사이로 믿어지지
않는 말이 흘러나왔다.

"벗어, 여기서."

은서가 번쩍 눈을 떴다.

땀에 젖은 몸이 물먹은 솜처럼 무거웠다. 숨을 몰아쉬며 몸을 일으키
고 주변을 살펴보니 처음 보는 곳이었다. 넓고 어두운 방 안에 은은한
조명 불빛만 보였다.

"누워 있어. 아직 땀을 더 흘려야 돼."

뒤에서 들려오는 목소리에 흠칫 놀라 뒤돌아봤다. 비스듬히 소파에

235

기대어 앉아 있던 지하가 은서를 보고 있었다.

"여긴 당신…… 집이야?"

은서의 물음에 지하가 일어서서 침대 쪽으로 다가왔다. 그의 얼굴이 그새 수척해져 있었다. 깎아진 듯 날카로운 턱에 푸릇한 수염이 자라나 있는 것이 보였다. 지하가 은서의 이마를 누르며 침대에 다시 눕혔다.

"더 자. 의사가 하루 종일 땀을 흘려야 나아진다고 했으니까."

"의사라니? 병원에 갔었어?"

내가 의식이 없던 사이에 병원까지 갔다 온 건가? 은서가 미간을 찌푸리자 지하가 말했다.

"여기로 의사를 불렀어. 쓸데없는 소리 그만하고 자. 얘기는 몸이 나아진 다음에 하고."

지하는 혼란스러운 표정으로 자신을 바라보는 은서의 눈꺼풀 위를 지그시 손바닥으로 덮었다. 커다란 손으로 눈을 가리자 은서의 눈이 절로 감겼다. 열에 들뜬 그녀는 빠른 속도로 다시 잠 속으로 빠져들었다.

지하는 손바닥에 느껴지는 은서의 체온이 아직 뜨거운 것을 느끼고 미간을 찌푸렸다. 잠시 후 그가 손을 떼어 내고 침대 옆에 걸터앉아 잠든 은서의 얼굴을 바라봤다. 색색 거친 숨을 몰아쉬는 은서의 얼굴이 열에 들뜨며 발그스름했다.

낮게 한숨을 내쉰 그는 새 얼음타월을 가져와 뜨거운 은서의 이마와 목에 올렸다. 그의 머릿속은 조금 전 생각하고 있던 과거의 시간으로 돌아갔다.

은서가 고백한 날…….

그 날은 집에 아무도 없었다.

"벗어, 여기서."

반쯤은 장난이었다. 아니, 거의 장난이었다.

윤은서가 그럴 수 있는 용기를 가진 여자라고 생각하지 않았다. 내가 아는 윤은서는 분명…… 그랬다. 그녀는 늘 공주 같은 자애로운 눈빛으로, 혹은 동정심을 가득 담은 측은한 눈빛으로 날 바라보곤 했었다. 그 눈빛은 때때로 이유 없는 분노에 휩싸이게도 했고 까마득한 나락 아래로 굴러떨어지는 처참한 기분으로 만들기도 했다.

그래서 그저 동정을 사랑이라고 착각하는 은서에게 쓸데없는 오기가 생겨났을지도 몰랐다.

하지만 윤은서는 내 예상을 완벽히 벗어났다.

충격을 받은 듯 눈을 크게 뜨고 굳어 있던 그녀는 질끈 입술을 깨물더니 이내 천천히 옷을 벗기 시작했다. 덜덜 떨리는 손으로 셔츠 단추를 풀다가 긴장한 손가락이 몇 번이나 단추를 미끄러져 엇나갔다. 이내 단추가 하나하나 풀리고 백옥처럼 하얀 피부가 드러나기 시작했다.

그 여자의 속살이 보이는 순간…… 나도 모르게 느른히 기대고 있던 몸을 천천히 일으켜 세웠다.

뭐지? 왜 미친 듯이 심장이 뛰기 시작하는 거야?

갑자기 아랫배가 뭉근히 조여드는 기분이 들고 목구멍이 타는 듯 뜨거워졌다. 바짝 갈증이 났다. 태어나서 처음 느끼는 미칠 듯한 욕망이 단전 깊숙한 곳에서부터 끓어 올라오는 듯한 기분이었다.

빌어먹을. 도대체 왜 이러는 거야!

스스로의 상태가 어이가 없어 한편으로는 화가 치솟았지만 두 눈은 여전히 그 여자에게 고정되어 있었다.

사라락. 바닥으로 셔츠가 떨어지고 은서의 하얀 살결이 드러났다. 양

팔로 가슴을 가리고 있는 그녀의 내리깐 눈에서 속눈썹이 파르르 떨리는 것이 보였다. 그 상태로 한참을 멈춰 있다가 그녀의 손이 다시 움직였다. 면 스커트의 후크를 풀자 튤립 꽃잎이 벌어지듯 스커트 위가 벌어지더니 날씬한 다리 아래로 미끄러져 내려갔다.

털썩.

스커트가 그녀의 발등 위로 떨어져 내리는 그 순간.

마침내 모든 이성을 상실했다.

그날부터 시작된 관계였다.

처음이었다. 여자를 안는 것은. 그럼에도 불구하고 가차 없었다. 일말의 배려도 없는 거친 관계에 윤은서는 비명이 터져 나오는 입술을 깨물며 참았다.

그 여자를 가지는 순간의 그 소름 돋는 쾌감이라니…….

미쳐 날뛰는 본능에 철저히 몸을 맡긴 채 갖고 또 가졌다. 그녀의 온몸에 붉은 생채기를 남기고 연약한 여체를 끝없이 탐했다. 그리고 그 모든 행위가 끝났을 때 말했다.

'이제 가. 내 볼일 끝났어.'

'……!'

그 말을 했을 때의 은서의 충격 어린 얼굴이, 눈물 가득한 눈빛이, 잊히지가 않았다. 하지만 아이러니하게도 그 얼굴을 보는 순간 쾌감이 일었다. 그 여자를 엉망으로 망가뜨리고 싶다고 생각했다.

그래서 그 후로도 철저히 갖고 싶을 때 그 여자를 가졌다. 그 여자가 울고 애원하고 저주를 퍼붓는 모습을 보며 희열을 느꼈다. 망가뜨린다고 생각했다. 망가뜨리고 있다고…….

하지만 아니었다.

그건 망가뜨리기 위함이 아니었다. 그저 그 여자를 갖고 싶은 마음을 정당화시키려는 삐뚤어진 소유욕에 불과했다. 윤은서를 갖기 위한 비겁한 구실. 이젠 인정해야만 한다. 이제 더 이상은…… 괴로워하는 그 여자를 보는 게 힘이 드니까.

그동안 그녀 위에서 철저히 무자비했던 자신을 떠올리던 지하의 얼굴이 어둡게 가라앉았다.

"하……. 섹스파트너라."

뒤척이는 은서를 보며 지하가 신음하듯 낮게 중얼거렸다.

다시 눈을 뜬 은서의 시선이 천장을 향했다.

몸을 일으키자 새벽보다 한결 가벼워져 있었다. 지하의 말대로 땀을 실컷 흘렸더니 많이 나아진 모양이다. 머리칼을 쓸어 넘기며 보니 자신이 지하의 옷을 입고 있다는 것을 깨달았다.

그가 갈아입힌 건가?

은서가 왠지 붉어지는 뺨을 문지르자 아직 붓기가 남아 있는 볼이 쓰라렸다. 순간 쓰라린 감촉과 함께, 어젯밤 자신의 오피스텔에서 있었던 일이 생각났다. 마침 주말이라 이런 엉망인 꼴로 회사에 안 나가도 되니 천만다행이었다.

"은서."

고개를 돌려 보니 지하가 방문 앞에 서 있었다.

"몸은 어때?"

지하가 그녀의 상태를 확인하는 듯 천천히 훑으며 물었다.

"이제 괜찮아. 당신이야말로 잠도 못 잔 것 같은데 괜찮아?"

"멀쩡해. 나아졌으면 나와. 뭐라도 먹어야 하니."

"으응."

은서는 왠지 머쓱한 기분으로 그를 따라 밖으로 나왔다. 방에서 나와 주변을 천천히 둘러봤다. 지하의 집은 처음이었다. 황량할 정도로 넓고, 그 넓은 공간에 최소한의 가구만 배치되어 있었다. 집도 사람을 닮는다더니 윤지하는 집조차 지나치게 차가운 분위기를 풍겼다.

"그만 기웃거리고 앉아."

"아, 그래."

지하의 목소리에 은서는 식당으로 향했다. 모던한 넓은 식탁이 있는 식당 역시 마치 모델하우스 안의 공간처럼 살풍경했다. 막 데워서 뜨거운 김이 나는 전복죽이 이 집 안에서 유일하게 따스한 존재였다. 은서는 식탁 앞에 앉아 있는 지하의 맞은편에 앉았다. 죽과 수저가 하나밖에 없는 걸 보고 은서가 그에게 물었다.

"당신은 안 먹어?"

"신경 쓰지 말고 먹어."

루즈한 핏의 얇은 니트를 입은 지하가 말했다. 창백할 정도의 흰 피부 때문인지 진한 톤의 사파이어블루 색 니트가 그와 무척이나 잘 어울렸다. 은서는 문득 그의 이런 차림이 몹시 낯설게 느껴졌다. 생각해 보니 같이 살던 시절 외에 지하의 평상복 차림을 보는 건 처음이었다. 그는 회사에서도 윤 회장의 자택에서도 늘 칼날 같은 슈트 차림이었으니까. 그녀를 찾아오는 날 역시 항상 그랬다.

"황송하네. 윤지하가 사다 준 죽을 다 먹어 보고."

수저를 쥔 은서가 죽을 바라보며 작게 웃었다.

"원한다면 만들어 줄 수도 있어."

그 말에 막 죽 그릇에 수저를 담그려던 은서가 멈칫하더니 지하를 바라봤다. 그가 그녀를 말없이 마주 보고 있었다. 그녀가 한참 바라보고만 있자 그가 물었다.

"왜 그렇게 보지?"

"이상해. 그렇게 말하는 건 뭐랄까, 당신답지 않아."

"나다운 건 뭔데?"

"차갑고, 쌀쌀맞고, 냉정하고, 잔인하고…….."

"하, 무슨 악당 취급이군."

지하가 머리를 쓸어 올리며 단정한 얼굴을 보기 좋게 일그러뜨리고 웃었다. 그의 손가락에 쓸려 올라간 머리카락이 반듯한 이마 위로 느슨하게 흘러내렸다.

"그렇게 웃는 것도 안 어울려. 당신은 늘 이죽거리기만 했었잖아."

은서가 미간을 찌푸리며 말하자 지하가 턱으로 죽 그릇을 가리켰다.

"일단 죽부터 먹어."

그의 말에 은서는 할 수 없이 다시 수저질을 시작했다. 뜨거운 죽이 입술에 닿자 상처가 따끔거렸다. 저도 모르게 인상을 쓰는 은서를 지하가 미간을 좁히고 바라봤다.

"당분간 불편할 거야. 의사가 치료를 하긴 했지만 터진 상처는 아물려면 시간이 걸리니까. 그동안은 힘들어도 조금 참아."

은서가 조용히 끄덕거리며 죽을 먹었다. 지하가 신경 써 주는 게 낯설지만 내심 기뻤다. 그녀가 죽을 먹는 것을 가만 보고 있던 그가 입을 열었다.

"어제, 비 맞았어?"

은서가 수저를 쥔 채로 고개를 들었다. 마주 앉아서 턱을 괸 지하가 그녀를 바라보고 있었다.

"의사가 그러더군. 비를 맞아 몸살기운이 있는 상태에서 정신적인 충격이 겹쳐진 것 같다고."

"아아……."

은서가 애매한 웃음을 지으며 말끝을 흘렸다. 어제 동우와 만났던 카페에서 나와 비 오는 거리를 헤매던 자신의 모습이 떠올랐다.

"무슨 일 있던 건가? 아침부터 꼭 쓰러질 사람 같더니."

"……아침에 그랬던 건 당신 때문이야."

"무슨 소리야?"

지하가 인상을 쓰자 죽을 한 그릇 다 비운 은서가 수저를 내려놓고 그를 바라봤다.

"당신이 찾아올까 봐 잠을 잘 수가 없었어. 기다리지 말아야지 하면서도 내내 기다리게 되고, 그럴수록 힘들어져서 억지로 자려고 술을 마시고……."

은서의 말을 듣는 지하의 얼굴이 굳기 시작했다. 그의 얼굴을 보던 은서가 조금 민망한 듯 웃으며 말했다.

"나 커피 한 잔 줄래?"

"……그러지."

지하가 일어나 커피를 내리는 동안 은서는 그의 뒷모습을 보며 가만 앉아 있었다.

갑자기 이런 말들을 하면 당황스럽겠지.

은서 자신은 오래 생각하고 정리한 감정이지만 지하에겐 이런 그녀의 변화는 낯설 것이다. 이해가 안 될 수도 있을 것이고. 하지만 어젯밤 분명 그에게 고백했을 때 그가 했던 말은…….

'널 웃게 할 자신이 없어서 울리는 것밖에 하지 못하는 미친놈이라고 해도 할 말 없어. 그게 사실이니까.'

열 때문인지 조금 들뜬 듯 몽롱하게 기억나는 지하의 말을 떠올리자 심장이 쿵쿵 뛰기 시작했다. 사실일까? 그 말……. 혹시 그 역시 지금까지 내내, 나와 같은 생각이었던 걸까?

"마셔."

갑자기 들려온 소리에 은서는 퍼뜩 생각에서 깨어나 고개를 들었다. 지하가 커피 잔을 은서 앞으로 내밀고 있었다.

"아, 고마워."

은서가 두 손으로 커피 잔을 잡자 지하가 자신의 커피 잔을 들고 맞은편에 앉았다. 따스한 커피를 한 모금 마신 은서가 주방 선반 위에 얌전히 올려져 있는 커피머신을 바라봤다.

"이 썰렁한 집에 커피머신이 있다니. 당신 커피 좋아했어?"

"음."

지하가 긍정의 의미로 한쪽 눈썹을 슥 올리고는 커피 잔을 들어 올렸다.

"그랬구나……. 몰랐네. 난 당신이 커피 좋아하는지도……. 아니, 생각해 보니까 뭘 좋아하는지 아무것도 아는 게 없는 것 같아. 예전의 당신도 지금의 당신도……."

은서가 진한 색의 커피를 바라보며 말했다. 마음이 안정되지 않을 때면 뜨거운 코코아를 마시는 자신의 습관을 그는 알고 있었는데 왜 자신은 몰랐던 걸까?

"하긴, 평생 당신과 제대로 대화라는 걸 한 걸 다 합쳐 봐도 요 하루 동안 대화한 양보다 적을걸."

은서가 혼잣말처럼 중얼거리자 지하가 훗, 하고 웃었다. 그의 웃음소리를 듣고 고개를 돌려 지하를 바라봤다.

"우린 왜 지금까지 그런 관계로밖에 지내지 못했을까? 당신이 어제 말한 대로면 우린 비슷한 감정을 갖고 있었다는 뜻이잖아."

지하가 말없이 그녀를 바라보자 은서가 말을 이었다.

"지금 우린 뭔가가 달라진 걸까? 그전까지와는…… 무언가 분명 달라진 것 같아."

"넌 달라진 것 같은데."

지하가 조용히 커피 잔을 내려놓으며 담담하게 말했다.

"당신도."

둘의 시선이 서로를 응시했다.

은서는 분명 어제를 경계로 자신이 많이 달라졌다고 생각했다. 어쩌면 달라졌기에 그 일들이 벌어졌고, 지금 생각해 보면 어차피 한바탕 겪고 지나갔어야 했던 일들이었다. 그대로 끌려가듯 한동우와 결혼했다면, 그가 그런 사람이라는 것을 나중에야 알게 되었을 거고, 결혼 생활은 더 힘들었을 거다. 그걸 생각하니 아찔해졌다. 어제 용기를 냈다는 것이 참 다행이었다. 그럼 윤지하는?

"난 달라진 것이 맞아. 좀 전에 말하다 말았는데……."

머리칼을 쓸어 넘기며 은서가 말을 이었다.

"바보 같지만 어제야 제대로 깨닫게 됐어. 당신을 향한 감정이 애증인지, 사랑인지, 집착인지 정확한 명칭은 모르겠지만 내 머릿속은 당신으로 가득 차 있다는 걸. 그리고 아무리 시간이 지나간다 해도 그 자리를 다른 사람은 차지할 수 없다는 걸……."

은서가 얼굴을 똑바로 들고 지하를 바라봤다. 그의 매혹적인 까만 눈동자가 시선을 휘어잡았다.

"이제 확실히 알아. 윤은서는, 윤지하가 아니면 안 돼."

힘주어 은서가 말하자 지하의 눈빛이 흔들렸다.

"너…… 그게 무슨 뜻인 줄 알아?"

"알고 있어."

지하가 미간을 좁히며 물었다.

"정말 알고 있는 거야? 윤지하가 어떤 사람인지?"

거듭된 질문에 은서가 말갛게 웃으며 그를 바라봤다.

"평생 윤지만 생각했는데 모를 리가 없잖아. 난…… 당신 사랑해. 처음 고백했을 때도, 그전에도, 그리고 지금도."

은서의 목소리는 차분했고 눈빛은 어느 때보다 명료했다. 더 이상 약해지지 말자고 그에 대한 감정을 받아들인 순간 은서는 다짐했었다. 설사 평생 윤지만 생각하고 그리워하며 살더라도 지금 온전한 자신의 진심을 전부 보이고 싶었다. 상처받아도 상관없으니 그저 솔직해지고 싶었다. 그렇게 생각하고 나니 오히려 모든 것이 편해졌다.

"……후우."

지하가 마른세수를 하며 낮게 한숨을 쉬었다. 늘 냉랭하기만 하던 지하의 얼굴이 괴로운 듯 일그러졌다.

"어떻게…… 넌 그럴 수 있지? 날 원망하지 않아?"

그가 이해할 수 없다는 듯 묻자 은서가 커피 잔을 든 채로 조용히 미소 지었다.

"사랑하니까."

그리고 그걸 인정하기로 했으니까…….

은서는 자신이 이렇게 솔직해질 수 있다는 데 놀랐다. 이렇게나 거리낌 없이 말할 수 있다니. 용기란 때로 기적을 만든다. 전혀 다른 사람이 되어 버릴 수 있는 기적. 그리고 은서는 평생 간절히, 다른 자신이 되고 싶었다. 아니 어쩌면 진정한 자신으로 돌아가고 싶었던 건지도 몰랐다.

할 말을 잊은 듯 바라보고만 있는 지하에게 은서가 말했다.

"이제 당신 차례야. 내 맘은, 설명하자면 길지만…… 어쨌든 결론은 그래. 그러니까 당신 마음도 말해 줘. 어젯밤에 당신이 그랬잖아. 내가 생각하는 그런 건 아니라고. 그런 게 아니면 난 당신한테 뭐야?"

지하의 눈동자가 고민하고 있는 것이 느껴졌다. 잠시 커피 잔을 보며 생각에 잠긴 그의 반듯한 얼굴이 똑바로 은서를 향했다.

"어떤 말을 듣고 싶은 거지?"

낮은 그의 목소리에 은서가 옅은 미소를 지으며 말했다. 그녀의 볼에 희미한 볼우물이 예쁘게 패였다.

"솔직한 말, 그리고 가능하다면 나와 같은 말."

지하가 낮은 한숨을 내쉰 뒤 말하기 시작했다.

"……어제 내가 했던 말은 진심이야."

"전부 다?"

은서가 확인하듯 묻자 지하가 끄덕였다.

"세상에서 유일하게 마음대로 안 됐던 건 윤은서에 대한 감정을 없애는 일이었어. 그게 화가 나서 더 잔인하게 굴었던 거 인정해. 내가 그런 식으로 널 소유한 것도 그렇게밖에 널 가질 수 있는 방법이 없어서였어."

지하의 입술에서 흘러나오는 목소리를 은서가 가만 듣고 있었다. 행여 한 마디라도 놓칠까 봐 그녀는 잔뜩 긴장했다. 말을 끊은 지하가 거칠게 머리칼을 쓸어 넘겼다.

"……아니, 그렇게라도 가지고 싶었는지도 모르지. 윤은서를."

은서의 눈빛이 흔들렸다.

그는 본심을 털어놓는 일이 여간 익숙하지 않은지 시선을 은서에게 두지 못한 채 눈썹을 찌푸리고 커피머신만 바라봤다. 하지만 그러면서도 지하는 열심히, 최선을 다해 이야기를 이어 나갔다.

"그리고 맹세컨대, 널 섹스파트너 따위로 생각했던 적은 단 한 번도 없었어. 태어나서 지금까지 내가 갖고 싶다고 생각한 건…… 너 하나야."

"……."

은서가 아무 말이 없자 계속 커피머신만 노려보고 있던 지하가 그녀에게 고개를 돌렸다. 은서는 믿기지 않는다는 듯 그를 멍하니 바라보고 있었다.

"……그건 못 믿는다는 표정인가?"

지하가 인상을 찌푸리고 묻자 은서가 황급히 손을 내저었다.

"아, 아니. 그게 아니라…… 믿어지지 않아서."

"그게 못 믿는다는 소리잖아."

"믿어지지 않는 것과 못 믿는 게 어떻게 같아?"

"그럼 뭐가 다르지?"

조금 쌀쌀맞은 지하의 표정이 그녀가 믿어 주지 않아 맘이 상한 듯 까칠하게 보여, 은서는 더더욱 그런 그의 모습이 믿기지 않았다. 그때 지하가 의자에서 일어나서 은서 쪽으로 성큼성큼 다가왔다. 그녀의 옆자리에 털썩 앉은 지하는 은서를 보지 않고 고개를 앞을 향한 채로 말했다.

"그렇게 난생처음 보는 놈 보듯 보지 마. 나도 이런 내가 당황스러우니까."

"……!"

멋쩍은 듯한 표정으로 고집스레 고개를 돌리고 있는 지하의 모습에 은서는 저도 모르게 콧날이 시큰거려서 그를 제대로 보지 못했다.

"보고 싶었다……. 그동안."

진심 어린 지하의 목소리에 은서의 눈에서 결국 눈물이 후드득 떨어졌다.

윤지하도 그랬던 거구나. 나만, 그를 보고 싶었던 게 아니구나.

은서가 눈물을 참으려 애쓰는데 지하의 손이 그녀의 얼굴에 닿았다.

그의 손길에 따라 고개를 돌린 은서가 시선을 맞췄다. 지하의 기다란 속눈썹이 가늘게 떨리고 있었다. 그녀를 바라보는 안타까운 그의 시선이 은서의 마음을 아프게 만들었다. 그 시선이 말해 주고 있었다. 그녀를 보고 싶었다던 그의 말이 진심이라고.

"사랑해."

은서는 젖은 목소리로 작게 속삭이며 지하의 목을 끌어안고 천천히 얼굴을 가져갔다. 입술이 살짝 닿자 그녀의 상처가 걱정됐는지 그가 입술을 떼 냈다. 그러자 은서는 지하의 목을 더욱 바짝 끌어당겨 그의 입술을 깊이 빨아들였다. 그녀의 몸짓에 반응하듯 지하가 열렬히 반응해 왔다. 뜨거운 입술과 혀가 거칠게 엉켜들었다. 은서도 적극적으로 그의 키스를 받아들이자 그의 숨소리가 금방 거칠어졌다. 그녀의 뒷머리를 움켜잡은 지하의 손에 힘이 들어갔다.

"……아프게 할지도 몰라."

그녀의 혀를 담뿍 빨아들이다 잠시 입술을 뗀 지하가 헐떡였다.

"아파도 괜찮아."

은서도 뜨거운 숨을 터뜨리며 말했다. 서로의 진심을 확인한 후의 그들의 육체는 서로의 살갗이 스치기만 해도 타오를 것처럼 뜨겁게 바짝 달아올랐다. 서로의 말캉한 혀를 급히 빨아들이며 몸을 밀착하자 억눌러 뒀던 본능이 비명을 내지르듯 터져 나왔다. 지하가 은서가 입고 있는 자신의 헐렁한 셔츠를 단숨에 잡아 벌렸다.

"아!"

열린 셔츠 사이로 하얀 젖가슴이 출렁이며 드러났다.

그가 한 손으로 가슴살을 움켜쥐고 탱탱하게 솟아오른 분홍빛 둥근 유두를 혀로 핥아 올렸다. 아찔한 쾌감이 그의 혀 아래에서 소스라치게 일어나자 은서의 입술에서 가쁜 탄성이 흘렀다. 뒤로 밀려 벽에 닿은 은서의 허리가 휘더니 가슴살을 빨아 대는 지하의 머리칼 속으로 손가락을 집어넣었다.

"흐읏!"

농염한 지하의 혀 움직임에 은서가 그의 머리칼을 움켜쥐었다. 그의 뜨거운 혀가 예민한 정점을 둥글게 굴렸다가 길게 핥아 올릴 때마다 은서의 엉덩이가 달싹거렸다. 순식간에 젖어 든 꽃잎이 기대감에 바르르 떨렸다.

지하가 고개를 들고 몸을 일으키더니 바닥에 무릎을 굽히고 앉았다. 그의 입술이 숨소리에 맞춰 오르락내리락 하는 은서의 둥근 복부를 지나 아무것도 입고 있지 않은 하반신까지 순식간에 훑어 내렸다. 이미 흥건히 젖은 수풀과 그 안에 감춰진 은밀한 속살을 그의 뜨거운 입술이 크게 덮었다.

"아아!"

은서의 허연 허벅지를 한껏 벌린 채 쾌락의 정점을 축축한 혀로 부드럽게 빨아 당기자 은서가 미칠 듯한 쾌감에 신음을 터뜨렸다. 그의 머리칼을 힘주어 잡은 그녀의 손가락이 바들바들 떨렸다. 그녀의 모든 성감대를 샅샅이 알고 있는 그의 혀가 탐욕적으로 붉은 살덩이를 입술로 문지르듯 비비며 빨아 댔다.

"하읏, 그, 그만……."

머리가 어떻게 돼 버릴 것 같아 은서가 고개를 저어 대며 할딱거렸다. 그는 멈추지 않고 은서의 다리를 벌려 높게 올리며 점점 더 깊은 곳으로 혀를 움직였다.

마침내 그녀의 뜨거운 몸 안으로 지하의 혀가 불쑥 침입했다.

"헉!"

온몸을 휩싼 강렬한 욕망의 화염 속에서 은서가 그의 머리칼을 부여

잡고 음란하게 엉덩이를 움직였다.

미치겠어……!

그 때 그가 입술을 떼어 내고 몸을 벌떡 일으켰다. 부옇게 흐려진 은서의 시야 속에 자신을 똑바로 바라보고 있는 지하의 욕망에 젖은 눈동자와 애액으로 번들거리는 입술이 보였다. 그가 침대로 데려가기 위해 그녀를 안아 올리려 하자 은서가 밀어냈다.

"싫어!"

"……은서?"

갑자기 밀쳐진 지하가 거친 숨을 몰아쉬며 당혹스러운 눈빛으로 은서를 봤다. 그녀는 두 팔을 뻗어 지하를 끌어당겨 껴안았다. 그러고는 그가 입고 있는 니트 안에 손을 넣어 탄탄하고 넓은 가슴을 손바닥으로 부드럽게 쓸었다.

"여기서 당장 날 가져."

은서가 촉촉한 눈빛으로 속삭였다. 지하의 눈빛에 놀라움이 서렸다. 그가 멈칫하는 사이 은서의 성급한 손길이 그의 옷을 벗겨 냈다. 니트를 머리 위로 벗긴 뒤 손을 내려 그의 바지 버클을 풀어 지퍼를 내리려 했는데 잘 되지 않았다.

은서가 급한 마음과는 달리 잘 되지 않아 낑낑거리자 지하는 입술 끝을 올리고 그녀의 움직임을 도왔다. 그의 단단한 다리 아래로 바지가 내려가고 타이트한 드로즈 위에 터질 듯 솟구쳐 오른 남성이 보였다. 드로즈마저 벗겨 내자 적나라하게 드러난 그의 거대한 페니스에 은서가 숨을 삼켰다.

그녀의 손이 끄덕거리는 검붉은 페니스를 양손으로 꽉 움켜잡았다. 그의 숨이 거칠어지는 것이 느껴졌다. 은서가 성난 남성을 보드라운 손바닥으로 어루만지자 그의 허벅지에 꿈틀거리며 힘이 들어갔다. 그녀의 입술이 크게 벌어지며 불끈거리는 페니스를 단번에 삼켰다.

"크읏."

지하의 입술에서 억눌린 신음이 새어 나왔다. 은서는 솟구쳐 올라간 그의 남성의 뿌리를 손으로 잡고 앞으로 내리며 천천히 앞뒤로 움직였다. 그녀의 붉은 입술이 그를 먹어 치우는 모습을 내려다보는 지하의 얼굴이 미칠 듯한 쾌락으로 일그러졌다. 은서가 점차 빠르게 움직이기 시작하자 지하는 고개를 확 위로 젖히고 뜨거운 숨결을 내뱉었다.

"아, 아. 이런, 은서……!"

지하는 얼굴을 일그러뜨린 채로 그녀의 입술 안에서 몸을 확 빼냈다. 그러고는 은서의 몸을 끌어당겨 의자 위에 거칠게 앉혔다. 그는 은서의 눈을 강렬하게 응시하며 그녀가 앉은 의자를 벽에 고정시키고 은서의 다리를 크게 벌렸다.

"못 참겠어."

투명한 액을 흘리며 끄덕이는 페니스를 잡아 은서의 촉촉한 속살에 갖다 대며 지하가 억눌린 낮은 목소리로 말했다. 그의 단단한 등을 강하게 껴안으며 은서가 절박한 목소리로 소리쳤다.

"지하, 어서……! 아읏!"

쿵!

의자가 벽에 세게 짓찧어지는 소리와 함께 그의 발기된 남성이 은서의 좁은 입구를 뚫고 들어갔다. 은서의 입술이 크게 벌어지며 탄성 섞인 신음을 토해 냈다.

"아, 하! 아아!"

쿵! 쿵!

그가 허리를 강하게 밀어 올릴 때마다 의자가 부서질 듯 벽에 짓찧어졌다. 한껏 흥분된 촉촉한 그녀의 안을 가득 채웠다가 빠져나가는 단단한 남성에 은서는 강렬한 쾌감을 느꼈다. 그녀가 가쁜 숨을 터뜨리며 꿈틀대는 그의 등 근육에 손톱을 박았다.

"크읏, 은서……."

지하의 목소리가 쾌감에 짓눌린듯 낮게 흘러나왔다. 그의 페니스를 단단히 움켜쥐는 뜨거운 속살에 온몸에 소름이 돋을 정도로 짜릿했다.

"아흐읏."

쿵쿵 소리가 커질수록 은서의 날씬한 다리가 한껏 벌어져 공중에서 흔들거렸다. 의자가 세차게 흔들렸다. 지하가 거칠게 은서의 엉덩이를 잡아 당겨 더욱 깊이 파고들었다.

"아학!"

강한 압박감에 은서의 눈이 크게 떠졌다. 지하는 그녀의 열락에 진저리치는 얼굴을 뜨겁게 응시하며 더욱 강렬하게 들이쳤다. 둘의 몸이 불덩이같이 달아올랐다. 땀에 젖어 미끈거리는 서로의 몸을 필사적으로 부둥켜안고 깊은 삽입을 이어 나갔다. 지하가 짐승같이 헐떡이며 그녀의 젖가슴을 삼키고 깨물자 은서도 뒤로 젖힌 고개를 흔들며 그의 허리를 있는 힘껏 잡아당겼다.

"좀 더, 좀 더 들어와."

은서가 거친 숨을 몰아쉬며 육감적으로 꿈틀대는 지하의 엉덩이를 잡아 자신에게 바짝 끌어당겼다. 그가 크게 허리를 휘며 자궁 끝까지 닿을 듯 깊이 치달아 들어왔다.

"아아……! 좀 더!!"

은서의 헐떡임이 커졌다. 그가 땀에 젖은 몸을 거칠게 움직이며 깊고 빠르게 내질러 들어갔다. 은서가 그의 탄탄하고 둥근 엉덩이를 붙잡은 손가락에 바짝 힘을 주고 비명 같은 신음을 내질렀다.

지하는 허리를 세차게 놀리며 은서의 욕망에 깊이 담금질했다. 찢어질 듯 꽉 채워져서 거칠게 들이쳐 오는 단단한 페니스에 은서는 더 이상 참지 못하고 절정으로 치달았다.

"아하악!!"

은서가 미칠 듯한 오르가즘을 느끼며 고개를 확 젖혔다. 지하는 은서의 절정에 맞춰 자잘하게 떨리는 그녀의 여성 안으로 천천히 길게 삽입했다. 진한 쾌감에 온몸을 떨며 은서가 그에게 무너져 내렸다. 지하가 그녀의 상기된 뺨에 입을 맞추고 입술 끝을 말아 올렸다.

"이런, 혼자 가 버리는 건가?"

그는 파르르 떨리는 은서의 풍성한 속눈썹에도 눈을 맞춘 뒤 그녀의 몸을 일으켜 세웠다.

"지하……?"

은서가 숨을 몰아쉬며 절정의 여운이 남은 흐릿한 눈으로 그를 바라봤다. 지하는 그녀를 뒤돌려 세운 뒤 두 손으로 테이블을 잡게 했다. 그녀의 발바닥이 바닥에 닿은 상태에서 테이블을 잡고 엎드린 자세가 됐다. 방금 절정으로 올라갔음에도 뒤돌아보는 은서의 눈빛에 은밀한 기대가 스쳤다.

"하, 윤은서……."

지독히도 관능적인 은서의 눈빛에 그는 낮은 신음을 흘리며 그녀의 부드럽고 둥근 둔부에 자신의 끄덕거리는 페니스를 잡아내려 거칠게 문질렀다.

"흐읏."

은서는 한 번의 격렬한 절정을 맛본 뒤라 더욱 몸이 예민하게 달아올라 있었다. 거친 삽입으로 부어오른 여린 꽃잎 사이를 그의 남성이 푹푹 찔러 대며 자극하자 은서는 열락에 찬 신음을 흘리며 엉덩이를 비틀었다.

"어떻게 해 줄까?"

지하가 뒤에서 손을 뻗어 그녀의 출렁이는 젖가슴을 주무르며 물었다. 은서가 얄밉다는 듯 그를 흘겨봤다. 또 지하의 못된 버릇이 나왔다.

"하아……. 어떻게든…… 으응!"

바짝 달아오른 젖꼭지를 손가락 끝으로 문지르며 굵은 페니스로 젖은 꽃잎 사이를 음란하게 가로지르자 은서의 헐떡임이 커졌다.

"말해 봐. 윤은서. 내가 어떻게 해 줬으면 좋겠어?"

지하가 은서의 엉덩이를 애태우듯 잡고 낮게 속삭였다. 자신을 원하는 은서의 목소리를 듣고 싶었다. 은서는 할딱거리며 아슬아슬하게 입구 주변을 맴돌며 부비는 그의 단단한 페니스를 다시 몸 안에 담고 싶어 안타깝게 허리를 비틀었다.

"내가 뭘 원하는지 다 알면서 왜 당신은 항상……. 아…… 읏, 애태우지 말고 어서……."

"듣고 싶어서 그래. 그 예쁜 입으로 말해 봐, 어서."

그의 지독히 낮은 목소리를 들으며 은서는 참을 수 없는 갈증을 느꼈다. 당장 이 남자를 갖지 않으면 숨이 막혀 죽을 것만 같았다. 그때 지하가 뭉툭한 끝으로 뜨겁게 달아오른 입구를 쿡쿡 찔렀다.

"아아, 제발! 들어와 줘!"

참지 못한 은서가 결국 소리치자 지하는 은밀한 미소를 지으며 잔뜩 달아오른 입구 안으로 자신의 페니스를 강하게 찔러 넣었다.

"아학!"

온몸을 가득 채우는 충족감에 은서가 테이블을 움켜쥐고 고개를 확 쳐들었다. 그녀의 머리칼이 공중에 나부끼며 흩어져 내렸다. 지하는 그녀의 땀에 젖은 등허리와 바들거리는 하얀 어깨에 키스하며 강하게 허리를 밀어 올렸다.

"핫, 으, 흐읏……! 아아아!"

커다란 테이블이 거칠게 삐걱거렸다. 지하는 허벅지에 단단히 힘을 주고 은서의 안으로 거센 삽입을 이어 갔다. 헐떡이는 뜨거운 숨결이 둘의 입술에서 쏟아져 나왔다. 그녀의 분홍빛 속살이 그의 검붉은 페니스를 남김없이 먹어 치우고 있었다.

삐걱, 삐걱.

테이블이 부서질 듯 삐걱거리고 살이 철썩이며 부딪히는 은밀한 소리가 집 안을 울렸다. 은서의 여린 몸이 가차 없이 흔들리며 테이블을 지탱한 손이 바들거렸다. 그녀의 허벅지를 타고 우윳빛의 진한 욕망이 길게 흘러내렸다.

"아흐읏!"

이미 한 번 절정에 올랐던 몸은 순식간에 뜨거워져 더 큰 쾌감을 향해 내달리며 은서의 욕망을 재촉했다.

"아아……! 갈 것 같아!"

허리를 빳빳이 세운 은서가 앙칼진 소리를 지르며 노골적으로 엉덩이를 흔들었다. 그녀의 쾌락을 부채질하듯 지하가 기다렸다는 듯 무지막지하게 몰아붙이기 시작했다.

삐걱, 삐걱, 삐걱삐걱삐걱!

"아흑, 아, 아아악!"

오르가즘으로 올라서는 은서의 질이 무섭게 수축되며 그를 움켜잡았다.

"윤은서!"

지하가 은서의 잘록한 허리를 움켜쥐며 짐승처럼 포효했다. 두 사람의 땀에 젖은 몸에 한껏 힘이 들어가 팽팽해졌다.

"으하……앗……."

죽음 같은 쾌락…….

은서는 태어나서 처음으로 몸과 마음이 이어진 온전한 쾌락에 죽을
듯이 전율했다.

8.
넘쳐흐르다

주말 내내 은서는 지하의 집에 있었다.

서로의 체온을 나누며 그동안의 못한 대화를 몰아서 하듯 그들은 이틀 내내 많은 이야기를 나누었다. 차갑게만 느껴졌던 지하의 목소리가 이렇게나 다정할 수 있다는 걸 은서는 처음 알았다.

그리고 마음을 나눈 연인이, 몸을 섞는다는 것이 얼마나 행복한 것인지도 은서는 처음 알았다. 그의 침실과 거실, 욕실과 식당을 넘나들며 무수히 사랑을 나누었다. 그들은 마치 오늘이 이 생의 마지막인 연인들처럼 열정적으로 사랑했다.

"……이러고 있다는 게 꿈같아."

넓은 소파 위에 맨몸을 찰싹 붙이고 누워 은서가 속삭였다. 그녀의 볼은 막 끝난 정사의 격렬함이 채 가시지 않은 듯 붉게 상기되어 있었다.

"나도 그래."

은서의 뺨을 어루만지며 지하가 단정한 입매를 늘려 웃었다.

"당신 웃는 모습, 요 이틀 동안 지금까지 본 평생치의 몇 배는 본 것 같아."

"그랬던가?"

지하가 또 쿡쿡대며 웃었다.

"웃는 얼굴이 이렇게 예쁜데……. 왜 그렇게나 웃지 않았어? 항상 차가운 얼굴뿐이었잖아."

은서가 손가락을 뻗어 오똑한 그의 콧날을 천천히 쓸어내리며 물었다. 진한 정사 탓에 콧등에 살짝 땀이 배어 있었다.

"웃을 일이 없었으니까."

그녀의 손을 잡아 자신의 얼굴에 대고 지하가 말했다. 그는 별 감정 없이 한 솔직한 말이었겠지만 은서는 왠지 그런 지하가 안쓰러웠다. 그가 왜 웃을 일이 없었는지 누구보다 잘 알고 있는 은서였다.

"……그런 표정 하지 마. 너 그런 얼굴 하라고 한 소리 아냐."

은서의 콧등을 살짝 잡아 비틀며 지하가 말했다.

"그건 알지만."

얼얼한 코를 매만지며 은서가 살짝 물기가 배어나는 목소리로 말했다. 지하는 웃음을 흘리며 그녀의 코를 가볍게 깨물었다.

"아야."

"지금이 중요한 거야. 그동안 웃을 일이 없어서 그런지 지금은 살아 있다는 것 자체가 마냥 좋게 느껴지는데? 이렇게 느껴지는 건 좋은 거 아닌가?"

빙긋 웃는 지하의 얼굴을 보니 정말 기분이 좋아 보이긴 했다.

"꼭 도 닦은 사람 같네."

은서는 그에게 물린 콧잔등을 매만지며 살짝 눈을 흘겼다. 지하는 그런 은서가 사랑스럽다는 듯 품에 깊숙이 껴안았다. 은서는 만족스러운 한숨을 토하며 단단한 그의 품으로 파고들었다. 규칙적인 심장 소리와 진한 살 내음이 그녀의 마음을 안정시켰다.

"……내가 당신 품에서 잠들 수 있는 날이 올지 몰랐어."

은서의 목소리에 지하가 그녀의 매끄러운 등을 천천히 쓸었다.

"당신이 떠나고 난 뒤에 혼자 남은 새벽은 영영 아침이 오지 않을 것처럼 그렇게나 길었는데……. 이렇게 같이 있으니까 이 시간이 왜 이렇게 짧은지 모르겠어."

얼마 남지 않은 주말을 아쉬워하며 은서가 지하의 품속으로 더욱 파고들었다. 지하는 낮게 한숨을 쉬며 은서를 힘껏 껴안았다.

"미안."

사과를 받자고 한 말이 아닌데, 상처받은 과거의 윤은서는 위로가 된 모양이다. 가슴속에서 치솟은 뜨거운 불길이 목구멍으로 울컥 올라왔다. 은서는 겨우 울음을 삼키고 그를 마주 안았다. 아깝기만 한 소중한 주말 시간이 흘러가 버리는 것이 아쉬워 잠이 드는 것조차 무서웠다.

"……"

지하는 천천히 은서의 등을 쓸어내리며 생각에 잠겼다.

어제 오늘, 지하는 칼의 전화를 받지 않았다.

더 이상 지체하면 안 된다는 것을 안다.

"후우……."

지하는 은서를 끌어안은 팔에 힘을 주었다. 겨우 손에 넣은 소중한 것을 지키는 것과 오랫동안 준비해 온 복수 사이에서, 그는 고민하고 있었다. 그 고민은 은서가 고른 숨을 내쉬며 잠든 이후로도 내내 이어졌다.

아침이 밝아 오기 전 지하는 은서를 차에 태워 바래다줬다. 그는 먼저 차에서 내려 오피스텔 안에 동우가 없다는 것을 확인한 뒤 은서를 데리고 올라왔다. 출근을 위해 다시 현관 쪽으로 향하며 지하가 말했다.

"내가 조치를 취하겠지만, 혹시 모르니 누가 와도 절대 문 열어 주지 마."

"응. 그럴게."

그의 뒤에 서서 은서가 가만히 끄덕이자 지하는 그런 그녀를 살짝 껴안고 놔줬다.

"그럼 회사에서 봐."

"응."

대답은 했지만 은서의 손가락이 그의 팔을 잡고 있었다. 뒤돌아서던 지하가 그 팔을 보고 의아스런 눈빛을 하자 은서는 망설이는 눈빛으로 그를 바라봤다.

"지금 당신이 가 버리면, 주말 동안 있었던 일들이 모두 다 꿈이 되어 버릴 것 같아. 그래서 무서워."

정말 그렇게 생각하는 듯 은서의 눈빛이 불안함으로 흔들렸다. 지하는 그녀의 얼굴을 잡고 아랫입술을 살짝 핥았다.

"유혹하지 마. 여기서 또 시작하면 오늘도 출근 못 하게 만들어 버리는 수가 있어."

은근한 그의 눈빛에 은서의 볼이 붉어졌다.

"그런 농담을……."

"농담 아닌데?"

지하가 보기 좋은 미소를 짓고는 그녀의 입술을 한 번 더 훔쳤다.

"아직 시간 있으니까 조금 더 자다 나와."

그가 뒤돌아서 구두를 신고 현관을 나섰다. 문이 닫히자 혼자 남은 은서는 입고 있는 그의 체취가 밴 셔츠를 손가락으로 천천히 매만졌다.

아직 끝난 게 아니다. 아니, 이제 시작일 것이다. 집안 식구들과 동우 등, 넘어야 할 험난한 산이 도미노처럼 끝도 없이 이어져 있었다. 바로 앞에 놓인 문제들을 생각하자 은서의 얼굴이 어두워졌다.

괜찮아. 이겨 낼 수 있어.

은서가 고개를 젓고는 심호흡을 하며 마음을 강하게 다졌다. 처음부터 쉽지 않을 거라 예상하지 않았는가. 지하만 옆에 있어 준다면……
그와 함께 있을 수 있다면 어떤 어려움도 이겨 낼 수 있을 것이다. 어떤 것이든.

"크아아아악!"

동우가 방 안의 물건들을 마구잡이로 집어 던지고 있었다. 와장창!
소리와 함께 서랍장의 유리가 깨지고 도자기가 떨어져 박살이 났다. 눈에 핏발을 벌겋게 세운 그가 미친 사람처럼 악다구니를 쓰며 방 안을 엉망으로 만들었다.

"개 같은 새끼! 죽여 버릴 거야, 아아악!"

동우의 모친인 최 여사는 고래고래 악을 쓰며 날뛰는 동우의 방문을 살짝 열었다 인상을 찌푸리고 다시 닫았다.

"도대체 이번엔 무슨 일 때문에 저러는지……."

계단을 내려오며 최 여사가 고개를 설레설레 저었다. 평소엔 얌전히 지내다가 주기적으로 발작을 보이는 동우의 패악적인 성정을 익히 알고 있는 터라 새삼스러운 일은 아니었다. 하지만 무슨 일 때문에 그러는지 이번엔 도통 말을 해 주지 않아 답답한 감은 있었다. 분명 병원에 실려 갈 만큼 얻어맞았으니 당장에 보복을 해 달라며 난리를 부릴 타이밍인데 동우는 무슨 일이 있냐는 말에는 일절 대답하지 않은 채 저리 난동만 피우고 있었다.

혹시 윤은서 때문인가?

최 여사가 눈을 가늘게 떴다. 처음 정략결혼 이야기가 오가던 때와 달리 지금의 서진은 부윤보다 압도적인 우위를 차지하고 있었다. 그동안 부윤이 아무리 성장했다 해도 서진의 사돈감으로는 급이 낮은 게 사실이라 내심 약혼을 파기할 생각도 있었다.

하지만 슬쩍 말을 꺼냈을 때 동우의 표정이 굳어지는 걸 보고 얼른 그 얘기는 없던 걸로 되돌렸다. 동우의 심기를 거스르면 온갖 패악질을 부리고 다니는 통에 그 뒷수습하기가 아주 피곤해지기 때문이었다.

"아아악! 개새끼! 가만두지 않아!"

묵중한 무언가가 부서지는 소리가 방문 안에서 들리자 최 여사가 이맛살을 찌푸리고는 계단 쪽으로 향했다. 한 번 꼭지가 돌면 온 방 안의 모든 걸 다 부숴 버려야 직성이 풀리는 동우였다. 또 인테리어 업자를 불러야 될 것 같아 머리가 지끈거렸다. 최 여사는 머리를 꾹꾹 누르며 1층으로 내려가 가사 도우미 아줌마에게 말했다.

"아줌마. 동우 진정되면 인테리어 업자한테 전화해요."

"네. 사모님."

불안한 표정으로 둔탁한 소리가 터져 나오는 2층을 바라보고 있던 아줌마가 최 여사의 말에 고개를 끄덕였다. 골치 아프다는 듯 머리를 손가락으로 지그시 누르며 최 여사가 침실로 들어가자 아줌마는 다시 2층을 바라보며 혀를 끌끌 찼다.

"저런 게 이중인격이지. 평소에는 그렇게 착실하게 굴더니 이럴 때마다 미치광이가 따로 없다니까. 쯧쯧……."

한편 동우는 난장판이 된 방 안에 서서 씩씩거리며 숨을 몰아쉬고 있었다. 그의 광기 어린 핏발 선 눈에 눈동자가 이리저리 흔들렸다.

"그 새끼, 가만두지 않아. 절대……. 그년도 마찬가지고."

동우가 이를 득득 갈았다. 이런 수모를 당하다니, 이 한동우가, 윤지하에게?

"아아악!"

다시 분노가 솟구쳐 오른 동우가 의자를 집어 들어 창문에 힘껏 던졌다. 쩡! 소리와 함께 커다란 창문이 박살이 났다. 와르르 무너지며 산산조각이 나는 창문을 노려보며 그가 중얼거렸다.

"헉, 헉. 가, 가만두지 않아……."

동우는 눈을 번뜩이더니 그대로 방문을 열고 밖으로 나갔다.

동우가 쿵쾅거리며 계단을 내려오자 주방에 있던 아줌마가 흠칫거렸다. 평소라면 살가운 얼굴로 인사를 하며 내려올 사람이지만 이렇게 정신이 나갈 때마다 동우는 완전히 미치광이 같았다. 벌겋게 충혈된 눈을 한 채로 동우가 빠르게 현관을 빠져나가는 것을 힐끔 보고 있던 아줌마가 깊이 안도의 한숨을 내쉬었다.

"저, 저 눈 좀 봐. 정말 정상이 아니라니까."

아줌마는 진저리를 치며 2층으로 올라갔다. 또 방을 얼마나 쑥대밭으로 만들어 놨을지 생각만 해도 끔직했다.

동우는 거칠게 차를 몰고 대치동으로 갔다. 자주 오가는 듯 오피스텔 주차장에 익숙하게 주차를 한 그는 분노로 잔뜩 일그러진 얼굴로 차에서 내려 엘리베이터에 올랐다. 위로 올라가는 내내 그의 표정은 풀리지 않고 더욱 험악하게 일그러졌다.

빌어먹을, 빌어먹을!

동우는 잇새로 쉴 새 없이 욕설을 내뱉으며 최상층으로 올라갔다. 넓은 입구를 지나 현관문을 열고 안으로 들어서자 풍만한 가슴을 지닌 여자가 아슬아슬한 슬립형 드레스를 입고 다가왔다.

"어머, 자기. 말도 없이 어쩐 일이야? 세상에! 얼굴은 또 왜 그래?"

자영이 동우의 머리와 얼굴에 덕지덕지 붙은 붕대를 보고 놀란 듯 물었다. 동우는 그녀의 말에 대답할 생각이 없는지 신발을 벗고 들어서자마자 거칠게 그녀를 껴안았다. 우악스러운 손길로 그녀의 가슴을 터질 듯이 움켜쥐자 집안에서도 빨간 립스틱을 칠한 자영의 입술이 일그러졌다.

'아파⋯⋯!'

짜증스러운 소리가 튀어나오려는 것을 자영이 억지로 참았다. 동우는 우악스럽게 그녀의 몸을 눌러 그 자리에 꿇어앉히더니 한 손으로 자신의 벨트를 풀었다. 자신의 속옷을 끌어내린 뒤 남성을 빼낸 동우가 시커멓게 색이 죽은 그것을 자영의 얼굴로 들이밀었다.

"물어."

자영이 저도 모르게 미간을 찌푸렸다. 동우는 그녀가 머뭇거리자 뒷머리를 움켜쥐곤 자신의 남성을 자영의 입술 안으로 쑤셔 넣었다.

"⋯⋯윽!"

자영은 순간 비위가 상해 얼굴이 찌푸려졌지만 동우는 그녀의 머리를 단단히 고정한 채로 거칠게 입안으로 쑤셔 넣어 댔다.

"윽! 윽!"

자영의 입술에서 고통스러운 소리가 새어 나왔지만 동우는 아랑곳하지 않고 짐승처럼 허리를 움직여 댔다. 잔뜩 화가 난 얼굴로 자영의 입안에 페니스를 밀어 넣으며 그는 지금 자신의 것을 빨고 있는 여자가 윤은서라고 생각했다.

윤은서는 처음부터 탐나는 여자였다.

얌전해 보이는 얼굴이지만 첫눈에 몸을 달아오르게 만드는 고혹적인 관능미를 지니고 있었다. 그 여자가 침대 위에서 어떤 표정으로 자지러 질지 그 생각을 하는 것만으로도 욕정이 들끓어오를 정도로 정복욕을 불러일으키는 여자였다. 게다가 집 안에서 평생 인형처럼 자라 온 여자 니 더 다루기 쉬울 거라는 생각도 있었다.

결혼할 여자는 그래야 한다. 지금 이 여자처럼 가볍고 천박한 여자는 그저 엔조이에 지나지 않는다. 어차피 이런 여자들은 강남의 고급 아파 트와 카드 한 장만 쥐여 주면 개처럼 엉덩이를 흔들며 다가오기 마련이 니까. 그만큼 떼어 내기도 쉽다. 그에 상응하는 돈만 던져 주면 된다.

하지만 윤은서는 단 한 번도 그에게 몸을 허락한 적이 없었다.

빌어먹을 윤지하 놈에겐 그렇게도 쉽게 벌려 주더니만!

"우욱! 우우욱!"

동우가 잔뜩 화가 난 표정으로 거칠게 움직이자 곧 자영의 입안에 비 릿한 액체가 터져 나왔다.

"헉. 헉."

동우가 숨을 몰아쉬며 신경질적으로 자영을 떼어 냈다.

그가 주방으로 걸어가 정수기에서 물을 받아 들이켜는 동안 자영은 무릎걸음으로 기어가 티슈를 뽑아 동우의 것을 뱉어 냈다.

'조루 주제에……!'

저렇게 자주 관계를 요구하면서도 단지 이 정도로 사정해 버리다니.

자영이 아픈 턱을 문지르며 인상을 쓰는데 어느새 다가왔는지 동우 가 그녀의 몸을 잡아 그 자리에 눕혔다. 자영은 속으로 욕지기가 치밀 어 올랐다. 조루 주제에 늘 쉽게 끝내 주지 않는 동우였다. 이번에도 그 럴 모양이었다.

"아이, 자기. 방금 했는데 벌써? 천천히 좀 해."

자영은 속마음을 감추고 마치 그가 대단하다는 듯 추켜세웠다. 동우는 자영의 말은 무시하며 얇은 슬립을 허겁지겁 끌어올렸다. 그녀는 마치 그를 기다리고 있었다는 듯 속옷을 입지 않고 있었다. 동우가 노팬티 차림을 좋아한다는 걸 알고 있는 자영의 고의적 행동이었다. 이 고가의 오피스텔도, 그리고 그녀가 명품관에서 수시로 긁어 대는 카드도 모두 동우의 주머니에서 나오는 것이었으니 자영에겐 최대한 동우에게 맞춰 줄 필요가 있었다.

하지만 정말이지 조루인 남성을 상대하는 건 곤욕이었다.

'진짜. 하지도 못하면서 밝히기는 더럽게 밝혀.'

자영은 그의 아래에서 속으로 울컥거리는 말을 삼켰다. 동우가 자신의 여성에 힘이 빠져 축 늘어진 남성을 붙잡고 어떻게든 밀어 넣으려 안달을 하는 모습을 보니 오만정이 다 떨어질 것 같았다.

"이, 이익. 씨발, 왜 안 들어가?"

동우는 맘대로 되지 않자 욕설을 내뱉으며 쪼그라든 남성을 붙잡고 애를 썼다.

빌어먹을, 빌어먹을!

화가 나서 견딜 수가 없었다. 이미 예전에 윤은서에게 사람을 붙여 그 여자 오피스텔에 새벽에 윤지하가 찾아간다는 정보를 입수했다. 처음 그 사실을 알았을 때 온몸의 피가 거꾸로 솟구치는 기분이었다. 감히, 감히 그 자식과?

윤지하는 알게 모르게 어릴 때부터 동우와 비교가 많이 됐다. 동우만이 아니었다. 재벌가의 2세, 3세들은 모조리 윤지하와 비교당하며 컸다. 그 정도로 윤지하는 어린 나이 때부터 남다른 능력을 보였고 어떤 입찰도 뺏긴 적이 없었다. 윤지하가 노린 프로젝트는 모조리 그의 차지였다.

그래서 윤지하는 늘 그의 눈엣가시였다. 어디 더러운 고아 주제에 황태자인 자신과 비교 상대에 놓인단 소린가?

"아아!"

겨우 손가락만 한 남성을 쑤셔 넣자 자영이 기계적으로 신음을 터뜨렸다. 그 신음 소리가 연기라는 것도 모르는 채 동우는 헉헉거리며 자신의 욕구를 채워 댔다. 동우는 계속 윤은서를 생각하고 있었다. 그렇게 생각하니 정복욕이 들끓었다. 하지만 거칠게 움직이는 그의 아래에서 자영은 인위적인 신음을 뿌리며 머릿속으로는 다음 달에 새로 출시되는 신상백을 생각하고 있었다. 이번에 산 것들이 많아 카드 한도가 다 되어 가니 그가 몸에서 떨어져 나가면 슬쩍 한도를 늘려 달라는 말을 할 생각이었다.

"으응, 아훗, 아! 최고야! 하윽!"

자영의 연기를 핏발 선 눈으로 노려보며 동우가 속으로 지껄였다.

절대 윤은서는 네놈이 갖지 못할 거다. 내가 그 꼴을 볼 것 같아? 감히, 감히 날 이렇게 만들어 놓고……!

"동우 씨! 아아, 죽겠어! 나 갈 것 같아!"

자영이 어서 사정하라는 듯 연신 엉덩이를 흔들며 재촉했다. 하지만 동우는 자영의 바람과는 달리 그녀의 안에서 더 이상 커지지 않은 채 무의미한 삽입만 이어가고 있었다. 자영은 짜증스러운 기분을 억누른 채 입술을 깨물었다. 그녀는 무사히 카드 한도를 올려 주고 동우가 돌아가면 자신의 애인을 불러 전혀 채워지지 않은 자신의 욕구를 해결해야겠다는 생각을 하며 천박한 신음을 흘렸다.

회사에 출근한 후 은서는 책상 앞에 앉아 생각에 잠겼다. 앞으로 큰 격랑이 일 것이다. 아직 동우와의 파혼도 확실히 마무리된 상황이 아니고 윤 회장이나 장 여사가 그걸 순순히 허락할 리도 없으니까. 동우가 억지로 그런 일을 벌이려 했던 일을 말한다 한들 네가 잘못해서 그런 거라 할 사람들이니 기대할 바도 없었다.

윤 회장과 장 여사는 오로지 서진으로 취할 이득에만 관심이 있으니까……

뭐, 괜찮아.

은서가 입술 끝을 부드럽게 말아 올렸다. 동우와의 파혼으로 벌어질 일들이 한편으로 두렵기도 했지만 상관없었다. 어차피 그런 각오 없이 시작한 일은 아니었으니까. 무엇보다 윤지하 그를 얻게 된 행복이 믿기지가 않았다. 골치 아픈 일들은 우선 제쳐 두고 지금은 그와 함께 있는 행복에만 치중하기로 했다.

은서의 입술이 더욱 둥글게 휘어지는데 인터폰이 울렸다.

—상무님. 회의실로 이동하실 시간입니다.

"네. 나갈게요."

은서는 회의 준비를 한 뒤 집무실을 나섰다. 대기하고 있던 비서가 앞장서서 걸어갔다. 비서를 따라 걸음을 옮기는데 복도 한편에서 목소리가 들려왔다.

"윤지하 말이야. 이번에 왜 그런 실수를 했을까?"

윤지하?

그의 이름이 나오자 은서가 걸음을 늦췄다. 그 목소리 쪽으로 바짝 신경을 세운 채로 천천히 걷자 목소리가 이어졌다.

"그러게. 정말 그놈답지 않은 짓인데…… 그게 손해가 도대체 얼마야?"

"윤 회장이 그냥 놔둘까?"

……무슨 일이지?

은서가 미간을 좁힌 채 서 있자 앞서 가던 비서가 걸음을 멈추고 돌아봤다.

"상무님?"

"아, 네. 가요."

은서는 얼른 대답하며 다시 걸음을 옮겼다. 몸은 비서 쪽으로 향하고 있었지만 신경은 뒤에서 이어지는 말소리에 여전히 집중되고 있었다. 회의시간까지 그 생각이 내내 머릿속에 떠오르자 은서가 가볍게 고개를 저었다.

설마. 아니겠지. 그가 그런 큰 실수를 할 리가 없잖아.

은서는 그저 헛소문일 거라고 생각하며 다시 회의에 집중했다.

퇴근 후 은서는 지하와 야경이 내려다보이는 호텔 라운지 바에 앉아 있었다. 오픈된 홀이 아닌 각각 나눠진 룸 형식의 바에 나란히 앉아 불야성 같은 도시의 야경을 바라보며 진 토닉을 마셨다. 이 바는 프라이버시를 최대한 배려해 주는 구조라 입구와 출구도 여러 군데로 나뉘어 있었다. 남들의 눈에 들켜선 곤란한 사업상의 비밀스러운 미팅이나 회담이 주로 이루어지는 곳이라 미로 같은 구조로 되어 있는 것이다.

숨어서 만나는 기분은 그리 좋진 않았지만 이렇게 그와 단둘이 있을 수 있는 공간이 있다는 데에 은서는 만족했다.

"당신은 늘 창밖을 보길 좋아하는 것 같아."

지하의 어깨에 머리를 기댄 채로 멍하니 창밖을 바라보던 은서가 중얼거리듯 말했다. 그녀의 보드라운 머리칼을 매만지던 지하가 미간을 좁혔다.

"그랬던가?"

"당신 집무실에 찾아갈 때면 창밖을 보고 있는 뒷모습을 제일 많이 봤어. 여기도 그래서 온 거 아냐? 밖이 훤하게 다 보이니까 실컷 보려고."

은서의 말에 지하가 실소를 흘렸다.

"넌 모르고 있는 모양인데 난 아까부터 널 보고 있어. 계속 창밖을 보던 건 너야."

"정말?"

은서가 고개를 지하에게 돌리자 기다렸다는 듯 그의 입술이 은서의 입술을 삼켰다. 축축한 혀가 부드럽게 입술을 열어 그녀의 입안을 유영하듯 휘젓고는 빠져나갔다. 감미로운 감촉에 으음, 신음을 흘린 은서가 열정이 담긴 눈빛으로 지하를 바라봤다. 그가 그 눈빛을 빨아들일 듯 응시하며 말했다.

"……창밖을 바라보는 습관이 있는 건 맞아. 답답할 때마다 산소가 필요해져 본능적으로 창을 찾던 게 습관이 된 모양이더군. 나도 알게 된 지 얼마 안 되는 습관인데 윤은서가 알다니 의외인데?"

지하의 감미로운 목소리에 은서가 팔로 그의 목을 휘어 감으며 더욱 얼굴을 바짝 갖다 댔다. 입술이 닿을 듯 가까운 거리에서 흑요석 같은 매혹적인 그의 검은 눈동자를 바라보며 은서가 말했다.

"난 늘 당신만 보고 있었으니까."

그의 눈동자가 순식간에 욕망으로 새까맣게 물드는 것을 은서가 도발적인 시선으로 바라봤다.

그토록 원하던 사람. 이렇게 내 품 안에 안을 수 있는 사람……. 이 지독한 행복이 언제까지 이어질 수 있을지는 모르지만 지금은 도저히 손에서 놓을 수가 없었다. 놓고 싶지 않았다. 겨우 잡은 윤지하를.

지하는 은서의 붉은 입술을 담뿍 빨아들이며 몸을 옆으로 돌리고 무릎 위에 은서를 앉혔다.

"하아."

입술 안이 다시 그의 뜨거운 숨결로 채워지자 은서는 더욱 조급증이 난 사람처럼 지하의 목을 끌어당기며 다급하게 그의 혀를 빨아들였다. 독한 술의 향과 상큼한 과일향, 그리고 그의 진한 숨결향이 강력한 페로몬 향처럼 은서를 달아오르게 만들고 있었다.

지하가 그녀의 뒷머리에 손을 집어넣어 단단히 움켜잡고 더욱 깊숙이 혀를 밀어 넣자 은서의 가느다란 목이 뒤로 한껏 젖혀졌다. 숨 막힐 듯한 격렬한 키스가 이어졌다. 은서는 숨을 헐떡이며 그의 와이셔츠 위의 탄탄한 가슴을 어루만졌다. 손바닥에 느껴지는 넓은 근육질 가슴이 그녀의 아랫배를 뜨겁게 조이게 했다.

"윤은서."

지하가 촉촉하게 젖은 입술을 떼어 내고 낮게 잠긴 목소리로 말했다.

"말해."

은서의 목소리도 거친 호흡에 섞여 흘러나왔다. 지하가 은서의 달아오른 볼을 손가락으로 쓸며 열망에 잠긴 눈동자를 가만히 응시한 채 말했다.

"당분간 출장 때문에 한국에 없을 거야."

지하의 말에 은서의 얼굴이 순식간에 어두워졌다. 지금 같아선 잠시도 떨어져 있고 싶지 않은데 출장이라니…….

"얼마나?"

"2주 정도."

"2주나? 그건 너무 길잖아."

은서가 단번에 미간을 구겼다. 저도 모르게 투덜거리는 목소리가 나왔다. 원체 출장이 많은 지하이긴 하지만 하필 지금이라니. 그런 그녀의 마음을 아는지 지하가 은서의 구겨진 미간을 입술로 살짝 눌렀다 떼고는 말했다.

"내가 없는 동안 불안해도 조금만 참아. 다녀오면, 내가 널 구해 줄게."

"구해 준다고……?"

은서가 물었다. 이미 동우와의 일 때 그가 마치 하얀 기사처럼 느껴졌는데 이렇게 말해 주다니. 꼭 그가 자신의 하얀 기사가 돼서 붉은 여왕에게 데려다준다는 약속을 하는 것만 같아 은서는 가슴이 뭉클해졌다.

당신만 있으면 굳이 여왕이 될 필요 없어.

당신만 옆에 있어 준다면 당신이 기사가 아니어도 상관없어. 영원히 이곳을 빠져나가지 않아도 상관없어. 당신만 내 옆에 있다면…….

"그래. 내가 반드시 널 구해 줄 테니까 날 믿고 기다려. 약속할 수 있어?"

흔들림 없는 그의 눈동자를 바라보던 은서의 눈이 부드럽게 휘어졌다. 설사 출장 동안 불안해할 자신을 안심시키기 위한 말에 불과할 뿐이라고 해도 진심으로 기뻤다.

"응. 믿어."

은서가 대답하자마자 그녀의 보풀아 오른 탱글한 입술을 지하가 거칠게 삼켰다. 소유권을 주장하듯 격렬하게 키스를 퍼붓자 은서의 숨이 금세 다시 거칠어졌다. 헐떡이는 은서의 숨결까지 오롯이 빼앗아 가며 지하는 그녀의 가느다란 허리를 움켜잡고 자신의 몸에 더욱 가까이 끌어당겼다.

벌어진 허벅지 사이로 단단하게 곤두선 그의 사나운 남성이 느껴지자 은서는 뜨거운 숨을 몰아쉬며 엉덩이를 달싹거렸다. 지하가 그녀의 허벅지 위로 말려 올라간 스커트를 탱탱한 엉덩이 위로 끌어올리며 자신의 바지 버클을 풀고 바지를 내렸다.

"이, 이런 데선. 으응……. 아."

이미 흠뻑 젖은 그녀의 브리프에 대고 빳빳하게 발기한 검붉은 기둥을 문지르자 은서의 입술에서 신음이 새어 나왔다.

"걱정할 거 없어. 부르지 않는 이상 아무도 오지 않아."

그의 목소리가 위험한 욕망에 잠식되어 지독히도 낮게 가라앉아 있었다. 은서의 여린 목덜미에 높은 콧날을 묻은 채 그가 허리를 은밀하게 튕겨 올릴 때마다 바짝 흥분된 도톰한 속살이 강한 마찰을 일으키며 쓸려 올라갔다.

"그, 그래도……. 학, 하웃."

은서는 조여들 듯 아찔아찔한 쾌감에 삼켜져 도저히 말을 이을 수가 없었다. 여성을 쿡쿡 찌르고 둥글게 문지르는 자극이 그녀를 뜨겁게 달아오르게 만들었다. 은서는 그의 남성적인 목을 끌어안고 고양이같이 허리를 휜 채 자신도 모르게 관능적으로 그의 움직임에 맞춰 엉덩이를 흔들고 있었다.

"아, 미치도록 자극적이야……."

지하의 목소리도 참을 수 없다는 듯 낮게 갈라져 나왔다. 그가 한 손으로 힘줄이 솟은 검붉은 남성을 움켜잡은 채 젖은 브리프가 찰싹 달라붙어 있는 잔뜩 흥분한 속살을 거칠게 아래에서 위로 밀어 올렸다.

"하, 하웃, 지, 지하……!"

은서가 목소리를 낮춰 소리 질렀다. 조개같이 벌어진 속살 사이에 진주알 같은 정점을 그가 뭉툭하고 단단한 끝으로 연이어 쿡쿡 찔러 올렸다. 그러자 등줄기가 오싹해질 정도의 쾌감이 밀어닥쳤다.

"어서, 어서……."

은서가 달콤한 목소리로 애원하기 시작했다. 장소는 더 이상 중요하지 않았다. 당장 그를 가지지 않으면 죽어 버릴지도 모른다는 절박함으로 은서가 허리를 힘껏 비틀었다.

"크웃."

지하의 미간이 일그러지며 섬세한 입술에서 관능적인 신음이 흘러나왔다. 그녀의 쾌감에 부옇게 흐려지는 눈동자와 열락으로 벌어지는 붉은 입술을 야수 같은 시선으로 노려보며 지하가 허리를 더욱 거칠게 튕겨 올랐다.

"아흐윽!"

은서의 허리가 크게 휘어지며 짧은 탄성이 붉은 과육 같은 입술에서 터져 나옴과 동시에 지하가 그녀의 브리프를 손가락으로 확 젖혔다. 투명한 액을 흘리며 무섭게 발기한 굵은 남성이 좁은 입구를 단숨에 쑤셔 들어갔다.

"허억."

"학!"

온몸을 관통하는 짜릿한 쾌감이 번개같이 내려치자 두 사람의 입술에서 동시에 단말마의 탄성이 터져 나왔다. 이미 한껏 흥분된 촉촉한 여성은 그의 몸을 받아들이자마자 기다렸다는 듯 한껏 조여 대기 시작했다. 지하는 미칠 듯한 쾌감을 느끼며 그녀의 몸을 강하게 들쑤셔 올렸다.

"아, 맙소사. 이건 너무……!"

은서가 위아래로 흔들리며 뚝뚝 끊기는 탄성을 터뜨렸다. 지하는 브리프를 찢어 버릴 듯 잡아당기다가 성에 차지 않는 듯 은서의 엉덩이를 자신의 탄탄한 허벅지 위에 올렸다. 그러고는 날씬한 두 다리를 하나로 모아 잡은 뒤 축축하게 젖은 브리프를 주욱 벗겨 냈다. 지하는 젖은 브리프를 재킷 안주머니에 거칠게 쑤셔 넣고 다시 하얀 허벅지를 잡아 크게 벌리며 격렬하게 들이치기 시작했다.

"아! 하! 하악!"

방해물이 없어지자 그의 터질 듯 발기한 딱딱한 남성이 더욱 깊숙이

치고 올라왔다. 정신없이 몸이 흔들리자 은서는 양팔을 뒤로 뻗어 창과 이어진 테이블 위를 짚었다. 그녀의 상체가 뒤로 기울고 셔츠 위로 탄력적으로 부푼 가슴이 둥글게 원을 그리듯 출렁이기 시작했다.

그 지독히도 육감적인 모습을 새까맣게 어두워진 눈동자로 노려보던 지하가 그녀의 허리를 잡고 고정하고 있던 손을 떼어 내어 들어 올렸다. 타이트한 은서의 화이트 셔츠를 양손으로 잡아 힘껏 당기자 순식간에 단추가 튕겨나가며 보얀 속살이 드러났다. 다시 손을 내려 방만하게 드러난 은서의 하얀 엉덩이를 움켜잡은 지하는 거칠게 쑤셔 올라가며 고개를 숙여 이로 브래지어를 물어 들춰 올렸다.

"아……!"

진한 핑크빛으로 달아오른 뾰족한 유두를 더운 입술로 삼키자 은서는 온몸을 바르르 떨었다. 정신이 나갈 것 같은 쾌감이 쉴 새 없이 쏟아져 내렸다. 저릿저릿한 쾌감에 몸서리치는 은서의 몸을 단단히 움켜잡은 채 깊이 짓쳐 들어가던 지하가 거칠게 으르렁거리며 테이블 위를 한 손으로 확 쓸었다. 와장창 소리를 내며 술잔과 안주접시들이 바닥으로 나뒹굴었지만 방음이 철저한 바라 밖에는 들리지 않았다.

지하는 비워진 테이블 위로 그녀의 몸을 올렸다.

"좀 더 깊이 들어가고 싶어."

몸을 일으켜 아무것도 입지 않은 하얀 다리를 한껏 벌리고 그 사이로 자리 잡은 채 지하가 헐떡이며 말했다.

"네 몸 깊숙이, 아주 깊은 곳까지 들어가서 널 맛보고 싶어."

그의 진한 욕망이 묻어나는 낮은 목소리에 은서의 아랫배가 더욱 조여들었다.

"들어와, 어서."

은서가 숨을 몰아쉬며 그의 땀에 젖은 상체를 힘껏 움켜잡았다. 지하는 그녀의 다리를 최대치로 벌리며 이를 악물고 애액에 번들거리는 굵은 남성을 귀두부터 뿌리 끝까지 단번에 쑤셔 넣었다.

"하아악!"

퍼억! 쑤셔 올리는 강한 힘에 은서가 자지러질 듯 고개를 젖혔다. 연달아 퍽퍽 짓쳐 올리자 은서의 탱글한 엉덩이가 테이블 끝까지 밀려 서늘한 창에 닿았다. 그녀를 더 이상 물러설 곳이 없는 곳까지 밀어 넣고 지하가 무서운 힘으로 파고 들어갔다.

"아, 응, 아! 지하, 지하!"

은서의 신음성이 점차 높아졌다. 벌겋게 달아오른 속살이 홧홧할 정도로 거친 힘으로 삽입해 들어갔다 쑤욱 빠져나올 때마다 그의 남성이 허연 애액으로 흠뻑 젖어 있었다. 안 놔줄 듯 꽉 움켜잡은 속살이 그의 남성에 촘촘히 달라붙었다 떨어질 때마다 지하가 이를 악물었다.

"크윽, 빌어먹을. 너무 뜨겁고 좁아. 미칠 것 같아."

지하가 으르렁거리며 헐떡였다.

"아, 나, 나도 너무 뜨거워……. 모, 몸이 타 버릴 것만 같아……!"

그를 꽉 물고 있는 여성에서 달큰한 애액이 엉덩이 아래로 길게 흘러내렸다. 그가 밀어 올릴 때마다 흠뻑 젖은 엉덩이가 테이블 위에서 찌걱거리는 은밀한 소리를 냈다. 살과 살이 뒤섞이는 질척한 소리와 테이블에 엉덩이가 밀리면서 찌걱거리는 소리, 그리고 거친 숨소리가 합쳐져 룸 안은 관능의 뜨거운 열기로 터져 버릴 것만 같았다.

"은서, 윤은서……!"

지하가 그녀의 이름을 부르며 근육이 불끈대는 탄탄한 허벅지를 강하게 밀어 올렸다. 날씬한 은서의 다리가 활짝 벌어진 채 공중에서 방만하게 흔들리고 있었다.

"사랑해. 윤지하, 사랑해."

정신없는 거친 움직임에 휩쓸리며 은서가 헐떡이며 쏟아 냈다. 둘 다 온몸이 땀으로 흠뻑 젖어 있었고 오로지 서로를 취하고 뺏고 뺏기는 강렬한 에너지에 취해 부서질 듯 서로를 힘껏 껴안았다. 꽉 조여든 그의 근육이 질주하는 종마처럼 거칠게 움직이기 시작했다.

"아악! 윤지하……!"

고층 라운지 바의 창에 찰싹 달라붙은 채 벌이는 격렬한 정사에 은서는 장소와 신분을 망각한 채 지독한 쾌감 속으로 빠져 들어갔다.

"갑자기 만나자고 하다니, 이거 무슨 일인가 싶어 깜짝 놀랐네."

동우에게서 느닷없이 저녁 식사를 함께 하자는 요청이 와서 윤 회장은 자주 가는 일식집에서 그와 마주 앉은 참이었다. 동우는 평소의 젠틀한 표정으로 싱긋 웃으며 마주 앉은 윤 회장을 건너다 봤다.

"제가 급히 드릴 말씀이 있어서 청했습니다. 혹 중요한 선약을 저 때문에 취소하신 건 아닌지 걱정이 되는군요."

"아니, 그런 건 아니니 염려치 말게. 그래. 일단 식사부터 하겠나?"

"네. 그러죠."

윤 회장의 손짓에 고급 일식집의 메인 요리사가 정성껏 음식을 준비하기 시작했다. 국내 굴지의 입지를 가진 두 기업의 회장과 황태자가 온 자리니 절대 실수하면 안 된다는 다짐을 몇 차례나 사장에게 받은 상태였다.

최고급 도미뱃살을 안주 삼아 정종을 나누던 윤 회장이 말을 꺼냈다.

"이렇게 갑자기 보자고 한 걸 보면 가벼운 이야기는 아닐 것 같은데 무슨 일인가? 혹시…… 결혼에 대한 이야기인가?"

대수롭지 않은 말투로 말하고는 있었지만 윤 회장의 속은 타들어 갔다. 은서가 약혼을 파기하려 한다는 말을 이미 장 여사에게 들은 터였다. 혹시 그 때문에 결혼을 번복하자는 말이 나올까 봐 윤 회장은 동우의 반응에 모든 촉각을 곤두세운 채 답을 기다렸다.

술잔을 든 채로 동우가 씁쓸한 미소를 짓더니 잔을 내려놨다.

"들으신 모양이군요."

동우의 진지한 목소리에 윤 회장은 움찔했다. 은서에게 파혼 이야길 들은 거라는 소린가?

"은서가 결혼을 앞두고 많이 심란한 모양이네. 별거 아니야. 결혼을 앞둔 여자들은 다들 그렇지 않은가."

윤 회장은 정말 별거 아니라는 식으로 일부러 웃음기를 섞어 말했다. 동우가 비릿하게 입술 끝을 비틀었다. 그 표정을 본 윤 회장의 표정이 당혹스러워졌다.

"회장님은 아직 모르시는 모양이군요."

"모, 모르다니. 뭘 말인가?"

"은서 씨, 결혼 전 우울증이 아닙니다. 저도 그랬다면 좋겠지만 그게 아니라 저 말고 다른 사랑하는 사람이 있다는군요. 아니, 이미 깊은 관계라고 합니다."

동우의 말에 윤 회장의 눈이 커다래졌다.

"뭐……? 그게, 그게 무슨 소린가? 우리 은서가…… 다른 남자가 있다고? 그것도 깊은?"

윤 회장의 목소리가 당황으로 흔들렸다. 이건 전혀 듣지 못한 말이었다. 은서가 동우 아닌 다른 남자와 그런 관계에 있다면 지금껏 자신의 귀에 들어오지 않을 리가 없다. 윤 회장이 고개를 저었다.

"그럴 리가 없네. 아무래도 자네가 잘못 알고 있는 모양이야. 내가 은서를 잘 아는데 아마 결혼하기 두려운 마음에 대충 둘러댄 것일 걸세. 그 아이가 그런 상대를 만들 리가 없잖은가? 자네와 엄연히 약혼을 한 상태인데 말이네."

완강히 고개를 젓는 윤 회장을 보며 동우가 표정을 싸늘히 굳혔다.

"그 상대가 윤지하라면 어떻게 하시겠습니까?"

"……뭐, 뭣?!"

충격을 받은 윤 회장의 얼굴이 하얗게 질렸다. 그 얼굴을 똑바로 보며 동우가 냉담한 목소리로 말했다.

"윤지하가 윤은서와 깊은 관계라면 말입니다."

"그, 그게 무슨 소린가? 그럴 리가 없네! 그 둘은 엄연히……."

"저도 처음에 듣고 믿지 않았지만 그 둘에게 직접 들었습니다. 제가 알기로 한 집 안에서 친남매처럼 자라 왔다고 들었는데 이건 제 상식을 지나치게 벗어나는 일인 것 같은데, 윤 회장님 생각은 어떻습니까?"

동우의 날카로운 시선이 자신에게 향했지만 윤 회장은 커다랗게 입을 벌린 채로 눈만 끔뻑거리고 있었다.

갑자기 전화벨이 울리자 은서는 흠칫 놀랐다. 벨소리가 울리는 휴대폰을 은서가 잠시 바라보고 있었다. 전화벨 소리가 평소와 달리 이상하게 날카롭게 울려 대는 기분이었다.

설마…….

은서는 불안한 기분을 억지로 누르며 휴대전화를 들어 발신자를 확인했다. 윤 회장이었다. 액정에 떠오른 글씨를 본 은서는 더욱 복잡한 심경이었다. 긴장된 표정으로 은서가 전화를 받았다.

"네."

전화를 받자마자 노기 띤 윤 회장의 목소리가 쩌렁쩌렁 울렸다.

—당장 집으로 와! 지금 당장!

이제야 장 여사에게 파혼에 대한 소리가 들어간 걸까? 은서는 입술을 지그시 깨물었다.

"알겠습니다."

전화를 끊은 은서는 심호흡을 했다. 어차피 한 번은 겪어야 할 일이다. 윤 회장의 벽을 넘지 못하면 아무것도 해결되지 않는다. 재킷을 들어 올리며 은서는 마음을 단단히 했다. 다시 골프채로 얻어맞는 일이 있더라도 이번에는 가장 소중한 것을 이 손으로 반드시 지켜 낼 것이다.

성북동 자택에 은서가 도착하자 안성댁이 얼른 다가와 걱정스러운 얼굴로 목소리를 낮춰 말했다.

"은서 학생. 회장님 심기가 오죽 불편한 게 아니야. 지금 들어가면 큰일이 생길지도 모르니 웬만하면 나중에 회장님 기분 가라앉으면 그때 다시 와. 응?"

"괜찮아요. 아줌마. 걱정해 줘서 고마워요."

은서는 걱정 말라는 듯 가볍게 웃음을 지으며 말하고는 집 안으로 들어갔다. 광활하리만치 넓은 거실에서 팔짱을 끼고 서 있던 장 여사가 싸늘한 눈초리로 은서를 쳐다봤다.

"기다리고 계시니까 서재로 가 봐."

마치 더러운 것을 보는 듯한 장 여사의 얼굴을 보며 은서는 표정을 굳히고 서재로 향했다. 똑똑 노크를 한 은서가 문 앞에 서서 말했다.

"저 은서예요. 들어갈게요."

은서가 문고리를 돌리고 서재 안으로 들어가자마자 눈앞에 재떨이가 가차 없이 날아들었다.

빠악!

둔탁한 소리와 함께 은서의 몸이 휘청거렸다. 단단한 사기 재떨이가 이마를 강타한 충격에 머릿속이 순간 아득해졌다. 비릿한 냄새와 함께 이마에서 뜨듯한 피가 흘러내리는 것이 느껴졌다.

"너 뭐하는 애야! 무슨 더러운 짓을 하고 돌아다니기에 한동우에게 애비를 그따위 수모를 당하게 만들어?"

윤 회장이 시뻘겋게 달아오른 얼굴로 벼락같이 소리쳤다. 은서는 머리에서 흘러내린 피가 한쪽 시야를 가리는 것을 손바닥으로 닦아 내고 윤 회장을 봤다.

"더러운 짓이라뇨?"

"니가 저지른 짓 뻔히 알면서 어딜 발뺌이야? 네년 때문에 지금 우리 집이 어떤 지경이 됐는지 알기나 해? 사방에서 손가락질당하게 생겼다고! 어디서 화냥년 같은 짓을 배워선……!"

피투성이가 된 채로 옷에 선혈이 뚝뚝 떨어져 젖어드는 데도 윤 회장은 눈 하나 깜짝하지 않고 은서를 향해 폭언을 퍼부었다.

화냥년, 더러운 짓…… 설마?

은서의 눈이 흔들렸다. 어떤 폭압이든 폭력이든 받아 내 줄 마음은 되어 있으나 윤지하와의 관계가 노출된 거라면 말이 다르다.

"무슨 말씀이세요. 전 그런 짓 한 적 없어요."

은서는 순식간에 표정을 갈무리하고 윤 회장을 똑바로 쳐다봤다. 떠보는 것일지도 모른다. 이게 만약 윤 회장의 수작이라면 절대 넘어가면 안 된다. 윤 회장은 충분히 그럴 수 있는 사람이니까.

은서의 대답에 윤 회장의 관자놀이에 힘줄이 불끈 일어섰다.

"이 뻔뻔한 년이……!"

철썩! 윤 회장의 커다란 손이 은서의 피에 젖은 얼굴을 내려쳤다. 강한 힘에 은서의 고개가 홱 돌아가고 후두둑 떨어진 핏방울이 바닥에 점점이 흩어졌다. 입안도 터졌는지 입안에 피맛이 비릿했다. 고막이 터진 것처럼 멍멍했지만 은서는 이를 악물고 고개를 들었다.

"돌리지 말고 말씀하세요. 하고 싶으신 말씀이 뭔지."

"그걸 몰라서 물어? 윤지하! 윤지하 말이다!"

쩡 하니 소리치는 말을 듣는 순간 은서의 다리에 힘이 풀렸다. 주저 앉을 것 같아 간신히 두 발에 바짝 힘을 준 채로 은서가 말했다.

"윤지하 그 사람이 왜요?"

"오호라, 이렇게 뻔뻔하게 거짓말을 늘어놓으니 그동안 한 번도 들키지 않고 잘도 속여 온 거겠지. 얌전한 고양이가 부뚜막에 먼저 올라간다더니 네년이 딱 그 짝이구나. 한동우가 날 찾아와서 다 이야기했다. 이제 어쩔 게야?!"

은서의 속눈썹이 파르르 떨렸다.

맙소사, 한동우 그가 기어이……!

"너 하나 때문에 우리 부윤이 앞으로 어찌 될지 모르게 됐단 말이다! 도움은커녕 부윤을 더럽혔어!"

쩌렁쩌렁 소리치는 윤 회장의 얼굴을 보며 은서는 입 안 연약한 살이 찢어져 찝찔하게 배어 나오는 피를 꿀꺽 삼켰다. 머릿속으로는 오로지 한 가지 생각밖에 없었다. 그 남자를, 그 남자를 지켜야 한다.

은서가 말없이 서 있기만 하자 윤 회장은 더욱 기세등등하게 소리쳤다.

"네가 집안에 끼친 피해를 생각하면 갈아 마셔도 시원찮아! 알아? 그나마 한동우가 그렇게나 배려심을 보여 주니 네가 지금 살아남을 수 있는 것만 알아둬."

은서의 눈에 힘이 들어갔다.

"그게, 무슨 말씀이세요?"

"한동우가 네 그 더러운 짓 뻔히 알면서도 받아 준다고 하니까 감사하게 생각하라는 거다. 얼마나 고마워? 이대로 파혼당하면 순식간에 소문 퍼져서 넌 아무짝에도 쓸모가 없어지는데 그걸 막아 준다니 너에겐 생명의 은인과 다름없지."

윤 회장의 대답에 은서는 경악할 지경이었다.

"한동우가 저와 이대로 결혼하겠다고 했다고요?"

"그래. 그렇지 않았다면 이 정도로 끝나지 않았으니 감사한 줄 알아!"

성을 내며 말하는 윤 회장을 보며 은서는 바닥이 푹 꺼지는 느낌이었다. 그래. 알겠다. 왜 이렇게 된 건지 알겠어. 한동우가 그 일 이후 앙심을 품고 윤 회장에게 지하와의 관계를 터뜨리고 결혼을 추진하려는 거다. 오로지 복수심 하나만으로……

"제가 결혼하지 않겠다면요? 그럼 어떻게 하실 건데요?"

재킷과 블라우스가 머리에서 흘러내린 피로 벌겋게 물들고 있었다. 윤 회장은 은서를 똑바로 노려보며 입술 끝을 비릿하게 비틀었다.

"내가 어떻게 할지는 네가 가장 잘 알지 않느냐. 이번에 윤지하가 회사에 막대한 손해를 끼친 건 알고 있겠지? 명색이 상무면 귀가 없진 않을 테니."

"……!"

은서의 표정이 하얗게 질렸다.

'윤지하 말이야. 이번에 왜 그런 실수를 했을까?'

'그러게. 정말 그놈답지 않은 짓인데…… 그게 손해가 도대체 얼마야?'

'윤 회장이 그냥 놔둘까?'

'그래도 지금까지 윤지하가 해 놓은 게 얼만데, 설마 어떻게 하겠어?'

'규모가 오죽해야지. 아무리 윤 회장이라고 해도 이건 그냥 안 넘어

갈 것 같아. 안 그래?'

'그런데 그거 말이야. 처음에 윤한태가 추진한다고 여기저기 퍼트리고 다니던 거 아니었어? 무슨 수백억의 순이익을 창출했다니 뭐니 하며. 그런데 그걸 왜 윤지하가 떠맡은 거야?'

'글쎄······. 그러고 보니 나도 윤한태가 떠드는 소리는 들었던 것 같은데. 도대체 어떻게 된 거지?'

얼마 전 회사에서 들었던 그 말이 번개같이 은서의 뇌리를 스쳤다.

"그 건으로 회사 내에서 원성이 자자하니 차라리 잘됐어. 안 그래도 임원들에게 뭔가 보여줘야 할 일이 필요하던 참이었거든."

윤 회장의 번들거리는 눈을 보니 은서는 소름이 끼쳤다. 지금껏 회사를 위해 철저히 희생을 강요했던 지하를 그렇게 생각했다는 말인가? 아무리 커다란 손해라 할지라도 사람으로서 그러면 안 된다. 그가 평생을 어떤 기분으로······.

"고작 그 정도의 이유로 그를 내친단 말씀인가요?"

"그 이유만은 아니다."

"그럼요?"

저도 모르게 주먹을 꽉 움켜쥔 은서는 비릿한 미소를 짓고 있는 윤 회장을 응시했다.

"그놈, 너무 커 버렸어. 회사를 위해 정리할 좋은 기회지. 언제고 내 자리를 위협할 수 있는 입장이니까."

그는 당신이 원하는 일을 했을 뿐이잖아!

터져 나오려는 목소리를 비릿한 피와 함께 목구멍 속으로 겨우 삼킨 은서는 거칠어지는 숨결을 필사적으로 가다듬었다. 그녀의 얼굴을 느긋하게 훑으며 윤 회장이 말했다.

"만에 하나 그놈이 날 배반하지 않는다는 법이 없어. 안 그러냐? 지금 너와 벌인 짓도 나에 대한 명백한 반항의 증거지. 그런 놈을 내가 어떻게 믿을 수 있지?"

"그런…… 그런 건……."

"하지만 네가 한동우와 결혼을 하면, 서진그룹을 등에 업으면 난 윤지하보다 더 큰 권력을 손에 얻게 되는 거지. 윤지하는 사람 하나지만 그 그룹은 어마어마한 자본력과 블루오션을 가지고 있으니까."

은서의 속눈썹이 파르르 떨렸다. 그 미세한 떨림을 놓치지 않은 윤 회장이 쐐기를 박듯 말했다.

"은서 네가 선택해. 윤지하를 쥐도 새도 모르게 처리할지, 아니면 이대로 회사에 버티고 남아 있게 할지는 오로지 네 선택에 달린 거다."

윤 회장의 비열한 목소리를 들으며 은서는 하얀 주먹을 힘껏 말아 쥐었다. 손톱이 부드러운 살갗을 파고들어 피가 배어났지만 그녀는 전혀 느끼지 못하고 있었다.

은서는 유학을 결심했던 초등학생 시절 이후로 딱 한 번, 윤 회장의 말에 거역을 한 적이 있었다.

어릴 때부터 취미 삼아 했던 미술은 유학 시절 어린 은서의 유일한 마음의 위안이었다. 틈이 날 때마다 혼자 미술관을 찾아 수많은 명화들을 보며 시간 가는 줄 모르고 하루 종일 앉아 있었다.

반 고흐와 터너, 모네. 클림트의 그림을 보고 있으면 타지에 있다는 외로움을 잊을 수 있었다. 적어도 그림을 보고 있는 그동안에는 이곳에서 이방인이라는 사실조차 잊었다. 유학 기간 동안 버티게 해 준 것이 미술이었던 만큼 한국으로 돌아온 뒤에도 그 정서는 자연스럽게 이어졌다.

은서는 집에서 원하는 경영공부를 하면서도 틈나는 대로 그림을 그렸고 시간을 내어 미술부에 들러 붓을 잡곤 했다. 처음엔 그저 그림으로 도피하는 마음이 아닐까 생각하던 것이 점차 그림에 대한 확신으로 바뀌었다. 답답한 집을 빠져나와 이른 새벽부터 미술부에 앉아 그림을 그리는 순간이, 자신이 살아 있다고 느낄 수 있는 유일한 순간이었다.

그 현존의 자각을 놓치고 싶지가 않았다.

집에서 원하는 것이 경영대에 입학해 전문적으로 경영을 배우는 것임을 알고 있었음에도 욕심이 났다.

고등학교 2학년 때 은서는 결국 그 욕심을 입 밖으로 끄집어냈다.

"저 미대 가고 싶어요."

은서의 그 한마디로 저녁식사 자리가 싸늘한 냉기에 휩싸였다. 아무런 대꾸도 하지 않고 눈썹을 잔뜩 모으는 윤 회장에게로 사람들의 시선이 모였다. 인상을 찌푸린 장 여사가 못마땅한 표정으로 말했다.

"밥상머리에서 못하는 말이 없구나. 그게 어디서 배워 먹은 예의니."

진로에 대한 의견을 말하는 것이 어째서 예의 없는 것이 되었을까?

어이없는 마음에 은서는 입을 꾹 다물었다. 식탁 위의 공기가 얼어붙은 것이 은서 탓이라는 듯 한태가 쯧, 혀를 차고는 식사를 이어 나갔다. 지하 역시 평소처럼 묵묵히 앉아 젓가락만 놀릴 뿐이었다.

역시 안 되는 일일까?

아무런 대답도 듣지 못한 채로 식사가 끝나고 방으로 돌아온 은서는 착잡한 표정으로 이젤 위에 올려놓은 덜 마른 수채화를 바라보고 있었다. 몽환적인 분위기를 풍기는 숲 속을 거니는 하얀 말을 탄 기사. 일주일 동안 매달려 겨우 완성시킨 그림이었다. 오늘 막 완성한 이 그림은 미술부 선생님을 비롯해서 모든 아이들의 찬탄을 받았었다. 은서 본인에게도 무척 만족스런 그림이라 쏟아지는 칭찬에 정말 기분이 좋았다. 처음으로 자신을 당당하게 인정받은 기분이었다.

그때의 뿌듯한 기분을 되새기며 입가에 슬몃 미소를 짓던 은서의 얼굴이 저녁식사 자리에서 표정을 굳힌 윤 회장이 떠오르자 금세 어두워졌다.

그래도 어쩌면…… 그림은 그릴 수 있게 해 주지 않을까? 한 가닥의 희망이 수채화를 바라보는 은서의 눈망울에 맺혀 있었다.

벌컥.

그때 갑자기 방문이 벌컥 열렸다. 부술 듯 열어젖힌 문소리에 은서가 깜짝 놀라 고개를 돌렸다.

"아, 아버지."

노기등등한 윤 회장이 문을 연 채로 은서를 노려보고 있었다. 그 손에 들린 기다란 골프채를 본 은서의 눈이 커다래졌다.

"저기 있어요."

아버지의 뒤에 서 있던 장 여사가 팔짱을 낀 채로 한 손을 뻗어 수납장을 가리켰다. 그 안에는 미술도구들이 고스란히 들어 있었다. 장 여사의 빨간 입술 끝이 가느다랗게 올라가 있는 것을 본 은서는 심장이 철렁 내려앉았다.

저 아이가 가장 소중히 하는 것이 저기 들어 있어요.

장 여사의 손가락은 분명 그렇게 말하고 있었다. 윤 회장은 장 여사의 손끝을 따라 지체 없이 걸어갔다. 윤 회장의 손에 들린 골프채가 높이 들려 올라간 순간 은서가 비명을 질렀다.

"아, 안 돼요!"

가차 없이 내둘러지는 골프채에 서랍장이 부서지는 육중하고 날카로운 소리가 방 안을 크게 울렸다.

빠악! 빡! 콰자작!

서랍 문이 떨어져 나가자 안에 담겨 있는 미술도구들이 바닥으로 우르르 쏟아져 내렸다. 여러 개의 물감과 팔레트, 붓과 캔버스가 골프채에 박살이 났다. 우악스러운 손이 소중하게 보관하던 스케치북들을 모조리 잡아 빼내어 갈기갈기 찢고 밟았다. 그의 발에 형편없이 구겨지는 그림들을 보며 은서는 가슴이 무너지는 기분이었다.

"그만! 그만해요!"

은서가 소리쳤지만 윤 회장은 아랑곳하지 않았다. 수십 개의 스케치북을 넝마로 만들어 놓은 윤 회장의 시선이 이젤 위의 하얀 기사 그림에 향했다. 그걸 본 윤 회장의 눈빛이 번뜩이자 은서의 얼굴이 창백해졌다.

그것만은 제발!

간절한 은서의 바람 따위 전혀 상관없다는 듯 윤 회장의 골프채가 다시 높이 치켜 올라갔다.

"안 돼!"

윤 회장이 크게 골프채를 휘두른 순간, 은서가 저도 모르게 몸을 날렸다. 필사적으로 그림을 지키기 위해 손으로 가린 은서의 하얀 손 위로 골프채가 내질러졌다.

"아악!"

골프채에 맞은 손가락이 터질 듯 뜨거웠다. 주저앉은 채 부러진 손을 잡고 어쩔 줄 모르는 은서를 윤 회장이 싸늘히 노려봤다. 자신의 딸이 골프채에 맞아 쓰러져도 윤 회장의 얼굴엔 일말의 당혹도 어리지 않았다. 윤 회장은 고개를 들고 다시 골프채를 들어 올렸다.

우지끈, 퍽! 캔버스와 이젤이 박살 나는 소리가 방 안을 날카롭게 울렸다.

"한 번만 더 그딴 소리 하면 이 정도로 안 끝날 줄 알아. 취미로라도 그림 계속 그리고 싶다면 얌전히 경영대 가는 게 좋을 거다."

거친 숨을 몰아쉬며 은서를 내려다보며 으르듯 말한 윤 회장이 그대로 몸을 돌려 방을 빠져나갔다. 웅크리고 앉아 식은땀을 흘리며 고통의 신음을 눌러 참고 있는 은서를 슥 쳐다본 장 여사가 윤 회장을 뒤따라 나갔다.

문 앞에 서서 안절부절못하고 있는 안성댁을 스쳐 지나며 장 여사가 말했다.

"쟤 병원 데려가 봐요. 부러진 것 같은데."

"네? 아, 네, 네."

그 말에 안성댁이 서둘러 방 안으로 뛰어 들어갔다.

"학생. 은서 학생, 괜찮아? 많이 아파? 세상에, 이 일을 어째. 응?"

보랏빛으로 변해 퉁퉁 부어오른 은서의 손을 본 안성댁이 사색이 돼선 난리를 폈다. 은서는 고통을 참으려 피가 나도록 입술을 깨물고 있다가 말했다.

"……괜찮아요."

"괜찮긴 뭐가 괜찮아! 아유, 이 식은땀 좀 봐. 일어날 수 있겠어? 구급차 부를까?"

"괜찮으니까 최 기사 아저씨 대기시켜 주세요."

"아, 알았어. 잠깐만, 잠깐만 기다려."

허둥지둥 내려가는 안성댁을 보며 은서는 고통으로 시야가 흐릿해지는 것을 느꼈다. 은서의 식은땀으로 가득 찬 얼굴이 엉망진창으로 어질러진 바닥에 처박혀 있는 찢어진 그림으로 향했다.

하얀 기사가 망가져 버렸어…….

붉은 여왕에게 이끌어 줄 하얀 기사가 처참하게 난도질당했다.

원한 게 잘못이었을까? 하고 싶은 일을 할 수도 있다는 헛된 꿈을 꾼 것이 잘못이었을까? 기대조차 하지 않았다면, 원하지 않았다면…… 이렇게 모든 것이 부서지진 않았을 텐데.

뜨거운 눈시울이 팽팽히 당겨졌다. 부옇게 물기가 차오르자 은서는 눈을 부릅떴다.

울지 않아.

절대, 절대 울지 않아. 앞으론 절대…….

은서가 피가 나도록 입술을 깨물었다. 부러진 손가락보다 부서진 그림이 더욱 그녀의 마음을 처참하게 만들었다.

그리고 그런 은서를 지하가 문 밖에서 쳐다보고 있었다. 비정상적으로 부어오른 은서의 손을 본 그의 턱이 단단히 다물렸다.

은서는 침대 위 이불 안에 깊숙이 몸을 묻고 누워 있었다. 성북동 집에 다녀온 뒤로 온몸의 힘이 모조리 빠져나간 기분이었다. 윤 회장의 서재에서 나왔을 때 안성댁이 비명을 지르며 은서를 병원으로 데리고 갔었다. 6바늘을 꿰매는 치료를 받고 나와 집으로 오는 내내 머릿속이 혼란스러웠다.

'네가 선택해. 윤지하를 쥐도 새도 모르게 처리할지, 아니면 이대로 회사에 버티고 남아 있게 할지는 오로지 네 선택에 달린 거다.'

불도 켜지 않은 채 누워 있는 그녀의 머릿속으로 윤 회장의 말이 아우성쳤다.

은서는 눈을 질끈 감았다. 두통이 엄습했다.

윤 회장의 말을 거부할 때마다 보란 듯이 자신의 소중한 것을 손에 쥐고 망가뜨리는 모습을 보아 왔다. 그 상대가 이번엔 윤지하가 될 거란 생각이 들자 생각만으로도 심장이 바짝 죄어드는 기분이었다.

그것만은 안 돼.

은서는 입술을 지그시 깨물었다. 늘 그것이 두려웠다. 그를 원하면 원할수록, 그를 가지고 싶어지는 마음이 커져 갈수록 언젠가 이런 날이 올 것만 같았다. 언젠가는 자신으로 인해 그가 망가질 것 같았다.

하얀 기사의 그림처럼…….

어떻게든 그것만은 막아야 한다. 윤지하를 그런 식으로 만들 순 없다. 그렇다면 무슨 방법이 있을까? 윤지하를 구할 방법이, 뭐가 있을까. 있기나 할까? 과연? 그런 방법이?

은서는 저도 모르게 실소를 흘렸다. 이런 날이 두려워 그렇게나 물러섰으면서, 그의 손을 잡지 못했으면서 이제 와 방법을 생각해 봐야 그런 방법 따위 있을 리가 없다. 둘만 도망칠까? 윤 회장 성격에 세계 어디로 도망치든 무슨 수를 써서라도 잡아내겠지.

그리고 고통을 보여 줄 것이다. 어디로 도망가든 자신의 영향력을 벗어날 수 없을 거라는 본보기를 보여 주기 위해서라도 모든 합법적, 비합법적 방법을 총동원해 기어코 찾아낼 것이다. 그럼 윤지하는 기어코 나락으로 떨어져 버리겠지. 결코 벗어날 수 없는 나락으로…….

"하아……."

은서는 답답한 한숨을 내쉬며 몸을 뒤척였다.

째각이는 시계 초침 소리가 침묵에 빠진 집 안을 공허하게 맴돌았다.

Rrrr. Rrrr.

그 때 전화벨이 울렸다. 은서는 벌떡 침대 위에서 몸을 일으켰다. 불안한 시선으로 휴대폰을 확인하니 윤지하, 그였다. 그의 이름을 보자마자 은서는 눈물이 왈칵 쏟아질 것만 같았다.

"……응."

─목소리가 안 좋군. 어디 아픈가?

지하의 저음의 목소리가 귓가를 감미롭게 파고들었다. 은서는 눈물을 참아 내며 애써 밝은 목소리로 말했다.

"아니야. 그냥 누워 있어서 목소리가 잠겨서 그래. 당신은 괜찮아? 거기 음식 입맛에 안 맞는다고 갈 때마다 힘들어하잖아."

―윤은서를 볼 수 없다는 것 빼고는 괜찮아.

낮게 웃는 소리가 가슴을 적신다.

"그럼 빨리 돌아오면 되겠네."

―안 그래도 못 그래서 안달 중이야. 최대한 빨리 처리하고 갈 테니 기다려.

"……."

기다릴게.

당신을 늘 기다려 왔듯 기다릴게.

그 말을 하고 싶은데 할 수가 없어 목이 꽉 막혀 왔다.

―은서?

"아, 미안. 나 전화 들어오네."

―그래. 나중에 다시 전화할게. 쉬어.

"응."

은서는 황급히 전화를 끊었다. 끊자마자 눈앞이 부옇게 흐려졌다. 지체 없이 흘러나온 눈물이 말간 뺨을 타고 흘러내렸다. 목소리가 떨릴까 봐 얼른 끊었는데 혹여나 그가 눈치를 챘을까 봐 걱정이 됐다.

다시 수도꼭지를 잠가야 한다. 지금부터의 일을 윤지하가 눈치채면 모든 것은 물거품이 될 것이다. 그가 그냥 놔둘 리가 없다. 결코 그대로 놔주지 않을 것이다.

은서는 숨을 몰아쉬고 눈물을 삼켰다. 온몸에 힘을 주고 눈을 부릅뜨니 이내 익숙한 습관처럼 눈물이 말라 갔다. 잔뜩 힘을 준 손등에 푸릇한 힘줄이 돋아났다.

"하아."

됐어. 이러면 돼.

은서는 다시 천천히 침대 위로 몸을 누였다. 다른 건 다 지킬 수 없어도 윤지하 단 한 가지는 지킬 것이다. 그 사람 하나는 반드시 지킬 것이다. 반드시.

"이제 슬슬 올 때가 됐다고 생각했지."

동우가 입술 끝을 비틀어 올렸다. 아직 상처가 다 낫지 않았는지 얼굴에 덕지덕지 밴드가 붙어 있었다. 은서는 그와 마주 앉은 채로 표정을 싸늘히 굳히고 있었다.

"꼭 이렇게까지 해야 됐어?"

"당연하잖아. 내가 지금까지 쏟은 시간과 정성이 얼만데, 이대로 놓치긴 너무 아깝지 않겠어?"

동우가 이죽거리며 팔짱을 꼈다. 그날 이미 자신의 본모습을 들킨 이상 더 이상의 연기는 필요 없다고 느낀 모양이었다. 동우의 맨얼굴은 무척이나 역겨웠다. 징그러울 정도로 탐욕스러운 눈빛과 시종일관 이죽대는 표정은 보기만 해도 구역질이 치밀었다.

"그런 짓까지 하고서, 우리가 결혼을 한다면 정말 행복해질 수 있다고 생각해? 그래서 이렇게 강제적으로 밀어붙이는 거야? 그날처럼?"

은서가 냉기 서린 목소리로 말하자 동우가 웃음을 터뜨렸다.

"이봐. 그런 말은, 얌전히 나를 바라보고 있는 지고지순한 약혼녀가 해야 마땅한 소리 아냐? 지금까지 그 새끼랑 온갖 더러운 짓은 뒤에서 다 하고 다닌 주제에 어디서 이런 짓이니 저런 짓이니 지껄이는 거야? 기분 잡치게."

웃는 얼굴로 상스러운 말을 늘어놓는 동우를 보며 은서는 소름이 끼쳤다. 그의 얼굴을 똑바로 바라보며 은서가 차갑게 말했다.

"맞아. 난 당신을 처음부터 지금까지 단 한 번도, 단 한 순간도 윤지 하보다 우위에 둔 적 없어. 당신 나에게 그 정도밖에 안 되는 남자라고."

"뭐야?"

느긋한 미소를 짓고 있던 동우의 얼굴이 단번에 험상궂게 변했다. 은서는 개의치 않고 냉소적으로 내뱉었다.

"그래도 좋다면 해, 결혼. 하지만 그건 알아둬. 난 당신이라는 남자 남편이라고 생각 안 할 거야. 당신 같은 형편없는 남자를 어떻게 남편이라고 생각할 수 있겠어?"

터질 듯 탱탱한 붉은 입술을 말아 올리며 은서가 동우를 바라봤다. 벌겋게 달아오른 얼굴로 숨이 거칠어지는 동우가 우습기 짝이 없었다.

"……이 개 같은 년이, 말 다했냐?"

그의 뚝뚝 끊어지는 위협적인 목소리를 들으면서도 은서는 아랑곳하지 않았다.

"왜? 또 때리게? 때려 봐. 여기 사람들 좋은 구경 좀 하게."

태연하게 카페 안을 넌지시 둘러보며 은서가 말하자 동우가 이를 갈았다.

"너 두고 봐. 결혼하는 순간부터 아주 그 빳빳한 얼굴 들고 다니지 못하게 해 줄 테니."

"그거 기대되네."

싸늘한 미소를 지은 은서가 자리에서 일어섰다. 걸음을 옮길 때마다 뒤에 앉아 있는 동우가 자신의 뒷모습을 죽일 듯 노려보고 있다는 것이 느껴졌다. 말이 통할 거라고 기대하진 않았지만 주저 없이 더러운 본색을 드러낸 동우의 모습에 역겨움을 참을 수가 없었다.

저런 남자를 남편으로 맞으라니.

시니컬하게 입술을 말아 올린 은서가 헛웃음을 지었다. 정말 코미디가 따로 없었다.

지하가 출장에서 돌아오는 날이었다.

잔뜩 흐리던 날씨가 그가 도착하는 시간 즈음엔 기어이 꿀럭거리며 세찬 빗줄기를 토해내기 시작했다. 원래는 공항까지 마중 나가려 했지만 그 시간 은서는 회장실에 있었다. 그녀의 차분한 얼굴을 윤 회장이 잘 길들여진 인형을 보는 표정으로 응시하고 있었다.

"결정을 한 표정이구나."

별수 없었을 테지. 그럴 수밖에 없는 상황에 내몰렸으니 말이다.

윤 회장이 비릿한 미소를 지은 채로 은서를 바라보자 그의 뒤로 보이는 커다란 유리에 쏟아지는 빗줄기에 시선을 둔 채 은서가 말했다.

"네. 결정했어요."

그녀의 작은 입술이 열렸다.

지하는 계속 신호만 가는 전화를 끊고 주위를 둘러봤다. 공항 어디에도 은서의 모습은 보이지 않았다. 지하의 미간이 좁혀졌다.

이러긴가? 출장 기간 내내 보고 싶은 마음을 억지로 눌러 참으며 날아왔는데.

얼굴을 굳히고 있는 지하의 뒤로 비서가 다가왔다.

"본부장님. 짐은 차로 옮겨뒀습니다. 그만 출발하시죠."

여전히 청사 안을 시선으로 훑으며 지하가 짧게 말했다.

"먼저 이동해. 난 따로 갈 테니."

"알겠습니다."

비서는 고개를 숙여 보인 뒤 몸을 돌려 대기하고 있던 수행원들과 함께 공항을 빠져나갔다. 지하는 그 자리에 우뚝 선 채로 팔을 들어 손목시계를 확인했다. 그 그림 같은 모습에 여기저기서 여자들의 시선이 날아들었지만 지하는 그런 데는 관심도 없다는 듯 고개를 들어 다시 주위를 살폈다.

당장 보고 싶어 심장이 타들어 갈 듯한 여자의 모습이 시야에 잡히지 않자 그의 매혹적인 검은 눈동자가 넓은 청사 안을 초조하게 배회했다. 매끈한 이마를 찌푸린 지하가 다시 휴대폰을 꺼내 들었다.

회장실에서 나온 은서는 엘리베이터에 올라 가방을 열었다. 무음으로 해둔 휴대폰이 울리고 있었다. 액정에 반짝이는 이름을 확인한 은서는 고개를 들어 올렸다. 눈에 바짝 힘을 준다. 핏발이 곤두설 정도로 힘을 주고 깊게 숨을 내쉬었다.

'윤지하, 포기할게요. 말씀대로 한동우와 결혼 진행할 테니 그 남자 놔두세요. 만약 조금이라도 그 남자에게 징계가 내려진다면 당장 결혼 파기하고 저 그 남자에게 갈 겁니다.'

'너만 잘 한다면 아무 탈 없을 테니 쓸데없는 걱정하지 마라.'

윤 회장과 이야기했으니 이제 윤지하 차례다. 은서의 무너질 듯한 표정이 다시 차갑게 변했다. 그를 지키기 위한 방법은 이것밖에 없다. 그렇다면 남은 건 절대 들키지 않는 것뿐.

은서는 끊긴 휴대폰을 보고 있다가 통화버튼을 눌렀다.

—잔인한 윤은서.

지하의 목소리에 은서의 심장이 아프게 죄여 왔다.

"미안."

—빨리 오라던 말은 다 거짓말이었군, 그렇지?

"그런 건 아니야."

서운함을 뾰족한 말투로 티 내려던 지하에게 은서의 묘한 분위기가 날카롭게 감지되었다. 표현할 수는 없지만 어딘가 미묘한 균열이 느껴지는, 한숨이 느껴지는 목소리.

젠장.

분명 무슨 일이 있었음을 감지한 지하는 청사 안에서 입구 쪽으로 빠르게 발걸음을 옮기며 말했다.

"어디야?"

—회사야. 지금 나갈게. 어디로 가면…….

"거기 있어. 내가 갈 테니."

—그럼 그렇게 해.

전화를 끊은 지하는 차가 세워져 있는 곳으로 빠르게 걸어갔다. 서늘한 기운이 풍기는 은서의 낮은 목소리를 듣자 심장이 미친 듯 쿵쾅거리기 시작했다.

차에 올라탄 지하가 급히 시동을 걸고 차를 출발시켰다. 핸들을 거칠게 꺾는 그의 표정이 딱딱하게 굳어 있었다. 은서가 약속했던 마중을 나오지 않은 이유가 있을 것이다. 그 이유라는 것을 생각하니 그의 미간이 바짝 모아졌다.

이 기분 나쁜 불안함을 잠재우기 위해서 당장 은서를 만나야 한다.

은서는 익숙한 지하의 까만 벤츠를 보자 긴장된 눈빛을 했다. 해야 할 말을 다시 한 번 머릿속으로 정리하는 사이 그의 차가 눈앞에 섰다. 창문을 내린 지하의 옆모습이 보였다. 며칠 만에 보는 조각 같은 그의 얼굴이 이쪽을 향해 돌려졌다.

"타."

은서는 천천히 걸어가 차 문을 열고 조수석으로 올라탔다. 그녀의 굳은 얼굴을 본 그의 얼굴도 덩달아 굳어졌다. 한손을 핸들에 올린 채 지하가 낮게 말했다.

"윤은서."

"일단 어디든 가. 여긴 회사 앞이잖아."

전방만 바라본 채 은서가 말하자 지하가 으르듯 말했다.

"나 봐."

"……."

"어서."

그의 재촉에 은서가 고개를 돌렸다. 표정을 담고 있지 않은 인형 같은 은서의 얼굴을 보며 지하의 심장이 뭉근히 조여들었다. 왜지? 왜 이런 표정을 짓고 있는 거지? 다시 인형으로 돌아간 건가?

"후우. 도대체……."

흔들리는 시선으로 은서를 보고 있던 지하가 거칠게 한숨을 내쉬고는 차를 출발시켰다. 지하는 이를 악물고 차를 몰았다. 그의 오피스텔로 향하고 있다는 것을 은서는 직감적으로 알았다.

"집으로는 가지 마. 그냥 대화하기 좋은 데로 가. 카페나……."

은서가 말하자 지하가 싸늘하게 말했다.

"입 다물고 있는 게 좋을 거야."

그의 단단히 힘이 들어간 턱을 보고 은서는 창밖으로 고개를 돌렸다. 그 집에서 끝을 말하고 싶지는 않았다. 둘만 있는 공간에선 분명 마음이 약해질지도 모른다는 걱정에 한 말이었다. 하지만 지하의 표정을 보건대 그는 어떤 말도 들어 주지 않을 것이 뻔했다.

은서가 복잡하게 엉클어진 머릿속을 필사적으로 정리하며 마음을 다잡으려 애쓰는 사이 어느새 차는 그의 오피스텔 주차장으로 들어가고 있었다. 차를 세운 지하는 차 밖으로 나가 문을 쾅 닫고 거칠게 머리를 쓸어 올렸다.

은서의 표정이, 전과 다른 분위기가 그를 명백히 초조하게 만들고 있었다. 은서가 차에서 내릴 때까지 숨을 고르고 있던 지하는 그녀의 팔을 잡아끌고 엘리베이터 쪽으로 성큼 걸어갔다.

전용엘리베이터를 타고 올라가 집 안으로 들어오자마자 지하는 아프게 쥐고 있던 은서의 팔을 놔줬다. 그녀 쪽으로 몸을 빙글 돌린 지하가 똑바로 시선을 맞춘 채 물었다.

"내 기분 탓이면 그렇다고 지금 말해. 내가 예민한 건가?"

"……."

차분해지려 했지만 은서가 대답을 하지 않고 가만히 바라보고만 있자 그의 수려한 얼굴이 구겨졌다.

"지금 내 불안이 아무 의미 없는 거라고 말하라고!"

왜 이렇게 진정이 안 되는 걸까. 그저 윤은서가 저기압일 수도 있는 거라고, 열흘 동안 보지 못한 사이에 보고 싶은 마음이 너무 커져 버려 그녀의 모든 반응 하나하나에 과민하고 있는 거라고 스스로 아무리 납득을 시켜 보려 해도 되질 않았다.

흔들리는 지하의 눈동자를 똑바로 응시하며 은서가 말했다.

"우리, 역시 안 될 것 같아."

은서의 입술에서 흘러나온 목소리에 지하는 발아래가 푹 꺼지는 느낌이었다.

"그게…… 무슨 소리지?"

"안 될 것 같다고. 우리 이러면 안 되는 거잖아."

"안 된다?"

그녀가 하는 말이 어떤 뜻인지 이해가 되지 않았다. 머릿속에서 이해를 거부하고 있었다. 잠시 말없이 은서를 노려보고 있던 지하가 말했다.

"내가 없던 사이, 무슨 일 있었는지 말해."

"아무 일도 없었어."

"거짓말 하지 마. 내가 그 정도도 파악 못 할 얼간이로 보이나? 사람 붙이기 전에 말해."

은서의 눈빛이 순간적으로 흔들렸다. 지하는 분노로 머릿속이 뜨거워져 은서의 미세한 표정 변화는 눈치채지 못하고 있었다.

"정말 아무 일도 없었어. 다만 현실을 깨달았을 뿐이야."

"현실?"

지하가 눈을 가늘게 뜨자 은서가 차가운 얼굴로 그를 똑바로 올려다봤다.

"그래. 현실. 우리가 사랑해서 서로 죽고 못 살 정도라고 해도 현실은 아무것도 변하지 않았다는 걸 깨달았어. 이곳에서 우리에게 어떤 미래가 있지?"

은서의 서늘하게 흘러나오는 목소리에 지하의 얼굴이 뺏뺏이 굳어갔다. 그 얼굴이 은서의 여린 살갗을 뚫고 들어와 붉은 심장을 단숨에 베어 낼 정도로 날카로운 통증을 줬다. 하지만 은서는 표정의 변화를 전혀 보이지 않은 채 말을 이었다.

"설사 당신이나 나나 모든 걸 다 버리고 결혼한다고 쳐. 그렇게 되면 우린 누구의 축복도 받지 못하고 자유도 누리지 못한 채 살아가겠지. 이 땅에서, 부윤과 서진의 힘이 닿지 않는 곳이 있을 거라고 생각해?"

"너……."

흔들리는 눈동자로 바라보는 지하를 무시한 채 은서는 잔인한 말을 퍼부었다.

"당신에게 그런 힘이 있냐는 소리야. 난, 난 아무 힘도 없어. 그렇기 때문에 불안하고 무서워. 당신을 선택하면 어떤 보복을 당하게 될지 불안해서 미치겠단 말이야. 내가 지금껏 그 집에서 어떻게 당해 왔는지 당신은 잘 알잖아."

은서의 흉측하게 부어오른 손가락이 머릿속에 떠오르자 지하의 입매가 더욱 굳어졌다. 잔뜩 화가 난 듯 가슴을 들썩이며 거친 숨을 몰아쉬던 그가 답답한 듯 타이를 움켜잡아 거칠게 흔들었다.

머릿속이 뜨거워서 미칠 것 같았다.

"그럼."

그의 목소리가 위험하리만치 낮게 울렸다. 은서는 그의 눈을 똑바로 응시한 채로 숨을 삼켰다.

"그럼 넌 나를 믿지 못한다는 소린가?"

"이건 믿고 말고의 문제가 아니야. 그저 현실……."

"묻는 말에만 대답해."

지하가 그녀의 말을 끊으며 낮게 을렀다. 붉게 충혈된 그의 눈을 본 순간 은서는 절로 입이 다물어졌다.

"말해. 윤은서. 날 못 믿어? 네게 선택받을 만한 자격, 나한테 없어?"

하나하나 잘근잘근 씹어 내뱉듯 말한 지하의 목소리가 지독히도 낮았다. 상처를 받은 남자의 목소리가 이렇게나 가슴을 무너지게 한다는 걸, 사랑하는 남자가 자신의 말에 상처받는 모습을 고스란히 지켜봐야 되는 것이, 눈물 한 방울 흘릴 자유조차 없이 그것을 감내해야 한다는 것이 얼마나…… 아픈 것인지. 은서는 이 순간 뼈저리게 느껴야만 했다.

은서는 눈에 힘껏 힘을 준 채로 말했다.

"당신이 나에게 그런 믿음 단 한 번이라도 제대로 보여 준 적 있어?"

지하의 눈동자가 크게 흔들렸다.

자존심을 산산조각 내 버리는 은서의 말에 그의 강한 턱이 팽팽히 조여들었다. 그의 처참한 심정이 은서에게 고스란히 느껴졌다. 가슴이 너무 아파 숨을 쉴 수가 없었다. 이렇게나 아플 수 있을까 싶을 만큼 심장이, 가슴이, 마음이, 아려 왔다.

윤지하······.

은서의 붉게 달아오른 눈가에 희미한 눈물이 차올랐다. 어두운 오피스텔 안에 선 채로 그녀에게 똑바로 시선을 박고 지하가 말했다.

"마지막으로 물을게."

그러지 마. 마지막이라는 말 싫어.

"후회 안 할 자신 있어?"

후회해. 지금도 이렇게 미친 듯이 후회하고 있어. 누군가 내 입을 틀어막아 줬으면 좋겠어. 당신과 있을 수만 있다면 악마에게 영혼이라도 팔고 싶은 내 심정을 당신이 알아?

"······후회 안 해."

못해.

지하가 말없이 내려다봤다. 어두운 공간 안에 검은 그의 눈동자가 텅 비어 간다는 기분이 들 무렵, 낯설 만큼 차가운 목소리가 그의 입술에서 흘러나왔다.

"가, 그럼."

은서의 풍성한 속눈썹이 미세하게 떨렸다. 그 떨림이 시야에 포착될 만큼 커지기 전에 은서는 돌아섰다. 집 안까지 이어진 엘리베이터의 버튼을 누르자 문이 열렸다. 은서는 지체 없이 들어갔다. 돌아보지 않았다. 돌아보면, 그와 시선이 마주친다면 그땐 정말 감정을 숨기지 못할 것만 같았다.

탁.

문이 닫히고 엘리베이터가 쏜살같이 내려가기 시작하자 그제야 은서는 힘없이 무너져 내렸다. 벽에 등을 기댄 채 무릎을 세우고 주저앉은 은서가 두 손으로 얼굴을 감쌌다.

잘했어. 잘 참았어. 잘한 거야. 윤은서.

이걸로 그를 지키게 되었으니까. 그러니까…… 다 된 거야.

지하는 못 박힌 듯 그 자리에 가만히 서 있었다. 힘줄이 돋아날 정도로 주먹을 거머쥔 채 엘리베이터를 죽일 듯 노려보고 있었다. 15……
14…… 13…… 숫자가 아래로 점차 내려갈수록 그의 심장이 움켜잡힌 것처럼 조여들었다.

가슴을 크게 들썩이며 숨을 몰아쉰 지하가 자신의 머리칼을 엉망으로 헝클어뜨렸다. 그의 딱딱하게 굳은 얼굴이 다시 엘리베이터 숫자로 향했다.

8, 7, 6.

결국 참지 못한 지하가 엘리베이터 쪽으로 몸을 날렸다. 달려가 버튼을 누르려던 지하의 손이 허공에서 멈췄다.

'난, 난 아무 힘도 없어. 그렇기 때문에 불안하고 무서워. 당신을 선택하면 어떤 보복을 당하게 될지 불안해서 미치겠단 말이야.'

……제길! 제기랄!

이를 악문 지하가 거칠게 엘리베이터 문을 주먹으로 내려쳤다. 쾅!
뼈가 으스러질 듯한 강한 소리가 들렸지만 지하는 고통조차 느끼지 못했다. 무섭게 얼굴을 굳히고 있는 그의 관자놀이 위 힘줄이 불뚝 일어섰다.

9.
부서지다

시간은 잔인하리만치 천천히 흘러갔다. 무중력상태에 빠진 공기가 끈끈하게 부유하다 젤리마냥 뭉쳐 버린 것 같은 시간 속에 은서는 질식할 것만 같았다.

"이 상품이 가장 높은 퀄리티를 자랑하는 드레스입니다. 이번 시즌 새로 나온 신 모델이라 희소성도 높고 그 어떤 드레스보다 화려함을 드러낼 수 있는 장점이 있습니다."

나긋나긋한 목소리로 설명하는 직원의 말을 들으며 은서는 박제된 인형처럼 앉아 있었다. 동우가 옆자리에 앉은 그녀의 얼굴을 보며 상냥한 미소를 지었다.

"내가 봐둔 게 이거야. 당신 보기엔 어때?"

"좋아요."

은서가 동우를 보며 천천히 고개를 끄덕였다.

"그럼 드레스는 이걸로 해 주세요. 그리고 부케는 아까 세 번째로 봤던 게 괜찮은 거 같은데, 그거 괜찮았지?"

"네."

은서가 대답했다. 그녀의 아무것도 담고 있지 않은 유리알 같은 눈동자를 본 동우의 표정에 미묘하게 균열이 갔다.

"그럼 가장 중요한 건 정해졌으니 나머지 카탈로그도 가져오도록 할게요. 잠시만 기다려주세요."

"아, 네."

직원이 다소곳하게 일어서자 동우가 미소를 지으며 대답했다. 맵시 있게 정장을 입은 직원이 나간 뒤 문이 닫히자 동시에 철썩! 소리가 울렸다. 우악스러운 손이 얼굴을 힘껏 내려치자 은서의 몸이 테이블 옆으로 쓰러졌다.

"보자 보자 하니까 이게 미쳐 가지고…… 그게 결혼식 앞둔 신부 표정이야? 어? 끌려 나온 자리라고 광고라도 하고 싶어? 행복한 척이라도 해야 할 거 아냐!"

동우가 시뻘겋게 달아오른 얼굴로 은서의 머리칼을 움켜잡고 치켜올렸다. 은서는 맞는 순간에도, 개처럼 머리칼을 쥐여 잡힌 순간에도 비명 한 번 내지르지 않았다. 입술이 터진 상태로 표정 없는 얼굴로 올려다보자 동우의 표정이 일그러졌다.

"할 말 다 했어?"

"……뭐?"

은서의 높낮이 없는 목소리에 동우가 눈썹을 휘어 올렸다.

"다 했으면 놓으라고. 직원 오기 전에 머리 정리해서 상처 가리고 입술 빨갛게 칠해야 될 거 아냐. 약혼녀 팼다는 거 광고라도 하고 싶으면 그냥 놔두고."

조금 전 동우가 한 말을 비꼬는 듯한 은서의 말을 들은 그가 욕설을 낮게 내뱉고는 잡고 있던 머리채를 놔줬다. 은서는 엉망으로 흐트러진 머리를 손으로 매만져 정돈한 뒤 백에서 티슈를 빼 입술의 피를 닦았다. 그리고 그 위에 새빨간 립스틱을 칠했다. 하지만 붓기 시작한 한쪽 뺨을 가리긴 역부족이었다.

"일어나."

동우는 인상을 쓰고 양복 상의를 집어 들었다. 립스틱을 바르던 은서는 두말없이 백을 닫고 자리에서 일어섰다. 동우가 성큼성큼 앞질러 가 문을 열었다. 그때 마침 다가오던 직원과 마주쳤다.

"어디 가세요? 카탈로그 가져왔는데요."

"죄송하지만 제 약혼녀가 몸이 갑자기 안 좋아져서요. 나머지는 다음에 와서 볼게요."

"어머, 정말요? 그럼 그렇게 하세요."

직원이 걱정스러운 표정으로 은서 쪽을 힐끗 보고는 말했다. 은서는 고개를 숙인 채로 살짝 인사만 한 뒤 룸을 빠져나갔다. 뒤에서 직원과 몇 마디 인사를 더 나누던 동우가 계단을 내려가는 은서 뒤에 바짝 따라붙었다.

"너 차에서 두고 봐."

으르듯 말한 동우가 그녀의 허리에 다정스레 팔을 감았다. 은서는 온몸에 소름이 돋는 것 같았다. 수십 마리의 벌레가 허리를 기어 다니는 느낌에 진저리를 칠 동안 동우는 1층 직원들에게도 그 상냥한 미소로 인사를 마치고 주차장으로 향했다.

차에 탄 순간 동우가 가면을 벗어던졌다. 우악스러운 손으로 은서의 목덜미를 움켜잡고 바짝 끌어당겼다. 그의 광기가 번들거리는 눈동자를 은서의 생기 없는 인형 같은 눈동자가 가까이서 마주 봤다.

"날 감히 이따위로 모욕해? 난 더한 짓도 할 수 있다는 거 몰라? 이

자리에서 강제로 네년 가지는 거 일도 아니야. 내가 못 할 것 같아?"

잔뜩 화가 난 얼굴로 말하는 동우를 보며 은서가 터진 입술을 비틀어 올렸다.

"해 봐. 그 순간 넌 약혼녀를 자살로 몰아넣은 서진그룹의 개망나니가 될 테니까."

동우의 얼굴이 빳빳하게 굳었다.

"이게 진짜 뒈지고 싶나……!"

그의 팔이 창문으로 은서의 머리를 처박으려던 순간, 주차장으로 들어오는 여러 명의 남자들이 보였다. 대낮의 차 안에서 폭력을 행하는 모습을 들킬지도 모른다는 일말의 이성이 동우의 팔에 힘을 빠지게 했다.

"젠장할."

동우가 신경질적으로 은서를 놔주고 급히 차를 출발시켰다. 거칠게 차를 몰며 동우는 욕설을 내뱉었다. 은서의 협박은 늘 그의 행동에 제동을 걸었다. 분명 맘대로 할 수 있을 것 같은데, 억지로 가지는 일은 쉬울 것 같은데 은서가 이 말을 할 때마다 그녀의 눈빛은 그 말이 농담이 아님을 말하고 있었다.

평소엔 영혼이 빠져나간 듯 인형처럼 무력하게 그를 바라봤지만 그 말을 할 때만큼은 커다란 눈동자 안에 활활 타오를 듯한 분노를 담고 있었다. 농담이 아니라, 정말 저지르는 순간 이 여자가 죽을 거라는 생각이 들었다.

하지만 어차피 결혼할 테니까……. 결혼할 때까지만 참으면 이 여자를 질릴 때까지 깔아뭉갤 수 있을 것이다.

동우의 분노에 가득 찬 얼굴이 차츰 본래의 표정으로 돌아왔다.

결혼만 해봐. 내가 널 어떤 식으로 다뤄 주는지 어디 한번 두고 보자고. 윤은서.

동우가 입술 끝을 잔인하게 비틀어 올리며 속도를 올렸다. 이제 결혼식까진 고작 한 달밖에 남지 않았으니 참지 못할 것도 없었다. 그동안은 지금까지처럼 자영에게 욕구를 해소하면 된다.

"……."

은서는 카시트에 몸을 기댄 채 멍하니 창밖을 바라봤다. 그녀의 표정은 텅 빈 듯 아무것도 담고 있지 않았다.

은서가 동우의 차에서 내려 오피스텔 입구로 들어가는 모습을 물끄러미 바라보는 시선이 있었다. 어두운 차 안에 앉아 있는 지하는 공기 중에 희뿌연 담배 연기를 내뿜으며 탁한 시선으로 은서의 뒷모습을 바라봤다.

다시 이 상태로 되돌아간 건가.

멀리서 바라볼 수밖에 없는 자신의 처지를 실감한 지하는 자조적인 미소를 흘렸다. 아니, 그보다 더 힘들어졌다. 그땐 무작정 찾아가서 얼굴이라도 볼 수 있었으니…….

담배를 끄고 차를 출발시키려는데 전화벨이 울렸다. 표정을 굳힌 지하가 전화를 받았다.

"말해."

낮은 음성으로 말하자 익숙한 영어가 들렸다.

―완성됐어. 지금 막.

상기된 들뜬 감정이 전화기 너머로 느껴졌다. 바짝 긴장하고 있던 지하가 가슴을 크게 들썩였다.

드디어 완성……. 과반수에 모자랐던 4%의 지분을 이제야 채웠다는 안도감에 지하가 깊은 한숨을 흘렸다.

"수고했어. 칼."

─별말씀을. 다 보스 덕이지. 아, 이게 한국식 겸손 맞나?

칼의 농담에 지하가 헛웃음 쳤다. 칼의 목소리가 이어졌다.

─여긴 언제 올 거야? 바로 준비해 놔?

"그래. 바로 준비해 둬. 다음 주 출국할 테니까."

─오케이. 전화 줘.

콧노래를 부르듯 대답한 칼이 전화를 끊자 지하는 고개를 들었다. 은서의 오피스텔 창문에 불이 켜져 있었다.

"……이제 어떻게 할까."

모든 준비가 끝났다. 참으로 길고도 오랜 준비였다.

시작은 미국 유학 시절부터였다. 하버드 MBA 시절 천재라 일컬어지는 칼과 톱을 두고 경쟁을 펼치다 가까워지게 된 후 그때부터 철저히 준비해 오던 일이었다. 칼은 연구 쪽에 흥미를 가졌고 지하는 전투적인 경영에 소질을 드러냈다. 그 둘이 합쳐져 미국 내에서 이미 커다란 힘을 가지고 있는 다국적 기업을 키워 냈고, 칼의 명의로 부윤의 주식을 사들이는 데 일조했다.

지금 칼이 관리하고 있는 지하의 미국 내 회사는 부윤의 주식을 최대 주주인 윤 회장 다음으로 많이 가지고 있었다. 윤 회장의 주식을 위협할 정도의 퍼센트를 해외 주주에게 허용할 리가 없기 때문에 세계 각지에 유령회사를 설치했다. 그 유령회사들의 지분이 합쳐져 누구의 눈에도 들키지 않고 부윤의 경영권을 뺏을 만한 주식을 모으는 데 성공한 것이다.

특히 마지막 밑으로 놔둔 유령회사로 윤한태가 가지고 있던 지분까지 회수하는 데 성공했기에 회장일가의 최후 마지노선까지 상실케 할 정도로 지분을 끌어 모았다.

'당신에게 그런 힘이 있냐는 소리야. 난, 난 아무 힘도 없어. 그렇기 때문에 불안하고 무서워. 당신을 선택하면 어떤 보복을 당하게 될지 불안해서 미치겠단 말이야.'

은서가 그 말을 했을 때 확실한 말을 하지 못한 이유는, 아직 확실하게 모든 작업이 끝나지 않아서이기도 했지만 앞으로 그녀를 불안하지 않게 만들어 줄 수 있느냐는 스스로에 대한 의구심 때문이었다.

'당신이 나에게 그런 믿음 단 한 번이라도 제대로 보여 준 적 있어?'

그 말이 생살을 찢는 고통처럼 다가왔다. 평생 윤은서를 힘들게 하고 괴롭게 만들었는데 앞으로 힘들게 하지 않는다는 보장이 어디 있겠는가. 이미 충분히 상처를 준 여자가 더 이상 상처받기 싫다고, 당신과 있으면 상처밖에 없다는 말을 하는데 어떻게 잡을 수 있겠는가…….

모든 준비가 다 끝나면 가장 먼저 말하고 싶었던 상대가 윤은서였다. 그러니 믿어 달라고, 다시는 그런 힘든 일 겪게 하지 않겠다고 맹세라도 할 생각이었다. 하지만 은서는 그러고 싶지 않다고 했다. 내 옆에 붙잡아 두기 위해 윤은서를 불안에 떨게 하는 짓은 하고 싶지 않다. 그러니 이렇게 멀리서 바라볼 수밖에.

조금 더…….

조금 더 덜 잔인했다면 네가 나를 밀어내지 않았을까? 이렇게 불신하게 되지 않았을까. 마지막까지 버텨 줬을까, 내 옆에서.

만약이라는 말이 우습다는 걸 알면서도 자꾸 생각하게 된다. 겨우 손 안에 들어왔다고 생각한 여자를 다시 보내야 하는 괴로움이 자꾸 만약을 생각하게 만든다. 모든 잘못은 자신에게 있음을 알기 때문일 것이다. 상처받은 윤은서의 잘못이 아니다. 그토록 그녀에게 잔인했던 자신의 잘못이다. 오로지 자신만의 잘못.

"마지막으로 한 번만 기회를 주면 안 될까."

카시트에 뒷머리를 기댄 채로 지하가 중얼거렸다. 어이없게도 뻔히 불안한 자신을 놓고 결혼이라는 울타리 안으로 걸어가고 있는 여자에게 구원을 바란다. 지하의 흐린 눈동자가 은서를 좇듯 그녀의 창문을 좇고 있었다. 불이 꺼진 창문은 그의 마음처럼 새까맣게 어두워져 있었다.

"후우……."

깊은 한숨을 내쉬는 그의 시선이 밤하늘 위에 떠 있는 구름에 몸이 흐릿하게 가려진 초승달로 향했다.

은서는 수면제를 몇 알이나 삼켰지만 잠이 오지 않았다. 침대 위에서 이리저리 뒤척이며 창밖의 뿌연 달을 쳐다봤다.

양가에서 진행시키는 결혼의 한복판에 인형처럼 앉아 있었지만 그녀의 모든 것은 메말라 비틀어지고 있었다. 한동우라는 남자가 끔찍했고 그와의 결혼을 생각하는 것만으로도 지옥이었다. 차라리 죽는 게 더 낫다는 생각이 하루에도 수십 번, 수백 번씩 들었다.

하지만 죽으면 윤지하를 지키지 못한다.

그녀가 볼모로 잡혀 있지 않는 이상 윤지하는 언제고 윤 회장에게 찍혀 나갈 수 있다. 이미 윤 회장은 자신이 만들어 놓은 윤지하라는 사내에게 불안함을 느끼고 있으니까.

은서는 천천히 눈을 감았다.

무슨 짓을 당하더라도 동우와 같이 살아가면서 서진그룹의 협력을 최대한 이끌어 내 부윤에 도움을 주어야만 한다. 그래야 그를 지킬 수 있으니까.

그런데…… 이 그리움을 어떻게 해야 할까.

당신이 보고 싶어 죽겠는데, 나는 어떻게 해야 할까.

억만 겹으로 둘러싸인 그리움이 점차 괴롭게 목을 죄어 온다. 차라리

다 버리고 도망이나 갔으면. 아무도 모르는 곳에서 그 사람과 나, 단둘이서만 행복하게 그렇게 살아갔으면, 그럼 참 좋을 텐데. 당신만 있으면 다른 것 따위 아무것도 없어도 좋을 텐데.

'말해. 윤은서. 날 못 믿어? 네게 선택받을 만한 자격, 나한테 없어?'

그 말이 떠오를 때마다 가슴이 갈기갈기 찢어질 듯 아팠다. 그가 그 말을 했던 순간으로 몇 번이고 돌아가서 소리친다.

아니! 난 당신 믿어. 다른 사람 아무도 못 믿어도 윤지하 당신은 믿어. 사랑하니까. 난 당신 사랑하니까…… 당신만 있으면 돼. 그러니까 내 옆에 있어 줘. 내 옆에 있어만 줘.

미친 듯이 그렇게 소리치고 싶었다. 하지만 결국 그러지 못했다. 그럴 수 없었다. 그날 지하에게 한 말 중 유일한 진실 때문에.

'이 땅에서, 부윤과 서진의 힘이 닿지 않는 곳이 있을 거라고 생각해?'

사랑에 눈이 먼 어수룩한 어린애라면 모르겠지만 이미 그 세계를, 돈으로 이루어진 이 역한 세계를 은서는 너무나 잘 알고 있었다. 돈만 있으면 못 해낼 것은 하나도 없다. 세계 어디로 숨든 언젠가는 찾아내고 말 것이다. 그것이 돈의 힘이다. 사랑으로 돈을 이겨 낼 수는 없다. 아니 이겨 낼 수는 있더라도 상대방을 지킬 순 없다. 결국 파멸하게 되는 건 자신과 윤지하 둘 다일 것이다.

그럴 바에야 나 혼자 파멸의 길을 걷는 게 나아.

내가 이 길을 걷고 있는 동안엔 결코 당신을 해치지 못할 테니까……

은서는 다시 한 번 마음속으로 지금의 상황을 되새겼다. 이렇게 끊임없이 되새기며 눌러 참지 않는다면, 자신의 입장을 지속해서 상기시키지 않는다면, 분명 당장 윤지하에게 달려가 안겨 버릴 테니까.

은서의 창문을 보고 있는 동안 어느새 달은 반대편으로 넘어가고 있었다. 지하는 붉게 달아오른 눈으로 은서의 창문만 노려보다가 나직이 한숨을 토해 냈다.

윤은서의 집으로 올라가고 싶은 충동을 수도 없이 눌러 참으며 생각하고 또 생각했다. 하지만 답은 나오지 않았다. 당장 올라가서 왜 믿어 주지 않느냐고, 제발 단 한 번만 믿어 달라고 사정하고 싶었지만 그렇게 하면 그녀를 더 힘들게만 만들 뿐이라는 생각이 그를 막았다.

결국 이러지도 저러지도 못한 채 지하는 다시 차를 돌렸다.

시계를 보니 벌써 4시가 넘어 있었다. 창밖을 보니 어슴푸레 안개가 낀 하늘에 짙푸른 미명이 밝아 오기 시작하고 있었다.

평생 다른 무엇을 위해 참기만 해 온 삶이지만 윤은서 하나만큼은 놓치고 싶지 않았다. 하지만 그 이상으로 그녀를 지키고 싶었다. 그녀가 힘들다고 하는 것을 강요하고 싶지 않았다. 그것이 지금 그녀에게 달려가는 것을 막는 유일한 바리케이드였다.

운전을 하는 그의 눈빛이 짙게 어두워졌다.

다음 주에 미국으로 가서 마지막 준비를 끝낸 후에, 주주총회가 열리면 은서도 알게 될 것이다. 그녀에게 다른 선택지가 생긴다는 것을 알게 해 준 뒤에 마지막으로 잡을 것이다. 내 옆에 있어 달라고. 힘들게 하지 않을 자신은 없지만 불안하진 않게 해 줄 자신이 있다고. 그러기 위해서 그 모든 것을 준비한 것이라고…….

쿠웅!

그때 갑자기 뒤에서 느껴지는 둔탁한 충격에 지하는 급히 브레이크를 밟았다.

끼이이이이익!

바퀴가 아스팔트에 쓸리는 귀가 찢어질 듯한 소리와 함께 겨우 차가 멈췄다. 벨트에 숨이 막힐 정도로 졸린 가슴을 쓸어내리며 지하가 거친 숨을 몰아쉬었다. 주변을 보니 안개 때문에 제대로 시야 확보가 되지 않았다. 이 안개 때문에 뒤에서 박은 게 아닌가 싶었다.

"⋯⋯젠장."

지하는 한숨을 내뱉으며 운전석에서 내렸다. 지하가 차 밖으로 나오자 모자를 깊게 눌러쓴 남자가 휘청이며 차에서 나오는 모습이 안개 속에서 희미하게 눈에 들어왔다. 지하는 자신이 피해자인데도 정중하게 그에게 다가가며 물었다.

"괜찮습니까?"

고개를 푹 숙인 남자는 어깨를 축 늘어뜨리고 선 채로 그 자리에서 움직이지 않았다. 보기에는 크게 다친 곳은 없어 보이지만 기분이 뭔가⋯⋯.

지하의 한쪽 눈썹이 확 휘어 올라갔다. 안개 틈으로 보이는 저 남자는 뭔가 정상적이지 않았다. 음주운전자라서일 수도 있지만 어딘가 달랐다. 고개를 숙이고 있는 그 남자에게서 섬뜩할 정도로 기분 나쁜 분위기가 감지됐다.

뒷덜미가 서늘해지는 느낌에 지하가 걸음을 멈췄다. 이미 남자는 불과 3미터도 되지 않을 정도로 가까이 있어서 안개 속에서 그 모습이 보다 확실하게 눈에 들어왔다. 눈을 날카롭게 뜨고 그 남자를 주시했다.

그때 남자의 모자 아래 엉망으로 헝클어진 머리칼 사이로 나타난 눈에 번들거리는 광기가 스쳐 지나갔다.

'제길. 방심했군.'

지하가 낮게 신음을 흘렸다.

저 남자는 분명 회사 입구에서 소란을 일으켰다가 그의 구둣발에 밟혔던 남자였다. 지하의 M&A 상대자, 동국의 최 사장. 그 남자가 완벽한 미치광이의 몰골로 지하 앞에 다시 나타난 것이다.

지하는 본능적으로 주변을 살폈다. 안개에 묻혀 확실히 가늠할 수는 없지만 여긴 분명 재개발 때문에 주행차량도 거의 없는 도로였다. 빌어먹을, 이런 곳에선 어떤 차가 들이받더라도 차 안에서 나오는 것이 아니었는데! 은서와의 일이 머릿속에 가득 차 평소의 그답지 않은 실수를 저질러 버렸다.

어깨를 축 늘어뜨린 채 시체처럼 서 있던 남자가 한 걸음 앞으로 내디뎠다. 이를 악문 지하가 재빨리 몸을 돌려 자신의 차로 내달렸다. 그러자 그 남자도 무서운 속도로 지하 쪽으로 달리기 시작했다. 지하가 차 문을 여는 순간 광기 어린 눈으로 달려온 남자의 손에 들린 날카로운 것이 높이 치켜 올라갔다.

푸욱!

"……!!"

지하의 어깻죽지에서 타는 듯한 뜨거움이 느껴졌다. 본능적으로 칼을 움켜잡은 지하의 몸이 휘청이며 차 문에 기대듯 쓰러졌다. 남자가 지하를 내려다보고 있었다. 그의 핏발 선 눈에 새까만 눈동자가 이리저리 흔들렸다.

"크큭, 윤지하……."

실성한 것처럼 웃음을 흘리며 남자가 내려다봤다.

"나만 죽을 순 없지……. 안 그래? 날 죽인 네놈도…… 같이 죽는 거다."

남자는 지하의 앞에 몸을 숙이더니 거세게 칼을 뽑아냈다. 분수같이 치솟는 피가 남자의 몸도 적셨다. 남자는 칼을 뽑아 든 채로 키들키들

315

웃더니 다시 지하의 몸으로 깊게 찔러 넣었다.

"……크읏."

칼날이 뽑힌 자리에서 미끈한 액체가 뿜어 나오는 것을 지하가 본능적으로 막아 눌렀다. 머릿속의 의식이 순식간에 흐릿해지고 있었다. 남자는 미치광이처럼 칼을 들고 웃고 있었다. 그 남자의 시선이 어딘가 알 수 없는 곳을 향했다.

"크큭……. 같이 가자, 윤지하. 사이좋게 황천길 다리를 같이 건너는 거야. 보란 듯이 말이지. 크크큭……."

혼미해지는 의식 사이로 남자의 정신 나간 웃음소리가 들려왔다. 그가 고개를 숙이더니 자신의 손에 들린 피 묻은 칼을 쳐다봤다. 지하의 이마에 식은땀이 차올랐다. 지하의 동공이 서서히 풀렸다. 남자가 자신의 목 쪽으로 칼을 들어 올리는 모습이 흐릿한 시야 사이로 보였다. 아스라한 의식 너머로 두꺼운 육질을 써는 듯한 기분 나쁜 소리가 들려왔다. 뜨겁고 비릿한 액체가 얼굴로 쏟아졌지만 더 이상 아무 감각도 느껴지지 않았다.

'윤은서…….'

은서의 말간 얼굴이 머릿속을 스치고 지나갔다.

그리고 모든 것이 암흑이었다.

회사로 출근한 은서는 수면부족으로 두통이 일기 시작하자 커피를 진하게 내렸다. 사약처럼 진한 커피를 한 모금 마시고 하얀 이마를 찌푸리는데 그녀를 본 비서가 조금 당황한 듯 말했다.

"상무님 여기 계셨어요?"

"네. 왜요?"

회사에 있는 게 잘못된 건가. 은서가 슬몃 미간을 좁히며 묻자 비서가 조심스럽게 말했다.

"아니 전 병원에 계신 줄 알고⋯⋯."

"병원이요?"

은서가 되묻자 비서가 난처한 표정을 지었다. 망설이는 듯한 비서의
얼굴을 보며 이상함을 느낀 은서가 재차 물었다.

"병원이라니, 말해 봐요. 지금 누가 병원에 있다는 소리예요?"

"저⋯⋯ 윤 본부장님이 새벽에 사고를 당하셨다고⋯⋯."

쨍그랑!

은서가 들고 있던 커피 잔이 바닥으로 떨어져 박살 났다.

"사, 사고라니요⋯⋯?"

충격을 받은 은서의 커다랗게 떠진 눈이 정처 없이 흔들렸다.

타다다다다닥!

다급한 발소리가 복도를 크게 울렸다.

은서의 얼굴은 핏기 하나 없이 창백했다. 정신없이 달려오는 사이 틀
어 올린 머리에서 빠져나온 머리카락이 이리저리 휘날렸다. 부러진 구
두 굽 때문에 몇 번이나 넘어져 깨진 무릎에서 피가 흘러내렸다. 하지
만 은서는 전혀 통증을 느낄 수가 없었다.

말도 안 돼. 말도 안 돼⋯⋯. 이럴 수는 없어!

하얗게 탈색된 그녀의 머릿속에 떠오르는 말들은 두서없이 불규칙했
다. 그럴 리가 없다고 생각하면서도 본능적인 불안함이 그녀의 온몸을
장악했다. 사고라니⋯⋯. 도대체 무슨 사고기에 뉴스에까지 날 정도였
단 말인가.

생각만으로 미칠 듯 불안해져 은서는 왈칵 눈물이 터져 나왔다. 아니
야. 아닐 거야. 그럴 리가 없어. 흘러내리는 눈물을 손등으로 닦으며 은

서가 마음을 다잡았다. 이런 생각 자체가 불길한 현실로 나타날 것만 같아 애써 아무 일도 없을 거라고 마음을 다잡으며 달렸다.

마침내 응급 수술실 앞에 도착하자 초조한 얼굴로 앉아 있는 윤 회장과 장 여사가 보였다.

"이게 무슨…… 일이에요?"

은서가 거친 숨을 몰아쉬며 묻자 장 여사가 대번 인상을 구기며 말했다.

"난들 어떻게 아니? 재수가 없으려니 진짜…… 아주 동네방네 소문이 다 나게 생겼어. 왜 하필 칼에 맞아, 맞기를? 일처리를 도대체 어떻게 했기에……."

장 여사의 짜증난다는 식의 말에 은서의 얼굴이 빳빳하게 굳었다.

칼…… 칼에 맞았어?

"그래서, 그래서 지금 그 사람 상태는 어떤데요. 많이 찔렸대요? 수술하면, 수술하면 살 수는 있대요?"

은서가 겨우 정신을 다잡으며 묻자 장 여사가 성질을 팍 냈다.

"얘가 정신 사납게 왜 이래? 지금 그게 문제니?! 윤지하가 지금 이렇게 되면 우리는 어쩌라고. 아직 청해나 보령 건도 제대로 마무리 안 됐는데! 아, 머리 아파. 재수 없게 찔려도 하필 지금 찔릴 게 뭐야?"

뭐라고……?

은서가 할 말을 잊은 듯 장 여사를 바라보다가 시선을 돌려 윤 회장을 봤다.

"제기랄, 이제 거의 완성이 됐는데……."

초조한 표정의 윤 회장이 미간을 좁히고 혼잣말처럼 중얼거렸다.

"거봐요! 내가 윤지하 그놈에게만 맡겨 두면 언제고 이런 일 생긴다고 했죠? 그러니까 진작 한태에게 나눠 줬어야 이런 일 생겼을 때 한태가 깔끔하게 마무리 짓든가 말든가 할 텐데 이게 뭐예요? 이러다 겨우 다 된 일 엎어지면 어떡하느냔 말이에요!"

"자꾸 그렇게 재수 없는 소리 할 거야?! 조용히 좀 있어, 부정 타!"

윤 회장이 소리치자 장 여사가 억울하다는 듯 눈을 큼지막하게 뜨고 윤 회장을 쳐다봤다.

"아, 아니 왜 나한테 화를 내요? 난 걱정돼서 그런 건데. 그리고 내 말이 맞잖아요. 지금 이렇게 된 건 다 윤지하 그놈이 일을 다 혼자 끌어안고⋯⋯."

신경질을 내는 장 여사의 말을 윤 회장이 버럭거리며 막았다.

"시끄럽다니까! 그 일을 할 수 있는 게 그놈밖에 없는데 그럼 누구한테 맡기라고? 정신 사나우니까 좀 조용히 있어!"

"내가 지금 조용하게 생겼어요? 이번에야말로 재계 10위권 내에 들어간다고 내가 그 여편네들한테 얼마나 호언장담을 해 놨는데, 이 일 잘못되면 창피해서 이제 모임도 못 나간다고요!"

"아, 시끄럽다니까! 나도 지금 환장하겠으니까 그만 좀 해!"

위기의식 때문인지 히스테릭한 목소리로 소리치는 장 여사에게 윤 회장이 눈을 부라렸다. 살기등등한 윤 회장의 표정에 장 여사도 더는 말을 하지 않고 입을 다물었다.

사람도 아니다. 사람도 아니야.

은서의 얼굴이 일그러졌다. 금수만도 못한 사람들이라는 게 여기 있었구나. 평생 부윤의 개라고 불리우며 회사를 위해 몸 바쳐 일하던 남자가 회사 확장을 위해 인수한 회사 사장한테 칼에 찔려 생사를 오가고 있는데 하는 말이라는 게 고작, 고작⋯⋯!

저도 모르게 분노로 부르르 떨리는 주먹을 말아 쥐자 하얗게 뼈가 도드라졌다. 싸늘한 표정으로 장 여사와 윤 회장을 바라보고 있는 은서를 장 여사가 홱 돌아보며 말했다.

"상황이 이렇게 됐으니까 네가 한동우한테 최대한 많이 받아 내는 수밖에 없어. 알겠지? 이렇게 되면 우리가 믿을 건 서진밖에 없으니까!"

하…….

은서의 입술이 비틀려 올라갔다. 너무 어이가 없는 상황을 맞닥뜨리게 되면 헛웃음이 나오는 거구나. 여태까지는 그나마 부모라는 미명 아래 최소한의 인격적인 배려심을 가지고 있었는데 지금 이 순간 이후로 절대 그럴 수 없을 것이다. 이 사람들은 인간으로서의 최소한의 선을 넘겨 버린 사람들이다.

은서는 굳게 닫힌 수술실 문을 바라보며 초조하게 입술을 깨물었다.

윤지하……!

깨어나기만 하면, 깨어나기만 하면 그땐 다신 당신 놓지 않을게. 그러니까 제발…… 제발 이렇게 나에게 기회도 주지 않은 채 떠나면 안 돼. 그러지 마. 제발.

은서는 뜨거운 눈물을 흘리며 그 자리에 서 있었다.

10.
흔들리다

아버지가 죽은 이유는 흔한 교통사고였다고 한다.

기억상으로는 그랬다. 무척이나 금슬이 좋았던 부부였던지 아버지를 잃은 어머니는 삶의 이유를 상실했다. 어렸을 때라 기억이 선명하지 않지만 그 시기는 유독 기억에 남는다.

아버지가 돌아가시고 난 뒤의 혼이 빠져나간 듯한 어머니의 얼굴.

어디도 보고 있지 않는 듯한, 현실을 부정하는 텅 빈 눈동자.

결국 내 손을 잡고 어딘가에 가고 있던 어머니는 충동을 이기지 못하고 내 손을 놓고 트럭이 달려오고 있는 차도로 뛰어들었다. 그렇게 내 어머니는 내 눈앞에서 죽었다. 그리도 잔인한 죽음을 선택해 놓고, 사랑했던 사람 곁에 갈 수 있던 게 기뻤던지 어머니의 마지막 얼굴은 웃음을 띠고 있었다.

그럼 나는? 나는 당신 인생에 아무런 의미가 되지 못했던 건가?

그래서 그런 끔찍한 방법으로 내 앞에서 목숨을 끊었어야 했던 건가? 모르겠다. 이미 죽어 버린 사람에게 물어봐야 소용없는 짓일 테니. 친척 중에선 아무도 날 떠맡으려고 하지 않은 건지 난 곧 보육원으로 보내졌다.

어머니의 죽음 이후로 어떤 삶을 살든 나에게는 선택권이 없다는 것을 본능적으로 알고 있었던 것 같다. 아니, 어머니의 죽음을 눈앞에서 본 충격은 어린 내가 감당하기 버거웠던 모양이었다. 그 충격은 치료되지 못한 채 내 안에서 점차 썩어 들어갔다.

어느 날 기업 이미지를 위해 대외적 사진을 찍으러 보육원에 찾아온 남자가 있었다. 윤 회장이었다. 윤 회장은 기분 나쁠 정도로 내 얼굴을 유심히 보더니 말했다.

"저 아이, 내가 데려가겠소."

윤 회장의 말에 깨끗한 옷으로 갈아입혀져 고급차에 태워졌다. 한 번도 입양되길 원한 적은 없었지만 말없이 따랐다. 어차피 나에겐 선택권은 없었으니까.

"왜 계획에도 없던 일을 하셨습니까?"

비서가 룸미러로 날 힐끗 쳐다보며 윤 회장에게 물었다.

"큭, 자네는 모르겠지. 저런 눈은 흔하게 나오는 눈이 아니야."

비서는 다시 한 번 룸미러로 내 얼굴을 유심히 보고는 물었다.

"어떤 눈인데요?"

"저놈은 키우면 주인을 잡아먹는 호랑이 새끼가 되든가 잘 길들여진 하이에나가 되든가 둘 중 하나야."

그가 또 입꼬리를 끌어올리며 웃었다.

"그리고 난 저 아이를 잘 길들여진 하이에나로 만들 생각이네."

윤이라는 새 성을 받게 되어 윤지하라는 이름이 되었다. 쓸모에 의해

가게 된 집이니 필요에 의한 이름을 받은 것이다. 아무래도 상관은 없었다.

"지하야."

세상의 고통일랑 아예 모를 것 같은 해사한 여자애가 앵두 같은 입술을 달싹이며 말한다.

"지하야?"

그 여자애는 은서라고 했다.

"왜 대답을 안 해……?"

여자애의 얼굴이 울 것같이 어두워졌다. 처음 봤을 때도 여자애는 대뜸 울음을 터뜨렸었다.

마음에 들지 않는다.

깨끗하리만치 상처는 전혀 없을 것 같은 그 여자애가.

"난 싫어요. 왜 내 자식도 아닌 애를……."

"조용히 내 말대로 해. 회사를 위한 일이야."

"아니, 저 아이가 당신 뜻대로 성장해 줄지 어떻게 알아요?"

"내 눈을 무시하는 건가?"

"그, 그런 건 물론 아니지만…… 그래도 저렇게 웃지도 않고 어디서 어떻게 살다 온지도 모르는 애를 어떻게 키워요. 차라리 개를 주워 오시지……."

"크큭. 그럼 개 키운다고 생각하면 되겠군."

"그게 말이 돼요? 당신도…… 쟤 봐요. 저러고 앉아서 우리가 이런 얘기를 해도 눈 하나 깜짝 안 하는 거. 저게 평범한 어린애예요? 무서워요, 난."

상관없었다.

어떻게 되든. 하지만 그의 말대로 길들여진 하이에나가 되는 건 싫었다. 그럴 바에야 주인을 잡아먹는 하이에나가 차라리 낫지.

어쨌든 난 하이에나로 성장해 갔다. 그가 바라는 대로.

몇 번의 계절이 더 지나고 봄이 왔다.

여자아이는 점차 몸의 선이 둥그러지고 목과 팔다리가 가늘고 길어졌다. 더 이상 처음 만났을 때의 둥그랗기만 한 아이가 아니었다. 점차 웃는 모습이 적어지는 모습을 보면 신경이 쓰였다. 신경을 쓰지 않으려고 해도 신경이 쓰여 거슬렸다.

그래서 더 차갑게 대했지만 그 아이의 눈동자는 지치지 않고 이쪽을 향했다. 연민을 가득 품은 눈동자가 더욱 마음에 들지 않았다.

학원에서 늦게 들어오는 날이면 그 여자아이가 기다리고 있었다. 아무도 기다리지 않는 집에 혼자 기다리고 있는 아이는 늘 무시당하면서도 인사를 걸어왔다.

"잘 다녀왔어? 춥지?"

"오늘 비 오는데 기사아저씨 기다리는 동안 비 맞지 않았어?"

"배 안 고파? 뭐라도 먹을래?"

무수히 무시한 그 많은 나날에도 그 아이는 굴하지 않았다. 나중에는 대답을 바라지 않고 하는 말인 것 같다는 생각도 들었다. 그저 기다리고 있는 사람이 있다는 걸 보여 주기 위한 행동이 아닐까 하는.

……동정이 지나치군.

화가 났다. 쓸데없는 연민과 배려에.

"어서 와. 지하야."

여느 때와 다름없이 2층에서 기다리고 있다가 생긋 웃으며 인사하는 그 아이를 평소처럼 말없이 지나치려는데 뭔가 이상했다. 다시 그 아이의 얼굴로 시선을 돌리자 역시 눈이 퉁퉁 부어 있고 뺨도 부어 있었다.

"너, 맞았어?"

말을 할 거란 생각을 하지 않았던 건지 여자아이가 조금 놀란 표정을 지었다.

"아…… 이거?"

자신의 볼을 만지며 어색하게 웃는다.

"별거 아냐. 그냥…… 나 때문에 오빠가 넘어져서."

고작 그런 걸로 딸의 뺨을 때리는 짓…… 이 집에선 충분히 가능한 짓이긴 하지. 그걸 알고 있는데도 그 부어오른 얼굴을 보고 있으니 묘하게 화가 치밀어 올랐다. 퉁퉁 부은 얼굴로 웃고 있는 그 아이를 험악하게 노려본 후 지나쳐 계단을 올라왔다.

침대 위에 누워서도 그 밤 내내, 그 부어오른 뺨이 머릿속을 떠나지 않았다.

"나, 다음 달에 유학 간대. 건강하게 잘 있어."

흐리게 웃는 얼굴로 여자아이가 말했다. 나 유학 가, 도 아닌 유학 간대. 전혀 자신의 의사가 들어 있지 않은 말. 원하지 않았던 일인지 또 한참을 운 모양이다. 눈이 토끼처럼 발갛게 충혈되어 있다.

"그렇군."

무심히 대답하고 스쳐 지나면서도 그날부터 머릿속을 떠나지 않았다.

윤은서의 유학.

윤은서가 없는 집…….

우습군. 이 지옥에 윤은서가 없다고 해서 달라질 게 있을까?

애써 그리 생각하면서도 점차 심장이 뭉근하게 조여 왔다. 모든 공기가 답답하게 느껴진다.

　그 후로 3년간 단 한 번도 윤은서를 보지 못했다. 그녀가 한 번도 오지 않는다는 데에 식구들은 무관심했다. 윤한태 외엔 관심도 없는 집이니 한편으론 당연한 일이었다.

　하지만 그 여자가 없다는 이유 하나만으로 이 지옥이 더욱 끔찍해졌다는 건 인정하고 싶지 않았다. 이대로 눈에서 멀어지면 묘하게 신경을 거슬리던 그 이상한 감정도 없어지게 되겠지. 분명 그럴 것이다.

　그리고 그 기대는 윤은서가 돌아온 순간 무너졌다.

　"오랜만이야. 잘 지냈어?"

　3년만의 윤은서는 좀 더 키가 커졌고, 좀 더 선이 얇아졌으며, 좀 더…… 가슴의 통증을 날카롭게 만들었다. 그 하얀 얼굴과 동그랗고 커다란 눈을 본 순간에야 내가 그 얼굴을 얼마나 보고 싶었는지를 깨닫게 만들었다.

　그건 무척이나 당혹스러운 감정이라 나는 얼굴을 딱딱하게 굳힌 채 애써 무시하고 지나쳤다. 무시해야만 했다. 전혀, 결코, 달갑지 않은 감정이었다. 하지만 다시 돌아온 윤은서는 내 모든 시선을 잡아끌었다.

　"이거 먹어."

　윤한태의 생일 파티 때 연회장 안의 답답한 공기를 참지 못하고 정원에 나와 있는데 윤은서가 접시를 내민다. 고개를 드니 동정 가득한 윤은서의 커다란 눈망울이 보인다. 거슬려. 그 눈.

　"뭐야? 이건."

　빤히 보면서도 묻는다. 날이 선 질문에 윤은서의 하얀 손이 파르르 떨린다.

"너…… 아무것도 안 먹었잖아. 이거라도 먹어."

내 시선이 다시 찌르듯 윤은서에게 닿는다. 시선이 아픈지 윤은서가 붉은 입술을 깨문다.

네가 뭔데, 내가 뭘 먹든 말든 무슨 상관이라고, 왜 참견하는 거지?

기분이 상한 나는 그 자리에서 일어나 윤은서를 지나쳐 간다. 스치는 순간 향긋한 그 여자의 향이 정원 가득한 장미향과 맞물려 어지럽게 한다. 등 뒤로 익숙한 그 시선이 따라붙는다.

시간이 흘러갔다.

윤 회장이 만들어 놓은 레일을 따라가는 건 지독히도 쉬운 일이었다. 무료할 만큼. 그 따분함을 이기려 날파리처럼 들끓는 멍청한 인간들과도 어울렸다. 그들과의 일이 마냥 즐거운 건 아니었지만 그래도 지루함은 적당히 벗어날 수 있었다. 어차피 오래 가지 못할 유흥일 뿐이다. 그걸 알면서도 허락한 건 순전히 따분함 때문이었다.

그래서인지 생각보다 빨리 지겨워졌다. 슬슬 정리해야 하나, 생각하고 있는데 학원 차를 타고 있는 윤은서와 눈이 마주쳤다.

그 실망에 가득 찬 눈.

왜 날 그렇게 보는 거지? 윤은서. 이런 내가 한심해 보이나?

하얗게 질린 얼굴이 시야에서 사라진 뒤에도 불쾌해진 기분이 가시질 않았다. 그리고 그날로 무료한 일탈은 정리했다. 집이라는 공간에 있기가 참을 수 없는 날이면 새벽까지 닫지 않는 독서실에 처박혔다. 차라리 그편이 나았다.

하지만 그 날 이후로 날 바라보는 윤은서의 눈빛에 서려 있는 알 수 없는 감정은, 마치 실망을 담고 있는 것 같아 보기만 해도 화가 치솟았다. 그 후로 윤은서를 더욱 철저히 무시했다.

당연한 수순으로 유학이 정해졌다.

예상했던 바라 특별할 건 없었다. 윤 회장은 날 완벽한 회사의 개로 만들려 했고 그러기 위해서 필요한 과정이었다. 유학에 대한 말을 들은 윤은서의 표정이 어두워지는 걸 봤지만 무시했다.

유학을 준비하던 어느 날 거실에서 윤 회장과 장 여사의 대화가 들렸다.

"서진에서 혼담을 받아 줄까요?"

"안 받아 주면 받아 주게 해야지. 서진은 분명 앞으로 더 커질 게 분명해. 은서랑 잘 엮어 놓으면 분명 앞으로 득이 될 일이 많을 거야."

……윤은서가 결혼?

그 말을 듣는 순간 둔기에 머리를 맞은 듯 멍해졌다. 아무것도 손에 잡히지 않았고 머릿속이 엉망진창이었다. 윤은서가 결혼한다는 생각만 해도 피가 거꾸로 솟구치는 기분이었다.

빌어먹을! 도대체 이 기분은 뭐야?

윤은서가 결혼하든 말든 그게 나와 무슨 상관이냐고!

어차피 모든 것은 예정되어 있었다. 예정되어진 유학처럼, 결혼 역시 윤 회장의 입맛대로 상대가 배정될 것이다. 그 여자나 나나 윤 회장에 겐 장기 위의 말에 지나지 않으니까. 그건 다 알고 있던 사실이다. 그런 데 윤은서의 혼담이 진행된다는 소리에 왜 이렇게……!

후우.

불끈거리며 핏줄이 솟아오를 만큼 세게 주먹을 말아 쥐었다.

이따위 감정, 방해만 될 뿐이야.

"사랑하고…… 있어. 오래전부터."

참으려 노력했다. 방해가 되는 감정 따위 털어 내 버리려 무수히 노력하고 또 노력했다. 하지만 그 여자의 그 고백은 그 모든 노력을 무용지물로 만들어 버렸다. 그렇게 그 여자를 안은 뒤로 내 모든 욕망은 윤은서를 향해 날뛰었다.

난 널 파괴하는 거야.

널 사랑하는 게 아니야……. 파괴시키는 거야.

내 아래에서 짓눌린 채 울음을 터뜨리는 그 여자를 노려보며 그렇게 생각했다. 하지만 내 머리와는 달리 입에선 다른 소리를 내뱉으려 했다. 그 여자를 안으며 미칠 듯한 쾌감 속에서 몇 번이나, 아니 몇 십 번…… 혹은 몇 백 번, 몇 천 번이나. 느끼는 감정대로 쏟아져 나오려는 말을 억눌러 참아야만 했다.

유학을 떠나 있는 동안 이 여자가 날 잊고 누군지도 모를 서진의 그 자식과 결혼해 버릴까 봐, 떨어져 있는 시간 동안 날 사랑한다고 했던 감정은 깡그리 잊어버릴까 봐, 그 두려움을 모조리 격렬한 섹스로 풀어 냈다.

떠나 있는 동안 윤은서가 변하지 않기를…… 저주를 퍼붓더라도, 증오 어린 마음으로라도 좋으니 그 작은 머릿속을 온통 윤지하로만 채우고 있기를 바라는 마음에 필사적으로 그 여자 안에 날 새겨 넣었다.

그건 몸부림이었다.

제발 날 잊지 말라는 필사적인 몸부림.

지하는 눈을 떴다.

오래전의 꿈을 꾼 것 같았지만 기억이 조각나 잘 떠오르지 않았다.

'……여긴 어디지?'

꿈과 뒤섞여 혼란스러운 그의 시선이 낯선 천장에서 서서히 내려와 주변을 살폈다. 이곳이 병실이라는 걸 인지하자 은서의 집 앞에서 하염없이 창문만 보다가 돌아가던 새벽의 일이 떠올랐다.

칼에 찔렸던 기억이 사실인 것을 증명하듯 몸 곳곳이 붕대에 감겨 있었고, 팔에는 링거 바늘이 꽂혀 있었다.

몸을 일으키자 복부가 욱신거리고 머리가 지끈거렸다. 머리를 움켜쥔 지하가 날짜를 확인 할 수 있는 것이 없는지 주변을 살폈다. 아무래도 현실감각이 들지 않았다.

그로부터 시간이 얼마나 지난 거지?

그 때 병실 문이 열렸다.

"……!"

따뜻한 코코아를 들고 들어오던 은서가 쥐고 있던 잔을 툭 떨어뜨렸다. 지하의 시선이 은서에게로 향했다.

"네가 있는 걸 보니 정말 죽은 건 아닌 모양이군."

지하가 파리한 얼굴로 웃었다.

"당신……!"

그의 웃는 얼굴을 보고 망연자실 서 있던 은서가 달려왔다. 와락 지하를 껴안은 은서가 펑펑 눈물을 쏟아 냈다.

"다행이야! 정말, 정말 다행이야!"

은서의 울음소리와 체온에 지하는 그제야 현실감각이 돌아오기 시작했다.

스스로 살아갈 이유를 찾아낸 순간 모든 것이 끝난 줄 알았다.

늘 언제 죽는다고 해도 전혀 아쉬울 것 없는 삶이었다. 미련 따위도 없었고 그 정도로 소중한 것을 가져 본 기억도 없었다. 그렇지 않고서는 할 수 없는 일들이었다. 하지만 그 새벽의 기억이 끊어지는 마지막 순간, 은서를 다신 보지 못할지도 모른다는 끔찍한 공포가 그의 마지막 기억이었다.

"못 깨어날 줄 알았어. 이제, 이제 다시 못 볼 줄 알았어……."

눈물 젖은 은서의 목소리가 들썩이는 어깨 아래에서 일그러지듯 새어 나왔다.

"……나도 다신 못 볼 줄 알았어."

지하는 잠긴 목소리로 말하며 그의 목에 얼굴을 묻고 있는 은서의 어깨를 잡아떼어 냈다. 그리고 아이처럼 얼굴을 잔뜩 일그러뜨리고 울고 있는 은서와 눈을 맞췄다.

"윤은서 얼굴 좀 보자."

"흐윽……."

고개를 들지 못한 채 은서가 흐느꼈다. 흐느끼는 그녀의 얼굴을 잡아 올리며 지하가 말했다.

"얼굴 좀 보자는데 자꾸 눈물 뺄 거야?"

지하가 핀잔을 줬는데도 은서의 눈물은 멈추지 않았다. 서럽게 흐느끼는 은서의 얼굴을 지하가 조금 의아한 표정으로 보고 있었다.

"……우리, 도망가."

눈물이 가득 찬 눈으로 은서가 지하를 붙들고 말했다.

"……뭐?"

지하의 눈빛이 흔들렸다. 은서는 그 눈빛을 똑바로 바라보며 간절한 표정으로 말했다.

"난 당신만 있으면 돼. 당신만 있으면 되니까, 다른 건 다 필요 없으니까 도망가. 도망가자, 제발……."

은서가 오열했다. 윤지하가 혼수상태에 빠져 있는 내내 그의 말을 거절한 자신을 무수히 탓해야 했다. 이 남자를 지켜야 된다는 어쭙잖은 연기가, 이 남자에게 자신의 마지막 기억이 될 수 있다는 공포에 미칠 듯이 후회하고 또 후회했다.

차라리 그냥 처음부터 도망이라도 가자고 했어야 했다. 솔직하게 말하고 그 공포를 솔직하게 나눌지언정 그에게 그렇게 하면 안 되었다. 평생 외로웠던 사람인데 마지막까지 외롭게 해 버렸다는 죄책감에 얼마나 많은 눈물을 흘리며 가슴을 쳤는지 모른다.

"윤은서."

지하가 눈물로 얼룩진 은서의 얼굴을 두 손으로 감쌌다. 괴롭게 일그러진 얼굴로 은서가 애원하듯 지하를 잡고 매달렸다.

"당신이, 당신이 죽는다고 생각하니까 정말 미쳐 버리는 줄 알았어……. 나는 당신 없으면 안 돼. 당신 때문에 불안하다고 한 거, 불안한 거 싫다고 한 거 다 거짓말이야. 그렇게 해야 되는 건 줄 알았어. 당신을 위해서……."

은서의 말에 지하의 깊어진 눈이 흔들렸다.

"당신을 사랑하지 않아서가 아니야. 당신 위험해질까 봐 그런 거야. 하지만 이젠 그 위험 나도 함께 견딜 테니까…… 그러니까, 그냥 어디든 좋으니 이런 위험이 없는 곳으로 도망가서 우리 둘만 살자. 응?"

은서가 눈물이 가득 고인 눈을 들어 애원하자 지하는 미간을 좁히고 그녀를 바라봤다. 안타까운 표정으로 은서의 눈물을 한참을 보고만 있던 지하가 낮게 한숨을 내쉰 뒤 그녀를 끌어안았다.

"다 버리고 떠나자고? 그렇게 할래? 다 버리고 나랑 도망갈래?"

"응. 난 당신만 있으면 돼. 당신만 있으면……."

그런 금수만도 못한 인간들, 필요 없어.

지하의 품에 안긴 채 그의 심장 소리를 들으니 정말 그가 살아났다는 실감이 들어 은서는 다시 왈칵 눈물이 터져 나왔다. 흐느끼는 은서를 품에 단단히 안은 채 지하가 낮게 말했다.

"울지 마. 알았으니까. 네가 우는 건…… 보고 싶지 않아."

이미 꿈속에서 몇 번이나 봤던 얼굴. 볼 때마다 가슴이 무너지던 윤은서의 눈물.

"정말이지?"

그의 품 안에서 숨을 고르며 은서가 물었다.

"맹세해."

"응……. 고마워."

그 말을 듣고서야 은서는 안심이 됐다. 윤지하는 입 밖으로 꺼낸 말은 절대 지키는 남자니까. 깊은 안도의 한숨을 포옥 내쉰 은서는 지하의 품으로 더욱 파고들었다. 온기가 느껴지는 품 안에서 심장의 박동과 그의 숨소리를 들었다. 그 소리가 그녀를 안심시켜 줬다.

"아! 내 정신 좀 봐."

은서는 그제야 생각난 듯 벌떡 일어났다.

"당신 깨어났으니까 간호사한테 말하고 올게. 잠깐만, 잠깐만 기다려."

은서가 정신을 차리고 눈물로 범벅된 얼굴을 손바닥으로 두드리며 말하자 지하가 일어선 그녀를 잡아당겨 다시 껴안았다. 그러고는 태연히 옆에 있는 호출 벨을 눌렀다.

"내가 불렀으니까 올 때까지 이러고 있어."

"뭐? 그래도……."

"놓기 싫어서 그래."

지하가 그녀를 안은 손에 힘을 주며 속삭였다. 은서는 잠시 고민되는 표정을 했지만 고민은 오래가지 못했다. 그에게 안긴 채로 살며시 등을 끌어안았다.

다시는 못 맡을 줄 알았던 윤지하의 체취.

겨우 눈물이 멈추는가 했던 은서의 눈에 다시 눈물이 핑 돌았다.

"살아 줘서 고마워."

"돌아와 줘서 고마워."

돌아오긴. 난 처음부터 너만 보고 너만 생각하고 있었는걸……. 은서는 지하의 품 안에서 시큰해진 콧등을 매만지며 훌쩍였다.

이제 다시는 그런 짓 하지 않을게. 내 감정을, 그리고 당신을 포기하는 짓은 절대 하지 않을게. 그러니까 앞으로는 항상 같이 있자. 우리 둘만.

두 사람은 간호사가 올 때까지 깊게 껴안은 채로 서로의 등을 쓰다듬으며 체온을 나눴다.

지하가 깨어났다는 소식에 윤 회장과 장 여사는 단걸음에 병원으로 달려왔다. 담당의사와 간호사들을 대동하고 들어온 장 여사는 지하를 보자마자 눈물부터 쏟아 냈다.

"세상에, 깨어났구나……! 정말 다행이야. 어찌나 걱정했는지 말도 못한다. 사고 소식을 들었을 땐 정말…… 가슴이 무너지는 줄 알았어."

장 여사가 손수건으로 눈물을 찍어 내며 말하자 은서는 저도 모르게 입술 끝을 비틀어 올렸다. 더럽고 더러운 악어의 눈물……. 하지만 그건 보지 못했는지 장 여사가 지하의 손을 잡고 말했다.

"당분간 아무 생각도 하지 말고 푹 쉬렴. 회사 일은 다 알아서 하고 있으니까 아무 걱정 말고. 알았지?"

"심려 끼쳐 드려서 죄송합니다."

"아유. 죄송하긴. 그런 말은 하는 게 아니야. 무사한 것만으로도 얼마나 다행인데."

간호사들 앞에서 열정적으로 연기를 펼치는 장 여사를 싸늘한 시선으로 바라보던 은서는 윤 회장 쪽으로 시선을 옮겼다. 윤 회장은 담당 의사에게 구체적인 질문을 하고 있었다.

"완전히 회복되는 데는 시간이 얼마나 걸리겠습니까?"

"저희 의료진이 최선을 다해서 치료하고 있으니 아마 한 달 안에는 일상생활 하는 데 큰 어려움은 없어질 겁니다."

"그것 참 다행이군요."

윤 회장은 진심으로 안도한 표정을 지었다. 그 이유를 뻔히 알고 있는 은서에겐 역겨움뿐이었으나 담당의사는 전혀 다른 시각으로 본 듯했다.

"정말 회장님은 존경스럽습니다. 걱정 없으시도록 최선을 다해 진료하겠습니다."

"그렇게 말씀해 주시니 정말 안도가 됩니다."

은서는 구토가 일어날 것 같아 인상을 찡그리고 병실을 빠져나왔다. 안도가 되기도 하겠지. 두 달 뒤의 주주총회 전에 지하가 일어나서 일을 처리해야 계획대로 모든 걸 끝낼 수 있을 테니……. 지하가 얻어 낸 합병 효과로 주주들의 신뢰를 얻을 것이고 더 큰 투자도 받아 낼 수 있을 것이다.

모래를 씹은 듯한 표정으로 문 앞에서 몸을 돌리려던 은서는 멈칫했다. 비서와 함께 꽃을 들고 있는 동우가 다가오고 있었다.

"깨어났다는 소식 듣고 왔어. 걱정 많았지?"

비서와 주변의 사람들을 의식한 듯 상냥한 미소를 입에 걸고 동우가 말했다. 은서는 그에 못지않은 화사한 미소를 지으며 대답했다.

"바쁠 텐데 와 줘서 고마워요."

"당연히 와야지. 안에 사람들 계시나?"

"네. 부모님들 와 계세요."

"잘됐군. 온 김에 인사나 드려야겠어."

동우가 문 쪽으로 다가오며 말하자 은서는 본능적으로 그와 몸이 스치지 않도록 옆으로 피하며 말했다.

"그렇게 해요. 저는 회사로 돌아가야 해서 먼저 실례할게요."

"그래. 전화할게."

미소를 띤 은서는 동우가 병실 안으로 들어서는 모습을 본 뒤 빙글 몸을 돌렸다. 돌리자마자 은서의 얼굴에 미소가 지워지고 싸늘한 표정이 내려앉았다. 빠른 속도로 병실 앞 복도를 걸어 나가는 은서의 얼굴이 점차 차가워졌다.

더러운 인간들.

그녀는 속으로 욕설을 퍼부으며 발걸음을 빨리했다. 한시라도 빨리 이 더러운 공간을 벗어나고 싶었다.

지하는 놀랄 만한 회복속도를 보이며 예상보다 빨리 퇴원을 했다. 입원 상태에서도 VIP병실 안에서 모든 업무를 처리하던 터라 그가 퇴원한 뒤에도 차질 없이 모든 일이 진행되었다. 그 때문에 사람들은 독한 놈이라고 혀를 내둘렀지만 지하는 신경도 쓰지 않았다. 처음부터 사람들의 시선 따위는 안중에도 없었다.

은서도 일상으로 되돌아가 있었다.

그날 이후 병원에는 가지 않았다. 지하와는 통화로만 안부를 전할 뿐이었다. 결혼식 준비는 차곡차곡 진행되고 있었고 그나마 다행인 것은 결혼식과 신혼여행 일정 때문에 동우가 업무에 시달리느라 은서를 방관하고 있다는 점이었다. 굳이 피하지 않더라도 만날 일이 없어 다행이었다.

그리고 지하가 회사로 복귀한 지 2주 후, 마침내 그가 진행하던 보령과 청해의 거대 인수합병 과정이 마무리되었다.

J호텔 특급 연회장에서 초호화 연회가 열리고 있었다. 정재계의 많은
인사들이 축하를 위해 찾아왔고 주인공들은 얼굴 가득 터질 것 같은 환
희의 미소를 지은 채 사람들과 인사를 나누고 있었다.

지하가 맡은 임무는 성공적이었다.

덕분에 윤 회장의 뜻대로 부윤은 마침내 재계순위 10위권에 첫 진입
하는 쾌거를 이뤘다. 하지만 정작 그 장본인인 윤지하는 미국으로 휴가
를 떠난 상태라 성대한 축하연이 벌어지고 있는 이곳에 없었다.

"진심으로 축하드립니다!"

"축하드려요. 회장님!"

"하하하! 감사합니다. 다 여러분들 덕분이죠."

윤 회장도, 장 여사도 기쁨을 감추지 않고 연신 웃음을 터뜨렸다. 마
치 세상의 모든 것을 가진 듯한 표정이었다. 그 속에서 은서만이 미소
가면을 쓴 채 인형처럼 서 있었다. 쏟아지는 사람들의 축하인사를 받으
며 고개를 끄덕이는 그녀의 옆에는 한동우가 서 있었다. 이번 부윤의
쾌거는 사돈관계가 되는 서진에게도 이득이 되는 점이 많아 동우도 기
분이 좋아 보였다.

"결혼식이 곧이라죠? 축하드려요."

"감사합니다."

"결혼식에 꼭 오세요. 아주 멋진 결혼식이 될 겁니다."

"네. 그럴게요."

판에 박힌 듯한 똑같은 인사가 이어져도 은서의 미소 가면은 깨지지
않았다. 짧게 대답하는 그녀와 달리 동우는 너스레를 떨며 결혼식 초대
에 열정적이었다. 동우가 친구들 그룹으로 낀 틈을 타 은서는 식구들이

있는 곳으로 돌아왔다.

윤 회장은 다른 곳에 있는지 자리에 없었고 장 여사와 장미림, 그리고 이한수가 앉아 있었다. 장미림과 이한수는 제 몫을 챙길 생각에 장 여사 옆에 바짝 붙어선 입안의 혀같이 굴었다.

"아유, 정말 축하해요. 언니. 난 정말 잘 될 줄 알았다니까? 게다가 이 좋은 자리에 그 남자도 없으니까 더 좋은 것 같아."

붉은 드레스를 입고 요란한 화장을 하고 있는 장 여사에게 장미림이 말하자 장 여사도 눈빛을 빛냈다.

"설사 국내에 있었어도 내가 오지 못하게 했을 거야. 이 자리는 오로지 한태를 위한 자리가 되어야 하니까."

"맞는 말씀입니다. 이 기회에 세상 사람들에게 한태의 존재를 제대로 보여 주세요. 회장님도 앞으로는 한태에게 그놈이 해 왔던 일을 많이 넘겨줄 생각이라고 들었는데 정말 생각 잘 하신 겁니다."

이한수도 싱글거리며 거들었다.

"이제 윤지하 하나로는 감당할 수 없는 규모가 됐으니까. 잘된 거지. 우리 한태가 지금껏 그놈 그늘 아래에서 마음 고생한 거 이제야 제대로 보상받을 수 있게 된 거니 오죽 좋아? 이제 한태가 다 잘해 낼 거야. 처음부터 이 모든 건 전부 한태 몫이었던 거니까."

장 여사는 뿌듯한 표정으로 턱시도를 입은 한태를 멀찍이서 보며 미소를 지었다.

한태는 자신이 벌써 황태자라도 된 양 파티장을 휘젓고 다녔다. 모든 사람들이 자신에게 꾸벅거리는 모습을 거만한 표정으로 훑고 지나가는 모습은 기고만장하기 짝이 없었다.

"여, 축하해. 윤한태. 드디어 네 세상이 열리는군."

현 국무총리의 아들인 차남진이 샴페인 잔을 내밀자 한태가 씨익 웃으며 부딪혔다.

"아직 멀었지 뭘. 이제 시작인데."

말은 그렇게 했지만 속은 기쁨을 주체할 수가 없을 지경이었다. 차남 진이 누구인가. 재계서열 10위 밖은 아예 취급도 안 하는 놈이다. 지금까지 이 자식에게 무시당한 걸 떠올리면 이가 갈리지만 지금 이 순간 그 모든 열등감이 눈 녹듯 사라지고 있었다.

'훗, 윤지하! 이걸 보라고. 황태자는 바로 나야. 너 따위는 나를 황태자로 만들어 주기 위한 하나의 다리에 불과하단 말이지.'

한태는 샴페인 잔을 든 채 이 고조된 기분을 마음껏 즐겼다. 이 바닥은 어차피 더 많이 가진 자가 위다. 절대 변하지 않는 심플한 법칙. 지금까지 자신을 내려다보던 재수 없는 것들이 언제 그랬냐는 듯 웃으며 샴페인 잔을 부딪히는 모습을 보니 더없이 기분이 좋아졌다. 우리나라에서 단 100명 이내, 그들만의 리그라 불리는 비공식 로얄 클럽에도 드디어 가입할 수 있게 되었으니 그 기쁨은 이루 말할 수가 없었다.

하지만 이 화려한 축하파티에 참석자들은 윤 회장 일가 몰래 의아스러운 표정으로 숙덕거렸다.

"이상하군……. 정작 주인공은 안 보이잖아?"

"그러게. 윤지하는 어디 있지? 사실 부윤을 이렇게 만든 건 그인 거 모르는 사람 없잖아. 그런데 왜 주인공은 파티장에 없고 엄한 놈이 휩쓸고 다녀?"

그들 역시 저런 허수아비가 아닌 윤지하와 인맥을 쌓기 위해 이 자리에 온 것이기에 연신 주위를 두리번거렸지만 그는 어디에도 보이지 않았다.

"혹시 벌써 다른 데 스카우트된 거 아니야? 그럼 우린 낙동강 오리 알 되는 건데."

"설마 그러겠어? 이 집에서 어릴 때부터 키운 놈이잖아. 그래서 부윤의 개라는 소리를 들으면서까지 이 자리에 올려놨는데 이제 와서 다른데 가겠어?"

"그렇긴 하지만…… 실은 내가 들은 소리가 있는데."

"뭔데?"

모두의 시선이 그에게 쏟아졌다.

"이건 정말 고급 정보라 그냥은 말 못 하지."

"야, 우리 사이에 이러기야? 뭔데? 도대체."

"우리 사이니까 이러는 거지. 다들 뭐 없어? 내가 흥미를 가질 만한거."

정보를 쥐고 있다는 남자가 이죽거렸다. 어릴 때부터 수싸움에 단련되어온 그들은 서로 눈치를 보더니 목소리를 낮춰 하나씩 던지기 시작했다.

"네가 먼저 꺼내 놓으면 나도 저 서진 한동우 관련으로 가지고 있는거 꺼내 놓을 테니까 어서 말해봐."

"나도 대한에셋 관련으로 꽤 흥미로운 건 가지고 있어. 윤지하에 관한 정보면 바꿀 만하겠지."

서로 패를 꺼내 보일 준비가 되자 그제야 남자는 입을 열었다.

"그게 말이지. 윤지하가 미국에……."

수런수런 떠도는 소리들은 이 연회장에 은밀하게 퍼지고 있었다. 겉으로는 웃으며 축하해주지만 속으로는 전혀 다른 생각을 하는 참석자들의 본심은 전혀 알지 못한 채 윤 회장 일가는 환희의 밤을 보내고 있었다.

그 시간 지하는 뉴욕 맨해튼에 있었다.

전면이 유리로 된 빌딩 안 넓은 사무실에는 팀원들이 여러 대의 모니터를 띄워 놓고 한국과 미국 증시 상황을 실시간으로 지켜보고 있었다. 그리고 그중 몇몇은 유리벽으로 나뉘어져 있는 방음 공간 안에 들어와 있었다. 지하와 함께 하는 핵심 멤버들이었다.

"모든 준비가 끝났습니다. 시작할까요?"

마크가 말하자 지하가 고개를 끄덕였다.

"시작해."

"알겠습니다."

자리에서 일어난 마크가 지시를 하러 회의실을 나서자 칼이 웃으며 말했다.

"드디어군. 기다리느라 아주 좀이 쑤셔서 죽는 줄 알았어."

칼이 정말 몸이 쑤셨다는 듯 뒷목을 주무르며 너스레를 떨자 지하가 단정한 얼굴로 미소를 지었다.

"이왕이면 확실한 게 좋으니까."

"이런, 그것뿐이야?"

"아니면?"

지하가 표정을 굳히고 쳐다보자 칼이 어깨를 으쓱였다.

"뭐, 그런 걸로 해 두지. 우리 보스는 영 수줍음이 많으니까."

"계획에서 크게 벗어난 건 없잖아."

"그게 문제야? 지금이야 잘 해결됐으니 망정이지 그동안 난 속이 타들어 가는 줄 알았다고."

지하의 사고 때문에 한참이나 그와 연락이 안 되던 칼은 크게 걱정했었다. 한국에 있는 정보원으로부터 소식을 들었을 때 얼마나 놀랐는지 모른다. 당장 한국으로 날아가려는 걸 조금만 더 기다려 보자는 팀원들의 만류에 겨우 참았다. 괜히 나타나서 설쳤다가 지하가 지금껏 준비해 놓은 일을 모두 물거품으로 만들 위험이 있기 때문이었다.

다행히 며칠이 지나지 않아 지하에게 연락이 왔지만 그동안 걱정으로 미쳐 버리기 일보 직전이던 칼은 불같이 화를 냈었다.

'내가 이럴 줄 알았지, 이래서 경호원을 붙이자니까!'

지하가 하는 일이 얼마나 위험한 일인지 알고 있었기에 만에 하나 무슨 일이 생길까 봐 경호원을 붙여야 한다고 강력히 주장했던 그였다. 그럼 다른 곳에 들킬 위험이 생긴다며 한사코 만류한 지하 때문에 결국 이 사달이 난 거라며 얼마나 분개했던가.

"몸은 이제 정말 괜찮은 거지?"

칼의 걱정을 알기에 지하도 한풀 꺾였다.

"정말 괜찮아. 건강진단서라도 떼어 줘?"

"그건 됐어. 그나저나 이제 시작이라니 조금 걱정은 되는군. 문제없겠지?"

그렇게 철저히 준비해 왔지만 이 일은 다른 일과 엄연히 다르다. 윤지하의 인생까지 걸린 일이라 칼은 안경을 끌어 올리며 진지한 눈빛을 했다. 지하가 입술 끝을 비스듬히 기울였다.

"걱정하지 말고 맘 편히 즐겨. 네가 좋아하는 거잖아. 땅따먹기."

땅따먹기라는 말이 나오자 칼은 눈을 빛냈다. 사실 M&A를 거의 서바이벌 게임식으로 생각하고 있는 칼에겐 준비 기간은 영 즐겁지 않다. 탐색하고 덫을 놓는 건 지루하니까. 하지만 그 과정을 거쳐야 시장에 나온 먹잇감을 온전히 잡아먹을 수가 있다. 오로지 합법적으로 완벽하게.

"물론이지. 이제부터가 내 즐거움이니 넌 빠지도록 해."

"그래."

싱글벙글 웃는 칼을 보며 지하도 느른하게 웃었다. 칼이 지루해하는 부분은 지하가 처리하고 준비한다. 그때까지 칼은 뒤에서 도움을 주는 존재에 불과하지만 본격적인 작업에 들어가게 되면 칼의 잔혹할 정도로 치밀한 두뇌싸움이 빛을 발하게 된다. 서로의 장르가 완벽히 달라 오히려 최고의 궁합을 보여 주는 둘이었다.

"그쪽도 지금쯤은 축제를 즐기고 있겠군."

여전히 기분 좋은 미소를 띤 채 칼이 말하자 지하가 천천히 끄덕이며 가슴 위로 팔짱을 꼈다.

"그렇겠지."

이날만을 바랐던 그들의 욕심이 더러운 꽃처럼 만개해 있을 것이다. 그 역한 향기에 윤은서가 숨이 막히는 것이 걱정스러워 지하의 눈빛이 조금 어두워졌다. 그의 생각을 읽은 건지 칼이 주먹으로 지하의 어깨를 가볍게 두드렸다.

"걱정하지 마. 마지막 파티니까 그 정도 자비는 웃는 얼굴로 베풀어 줘도 되잖아?"

칼의 말에 지하가 미소를 지었다.

"물론."

조금만 더 버텨. 윤은서. 곧 그 숨 막히는 곳에서 너를 구출해 줄 테니.

지하의 매혹적인 검은 눈동자가 날카롭게 번뜩였다.

윤 회장은 새로 이전한 부윤그룹 본사로 들어서고 있었다.

우리나라에서 가장 땅값이 비싼 곳에 위치한 거대 빌딩이었다. 수행원들도 대거 늘려 윤 회장이 가는 곳마다 호위하듯 여러 명이 따라붙었다. 로비로 들어서자 직원들이 일제히 허리를 굽혀 윤 회장에게 인사를 했다. 그들의 인사를 거만한 고갯짓으로 받으며 윤 회장은 전용 엘리베이터에 올랐다.

"윤지하는 아직 돌아온다는 소식 없나?"

회장실로 들어온 윤 회장이 거만하게 의자에 앉으며 비서에게 물었다.

"네. 당분간은 쉴 생각이라는 의견을 전해 왔습니다."

"흠…… 그래?"

윤 회장이 손가락으로 턱을 쓸며 입맛을 다셨다.

'한 번도 휴가다운 휴가를 지내지 못했으니 이번 일이 끝나면 당분간 미국에서 쉬고 오고 싶습니다.'

지하가 병원에 있을 때 꺼낸 말에 윤 회장은 망설이지 않고 대답했다.

'그래. 물론 쉬어야지. 지금도 이렇게 고생하는데 미안해서라도 내가 먼저 말하려고 했네. 이번 일 끝나면 몇 달이고 좋으니까 어디 경치 좋은 데 가서 푹 쉬다 와.'

칼에 찔린 사고 이후 혹시라도 일에 공포를 느끼고 그만둔다는 소리를 할까 봐 내심 불안하던 차였다. 그래서 최대한 그의 심기를 거스르지 않기 위해 한 말이었다. 하지만 한 달이 넘어도 지하가 돌아오지 않자 슬슬 회사 일이 이것저것 틀어지기 시작했다.

갑자기 커진 몸뚱이를 제대로 된 틀에 끼워 맞추지도 않은 채 사장 자리에 앉은 한태는 능력을 과시하기 위해 굵직굵직한 대규모 사업을 다발적으로 추진하고 있었다. 그 보고가 모두 윤 회장에게 들어오고 있었지만 지하가 없는 상태에서 마땅한 해결책을 내놓는 사람은 없었다.

지하는 부윤을 위해 길들여졌다. 불미스러운 일을 겪었어도 회사가 이런 상황이라면 만사를 제치고 달려올 것이다.

"가능한 한 회사가 어렵다는 말을 흘려. 최대한 빨리 돌아올 수 있도록."

"알겠습니다. 회장님."

비서는 허리를 깊게 숙이고는 회장실을 나갔다. 비서가 나간 뒤 윤 회장은 눈을 가늘게 뜨고 창밖을 바라봤다.

성공만을 바라보던 사람이 그것을 손안에 거머쥔 이후엔 더 큰 성공에 목마른 법. 지금 상태에서 자리보전만 겨우 하는 걸로는 성에 차질 않았다. 은서에게 말했듯이 분명 윤지하가 언제고 자신의 목을 조를지도 모른다는 생각은 있었지만 사실 그보다는 그에게 의지하는 부분이 몇 배나 컸다.

은서가 결혼을 하지 않겠다고 버티니 협박수단으로 이용한 것뿐이다. 처음부터 그를 놔줄 마음은 없었다. 은서와 지하가 깊은 관계라고는 하지만 상관없었다. 한동우는 그걸 알고도 결혼한다고 했으니 문제 될 건 없지 않은가. 은서가 한동우와 맺어져야 서진과의 이득을 취할 수 있고 윤지하는 윤지하대로 회사를 위해 써먹을 수 있으니 일거양득이다.

"그나저나 빨리 돌아와야 할 텐데."

윤 회장이 속엣말로 중얼거렸다.

장 여사의 닦달로 지하의 역할을 임시로 한태가 맡고 있었지만 그놈은 그런 위치를 차지할 만한 그릇이 못 된다. 세를 늘리기는커녕 유지하기조차 벅찰 것이다. 그래도 다른 못 믿을 놈들보다는 혈육이 낫지 않을까 싶어 앉혀는 놨지만 속으로는 영 불안했다. 그놈이 뭔가 큰일을 벌이기 전에 어서 윤지하가 돌아와 그에게 더 큰 성공을 안겨 줘야만 한다.

"이봐. 널 찾는 피라미들이 자꾸 꼬여. 상당히 귀찮다고."

칼이 금발 머리를 대충 쓸어 넘기며 볼멘소리를 했다. 깔끔한 진한 색 셔츠를 단단한 팔뚝 위까지 걷어 올리고 회의 테이블 위에서 모니터를 노려보고 있던 지하가 말했다.

"놔둬. 그보다 마크, 지금 상황은?"

"보스. 그 윤한태라는 한국인은 정말이지 경영에 있어선 아예 센스란 것이 없던데요? 보스가 해 놓은 걸 그렇게 빨리 망쳐 놓기도 쉽지 않을 겁니다."

예상을 빗나가지 않는군, 윤한태.

마크의 조롱 섞인 말에 지하가 입술 끝을 차갑게 비틀어 올렸다. 그러자 옆에 있던 다른 팀원도 거들었다.

"모든 주요 임원을 자기 인맥으로 쳐 바른 모양입니다. 전문가라곤 눈을 씻고 봐도 보이질 않아요. 한 자리씩 차지한 주변 인맥들이 지금 자기들 주머니에 들어가는 검은 돈 만들기에만 정신이 빠져서 모든 경영이 아수라장입니다. 아마 합병 효과로 상승세를 탔던 반짝 거품이 꺼지자마자 무서운 속도로 추락할 겁니다. 무엇보다 윤한태 본인은 회사에 나오지도 않는다고 하고요."

"강남 룸 어딘가에 박혀 있겠지."

지하가 모니터에 시선을 박은 채로 실소를 흘렸다.

"호오, 보스. 잘 아시는군요."

마크가 예리하다는 듯 눈을 크게 뜨고 지하를 바라보자 지하가 웃음기가 가신 얼굴로 물었다.

"얼마나 버틸 것 같지?"

"빠르면 2주…… 길면 한 달 안일 겁니다."

"그럼 2주 안으로 모든 걸 맞춰."

"알겠습니다."

지하가 의자를 빼내 자리에서 일어서자 나머지 사람들도 일어서서 회의실을 빠져나갔다.

"이봐, 윤."

짙은 잿빛의 폴로 코트를 걸쳐 입던 지하가 칼을 향해 고개를 돌렸다. 칼이 은밀한 시선으로 지하를 보며 물었다.

"네 베이비는 언제 소개시켜 줄 거지?"

"훗, 베이비라."

지하가 미간을 찡그리며 웃었다.

"눈이 휘둥그레질 정도로 화려한 금발 미녀가 눈앞에 서 있어도 눈 하나 깜짝 않던 놈이잖아. 그 윤지하를 누가 그렇게 만든 건지 궁금해 죽겠는데 왜 소개를 안 시켜 줘? 궁금해하다 죽으란 소린가?"

칼이 못마땅한 얼굴로 투덜거렸다.

"그거 바라던 바군."

"뭐? 이봐, 윤!"

지하가 웃음을 흘리며 밖으로 나가자 칼이 어이없는 표정으로 불러 댔다.

"나 참. 엄청 싸고도는군. 본다고 닳는 것도 아니고."

칼은 어깨를 으쓱이며 고개를 저었다. 말로는 투덜거리지만 사무실을 빠져나가는 지하의 뒷모습을 바라보는 그의 눈빛은 한없이 부드러웠다. 늘 차갑고 날카로웠던 지하에게 소중한 존재가 생겨서 누구보다 기쁜 것이 칼이었다. 지금까지 힘들었던 만큼 지하가 앞으로는 누구보다 행복해지기를 그는 진심으로 바라고 있었다.

지하는 사무실이 있는 빌딩과 멀지 않은 곳에 위치한 펜트하우스의 전용엘리베이터를 탔다. 지금 은서는 그의 집에 있었다. 결혼을 앞두고 회사를 그만둔 은서는 결혼 준비를 하는 시늉만 하며 미국을 오가고 있었다. 늘 지하의 전용기로 움직이기에 외부에 들킬 위험은 없었다. 그녀가 집에 있다는 사실을 떠올리자 지하의 입가에 부드러운 미소가 떠올랐다.

집 안까지 바로 연결되는 엘리베이터에서 내린 지하는 주변을 둘러보다 눈썹을 휘어 올렸다. 그가 오면 늘 엘리베이터 앞까지 마중 나오던 은서가 보이지 않았다.

"은서."

뉴욕의 전경이 보이는 전면유리가 설치된 리빙룸을 가로질러 걸어가며 은서를 불렀다. 통유리로 이어진 테라스와 은서가 작업실로 쓰고 있는 룸에도 그녀는 없었다. 지하의 관자놀이가 꿈틀거리고 심장이 거칠게 울리기 시작했다. 점차 걸음이 빨라지는 그의 표정이 초조하게 굳어갔다.

"윤은서!"

지하의 목소리가 커졌다. 불안한 표정으로 빠르게 식당으로 걸어간 그가 멈칫했다. 식당에는 은서가 차려 놓은 음식들이 테이블 위에 아기자기 늘어져 있었다.

"후우."

차린 지 얼마 안 되어 보이는 음식을 보자 지하는 일순 안도한 얼굴로 깊은 한숨을 내쉬었다. 그가 발걸음을 돌려 욕실로 향했다. 은가루 같은 세밀한 입자가 박힌 커다란 블랙 타일들로 이루어진 욕실 안에 커다란 욕조가 놓여 있었다. 하얀 욕조가 은은하게 빛나는 조명을 받아 시릴 만큼 눈부시게 빛나고 있었다. 하얀 거품이 눈처럼 소복하게 가득 담긴 욕조 안에 편안하게 몸을 기댄 채 은서가 잠들어 있었다.

철저히 조심하고 있지만 모든 일이 끝나기 전까지는 은서가 이곳을 드나드는 것이 알려지면 안 된다. 만약 그것이 윤 회장이나 한동우에게 알려졌을 경우 은서를 가만둘 리가 없었다. 감금을 해서라도 당장 혼인 신고를 시킬지도 모를 사람들이다. 그래서 은서에게는 경호원을 충분히 붙여 뒀긴 하지만 혹시 모르는 불안이 그를 늘 초조하게 만들고 있었다.

그 새벽에 칼을 맞은 일 이후, 어떠한 일이 생기지 말라는 보장이 없다는 공포가 그의 내면에 드리워졌다. 그 공포는 지하 자신이 아니라 은서에 대한 불안으로 나타났다. 자신이 언제고 그런 일을 당할 수 있는 사람이라면 은서도 자신의 옆에 있다는 이유만으로 그럴 수 있다는 뜻이다. 그런 것을 생각만 해도 지하는 온몸의 피가 거꾸로 솟고 숨이 막힐 것만 같았다.

어서 일을 마무리 지어야 한다.

지하는 다시 한 번 머릿속으로 날짜를 가늠했다. 주주총회까지 앞으로 보름도 남지 않았다. 보름 후에는 모든 일이 끝난다는 뜻이다.

지하는 그대로 선 채로 은서를 바라보고 있었다. 거품이 묻은 은서의 하얀 피부가 아슬아슬하게 드러났다. 욕조 뒤편에 전면 유리가 설치되어 있어 뉴욕의 야경이 한눈에 들어왔다. 그리고 그 거대한 뉴욕의 불야성 같은 야경을 배경으로 은서가 고혹적인 몸의 라인을 드러내며 욕조 안에서 잠들어 있었다. 한 폭의 그림 같은 아름다운 광경에 지하가 숨을 삼켰다. 이 공간 안에 그녀가 있다는 것이 비현실적으로 느껴질 만큼 믿기지 않았다. 그만큼 소중하고 소중한 존재를 지하는 뜨거운 시선으로 한참 바라보고만 있었다.

후, 깊은 한숨을 토해 낸 지하는 그대로 천천히 다가가 넓은 욕조의 끄트머리에 앉은 뒤 그녀의 볼을 매만졌다.

"은서."

감미로운 울림이 있는 낮은 목소리에 은서가 눈을 떴다. 물기 젖은 머리를 들어 그와 눈을 마주치자 그녀의 눈이 동그랗게 커졌다.

"당신……. 언제 왔어?"

눈을 깜빡거리며 지하를 바라보던 은서가 당황스러운 눈을 했다. 저녁 준비를 해 두고 그가 오기 전에 목욕을 할 생각이었는데 그대로 잠들어 버리다니.

"이런, 내가 깜박 잠들었나 봐. 저녁 아직 안 먹었지? 금방 준비해 줄게."

"괜찮아."

욕조 안에서 급히 몸을 일으키려던 은서의 어깨를 살짝 잡아 누르며 지하가 말했다. 그녀의 젖은 머리칼에 손을 집어넣고 촉촉한 입술을 겹쳐 깊이 빨아들였다. 차가운 지하의 입술에 닿은 뜨거운 은서의 입술이 열려 부드럽게 혀가 얽혀 들었다. 짧지만 진한 키스를 나눈 뒤 붙었던 입술이 살짝 떨어졌다.

"옷 젖을 텐데……."

지하의 잿빛 코트가 욕조 물에 젖어 들어가는 것을 보며 은서가 말했다.

"쉬이."

그의 숨결은 이미 뜨거워져 있었다. 지하는 은서의 붉은 입술에 다시 입술을 겹치고 조금 전보다 거칠게 빨아 당겼다. 깊은 숨결이 뜨겁게 서로의 입술을 오가며 말캉한 혀가 뒤엉켰다.

"하아……."

머릿속이 텅 비어 버릴 것 같은 짜릿한 키스에 은서의 입술에서 한숨 섞인 신음이 흘러나왔다. 지하는 입술을 떼어 내고 그녀의 촉촉한 목덜미에 얼굴을 묻은 채 낮게 숨을 몰아쉬었다. 달콤한 그녀의 향기가 그를 어지럽게 만들고 있었다.

지하는 몸을 일으켜 코트를 벗고 거칠게 넥타이를 당겨 풀어 버렸다.

뜨거운 눈빛으로 그녀의 눈을 똑바로 바라보며 천천히 와이셔츠 단추를 풀자 은서의 얼굴도 복숭아 빛으로 달아오르기 시작했다.

딸깍하는 벨트 푸는 소리와, 야수같이 어두워진 새까만 눈동자에 물 안에 잠긴 은서의 몸이 묘한 기대감으로 순식간에 젖어 들었다. 걸치고 있던 모든 옷을 벗어 내자 보기 좋게 근육이 잡힌 그의 탄탄하고 늘씬한 몸이 온전히 드러났다.

지하는 근육이 도드라진 강한 팔로 욕조 난간을 단단히 잡고 고개를 숙여 은서의 아랫입술을 살짝 깨물었다. 은서가 그의 목에 팔을 감자 지하는 그녀의 몸을 들어 올려 욕조와 이어진 넓은 타일 위에 앉혔다. 은서는 기대감에 젖어 은밀한 눈빛을 하고 그를 올려다보았다.

지하는 따스한 기운이 감도는 욕실 불빛 아래 드러난 물기에 젖은 은서의 몸을 천천히 눈으로 훑었다.

"아름다워."

그의 시선이 마치 혀로 핥아 올리듯 음란하게 그녀의 몸 구석구석을 훑고 지나가자 은서의 몸이 뜨거워졌다. 기분 좋게 온몸을 자극하는 욕망에 숨이 가빠진다.

"정말 아름다워……. 삼켜 버리고 싶을 만큼."

낮은 목소리로 말한 지하가 은서의 하얀 다리를 천천히 벌려 말랑한 허벅지 안쪽 살을 살짝 깨물었다.

"아……."

은서가 짧게 탄성을 터뜨렸다. 지하의 시선만으로도 헐떡이는 은서의 탐스러운 가슴이 오르락내리락하며 그를 유혹했다. 하얀 가슴 위에 자리 잡은 핑크빛 정점이 그의 시선을 못 견디겠다는 듯 꼿꼿하게 곤두섰다.

지하가 욕조에 있는 하얀 거품을 손바닥 안에 담아 은서의 몸으로 가져갔다. 부드러운 손놀림으로 마치 하얀 생크림을 바르듯 은서의 어깨와 여린 목덜미를 지나 하얀 가슴까지 거품을 바르기 시작했다. 아슬아슬하게 유두를 스쳐 지나는 손가락에 은서의 입술에서 안타까운 신음이 흘렀다.

지하는 느릿하게 움직이며 은서의 몸에 거품 마사지를 했다. 커다란 손이 오르내리며 흥분으로 헐떡이는 가슴 위 팽팽히 곤두선 유두와 잔뜩 달아오른 꽃잎이 숨어 있는 거뭇한 수풀을 아슬아슬하게 스쳐 지나자 은서는 애가 타는 지 입술을 깨물고 허리를 달싹거렸다.

"지하, 어서……."

그의 미끄러져 내린 기다란 손가락이 까슬한 숲 속을 헤치고 들어갈 듯하다 다시 올라가자 은서가 안타까운 한숨을 흘렸다.

"하아……."

욕망으로 흐릿해진 눈빛으로 얄밉다는 듯 그를 바라보자 지하는 느긋한 미소를 띤 채로 계속 애를 태웠다. 그의 손이 커다랗게 움직이며 그녀의 몸에 거품을 문지르자 은서가 고개를 뒤로 젖히고 거친 숨결을 뿌렸다. 더 이상 뜨거워질 수 없을 만큼 몸이 달아오르자 은서는 고개를 내리고 발갛게 달아오른 얼굴로 그의 은밀한 부위에 시선을 맞췄다. 빳빳하게 곤두서 있는 거대한 남성을 본 은서는 약이 올랐다.

"나빠."

자기도 흥분했으면서.

은서가 벌떡 일어서 지하의 팔을 끌어당겨 자신이 앉았던 자리에 앉혔다. 어리둥절한 표정의 지하가 은서를 올려다보자 은서는 붉은 입술을 말아 올리며 그의 어깨를 손바닥으로 어루만졌다.

"나쁜 윤지하. 항상 나만 애태우기야?"

은서가 곱게 눈을 흘기며 지하의 입술에 제 입술을 천천히 가져갔다.

그녀의 입술이 그의 아랫입술과 윗입술을 천천히 빨아 당기다가 입술을 벌려 혀를 밀어 넣었다. 촉촉한 은서의 혀가 조심스럽게 들어와 애를 태우듯 그의 혀를 살살 어루만졌다. 말캉한 입술을 오므려 매끈한 혀를 휘어 감자 그의 입술 안에서 낮은 신음이 흘렀다.

입술을 떼어 낸 은서가 지하의 귓바퀴를 할짝이고 목덜미로 천천히 내려갔다. 보드라운 입술이 미끄러지듯 흘러가다 단단한 쇄골을 살짝 깨물자 지하는 숨을 몰아쉬었다. 뜨거운 입술 안에 짙은 색의 유두를 삼키자 그의 목울대가 꿈틀거렸다.

"크읏."

은서의 부드러운 입술이 그의 젖꼭지를 감싸 물었다가 혀로 핥아 올리자 지하의 헐떡임이 더 커졌다. 은서는 양쪽의 젖꼭지를 하나하나 정성껏 애무한 뒤에 다시 아래로 내려갔다. 근육이 조려진 탄탄한 아랫배를 지나 골반 아래 옴폭 파인 곳에 입을 맞췄다. 그녀의 입술이 점점 더 아래로 향할수록 지하의 눈빛이 뜨겁게 달아올랐다.

은서의 손이 팽팽히 곤두서 있는 그의 검붉은 페니스를 단번에 움켜쥐었다. 지하가 상체를 젖히며 숨을 거칠게 몰아쉬었다. 그녀가 고개를 숙이자 그의 강한 허벅지에 바짝 힘이 들어갔다. 은서의 입술이 천천히 벌어지고 투명한 액이 흘러나온 두꺼운 페니스를 삼켰다.

"헉······!"

아찔한 쾌감에 지하의 눈이 일그러졌다. 뜨겁고 부드러운 은서의 입 안에서 지하의 남성은 더욱 빳빳하게 발기했다. 치밀어 오르는 사정감을 억지로 내리누르기 위해 지하는 숨을 헐떡이며 거칠게 머리를 쓸어 올렸다. 그녀가 터질 듯이 팽창하는 그의 거대한 남성을 입안에 담고 힘껏 빨았다.

"아. 은서······!"

얼굴을 일그러뜨린 그에게서 짧막한 신음이 터져 나왔다. 은서는 만족스러운 미소를 삼키며 그의 욕망을 두 손으로 움켜잡은 채 입술로 천천히 오르내렸다. 지하는 자신의 다리 사이에 앉은 은서가 제 것을 입에 넣고 긴 막대 아이스크림을 빨 듯 노골적으로 빨고 있는 것을 강한 눈빛으로 바라봤다. 그녀의 입안에 담긴 힘줄이 솟은 검붉은 남성으로 모든 피가 몰려들었다. 터질 것 같은 욕망에 그가 낮게 신음하며 헐떡였다.

"크웃⋯⋯. 제길."

지하는 더 참지 못하고 은서의 뒷머리를 움켜잡고 고정시킨 뒤 허리를 움직이기 시작했다. 점점 거칠어지는 움직임에 은서는 턱이 아파 왔지만 그가 그만큼 흥분했다는 사실에 묘한 쾌감이 일었다. 그의 움직임이 거칠어질수록 단단히 발기한 그의 페니스를 빨아 대는 노골적인 소리가 점차 커졌다.

"⋯⋯웃."

거친 숨을 몰아쉬며 신음을 흘린 지하는 이대로 격렬하게 움직이고 싶은 욕망을 참아 누르며 은서를 일으켜 세웠다. 그러고는 자신을 바라보도록 한 뒤 무릎 위에 앉혔다.

"하웃!"

잔뜩 흥분한 그가 은서의 말랑한 가슴살을 아프도록 움켜쥐더니 한입에 삼켰다. 바짝 곤두선 유두를 입술로 쭉쭉 빨고 혀끝으로 핥아 올리자 은서의 허리가 낭창하게 휘었다. 지하는 거품으로 미끌거리는 그녀의 엉덩이를 단단히 움켜잡고 자신의 다리 사이로 끌어당겼다.

"아아!"

불덩이 같은 그의 단단한 기둥이 아래에서 강렬하게 짓쳐 올라왔다. 은서는 단말마의 신음을 터뜨리며 자신의 가슴을 빨고 있는 지하의 머리를 힘껏 움켜쥐었다. 지하는 그녀의 양쪽 젖가슴을 타액으로 흥건히 적시며 거칠게 허리를 밀어올리기 시작했다.

"헉, 헉. 미칠 것 같아."

지하는 짐승처럼 헐떡이며 그녀의 둥근 엉덩이를 짜부라뜨릴 듯 움켜쥐고 더욱 깊이 쑤셔 들어갔다.

"아흑! 나, 나도 죽을 것 같아!"

찢어질 것 같은 압박감에 그녀의 입술이 뒤틀리며 쾌락의 신음을 쏟아 냈다. 은서가 그의 어깨를 움켜쥐고 허리를 한껏 비틀자 지하는 머리칼이 곤두설 것 같은 아찔한 쾌감에 더욱 속도를 높였다. 은서의 몸이 위아래로 빠르게 흔들렸다. 그녀의 온몸을 빈틈없이 채운 거대한 남성이 쿡쿡 찔러 올리자 은서의 눈이 열락으로 흐릿해졌다. 흐릿해진 시야에 보이는 유리창으로 뉴욕의 야경이 정신없이 흔들리고 있었다.

"아, 아, 아앗……! 윤지하!"

은서가 비명 같은 소리를 내지르며 지하의 머리를 와락 껴안았다. 절정의 입구에서 강하게 조여드는 여성을 느끼며 지하는 그녀의 골반을 움켜쥔 채 빠른 속도로 허리를 퉁겨 올렸다.

"하아악!"

뒤로 허리를 확 젖힌 은서가 날카로운 교성을 터뜨렸다. 그녀의 온몸이 파르르 떨리며 아찔한 절정을 향해 치솟아 올라갔다. 지하는 눈앞에 빳빳하게 곤두선 은서의 젖꼭지를 뜨거운 입술로 쪼옥 빨고는 그녀를 안고 넓은 욕조 안으로 들어갔다.

두 사람이 욕조 안으로 들어서자 물이 바깥으로 넘쳐흘렀다. 지하는 은서를 똑바로 눕히고 그녀의 몸 위를 자신의 몸으로 덮었다. 얼굴을 바짝 가까이 대고 바라보자 은서의 열에 들뜬 듯 촉촉한 눈동자가 사랑스럽게 빛났다. 그녀의 부풀어 오른 입술에 진하게 입을 맞추며 은서의 허벅지 사이에 손가락을 밀어 넣었다.

"하아."

은서의 입술에서 얕은 한숨 같은 신음이 새어 나왔다. 물속에서도 은서의 꽃잎은 흥건히 젖어 있었다. 미끈거리는 도톰한 살덩이를 손가락 끝으로 살살 비비자 방금 전 오르가즘을 느꼈던 그녀의 몸은 즉각 반응했다.

"아…… 아핫."

한층 더 관능적으로 흘러나오는 신음 소리가 그의 아직 채워지지 않은 욕망을 부채질하고 있었다. 은서의 여린 귓바퀴를 잘근대며 뜨겁게 달아오른 입구 속으로 손가락을 찔러 넣자 그녀가 허리를 바짝 쳐올렸다.

"아아, 아아아!"

그녀의 쾌감에 젖은 표정을 똑바로 응시하며 그의 손가락이 그녀의 여성 안을 쑤걱거렸다. 강한 그의 팔이 빠르게 움직이자 은서는 자지러질 듯 신음을 터뜨렸다. 그의 손가락을 조이는 힘이 최대치로 올라가자 그의 손이 빠져 나가고 그 자리를 거대한 남성이 밀고 들어갔다.

"아흑!"

은서가 앙칼진 소리를 지르며 지하의 탄탄한 등에 손톱을 박자 그가 신음을 흘리며 더욱 깊숙이 밀고 들어갔다. 아주 깊은 곳까지 짓쳐들어 오는 힘에 은서의 온몸이 파르르 진동했다.

"뜨거워서 죽을 것 같아."

잔뜩 달아오른 은서의 뜨거운 여성이 그의 페니스를 힘껏 움켜쥐자 지하의 목에 핏대가 솟았다.

철썩! 철썩!

그의 둥근 엉덩이가 뒤로 쑤욱 밀려났다가 강하게 짓쳐 들어갈 때마다 욕조의 물이 욕조 벽을 때려 댔다. 넓게 벌어진 은서의 날씬한 다리가 공중에서 흔들렸다.

"학, 아학."

"네가 날 미치게 만들고 있어. 미쳐 날뛰게 만들고 있다고."

"아흐읏!"

퍼억! 하고 거칠게 쑤셔 올라가자 욕조의 물이 크게 넘쳤다. 물이 욕조 벽을 때려 대며 흘러넘치는 소리와 뜨겁게 뒤엉키는 숨결이 부연 수증기와 섞여 들어 욕실을 가득 메웠다.

"지, 지하. 지하……!"

"이 안에 모조리 쏟아 내고 싶어. 내 모든 걸."

한 팔로 그녀의 엉덩이를 움켜잡고 격렬하게 들이치며 지하가 을렀다. 욕조 난간을 붙잡은 그의 팔뚝에 힘줄이 곤두섰다. 그의 단단한 엉덩이가 성난 짐승같이 거세게 움직였다. 철썩거리는 소리가 그의 움직임에 맞춰 점차 빨라지고 있었다.

다시 절정으로 치달은 은서가 그의 허리를 움켜잡고 자신의 다리 사이로 확 끌어당겼다.

"아흑! 지금이야, 어서!"

"크읏……!"

그의 탄탄한 엉덩이를 붙잡고 필사적으로 끌어당기며 은서가 소리치자 지하는 모든 힘을 쏟아부어 격렬하게 움직이기 시작했다. 그의 엉덩이가 높이 치켜 올라갔다가 엄청난 힘으로 내려치며 수면을 때려 댔다.

퍽, 퍽, 퍼억!

"윽……!"

자궁 끝까지 치받을 듯한 격렬한 세 번의 삽입 끝에 마침내 지하의 모든 것이 은서의 안에서 터질 듯 분출했다. 그녀의 엉덩이를 꽉 움켜잡은 채로 자신의 모든 것을 한 방울도 남김없이 모조리 받아 내게 하며 지하는 야수처럼 으르렁거렸다. 끔직한 절정의 쾌감이 그들을 사납게 할퀴어 댔다.

따스한 물속에서 나와 따스한 밥을 함께 먹은 그들은 따스한 침실로 들어와 나란히 누웠다. 커다란 침대 위에서 얇은 이불을 함께 덮고 누워 서로의 체온을 즐기는 사이 시간은 무섭도록 빠르게 흘러갔다. 지하의 팔베개를 하고 누운 채로 은서가 한숨을 살짝 내쉬었다.

"한국에 돌아가고 싶지 않아. 계속 여기 이대로 있고 싶은데…… 아직은 그러면 안 되겠지?"

이뤄지지 않을 투정이라는 걸 알면서도 은서가 진심을 섞어 말했다. 지하는 그녀의 이마에 흘러내려와 있는 머리칼을 부드럽게 귀 옆으로 넘겨 주고는 동그란 이마에 살짝 입을 맞췄다.

"미안. 조금만 더 참아."

"응."

그의 낮은 음성이 다시 한국으로 날아가야 하는 은서를 안심시켰다. 생긋 미소를 지은 은서는 지하의 매혹적인 눈을 바라봤다.

"나 이렇게 당신을 보고 있으면 아직도 잘 실감이 나질 않아."

"뭐가?"

은서가 손가락을 뻗어 그의 우뚝 솟은 콧날을 부드럽게 매만졌다.

"이렇게…… 당신이 내 옆에 있다는 거."

그녀의 얼굴을 말없이 바라보던 지하는 자신의 얼굴을 어루만지는 은서의 손을 잡아 입 맞췄다.

"난 네 옆에 있어. 지금도, 그리고 앞으로도."

은서가 환하게 웃으며 그의 품으로 파고들었다. 지하의 체취를 깊숙이 들이마시며 은서가 말했다.

"하아…… 당신이 그렇게 말해 주니까 안심이 돼."

"그런데 그건 모르는군?"

"응?"

은서가 고개를 들자 그의 진지한 눈빛과 마주쳤다. 그녀의 얼굴을 어루만지며 지하가 낮게 속삭였다.

"윤은서가 사라질까 봐, 이게 꿈일까 봐 불안한 건 내가 더하다는 거."

"당신이?"

그는 엄지손가락으로 은서의 뺨을 부드럽게 쓸었다.

"넌 내가 지금껏 살아오는 동안 유일하게 찾은…… 단 하나의 살아갈 이유니까."

진지한 그의 말에 은서의 눈빛이 흔들렸다. 그녀의 물기에 차오르는 눈을 똑바로 응시하며 지하가 말을 이었다.

"너를 얻기 전까지는 살아갈 이유를 가진 적이 없었어. 단 한 번도 살아 있다고 느낀 적도 없고 살고 싶다고 생각한 적도 없었어. 그저 살아질 뿐이었지. 널 원하는 것도 스스로 인정하지 못할 정도로 일만을 위한 삶이었으니."

그의 아픈 과거가 생각나 은서가 작게 한숨을 내쉬었다.

"당신 힘들었던 거 알아. 당신이 하는 일이 얼마나 어려운 일인지도 알고……. 대단하다고 생각했어. 누구보다 월등하게 능력 있었으니까. 하지만 한편으론 안쓰러웠어. 위험한 일인 거 아니까 불안하기도 했고……."

지하는 은서의 볼을 쓰다듬으며 말했다.

"옛날에, 성공하지 못해 호랑이가 된 시인의 이야기가 있어. 그 시인이 호랑이로 살며 사람을 잡아먹다가 어느 날 친구를 마주치게 되는데 그때 그 호랑이가 그런 말을 해."

"뭐라고 하는데?"

"이제까지는 내가 왜 호랑이가 되었을까라고 줄곧 생각해 왔는데 얼마 전 문득 정신이 들고 보니 내가 왜 예전에 사람이었을까라고 생각하고 있더라고……. 그렇게 미쳐 돌아다니다가 지금같이 길에서 친구를 만나 잡아먹어도 자신은 분명 아무런 죄의식도 가지지 못할 거라고 말이지. 그렇게 말하며 그 호랑이는 괴로워해."

"……."

그가 무슨 의미로 하는 말인지 알 것 같아 은서의 표정이 어두워졌다.

"그 이야기 속의 호랑이가 나와 참 닮았다는 생각을 했었어. 나 역시 어느 날인가 호랑이가 되어 닥치는 대로 잡아먹으면서도 왜 그렇게 되었는지는 점점 신경 쓰지 않게 되어 버렸거든."

"그건 당신 탓이 아니잖아. 그저 시키는 대로만 했을 뿐이니까."

은서의 말에 지하가 천천히 고개를 저었다.

"아니. 그 모든 것에 지나치게 무뎌져 나중에는 죄책감 따위는 그다지 느끼지 않았던 게 사실이었으니까. 하긴 그러니 그런 일도 당한 거겠지."

"지하……."

실소를 흘리는 그를 은서는 안쓰러운 표정으로 바라봤다. 지하는 은서의 물기 젖은 눈동자를 바라보며 이마에 살짝 입을 맞췄다.

"지금 생각해 보면 그 일은 벌받은 거라는 생각이 들어. 윤은서를 얻기 위해선 치러야 했던 죗값……. 그동안의 내 잘못을 씻을 수 있는 벌이라면, 그래서 윤은서를 지킬 수 있다면 얼마든지 더 받을 준비도 되어 있고."

"그런 무서운 말 하지 마."

"그 정도로, 두려워서 그래."

미소를 띤 지하의 눈동자가 슬프게 가라앉았다.

"그때는 아무 것도 잃을 게 없었으니 그런 삶을 살아도 두려울 게 하나도 없었는데 널 얻은 지금은 두려워. 그때의 내 죄로 널 잃게 될까 봐, 그게 미치도록 두려워."

힘들었던 만큼 손안에 들어온 행복의 크기는 크다. 그리고 그만큼 그것을 잃을까 봐 불안해지는 마음도 커진다. 그의 표정에서 안타까울 정도로 불안한 마음이 절절하게 느껴져 은서는 마음이 아려 왔다.

"어릴 때 내가 좋아하던 동화책이 있었는데."

은서가 그의 팔에 기댄 채로 가만히 바라보다가 입을 열었다.

"······거울 나라의 앨리스를 말하는 건가?"

지하의 말에 은서가 눈을 깜빡였다.

"당신 그걸 어떻게 알아?"

"네가 항상 손에서 놓지 않았으니까."

"아······."

은서가 입을 벌린 채 놀라운 표정을 짓고 있었다. 지하가 살짝 잠긴 낮은 목소리로 웃었다.

"왜 그런 표정이야. 내가 그걸 알고 있다는 게 그렇게 이상해?"

"그야, 난 그때 당신이 나한테 전혀 관심 없다고 생각했는걸. 항상 무시만 하고 그랬잖아."

"그런 척했을 뿐이지. 그러려고 무수히 노력도 했고. 그땐 넌 그 집의 딸이니까 절대 가까이 가면 안 된다고 생각했었어."

그럴 수밖에 없는 지하의 입장을 잘 알고 있는 은서의 표정이 다시 어두워지자 지하는 그녀의 볼을 부드럽게 쓸며 말했다.

"하지만 눈이 저절로 가는 걸 어떡하겠어. 내 눈은 항상 너만 좇고 있었는데. 그러니 네가 그때 그 책을 끼고 살았던 걸 모를 리가 없지."

그 말에 은서의 볼에 볼우물이 예쁘게 패였다. 항상 무시만 한다고 생각했던 그 텅 빈 눈이, 그래도 자신을 담았다는 생각에 마음이 아프면서도 기뻤다.

"그 책에서 앨리스가…… 거울 나라 속에 들어가서 붉은 여왕을 이기고 하얀 여왕이 돼. 그때 마지막 붉은 여왕이 있는 곳까지 앨리스를 데려다 주는 게 하얀 기사야."

지하의 눈을 투명한 눈빛으로 바라보며 은서가 말했다.

"어쩌면 그때부터 난 당신을 하얀 기사라고 믿었는지도 모르겠어. 그곳에서 나를 구해 줄 말을 탄 기사가 멀리서 올 거라고는 한 번도 생각해 본 적이 없었거든. 난 당신과 함께 있었으니까……."

그리고 어쩌면 당신이 그곳에 있었기에 나도 남아 있을 수 있었겠지……. 날 그곳에서 버틸 수 있게 해 준 유일한 사람이 윤지하 당신이라는 걸 알까?

"마음속에선 늘, 그곳에서 당신이 날 구출해 주길 바랐었던 것 같아."

은서는 지하의 손을 끌어당겨 제 볼에 대고 그 위에 자신의 손을 포갰다. 지하가 자신을 안심시켜 준 말을 똑같이 되돌려 주며 그도 안심할 수 있기를 바랐다.

"날 구해 줘서 고마워. 그러니까 나도 당신 옆에 항상 있을 거야. 지금도, 그리고 앞으로도."

은서가 부드러운 미소를 띠며 말하자 그녀를 바라보는 지하의 눈가가 붉어졌다. 숨을 삼키고 그녀의 목소리를 듣던 지하가 깊게 숨을 내쉰 뒤 입을 열었다.

"······고마워."

낮게 잠긴 목소리로 말하며 지하가 그녀를 끌어당기고 붉은 입술에 깊게 키스했다. 은서는 입술을 벌려 뜨거운 그의 혀를 받아들였다. 서로의 부드러운 혀가 엉키며 감미로운 마찰을 일으켰다. 은서는 팔을 뻗어 그의 단단한 목을 끌어안고 진한 입맞춤을 이어 나갔다.

"하아······."

은서의 몸이 시트 위에서 부드럽게 흔들리고 있었다. 지하는 오늘따라 유독 그녀의 몸에 열꽃을 많이 틔웠다. 은서를 향한 자신의 감출 수 없는 열망을 나타내듯 붉고 진한 흔적을. 그녀의 위에서 리드미컬하게 움직이며 그의 어두워진 눈이 그 흔적들을 하나하나 확인하듯 훑었다.

"지하, 지하······."

온몸이 타오를 듯한 쾌락의 불길 속에서 은서는 몇 번이나 그의 이름을 불렀다. 은서의 하얀 몸이 그의 강한 움직임에 흔들릴 때마다 지하도 낮은 신음을 터뜨리며 천천히 허리를 밀어 올렸다.

"아······!"

은서의 날씬한 다리를 들어 올려 어깨 위에 걸치고 더 깊이 삽입하자 그녀의 입에서 달뜬 신음 소리가 터져 나왔다. 위아래로 출렁이는 관능적인 가슴을 움켜쥔 지하가 고개를 들어 올리고 헐떡였다.

"은서."

깊이 들이쳐 오며 지하가 은서의 이름을 불렀다. 은서가 신음을 흘리며 허리를 움직이자 그의 남성을 삼키고 있는 뜨거운 속살이 단단한 페니스를 꽈악 옥죄었다.

"은서······!"

탄탄한 허리를 둥글게 휘며 몸을 낮춘 지하가 은서의 입술에 진하게 키스를 하며 거칠고 빠르게 들이치기 시작했다.

"하아, 아웃!"

땀에 젖은 그의 몸을 부둥켜안으며 은서가 정신없이 신음을 쏟아 냈다. 격하게 허리를 움직이는 지하의 근육이 팽팽하게 당겨졌다. 온몸을 치받고 올라오는 강렬한 쾌감에 그의 심장이 터질 듯 뜨거워졌다. 그의 단단하고 뜨거운 욕망을 깊숙이 찔러 넣을 때마다 은서의 여린 몸이 부서질 듯 흔들거렸다.

"흐윽……."

어떻게 해야 할지 모를 만큼 가득 치밀어 오르는 무엇에 은서는 왈칵 눈물을 쏟았다. 그것은 그의 열망인 것도 같았고, 자신의 열망인 것도 같았다. 은서가 터질 것 같은 신음을 쏟아 내며 흐느끼자 그녀의 몸을 꽉 움켜잡은 채로 지하는 더욱 깊이 그녀에게로 파고들었다.

지하의 움직임이 격렬해질수록 은서가 온몸에 힘을 줘서 더 꽉 끌어안았다. 그의 모든 욕망을 온몸으로 받아 냈다. 이대로 죽는다고 해도 좋을 만큼 그녀의 가슴은 뜨겁게 차올랐다.

은서는 상처받은 짐승 같던, 사랑하는 법조차 몰랐던 한 남자를 온몸으로 온전히 감싸 안았다. 살과 살이 뒤섞이고 땀과 땀이 뒤섞이고 욕망과 쾌락이 뒤섞였다. 마침내 한계점까지 치솟아 올라간 은서가 비명 같은 신음을 내질렀다.

아찔한 절정 앞에 눈앞이 하얗게 부서졌다.

아무리 쏟아 내도 계속 차오르는 열망은, 사랑과 다르지 않았다.

전면이 유리로 되어 있는 세련된 공간 안에 지하가 의자에 앉은 채로 창밖을 바라보고 있었다. 커다란 책상 위 모니터 화면에는 모든 자료가 펼쳐진 화면이 떠 있었다.

"시기가 앞당겨질 것 같습니다. 아마 이번 주 내로…… 부윤의 윤 회장의 경영권 최저 방어선이 무너집니다."

마크의 보고를 듣던 지하가 천천히 의자에서 몸을 일으켰다. 그의 입가가 비스듬히 올라갔다.

"내일 바로 한국으로 들어갈 테니 준비해."

"알겠습니다. 보스."

마크가 서둘러 나가자 지하는 다시 창밖을 바라보며 섰다. 창밖으로 뉴욕의 **빽빽**한 빌딩숲이 펼쳐졌다. 한국에서도 그랬지만 그는 생각할 것이 있을 때마다 창밖의 복잡한 도시 풍경을 바라보고는 했다. 주머니에 손을 찔러 넣은 채 꼿꼿하게 서 있는 그의 옆으로 칼이 다가왔다.

"예상보다 부윤이 무너지는 속도가 **빠르군**."

칼은 지하의 옆에 서서 빌딩숲을 바라보며 나른한 목소리로 말했다. 지하가 힐끗 그를 쳐다보자 칼이 씨익 웃었다.

"……**빠르면 빠를수록** 좋겠지."

칼의 의미심장한 미소를 보며 지하가 말했다. 그의 입가에 매달려 있던 웃음이 점차 비릿해져 갔다. 창밖의 뉴욕 전경을 내려다보는 그들의 얼굴엔 확고한 승리감이 자리 잡고 있었다.

11.
전율하다

쾅!

윤 회장이 거칠게 책상을 내려쳤다.

"어떻게 일이 이 지경이 될 때까지 몰라?!"

노기로 얼굴이 시뻘겋게 달아오른 윤 회장은 한태를 향해 버럭거렸
다. 이미 손쓸 수 없는 상황에 와서야 자신에게 보고가 들어온 지금 상
황이 믿기지 않았다.

"우리 쪽 전체 주식의 17%나 넘게 차지하고 있는 세력이 있다는 걸
이제야 알게 됐다니, 이게 말이 되냐고!!"

흥분에 찬 윤 회장이 책상 위에 있던 것들을 모조리 바닥으로 쓸어내
렸다. 와장창 박살이 나는 소리에 멀찍이 떨어져 있던 비서도 안색이
창백해졌다.

"죄, 죄송합니다. 저도 이렇게 될 줄은……."

한태가 고개를 떨어뜨렸다. 부윤의 주식은 순식간에 곤두박질 치는

중이었다. 상황이 이렇게 될 때까지 몰랐던 건 한태 역시 다르지 않았다. 한태는 얼굴이 새파랗게 질린 채 윤 회장 앞에서 고개만 숙이고 있었다.

"이 어리석은 것! 당장 나가!!"

노한 윤 회장이 손에 잡히는 건 닥치는 대로 한태를 향해 집어 던졌다. 윤 회장이 이 정도로 이성을 잃는 모습은 한 번도 본 적이 없던 한태는 도망치듯 회장실에서 빠져나갔다.

"으아아아아아!!"

분이 풀리지 않은 윤 회장이 책장을 향해 재떨이를 집어 던지자 쩡! 소리와 함께 책장 유리가 박살 났다. 초토화된 회장실에서 헝클어진 머리로 씩씩거리는 윤 회장을 그 자리에 있던 임원들이 당황스러운 듯 보고 있었다. 윤 회장의 모습에서 사태의 심각성을 이제야 느낀 듯한 표정이었다.

"지하……! 윤지하는 아직도 못 찾았나!"

"네. 아직도 행방이 묘연한 상태입니다."

비서가 대답하자 윤 회장의 얼굴이 일그러졌다. 이럴 때 해결책이라고 떠오르는 거라곤 윤지하밖에 없었는데 그마저도 아직 행방불명이라니!

미국으로 휴가를 떠난 윤지하가 일주일 전부터 연락이 끊겼다. 급히 여기저기 알아봤지만 그의 행방을 아는 곳은 어디에도 없었다.

"언제까지, 언제까지 막을 수 있다고 하던가?"

윤 회장이 한 쪽에 비켜서 있던 김 이사에게 물었다. 김 이사는 착잡한 얼굴로 윤 회장을 바라봤다.

"그, 그게…… 당장 3일 후에 이사진 소집이……."

"그런……!"

탄식이 새어 나오는 윤 회장의 절망 섞인 목소리에 그 자리에 있는 누구도 아무런 말을 하지 못했다.

윤 회장의 자택은 쥐죽은 듯 고요했다. 윤 회장은 서재에서 칩거 중이었고 장 여사는 방에 처박혀 며칠째 울고 있었으며 한태는 전화기를 붙잡고 여기저기 전화를 하고 있었다. 엉망으로 뻗친 머리칼과 초조하게 번뜩이는 눈빛에서 궁지에 몰린 그의 상황이 여실히 드러났다.

그새 십 년은 늙은 듯한 장 여사가 비척거리며 방에서 걸어 나와 한태 옆에 풀썩 주저앉았다.

"어떻게…… 방도가 없을 것 같니?"

장 여사가 초췌한 얼굴로 한태에게 물었다. 하도 울어서 힘없이 갈라지는 목소리에서 그나마 일말의 기대를 놓지 않았는지 가느다란 희망이 느껴졌다.

"……."

한태는 아무 대답도 없었다.

"저, 저기 대웅의 박 사장한테는 연락해 봤어? 한 회장님께는?"

그가 대답이 없자 더욱 불안해진 장 여사가 다급하게 물어 댔다. 한태는 장 여사 쪽은 쳐다보지도 않고 더 이상 전화 걸 곳도 없다는 듯 전화기를 테이블 위로 신경질적으로 내던졌다.

"한태야, 말 좀 해 봐. 응? 정말 방법이 없는 거야? 어떻게 안 될……."

"아, 그걸 내가 어떻게 알아!"

버럭 고함을 치며 한태가 튕기듯 벌떡 일어났다. 그 서슬에 엄마야! 소리를 지르며 뒤로 나자빠진 장 여사가 놀란 얼굴로 그를 올려다봤다.

"너, 너 지금 엄마한테 무슨……."

장 여사의 황망한 눈빛이 이리저리 흔들렸다.

"이게 내 책임이야? 왜 다들 나만 들들 볶냐고! 따지고 보면 이건 다 너 때문이잖아! 내가 언제 이 자리 맡고 싶다고 했어?! 엄마가 그랬잖 아! 왜 싫다는 사람한테 억지로 맡겨 놓고 난리야!!"

한태는 실핏줄이 터진 눈을 부릅뜨고 미친 사람처럼 소리를 질러 댔 다.

"다 엄마 때문이라고! 씨발! 아악!!"

장 여사는 하얗게 질린 얼굴로 물건들을 있는 대로 부수고 있는 한태 를 바라보고 있었다.

윤 회장은 소파에 앉아 넋이 나간 얼굴로 담배만 피우고 있었다. 거 실에서의 소란도 지금 그에겐 아무 것도 들리지 않았다.

이젠 다 끝인가? 이렇게 끝…….

그의 눈꺼풀이 바르르 떨렸다.

그럴 순 없어! 어떻게 이루어 낸 회사인데, 이렇게 허망하게 끝난단 말인가!

하지만 아무리 생각해도 답은 없었다. 이 절체절명의 위기를 빠져나 갈 수 있는 방법은 하나도 떠오르지 않았다. 절망적인 표정으로 머리칼 을 거머쥔 윤 회장의 눈빛이 순간 번뜩였다.

아니다, 아니야. 윤지하…… 윤지하만 찾으면.

눈을 번뜩이며 윤 회장이 입술이 비틀려 올라갔다. 절실히 찾는 자에 게 길은 열린다고 했던가.

은서, 윤은서가 있었다. 윤지하가 행적이 묘연해질 무렵 사라진 은 서. 둘이 같이 사라진 것으로 짐작하고 윤지하를 찾는 수단으로 은서의 행방도 동시에 추적했지만 아직 발견하지 못하고 있었다. 이렇게까지 추적하고 있는데 발견되지 않는다는 건 그놈이 데리고 있을 가능성은 더 커진다.

윤지하 옆에 은서가 있다면…… 은서를 이용할 수 있다.

절망에 차 있던 윤 회장의 얼굴에 야비한 미소가 드리워졌다.

약속된 3일째 날.

그동안 그렇게 찾아 헤맸던 지하가 자기 발로 회장실로 들어오자 윤 회장은 신이 자신의 편임을 확신했다. 그렇지 않고서야 어찌 이렇게 타이밍이 기가 막힐 수가 있단 말인가!

"잘 지내셨습니까."

지하는 여전히 차가운 얼굴로 윤 회장에게 깍듯하게 인사를 했다.

"하하, 나야 별다를 게 있겠나. 어서 들어오게. 아니 그동안 어디 있었기에 연락도 없던 거야?"

윤 회장은 사지에 몰린 자신의 상황은 감추며 능청스럽게 물었다. 날렵한 블랙 슈트를 입은 지하는 윤 회장의 맞은편에 긴 다리를 꼬고 앉았다.

"그동안 일만 했으니 좀 쉬고 싶었습니다."

"그래. 큰일 했으니 쉬어야지. 사람이 쉬는 시간도 있어야 다시 달릴 기운도 나고 그러는 법이니."

윤 회장이 느긋한 미소를 지으며 말했다.

"회장님께서 휴가 내내 저를 찾으셨다는 말을 들었습니다. 무슨 일로 찾으신 겁니까?"

지하는 서늘한 눈빛으로 윤 회장을 바라봤다. 그 눈빛이 묘하게 섬뜩하게 느껴진 윤 회장이 일부러 크게 웃었다.

"나도 어지간해선 자네의 모처럼의 휴가를 방해하고 싶진 않았지만 어쩔 수 없었네. 자네도 들었을 수 있겠지만······ ."

윤 회장이 말끝을 흐리며 지하의 눈치를 살폈다. 아무리 휴가라지만 이 정도 소식을 모를 리가 없지 않을까 하는 마음에서였다.

"무슨 말씀이신지 잘 모르겠군요."

지하가 무감한 표정으로 쳐다보자 윤 회장은 입맛을 다셨다. 모르고 있는 건가? 하긴 알았다면 진작 휴가를 끝내고 돌아왔을 놈이니 모르는 것이 분명해.

"그게 말이지······ 요즘 회사가 그리 좋은 분위기가 아니네."

"무슨 문제라도 생긴 겁니까?"

지하가 한쪽 눈썹을 추켜올리자 윤 회장은 준비해 뒀던 말을 줄줄 풀기 시작했다.

"그걸 도통 모르겠다는 게 문제네. 갑자기 기한도 되지 않은 어음이 줄줄이 밀려들고 이유도 없이 주가가 곤두박질치고 있어. 그 때문에 투자자들이 손쓸 방도도 없이 썰물처럼 빠져나가고 있고 말이네."

탄식처럼 늘어놓은 윤 회장이 목이 타는지 컵을 들어 물을 벌컥벌컥 마셨다. 물컵을 내려놓으며 지하의 표정을 살폈지만 워낙 포커페이스라 무슨 생각을 하는지 전혀 알 수 없었다.

"이 회사가 어떤 회산가. 거의 자네 손으로 키워 냈다고 해도 과언이 아닌 회사지 않은가. 그런데 이런 위기가 생기다니 참······ ."

"······ ."

지하는 대답 없이 입꼬리만 슬쩍 올리고 있었다. 웃음인지 냉소인지 모를 서늘함에 윤 회장의 마음은 더 급해졌다.

아니 이쯤 말했으면 어서 평소처럼 해결책을 내놓아야지! 왜 그러고 앉아서 사람 속을 타게 만들어?

이런 일이 있을 때마다 윤지하는 늘 '걱정하지 마십시오. 제가 처리하겠습니다' 라는 말로 그를 안심시켜 주곤 했다. 하지만 지금 눈앞에 앉아 있는 윤지하는 전혀 그럴 생각이 없어보였다. 그저 표정 없이 자신을 응시하고 있을 뿐이었다. 그런 낯선 지하를 보니 더욱 불안해지는 기분이었다.

윤 회장은 입안이 바짝 말라 옴을 느꼈다.

이 사태를 처음 들었을 때보다 지금 윤지하의 반응이 윤 회장을 더 극심한 불안에 떨게 만들었다. 마음속 깊은 곳에서는 결국 평소처럼 윤지하가 해결해 주리라는 방관적인 믿음이 있었는데 그 믿음이 흔들리자 본격적으로 두려움이 엄습하기 시작한 것이다.

"왜 아무 말도 없어? 뭐라고 말을 좀 해보게."

입을 다물고 있는 지하를 보다 못해 윤 회장이 성마르게 말했다. 그러자 지하가 표정 변화 없이 느긋하게 대답했다.

"무슨 말을 하라는 겁니까?"

"그거야 당연하잖아! 이 사태를 어떻게 해결해야 할지 말이네! 왜 자네답지 않게 답답하게 말귀를 못 알아듣는 거야? 어서 해결책을 제시하란 말이야!"

윤 회장이 조급함과 불안함을 숨기지 않고 드러내며 소리쳤다. 지금 때가 어느 땐데 세상모르고 태평한 표정을 짓고 있는 건지 도저히 이해가 가지 않았다. 윤 회장이 얼굴이 벌게져서 씩씩거리는 걸 보던 지하가 입술 끝을 말아 올렸다.

"제가 보기에 답답한 쪽은 윤 회장님이신데요."

"뭐, 뭐야?"

생각지도 못한 지하의 반응에 윤 회장이 말을 더듬었다. 지하는 느긋하게 다리를 꼬고 그를 똑바로 쳐다보며 말했다.

"아무래도 상황을 이해하지 못하신 것 같으니 오늘 제가 온 목적을 말씀드리겠습니다. 제가 분명 3일의 시간을 드렸고 그 날짜가 오늘인 걸 알고 계실 텐데요. 어떻게, 준비는 다 되셨습니까?"

"뭐⋯⋯!"

윤 회장의 얼굴이 충격으로 물들었다. 지하는 몸을 천천히 소파 등받이로 기대고 눈을 가늘게 뜨고 윤 회장을 응시했다.

"제가 똑똑히 말씀드렸을 텐데요. 오늘까지 이사진 소집하라고."

"그, 그럼 그게, 설마 그런⋯⋯!"

윤 회장의 크게 벌어진 입에서 아귀도 제대로 맞지 않는 말이 제멋대로 터져 나왔다. 지하가 비릿한 미소를 흘리며 윤 회장의 새파래진 얼굴을 응시하고 있었다.

"설마 너, 너란 말이냐? 우리 주식을 보유하고 겨, 경영권을 탈취하려는 사람이?"

"그럼 제가 지금 여기 왜 앉아 있겠습니까?"

"말도 안 돼!"

윤 회장이 발작적으로 소리쳤다. 그럴 리가 없다. 윤지하가 그렇게 할 리가 없다. 그럴 수 있을 리가 없다. 그 모든 시간 동안 철저히 관리해 왔다고 믿어 온 윤지하가 그럴 리가⋯⋯.

"말도 안 된다! 네가 내 회사를 뺏으려 들다니, 그런 말도 안 되는⋯⋯!"

충격으로 이리저리 흔들리는 윤 회장의 눈을 보며 지하가 낮은 목소리로 말했다.

"회장님. 혹시 처음 저를 보육원에서 데려가던 날 하셨던 말씀 기억하십니까?"

"무슨⋯⋯?"

충격에서 벗어나지 못한 윤 회장이 물었다. 지하는 소파에 기댔던 몸을 세우고 상체를 천천히 윤 회장 쪽으로 기울였다. 그의 눈이 흔들림 없이 윤 회장을 똑바로 응시했다.

"회장님께서 말씀하셨죠. 제가 크면 주인을 잡아먹는 호랑이 새끼가 되든가 잘 길들여진 하이에나가 되든가 둘 중 하나일 거라고."

그런 말을 했던가? 윤 회장은 패닉에 빠진 머릿속으로 필사적으로 기억을 더듬어 봤지만 아무것도 기억나지 않았다. 머릿속은 엉망진창으로 어그러져 그저 윤지하의 입만 죽어라 노려보고 있었다.

"제가 길들여진 하이에나보다 주인을 물어뜯는 호랑이 쪽이 더 어울리는 놈이라는 걸 알려 드리는 겁니다."

"……!"

강한 충격을 받은 듯 윤 회장의 눈이 크게 흔들렸다. 붕어처럼 입만 뻐끔거리는 얼빠진 표정의 윤 회장을 남겨 두고 지하가 일어섰다.

"지금쯤 회의실에 다들 모여 있을 겁니다. 이동하시죠."

"잠깐! 잠깐 기다려 보게! 자, 자네가 어떻게 내게 이럴 수 있단 말인가! 널 가르치고 입혀 준 내게! 아니 이보게, 뭔가 오해가 있었던 것 같네. 그게 분명해. 내, 내가 다 설명할 테니 다시 앉아 보게나. 뭐든 설명하겠네. 뭐든!"

윤 회장이 필사적으로 소리쳤지만 윤지하는 뒤돌아보지 않은 채 회장실을 빠져나갔다. 그리고 문밖에 기다리고 있던 수행원들과 함께 회의실로 향했다.

회의실엔 윤한태를 비롯한 부윤의 이사들과 경영진들, 그리고 지하가 데려온 칼을 비롯한 다섯 명의 수하들이 마주 앉아서 최종 인수권자를 기다리고 있었다.

"이제 도착하셨습니다."

긴장된 얼굴로 그쪽 회장이라는 남자를 기다리고 있던 한태가 회의실 문을 바라봤다. 그러자 놀랍게도 미국인 수행원들과 함께 윤지하가 들어오고 있었다.

"네, 네가 어떻게?"

지하는 한태를 쳐다보지도 않은 채 회의 테이블 쪽으로 성큼성큼 걸어갔다. 지하가 다가오자 대기하고 있던 수행원이 비워 뒀던 테이블의 가장 가운데 의자를 빼내줬다.

설마……!

지하가 회사를 뺏으러 온 최대 주주들 가운데 자리에 앉자 한태의 얼굴이 확 일그러졌다.

"네놈이 감히 배신을 해? 키워 준 은혜도 모르고 감히……!"

한태의 으르렁거리는 소리를 가볍게 무시한 지하는 서류를 펼치고 고개를 들었다.

"지금부터 이 부윤의 모든 경영권은 저희 DN의 소유입니다. 저희는 이 회사 자체에 큰 불만은 없으나 부실하고 방만한 경영을 일삼은 현 사장 윤한태 씨나, 그를 비롯한 현재 경영주 일가에는 부정적입니다."

그의 입에서 빠르게 나오는 말을 듣던 이사들이 표정이 미묘해졌다. 당장 현 모든 임원진의 사표를 받으러 온 줄 알았는데 그게 아닐 수 있다는 생각이 들자 그들은 서로 눈치를 보며 한태를 힐끗거렸다. 한태의 얼굴이 시뻘겋게 달아올랐다.

"너 이 새끼 그게 무슨 소리야? 뭐? 부실하고 방만한 경영? 이 쓰레기 같은 자식이 감히 누구더러!"

"그러므로 지금 총수 일가를 제외한 나머지 임원들과 직원들에 대한 인원 감축 및 해고는 없을 예정입니다."

지하의 말에 눈치를 보던 이사진들의 표정이 확 변했다. 죽었다 살아

난 듯 단번에 화색이 도는 그들의 얼굴을 보며 지하가 입술 끝을 비틀어 올렸다. 이 세계에선 자기 밥그릇만 손대지 않는다면 누가 우두머리라도 상관하지 않을 자가 대부분이었다. 지금껏 늘 그들을 상대하던 지하였기에 그들의 생리를 누구보다 잘 알고 있었다.

"제 생각에 이의 있습니까?"

"닥쳐! 누가 네놈 생각에 찬성한다고……."

"이의 없습니다."

단박에 옆에서 튀어나온 목소리에 한태가 시뻘게진 얼굴로 고개를 홱 돌렸다.

"정 상무님! 이러깁니까? 지금껏 우리 덕에 잘 먹고 잘산 주제에 힘들어지니까 바로 뒤통수치다니, 지금 윤지하 이놈 말을 믿는 겁니까? 이 자식 말은 다 헛소리예요! 사기란 말입니다!"

한태가 옆에 앉아 있는 임원진들을 보며 광분에 차서 소리쳤다. 정 상무는 미간을 찌푸린 채 한심한 표정으로 한태를 쳐다봤다.

"지금 잠깐 회사가 어렵다고 이런 식으로 배신하시면 나중에 후회하실 겁니다. 제가 다 기억했다가 다신 이 회사든 어디든 발 못 붙이게 만들 수도 있으니 알아서……."

"윤한태. 그만 입 닫아. 끝난 거 모르겠어?"

"뭐, 뭐라……."

한태가 당혹스러운 표정으로 눈을 크게 떴다. 정 상무가 얼굴을 굳히고 한태를 한심하다는 표정으로 보고 있었다. 윤 회장보다 많은 나이였지만 지금껏 한태 앞에서 설설 기며 늘 사장님, 사장님 하며 존댓말을 쓰던 정 상무가 표정을 싹 바꾸고 말을 놓다니 한태는 진심으로 충격을 받은 얼굴이었다. 그때 한태 옆에서 또 하나의 목소리가 들렸다.

"그러기에 평소 최소한의 경영 공부는 좀 하라고 하지 않았나. 지금

이게 사기라고? 이 지분율 보면 모르겠어? 너희 집 지분과 이 사람들 주식 차이 몰라? 산수도 못해?"

박 이사였다. 박 이사는 한태에게 다그치듯 말한 뒤 지하 쪽으로 고개를 돌려 미소 지었다.

"저도 이의 없습니다. 솔직히 조금 속이 시원하군요. 지금까지 저 윤 사장 있는 동안 업무다운 업무는 진행도 못 해보고 마구잡이 인수합병만 벌이는 통에 진저리가 나던 차였습니다. 아무래도 이 회사 조만간 문 닫지 싶어 마침 이직할 회사 알아보고 있던 중이었는데 안 그래도 될 것 같군요."

"나도 이의 없소. 윤지하 당신 능력은 내가 잘 알지."

"저도 마찬가지입니다."

"저도."

한태 외에 모든 임원진이 이의 없음을 던지자 한태의 얼굴이 터질 듯 달아올랐다. 사면초가에 빠진 상황이 이제야 파악되는지 이를 악물고 지하를 노려보며 을렀다.

"이, 이런 개 같은……!"

붉으락푸르락한 그의 얼굴을 냉소적인 시선으로 바라보던 지하가 말했다.

"이걸로 결정 났군요. 그럼 빠른 시간 안에 짐을 빼 주시죠. 윤한태 사장."

"닥쳐! 아버지가 오시면 네놈 따위, 네놈 따위……!"

한태가 입에 거품을 물듯 버럭거리자 지하는 그에게 상체를 가까이 숙이고 낮은 목소리로 말했다.

"마지막으로 충고 하나 하지. 빨리 집에 가서 챙길 만한 건 들고 나오는 게 좋을 거다. 모조리 압류돼서 맨몸으로 쫓겨나고 싶지 않으면."

지하의 싸늘한 말에 한태의 눈이 흔들렸다.

"뭐, 뭐라고? 이, 이 새끼가 감히 나한테, 나한테 그딴 개소리를 퍼부어? 야 이……!"

쿠당탕!

두 눈에 핏발을 세운 채 광기 어린 얼굴로 회의 테이블 위로 뛰쳐 올라가던 한태를 수행원이 제압해 바닥으로 사정없이 내팽개쳤다.

"으헉! 이것들이 사람 죽이네! 어? 사람 죽여! 어어억!"

평생 맞아 본 적이라곤 없는 한태가 죽는다고 비명을 질러 대자 이사진들이 미간을 찡그리며 내려다봤다.

"내보내."

"네."

지하의 지시에 수행원들이 윤한태를 잡고 질질 밖으로 끌어냈다.

"아악! 윤지하! 가만두지 않아! 으아아아아악!"

개처럼 끌려 나가는 한태가 고래고래 악을 쓰는 소리가 회사 안에 쩌렁쩌렁 울리고 있었다.

무너지는 건 순식간이었다.

부윤을 뺏긴 윤 회장이 집안으로 밀려들어온 채권자들에게 기겁하여 돈을 구하기 위해 사방팔방 뛰어다녔지만 아무도 그들에게 돈을 빌려주지 않았다. 결국 이자율이 무려 90%에 달하는 검은 자본을 끌어다 썼지만 눈덩이처럼 불어난 이자만 남긴 채 급한 불도 끄지 못했다.

검은 자본의 정체가 장기매매나 사람 죽이는 건 일도 아닌 일본계 야쿠자들이라는 걸 잘 알고 있는 윤 회장은 그들이 자기들을 죽이러 오기 전에 반미치광이가 되어 있는 장 여사와 윤한태를 데리고 필리핀으로 야반도주를 감행했다.

"결국 한국을 떴다는군. 돈을 빌린 상대가 국경을 가리지 않는 상대라는 걸 윤 회장도 모를 리가 없을 텐데, 그 정도로 절박했다는 뜻이겠지?"

칼이 지하를 보며 물었다. 지하는 지금은 미국 본사에 있었다. 한국에서 진행하고 있는 부윤의 인수도 성공적으로 마무리 단계였고 미국 내에서 진행하는 일들이 많아 당분간 이곳에 있을 예정이었다.

"아마도."

지하가 대답하며 책상 위를 손가락으로 툭툭 두드렸다. 생각할 때의 그의 습관이라 칼은 지하를 잠시 지켜봤다. 지하의 눈빛이 진지하게 빛나고 있었다.

윤 회장이라면 적어도 자기 배에 칼이 들어오기 전까진 도망갈 최후의 방법은 만들어 뒀을 거라는 생각이 들었다. 그 정도로 멍청한 사람은 아니다. 다만 위기에 몰리다 보니 이것저것 생각할 겨를이 없는 거겠지. 일본 야쿠자와 연계된 검은 돈을 만지는 사람들은 필리핀에도 좍 깔렸다.

"그거, 해결해 줘."

지하가 짧게 말하자 칼이 눈을 크게 떴다.

"이봐. 천사 흉내라도 내려는 거야? 설마 용서해 주려고?"

칼이 미간을 찌푸리며 묻자 지하가 헛웃음을 흘렸다.

"설마."

"그럼 왜 그걸 해결해 줘? 야쿠자가 쫓아가서 죽이든 말든 상관하지 말지."

"아마 자길 죽이려는 상대가 언제 어디서 나타날지 모르는 공포에 필리핀에서 늘 쫓기듯 살 테니 그걸로 됐어."

그러다 완전히 미쳐 버릴지도 모를 사람들이지만 거기까지 배려해 줄 생각은 없었다. 지하의 생각을 대충 이해하기로 했는지 칼도 흐음, 하고 말았다.

"대신 다신 한국으로 못 들어오게 조치 취해 놔. 미국도 안 돼. 한국이든 미국이든 윤은서 있는 곳에 발붙이는 꼴 못 봐. 사람 붙여서 주기적으로 보고하게 하고."

"알았어."

칼이 가볍게 고개를 끄덕였다.

"서진 쪽은?"

"뭐 그쪽도 엉망이지. 곧 특검으로 넘어갈 것 같던데?"

부윤의 몰락은 부윤과 여러 가지로 얽혀 있는 서진에게도 타격이 컸다. 한동우의 모친 최 여사는 윤은서가 사라지고 혼담이 엉망이 되어 버리자 따지려던 차에 부윤이 망해 버려 차라리 잘됐다고 생각했다. 대충 파혼에 대한 기사를 최소한으로 축소시켜 넘어가려 했는데 거기에서 끝이 아니었다.

지하가 동우에게 붙여 둔 사람에게서 얻어 낸 유명 재벌가 후계자의 각종 더러운 여자관계가 어느 날 파파라치 사진으로 둔갑해 일간지와 포털뉴스를 장악했다. 오랜 약혼관계에 있는 여자가 있으면서도 오피스텔을 사 주고 수년째 동거하듯 드나든 것을 비롯해 룸살롱 여자들과의 각종 여성추문이 줄지어 터졌다.

말초신경을 자극하는 재벌가의 성추문에 사람들은 욕을 해 댔고 서진은 막으려 총력을 기울였다. 모든 홍보부와 핫라인이 총동원됐지만 그 힘이 먹히지 않는 더 강한 힘에 눌려 속수무책으로 기사가 양성됐다. 거기에 더해 갑자기 국세청에서 세무조사가 벌어지고 회장을 비롯한 동우의 정치권 로비설과 자금횡령, 각종 비자금이 연달아 터졌다. 한동우 일로 여론의 따가운 눈총을 받고 있는 차에 굵직굵직한 비리사건까지 터지자 대대적인 불매운동까지 벌어지고 있었다.

서진 정도 되면 이런 스캔들 같은 경우 처음부터 기사조차 나가지 않게 막아 버렸을 것이고 세무조사도 적당히 타협해서 눈 가리고 아웅 식으로 진행한다. 아무리 대형 로비와 횡령이 이루어져도 법망을 손쉽게 빠져나올 수 있는 것이다. 이 나라는 결국 자본이 많은 쪽이 법 위에 군림하게 되어 있는 나라니까.

'개인적인 청탁을 하려는 건 아닙니다. 그저 법대로만 집행해 주시죠.'

장관급 인사들에게 서진의 비리가 터지면 법대로 진행해 달라는 주문을 넣었을 때 처음엔 난색을 표하던 그들은 DN이라는 회사 이름을 보고 안색이 하얗게 돼서 고개를 끄덕였다. 아무리 서진의 힘이 강하다지만 미국에서도 단숨에 상위권까지 치고 올라간 신흥재벌인 DN의 말을 무시할 수는 없었다. 더구나 부윤을 흡수한 DN은 얼마 전 한국의 가장 커다란 언론사까지 인수했지 않은가.

DN에게 찍힌 이상 서진도 오래 버티지 못할 것이라고 짐작한 그들은 언론과 법망을 통제하지 못하도록 철저히 감독했고 그 결과 특검까지 다이렉트로 이어지게 된 것이다.

"끝났다고 봐야겠군."

"무너지는 건 시간문제지."

지하가 입술 끝을 기분 좋게 말아 올리자 칼도 웃으며 대꾸했다.

대충 회의가 끝나자 지하는 자리에서 일어나 코트를 챙겨 들었다. 집에서 기다리고 있을 은서 생각에 걸음이 바빠졌다. 지하가 빠른 속도로 사장실을 빠져나가는 것을 바라보며 비서인 줄리아가 칼에게 말했다.

"저렇게 매일 뒤도 안 돌아보고 퇴근할 정도로 보스 애인이 미인인

가요?"

줄리아는 풍만한 가슴과 잘록한 허리, 거기에 길고 늘씬한 다리를 가진 전형적인 금발 미녀였다. 하지만 유독 저 윤지하라는 남자는 자신에게 일말의 관심도 보이지 않아 자존심이 상했다.

질투를 담은 듯한 줄리아의 눈빛을 보고 칼이 웃었다.

"한국 속담에 그런 게 있다던데. 못 먹을 감 쳐다보지도 말라고."

"왜 보면 안 되는데요?"

줄리아가 이해가 안 된다는 식으로 미간을 살짝 찌푸렸다.

"이봐, 줄리아. 당신은 충분히 멋지고 매력적이지만 어차피 저 감은 네 것이 될 수 없어. 먹고 싶어 쳐다본데도 소용없다고. 위액 분비로 인한 통증만 느끼지. 그러니까 못 먹을 감은 아예 쳐다보지도 말란 뜻이야."

"충고 고맙네요."

줄리아가 싸늘한 시선으로 칼을 쳐다보고는 홱 몸을 돌려 가 버렸다.

"내 딴엔 친절하게 설명해 줬는데 왜 저러는 거지? 여자들은 도무지 이해가 안 돼."

칼이 팀원들을 돌아보며 억울한 듯 말하자 다들 쿡쿡거렸다.

바람처럼 집으로 돌아온 지하는 은서에게 커다란 장미꽃다발을 내밀었다. 은서는 꽃보다 더 화사한 미소를 지으며 그를 반겼다.

"어서 와."

은서가 그의 목에 매달리듯 안기자 지하가 그녀의 귓가에 낮게 속삭였다.

"보고 싶었어."

그의 말에 꽃을 품안에 안은 은서가 입술 끝을 둥글게 휘어 올렸다.

"나도."

매일 퇴근할 때마다 한아름 꽃을 안겨 주며 보고 싶었다고 말해 주는 남자. 윤지하가 이렇게 로맨티스트일 줄 누가 알았을까? 살벌한 예전의 별명들을 생각하면 정말 놀라울 정도였다.

"이것도 이번 전시회에 내걸 그림인가?"

지하가 은서 앞에 놓여 있는 화폭을 보며 물었다.

화폭엔 하얀 눈밭에 커다랗고 빨간 꽃송이가 기하학적인 모습으로 펼쳐져 있었다. 마치 커다란 핏방울 같기도 한 그 꽃은 하얀 풍경과 어울려 색채가 더욱 강렬해 보였다.

"응. 겨울 느낌 나지?"

장미를 테이블 위에 올려 둔 은서가 수줍게 웃었다. 곧 전시회 날짜가 다가오고 있었다. 이번 전시회는 부윤의 딸 윤은서가 아니라 'Eun'이라는 새 이름으로 여는 첫 전시회였다. 그래서 요즘 그녀는 그림에만 매달려 살고 있었다.

필요로 인해 회사 일을 하던 때와 달리 늘 하고 싶었던 일을 할 수 있게 되자 요즘 은서는 더없이 충실한 삶을 보내고 있었다. 복잡한 계약 건이나 업무적인 문제들은 모두 지하가 붙여 준 전담 비서가 알아서 처리를 해 줘서 은서는 그저 작품생활만 하면 됐다.

지하는 늘 팔릴 그림이 아닌, 하고 싶은 그림을 그리라고 충고해 줬기에 은서는 순수하게 좋아하는 그림만 그릴 수 있었다. 다행히도 그녀의 그림을 좋아해 주는 사람들이 점점 늘어났다. 전시회 요청도 뉴욕만이 아닌 다른 지역으로 점차 확대되고 있는 중이었다.

지하가 말없이 화폭을 바라보는 은서의 옆으로 다가와 그녀의 허리를 감싸 안고는 속삭였다.

"질투 나는군."

"응? ……뭐가?"

화폭에 정신이 팔려 있던 은서가 눈을 동그랗게 뜨고 지하를 올려다 봤다.

"내가 바로 옆에 있는데도 관심도 없잖아. 요즘 바빠서 같이 있을 시간도 거의 없었는데 말이지……. 나에게 너무 냉정한 거 아냐?"

그가 부드럽게 그녀의 어깨를 껴안으며 머리칼에 얼굴을 묻고는 힐 난하는 눈빛으로 은서를 봤다. 마치 칭얼거리는 아이 같은 그 모습에 은서는 저도 모르게 볼우물이 깊게 패였다.

"내가 그랬어? 설마."

"설마라니. 내가 이 두 눈으로 똑똑히 보고 있는데."

지하가 미간을 찌푸리고 은서의 목덜미에 이를 박았다. 그의 입술이 목을 간질이자 은서의 말간 웃음소리가 터져 나왔다. 지하가 은서를 달 랑 들어 올리자 그녀는 자연스럽게 그의 목을 껴안았다.

지하는 은서를 소중한 듯 품에 안고 하늘이 올려다보이는 탁 트인 테 라스로 천천히 걸어갔다.

보기 좋은 작은 나무들이 심어진 공원처럼 넓은 테라스는 이 펜트하 우스에서 은서가 가장 좋아하는 장소였다. 특히 밤에 테라스에 나와 있 는 것을 좋아했다. 드넓은 밤하늘과 불빛이 넘쳐흐르는 화려한 뉴욕의 전경을 보고 있으면 그 아름다움에 절로 압도되어 버리곤 했다.

지하는 나무 벤치 위에 앉은 뒤 자신의 무릎 위에 은서를 앉혔다. 단 정한 그의 얼굴이 은서의 시선 아래에 있었다. 그 얼굴을 손가락으로 하나하나 보듬으며 은서가 부드러운 미소를 지었다.

"이곳에 있으면 좋은 점이 뭔지 알아?"

"뭐지?"

은은하게 반짝이는 까만 눈동자로 은서를 올려다보며 지하가 물었다.

"세상에 오로지 당신과 나 단둘이 있는 것 같은 기분이 든다는 점."

은서가 나긋한 목소리로 말하며 부드럽게 웃고 있는 지하의 얼굴에 천천히 다가갔다. 그의 입술을 살짝 빨다 당기고 놔주자 깊은 입맞춤이 돌아왔다. 지하는 그녀의 뒷목을 잡고 끌어당겨 뜨겁게 입술을 머금고 달콤한 타액을 들이마셨다. 귀밑머리를 살랑이게 하는 시원한 바람을 느끼며 부드럽게 키스가 이어졌다.

거칠어진 숨결을 토해 내며 입술이 살짝 떨어졌다. 은서가 감고 있던 눈을 천천히 뜨자 사랑스러운 시선으로 보고 있는 지하의 눈동자가 보였다. 은서는 그의 긴 속눈썹과 달빛을 받아 반짝이는 매혹적인 눈을 오래 마주 봤다.

"윤은서와 단둘만 있는 세상이라……. 그거 좋은데."

낮게 속삭이며 지하가 다시 천천히 거리를 좁혔다. 입술이 살짝 닿을 듯한 거리에서 그가 다시 말했다.

"아니, 간절해."

뜨거운 입술이 그의 열망을 담은 듯 거칠게 겹쳐졌다. 은서의 입술이 부드럽게 열리며 그의 열망을 담뿍 받아들였다. 그녀의 입안을 부드럽게 휘감던 그의 혀가 빠져나가고 입술이 촉촉한 소리를 내며 떨어졌다. 벌어진 입술 사이로 은서가 살짝 거칠어진 숨결을 내쉬고는 속삭였다.

"얼마나 원했는지 몰라. 당신과 함께 있는 순간을, 그 순간이 쌓여 하루가 되고 삶이 되기를……그것이 욕심이라는 걸 알면서도 그랬어. 평생을 바라온 마음이 자꾸 커져 가는 게 두려울 정도였어."

은서의 말을 듣던 지하가 참을 수 없다는 듯 그녀의 입술을 다시 머금었다. 그의 움직임이 한층 거칠어졌다. 그녀의 입술을 크게 벌려 혀를 밀어 넣고 은서의 고백으로 뜨거워진 마음을 증명해 보이듯 강렬하게 키스했다. 점점 뜨거워지는 숨결을 남김없이 빨아들이자 은서가 그의 얼굴을 두 손으로 잡고 끌어당기며 더욱 깊숙이 그를 받아들였다.

"하아."

타액에 물든 입술이 떨어지고 속눈썹이 닿을 듯 가까운 거리에서 둘의 시선이 맞닿았다. 그녀를 응시하는 그의 눈동자가 욕망으로 새까맣게 가라앉아 있었다.

"당신의 이 눈빛이 언제나 나를 달아오르게 만들었어."

은서가 그의 눈가를 손가락으로 매만지며 말했다.

"눈빛?"

"응…… 이 눈빛에 담긴 게 그저 욕망뿐이라고 생각했을 때도, 이 눈빛을 볼 때마다 꼭 나를 사랑하고 있는 것 같다는 기분이 들었어. 나를 뜨겁게 사랑하고 있는 것 같다는…… 착각이어도 상관없었어. 어쩌면 그저 그렇게 믿고 싶었는지도 몰라."

지하의 눈빛에 미안함이 스쳤다.

알고 있었다. 그런 강제적인 관계가 여린 은서에게 얼마나 상처가 될지…… 알면서도 그렇게 했다. 미숙하고도 어리석은 자신 때문에 상처받았을 은서를 생각하니 가슴이 욱신거렸다.

"내가 상처 준 거 알아. 그리 오랫동안 아프게 해서 정말 미안해."

그의 진심을 담은 낮은 목소리에 은서가 살며시 미소를 지었다.

"미안하다는 말 들으려고 한 거 아냐. 한편으로 알고 있었어. 당신이 거칠게 날 대했어도 마음 한편으로는 느껴졌어. 그 숱한 관계 속에 어떻게 내가 모를 수가 있겠어…… 당신 마음, 날 원하는 마음, 느껴졌어. 아프게."

어쩌면 그래서 거부하지 못했는지도 모른다. 그래서 그를 기다렸는지 모른다. 그에게 길들여진 건 육체만이 아니었다. 그가 그때에만 내비치는 사랑에 중독되었던 것일지도 모른다.

지하는 놀랐다. 은서가 그런 자신의 깊숙한 본심까지 눈치채고 있었다는 데에. 자신조차 눈치채지 못했던 그 감정을 그녀가 느끼고 있었다는 데에…….

"널 아프게 한 만큼 앞으로 갚아 줄게. 그게 몇 년이 걸리든 몇 십 년이 걸리든 갚아 줄게. 전부 다 갚아 줄 테니까 잊지 말고 청구해. 내가 무슨 일이 있어도 갚아 준다."

감동한 듯 이글거리는 눈빛으로 은서를 보던 지하가 붉은 입술에 입을 맞춘 후 말하자 은서가 웃음을 흘렸다.

"이자까지 청구할까 보다."

"청구해. 뭐든."

뭐든. 정말 뭐든 해 줄 수 있을 것 같다. 이 여자를 위해서라면. 절대 엄두도 낼 수 없었던, 가질 수 있을 거라 기대조차 할 수 없었던 이 여자가 지금 이 품 안에 있으니까.

"목숨을 바치라고 하면 바치고 널 위한 개가 되라고 하면 될 테니까……."

그의 낮은 속삭임에 은서가 살풋 눈썹을 찡그렸다.

"개라니. 그런 표현 싫어."

부윤의 개.

평생 그 말을 달고 산 그를 알면서 어찌 그 말을 듣고 속이 상하지 않을 수 있을까. 표정을 굳히는 은서의 콧등을 살짝 깨물고는 지하가 웃었다.

"윤은서 널 위해서라면 정말 기쁜 마음으로 개가 될 수 있어. 그전은 복수를 위해 미친개가 되었다면, 너의 행복을 위해서라면 아주 점잖은 개가 되어 주지. 어때? 짐승 한 마리 키워 보겠어?"

"뭐야?"

세상에, 윤지하가 이런 농담을?

윤지하가 농담도 한다는 생각에 신기한 듯 바라보던 은서가 웃음을
터뜨렸다. 그녀에게는 아직 아픈 말인데 지하는 이제 정말 괜찮은 모양
이었다. 그렇지 않고서야 그 말을 가지고 이렇게 농담거리로 사용할 수
는 없을 텐데.

곰곰이 생각하던 은서가 말했다.

"음…… 그럼 난 개 말고. 늑대는 좋을 것 같아."

"같은 개과 아니던가? 개는 싫고 늑대는 좋다니, 윤은서 의외로 와일
드한데?"

입술 끝을 끌어올리고 쿡쿡 웃음을 짓는 그의 허벅지 위에 앉은 채로
넓은 가슴을 은서가 손바닥으로 천천히 쓰다듬었다. 그 은밀한 손길에
지하의 미소가 천천히 지워지고 허벅지가 단단히 긴장됐다. 그의 욕망
으로 어두워지는 새까만 눈동자를 내려다보며 은서가 속삭였다.

"윤지하라는 늑대에 길들여져서 말이지."

그녀의 속삭임을 듣는 순간 지하가 은서의 벌어진 탐스러운 입술을
거칠게 삼켰다. 입술이 겹쳐지는 순간 머릿속에서 짜릿한 불꽃이 튀겼
다. 그녀의 말캉한 혀를 낚아채 담뿍 빨아들이고 숨결을 빼앗았다. 더
가지고 싶어서 안달이 난 듯 그의 움직임은 진한 갈증을 내보였다.

그 욕망을 달래듯 지하의 어깨를 잡고 은서가 부드럽게 그의 혀를 감
쌌다. 살살 어루만지고 애틋하게 보듬었다. 타액에 물든 윗입술과 아랫
입술에 자잘한 키스를 뿌리며 애타게 하자 지하가 거친 숨결을 흘리며
그녀의 허리를 잡아 끌어당겼다.

"으응."

바짝 밀착된 하체에서 단단한 그의 욕망이 느껴졌다. 쿡쿡 찌르듯
자극하는 그의 팽팽하게 부푼 남성을 느끼며 은서가 허리를 살짝 비틀

었다.

"아."

은근한 움직임에 지하의 입술에서 신음이 터져 나왔다. 은서가 이렇게 자신을 만지고 자극하면 그는 그야말로 미칠 것만 같았다. 거친 호흡으로 들썩거리는 그의 탄탄한 가슴을 쓸어내리던 은서가 솜사탕처럼 부드러운 키스를 하며 셔츠 단추를 하나씩 풀었다. 단추가 풀릴 때마다 잘 조련된 근육으로 다져진 그의 단단한 몸이 드러났다.

벌어진 셔츠 사이로 은서가 손을 집어넣어 탄탄한 가슴을 손바닥으로 쓸더니 작은 젖꼭지를 살짝 비틀었다. 그 순간 지하의 미간이 찡그려지더니 숨소리가 더욱 거칠어졌다. 그의 가슴이 오르내리는 것을 보며 은서는 천천히 그의 남자다운 강한 턱과 긴장한 목덜미에 입을 맞췄다.

"이렇게 애태울 거야?"

지하가 낮은 목소리로 으르며 자신의 셔츠를 잡아 뜯을 듯 거칠게 벗어 버렸다. 욕망이 번들거리는 그의 눈빛에 은서는 숨이 막힐 듯한 흥분을 느꼈다.

"조금만 더."

은서가 속삭이며 고개를 숙여 그의 갈색 젖꼭지를 입술 안에 담았다.

"……웃."

지하가 고개를 젖히자 그의 남성적인 강한 목젖이 꿈틀거렸다. 말랑한 입술 안에 감싸인 그의 가슴 끝 돌기가 단단하게 곤두섰다. 팽팽히 곤두선 돌기를 은서가 작은 혀로 이리저리 굴리자 지하의 숨이 거칠어졌다. 꽉 조여진 복근이 거친 숨결에 맞춰 오르락내리락거리자 은서의 입술이 갈라진 근육 사이를 타고 아래로 내려갔다.

"은서……."

그녀의 입술이 점차 아래로 내려가자 지하의 턱이 팽팽하게 조여들었다. 가느다란 손가락으로 바지버클을 풀어낸 은서가 지퍼를 내리고 드로즈를 벗겨 냈다. 그러고는 잔뜩 곤두서 있는 거대한 남성을 양손으로 잡았다. 그의 흥분을 보여주듯 끄덕거리는 검붉은 페니스 위에 투명한 액이 맺혀 있었다. 굵은 기둥은 잡은 채 그녀의 입술이 다시 벌어졌다.

"윤은서……! 크읏!"

붉은 입술이 삼키기도 버거운 그의 남성을 힘껏 삼키자 지하의 관자놀이에 힘줄이 솟았다. 온몸이 조여드는 강한 쾌감이 그의 등허리를 타고 순식간에 머리끝까지 치솟아 올랐다. 은서는 뚝뚝 끊기는 흥분에 찬 그의 신음 소리를 들으며 온몸이 더욱 뜨겁게 달아오르는 것을 느꼈다. 매끈한 남성에 이가 닿지 않도록 조심하며 입술로 크게 삼켰다가 강하게 빨아올렸다.

"……아!"

쾌감의 신음 소리가 지하의 입술에서 터져 나오며 본능적으로 그의 공처럼 탄탄하고 둥근 엉덩이가 튕겨 올랐다. 은서의 입술 안에 점차 거대하게 발기하는 그가 느껴졌다.

"제길…… 읏, 앗……!"

어느새 지하는 큼직한 손으로 은서의 부드러운 머리칼을 움켜잡은 채 단단히 고정시키고 관능적으로 허리를 움직이고 있었다. 그가 허리를 쳐올릴 때마다 은서는 입술을 크게 벌려 그를 한껏 머금었다. 그럴 때마다 그의 몸을 짜릿하게 관통하는 전율이 은서에게도 고스란히 전달됐다.

지하는 이를 악물고 고개를 뒤로 젖혔다가 내렸다.

그의 욕망에 물든 까만 눈동자에 바닥에 무릎을 꿇고 앉은 은서가 통통하게 부푼 입술을 벌려 한껏 그를 빨아들이는 적나라한 모습이 들어왔다. 그 미치도록 섹시한 광경에 지하는 아찔한 사정감을 느꼈다. 그의 리드미컬한 허리 짓이 점차 빨라졌다. 거친 호흡에 맞물린 신음이 원색적이었다.

그의 남성이 터질 듯이 단단하게 부풀어 오르자 은서가 입술을 떼어냈다.

"하."

은서는 막혔던 숨을 터뜨리며 입술에 묻은 타액을 자신의 혀로 핥았다. 그 도발적인 모습에 지하는 머릿속이 하얗게 비워졌다. 들끓는 욕망의 화염에 잠식된 채 우악스럽게 은서를 잡아 일으키자 은서가 매혹적인 미소를 지으며 그의 귓가에 속삭였다.

"기다려."

그 목소리에 지하는 순간 멈칫했다.

개는 싫다더니 개 취급?

그가 멈칫하는 사이 은서는 자신의 하늘거리는 스커트를 허벅지 위까지 들춰 올렸다. 눈부시도록 새하얀 허벅지가 나타나자 지하는 숨을 들이켰다. 은서가 스커트 속으로 손을 집어넣어 자신의 얇은 브리프를 벗겨 내기 시작했다. 날씬한 다리를 부드럽게 빠져나가는 실크 브리프를 그의 뜨거운 시선이 강렬하게 따라갔다.

은서가 다리 아래로 끌어내린 브리프가 가느다란 발목을 지나 바닥으로 떨어졌다. 은서는 은밀한 미소를 지은 채로 지하의 목을 끌어안고 그의 단단한 허벅지 위에 앉았다. 마주 보는 그의 얼굴에 뜨겁고 진지한 열망이 가득 퍼져 있었다.

그의 열기를 품은 눈빛을 똑바로 응시하며 은서가 한손을 아래로 내려 두 손가락으로 여성의 입구를 넓게 벌렸다. 살짝 엉덩이를 든 채로 손가락 사이에 그의 팽팽하게 곤두선 굵은 남성을 갖다 댔다. 흥건히 젖은 도톰한 속살이 단단하고 매끈한 그의 귀두를 천천히 머금었다. 그의 남성 끝이 뜨거운 속살 안으로 빨려 들어가자 그의 얼굴이 쾌감으로 일그러졌다. 은서가 그의 관능적으로 일그러진 얼굴을 똑바로 바라보며 천천히 엉덩이를 내렸다. 뜨겁게 달아오른 여성은 기다렸다는 듯 그를 단숨에 삼켰다.

"……하아!"

"헉."

무섭게 발기한 남성을 순식간에 뜨거운 속살로 먹어 치우자 두 사람의 입술에서 탄성이 터져 나왔다. 서로의 몸이 섞이며 짜릿한 쾌감이 터지자 주체할 수 없는 흥분이 밀려 올라왔다. 탁 트인 공간에서 은서는 대담하게 허리를 놀렸다. 이 근방에 이곳만큼 높은 건물은 없지만 사방이 트인 정원 테라스에서 벌이는 정사는 위험했고 그만큼 짜릿했다.

"아, 아웃. 지하……!"

은서가 헐떡이는 신음을 흘리며 그의 강한 목을 끌어안고 위아래로 크게 움직였다. 그녀의 말려 올라간 치마 아래로 탱글한 엉덩이가 허옇게 드러났다. 뜨거운 욕망에 휩싸인 채 지하가 그녀의 엉덩이를 힘껏 움켜잡고 강하게 허리를 쳐올렸다.

아래에서 푹푹 찔러 올리는 강한 힘에 은서는 정신을 차릴 수가 없었다. 정신없이 흔들리던 은서가 비명을 터뜨리며 지하의 어깨를 움켜잡고 고개를 한껏 젖혔다.

"하앗!"

찌릿찌릿한 강한 전율이 발가락 끝에서부터 온몸으로 순식간에 퍼져 나갔다. 심장에서 피를 빠르게 펌프질한다. 참을 수 없는 거친 흥분이 온몸을 잠식한다. 은서는 지하의 몸을 움켜잡은 채로 엉덩이를 위로 힘껏 쳐올렸다. 팡팡거리며 강하게 내리칠 때마다 질척거리는 애액이 그의 허벅지까지 흥건하게 적셨다.

"아. 이런, 돌아 버릴 것 같아."

지하가 열기에 젖은 허스키한 목소리로 은서의 찰랑이는 머리칼을 거머쥐었다.

"은서. 좀 더 날 미치게 해 줘."

"아, 아웃. 으, 으앗."

거칠어지는 그의 움직임에 따라 은서는 격렬하게 흔들렸다. 자신의 안에서 더욱 커지는 그의 두꺼운 페니스를 느끼며 한껏 허리를 휘었다. 이 남자를 미치게 만들고 싶었다. 이 남자의 입술에서 쾌락의 비명이 쏟아져 나오게 만들고 싶었다. 그런 강한 욕망이 은서의 움직임을 더욱 빠르게 부추겼다.

"아, 하, 하윽!"

은서의 땀에 젖은 몸을 움켜잡은 채 지하가 이를 악물고 거세게 튕겨 올리자 그녀는 탄력적으로 요동쳤다. 지하는 흐트러진 그녀의 셔츠를 말아 올리며 탱글하게 드러난 젖가슴을 축축한 입술로 강하게 빨아올렸다.

"헉."

은서의 고개가 뒤로 한껏 젖혀졌다. 핑크빛 유두가 단숨에 빳빳하게 곤두섰다. 뜨거운 입술로 담뿍 빨아들였다가 이로 살짝 깨물자 은서가 진저리치며 신음을 쏟아 냈다. 지하는 그녀의 골반을 움켜잡고 강하게 허리를 퉁겨 올렸다. 격렬하게 치고 올라오는 남성에 은서의 눈앞이 부옇게 흐려졌다.

아, 맙소사……!

짜릿한 쾌감이 온몸에 소름이 돋게 만들었다. 그를 미치게 하기 전에 이러다 자신이 먼저 미칠 것 같았다. 은서가 고개를 저어 댔다.

"지하. 안 돼. 그만……!"

은서가 헐떡이며 소리치자 지하가 흥분에 가득 찬 눈빛으로 그녀를 올려다보며 입술 끝을 올렸다.

"어림없는 소리."

지하는 그녀의 골반을 움켜잡은 채로 자신의 남성을 확 빼냈다.

"아!"

좁은 여성을 꽉 메우고 있던 남성이 순식간에 빠져나가자 은서의 몸이 휘청거렸다. 그녀의 몸에서 빠져나온 거대한 검붉은 남성에 은서의 달콤한 우윳빛 애액이 흠뻑 묻어 있었다.

지하가 휘청거리는 은서의 몸을 일으켜 벤치 뒤에 있는 가슴 정도까지 올라오는 벽을 잡게 했다.

벽을 잡고 선 그녀의 흐린 시야에 거대한 뉴욕의 야경이 한눈에 들어왔다. 반짝이는 야경을 보자 왠지 밖에서 이런 짓을 벌이고 있다는 것이 부끄러워졌다. 살짝 움츠러드는 그녀의 뒤에 바짝 붙어 선 지하가 한손으로 잘록한 허리를 끌어당겼다. 아래로 흘러내리는 스커트를 거칠게 걷어 올린 지하가 탐스러운 엉덩이를 주물렀다. 은서가 귓불을 발갛게 물들이며 속삭였다.

"우리 그만 안으로 들어…… 흣!"

지하가 한 손을 내려 커다란 손으로 까슬한 수풀 밑 보풀아 오른 여성 전체를 덥석 움켜잡았다. 은서가 거친 신음을 터뜨리자 그녀의 귓가에 바짝 입술을 갖다 댄 지하가 속삭였다.

"봐. 아름답지 않아? 이곳은 밤이 특히나 아름다운 곳이지."

"읏, 으응……."

지하는 다른 한 손으로 가슴을 주무르며 노골적으로 은밀한 수풀 사이를 자극했다. 은서의 숨이 더욱 거칠어졌다.

"내가 이곳에서 보는 야경을 가장 좋아한다는 말, 했던가?"

"하아, 하아. 읏……. 그랬……던가?"

애액으로 촉촉이 젖은 여성을 손바닥 전체로 강하게 압박하듯 문지르다가 뾰족하게 솟아오른 음핵을 꼬집듯 비틀었다.

"학."

뜨겁고 강렬한 쾌감이 그녀를 온통 뒤흔들었다. 그의 뜨거운 숨결이 귓가에 와 닿았다.

"궁금했어. 저곳을 보면서 널 가질 때의 느낌이 어떤 느낌인지……. 야경에 감싸인 윤은서가 쾌감에 몸부림치는 모습이 얼마나 황홀할지."

지하가 잔뜩 발기해 끄덕거리는 페니스를 잡아 그녀의 보얀 엉덩이 사이에 대고 음란하게 비벼 댔다. 뭉툭하고 단단한 끝이 당장이라도 좁은 입구를 뚫고 들어올 것만 같아 은서의 몸이 움찔거렸다.

"아아. 지하……."

그의 관능적인 허리 움직임에 맞춰 허리를 비틀어 대며 은서가 헐떡였다. 어서 들어오라는 듯 그녀의 엉덩이가 위로 한껏 치켜 올라가며 그의 굵은 기둥 끝이 꿀처럼 달큰한 애액에 흠뻑 젖어갔다.

"좀 더 벌려 봐. 내가 들어가기 쉽도록."

그녀의 귓가에 속삭인 그가 하얗고 깨끗한 귓바퀴를 핥아 올리자 은서의 팔뚝에 오소소 소름이 돋아 올랐다. 그의 말대로 바들거리는 다리를 더욱 벌리며 은서는 고양이처럼 허리를 뒤로 꺾었다. 지하가 그녀의 탐스러운 엉덩이 골 사이에 자리 잡은 자신의 번들거리는 페니스를 노려보며 거칠게 숨을 몰아쉬었다. 그가 강하게 비벼 댈수록 음란하게 살이 문대지는 소리가 공기 중으로 질척거리며 흩어졌다.

"어서. 제발 어서……."

은서가 난간을 움켜잡고 고개를 저으며 뜨겁고 단단한 그를 삼키고 싶어 안달을 냈다. 지하는 뭉툭한 끝을 미끄러뜨리듯 살짝살짝 그녀의 안으로 침범했다가 빠져나왔다. 그럴수록 그녀는 더욱 애가 타 미칠 것만 같았다.

"윤지하!"

그녀의 애타는 목소리와 함께 그의 힘줄 솟은 두꺼운 페니스가 촉촉이 젖은 여성 안으로 깊숙이 쑤셔 들어갔다.

"하악……!"

은서가 쾌감의 신음성을 터뜨리며 고개를 뒤로 젖혔다. 온몸을 갈라 버릴 듯 사정없이 짓쳐 들어오는 강한 치받침에 머릿속이 아득해졌다. 재차 밀려 들어온 거대한 페니스가 예민한 내벽을 긁어 올리자 짜릿한 쾌감이 척추를 타고 정수리까지 치솟아 올랐다.

"후욱, 후욱. 황홀해. 정신이 나가 버릴 것 같아."

지하의 허스키한 목소리가 그의 거친 숨소리와 뒤섞여 흘러나왔다. 강하게 남성을 압박해오는 뜨거운 내부가 그를 한없이 거칠게 만들고 있었다. 자꾸 아래로 흘러 내려가는 스커트가 그녀의 엉덩이를 가리자 지하가 양손으로 하늘거리는 스커트를 잡아 우두둑 뜯어 버렸다.

"아!"

뜯은 스커트를 한 손으로 잡아당겨 바닥으로 던져 버리자 그 반동으로 은서가 몸을 떨었다. 환한 달빛과 조명을 받은 은서의 보얀 엉덩이가 이제야 만족스럽게 그의 시야에 온전히 들어왔다.

지하는 은서의 탐스러운 엉덩이를 양손으로 터뜨릴 듯 움켜잡은 채 거센 움직임으로 깊숙이 파고 들어갔다.

"아흐읏!"

"크윽."

그의 미간이 쾌감으로 일그러졌다. 오만하게 허리를 세운 채로 고개를 한껏 젖히자 새까만 밤하늘과 점점이 흩어져 있는 무수히 많은 반짝임들이 선물처럼 그의 시야에 쏟아졌다.

"으, 웃. 아아. 하웃."

거친 그의 욕망을 받아내며 정신없이 고개를 저어 대는 은서의 몸을 잡아 지하가 앞으로 되돌렸다. 갑자기 그와 마주 보게 되자 은서는 물기 젖은 흐릿한 눈으로 그를 올려다봤다. 지하는 은서의 다리를 잡아 올리며 입술 끝에 미소를 띠웠다.

"역시, 나에게 가장 큰 선물은 너야."

속삭이듯 말한 지하가 그녀의 입술에 입을 맞추고는 몸을 밀착시켰다. 날씬한 은서의 다리가 그의 허리에 감겨졌다.

"고마워. 나에게 이런 선물을 줘서. 그리고……."

지하가 그녀의 입술을 살짝 빨아들인 후 다시 속삭였다.

"내 옆에 있어 줘서."

은서의 눈가에 번진 눈물을 핥으며 지하는 그녀의 몸 안으로 깊숙이 찔러 들어갔다.

"아훗……!"

자궁까지 치밀어 오르는 단단함에 은서의 허리가 확 휘었다. 그녀의 모든 것은 아무리 가져도 갈증이 났다. 바닷물처럼 들이켤수록 갈증을 일으키는 윤은서를 지하는 늘 쫓기듯이 가져야만 했다.

"지하, 지하……."

은서가 매달리듯 지하의 목을 끌어안았다. 깊숙이 찔러 올렸다가 빠져나가며 지하가 그녀의 귓가에 허스키하게 속삭였다.

"널 가지면 가질수록 불안하기만 했어. 언제든 그게 마지막일 수 있다는 기분으로 가져야만 했으니까. 네 안에 있을 때에야 난 순간의 안심을 느낄 수 있었어."

그의 잔뜩 낮아진 목소리와 함께 행위가 거칠어졌다.

"이제 그렇지 않을 거라고 말해."

"아, 아아, 웃……!"

격렬한 그의 움직임에 요동치느라 은서의 입술에선 턱턱 막힐 듯한 신음만이 흘러나왔다.

"어서. 윤은서. 말해 줘. 떠나지 않고 언제까지나 내 옆에 있을 거라는 확신을 줘."

지하의 목에 매달린 은서는 그의 으르는 듯한 목소리에 마음이 아파왔다. 이렇게나 사랑하는데. 그걸 알고 있으면서도 불안해하는, 그래서자꾸 확인을 받으려 하는 그의 내면의 상처에 마음이 저려 왔다.

"당신을 사랑해."

그를 부둥켜안고 귓가에 대고 말했다. 은서의 말에 그의 몸이 움직임을 멈춘 채 긴장한 듯 굳어지는 것이 느껴졌다.

"윤지하 당신을 사랑해. 당신만을 사랑해. 영원히 사랑해. 죽을 때까지 사랑해."

은서의 진심을 담은 목소리에 지하는 숨을 크게 몰아쉬고는 그녀를 번쩍 안아 올렸다. 몇 걸음 걸어가 푹신한 러그가 깔려 있는 넓은 벤치위에 은서를 눕혔다. 양팔 안에 그녀를 가두고 그 위를 덮은 지하가 은서의 얼굴을 내려다봤다.

아…….

은서의 투명한 눈동자에 물기 젖은 그의 두 눈이 보였다. 눈물 맺힌그의 눈을 보자 은서의 눈빛이 흔들렸다. 지하는 고개를 숙여 소중한듯 그녀의 얼굴에 자잘한 키스를 뿌렸다. 동그란 이마와 기다란 속눈썹,

동그란 콧방울과 붉은 입술에 하나하나 천천히 입을 맞추고 뺨을 지나
그녀의 귓불을 핥으며 속삭였다.

"사랑해."

단 세 글자의 말에 담긴 깊고 무거운 진심에 은서의 눈꼬리를 타고
눈물이 흘러내렸다. 그 짭쪼롬한 눈물을 핥으며 지하가 그녀를 껴안고
그녀의 안으로 부드럽게 파고들었다.

두 개의 몸이 결합된 중심으로 윤활유처럼 애액이 흘렀다. 서로의 몸
을 적시는 미끈한 액이 그 안을 드나드는 단단한 페니스를 부드럽게 감
쌌다. 뜨겁게 조이는 감각에 지하가 거친 숨을 터뜨리며 은서의 몸을
더욱 꽉 끌어안았다. 은서는 그의 등을 매만지던 손을 아래로 내려 탄
탄하고 둥근 엉덩이를 힘껏 움켜잡았다.

"크읏. 은서……!"

지하가 헐떡이며 그녀의 등 뒤로 손을 밀어 넣어 작고 탱글한 엉덩이
를 거머쥐었다.

"하앗! 아! 아웃!"

틈새 없이 밀착된 몸이 서로의 엉덩이를 움켜잡은 채 거칠게 내달리
기 시작했다. 숨결이 뜨겁게 달아올랐다.

참을 수 없을 정도로 푹푹 쑤셔 들어오는 힘에 은서의 입술이 절로
벌어지며 달콤한 신음을 흘려 댔다. 쇄골 부근까지 말려 올라간 셔츠
아래에 드러난 말랑한 가슴이 그의 단단한 가슴에 납작하게 짓눌렸다.
예민한 유두 끝이 그의 가슴에 쓸려 자극을 받아 더욱 팽팽히 부풀었
다. 지하가 치골까지 닿을 듯 깊숙이 들이칠수록 은서의 땀의 젖은 다
리가 활짝 벌어졌다. 하얀 다리 위로 달빛이 쏟아져 내렸다. 그 다리로
그의 몸을 힘껏 휘감자 땀으로 번들거리는 탄탄한 그의 엉덩이가 더욱
빠르게 움직였다.

"아아! 지하! 아웃! 아아아!"

절정의 날카로운 쾌감 앞에 은서가 비명을 지르며 그의 몸을 움켜잡았다. 동시에 지하 역시 소름 돋는 강렬한 쾌감으로 휩쓸려 들어갔다.

"크아앗!"

지하가 허리를 빳빳이 치켜세우고 은서의 뜨거운 내부에 울컥거리는 사정액을 토해 냈다. 땀에 젖은 은서의 달뜬 얼굴 위에 그의 거친 숨결이 쏟아져 내렸다. 그녀의 위로 무너져 내린 지하가 숨을 몰아쉬며 은서의 얼굴 위에 자잘한 키스를 뿌렸다.

"으응……."

열락의 여운에 시근덕거리는 은서의 속눈썹이 파르르 떨렸다. 그 위에 살짝 입술을 맞춘 지하가 상기된 그녀의 뺨에 입술을 대고 속삭였다.

"사랑해. 은서. 사랑해."

"나도 사……."

사랑해, 라는 말이 미처 다 나오지도 못한 채 지하의 입술 속으로 삼켜 들어갔다. 뜨거운 키스를 퍼부은 지하가 그녀를 껴안고 춥지 않도록 담요를 끌어다 덮어 줬다. 은서에게 팔베개를 해 주자 아직 숨을 몰아쉬는 은서가 그의 가슴에 포옥 안겨 아이처럼 달라붙었다. 그녀의 머리칼을 매만져 주며 지하는 은서의 동그란 이마에 입을 맞췄다.

푹신한 러그가 깔린 넓은 벤치 위에 나란히 누워 둘은 밤하늘을 바라봤다. 깜깜한 밤하늘이 호수같이 펼쳐져 있고 환한 달이 둥실 떠올라 있었다. 그림 같은 그 모습에 은서는 미소를 지으며 속삭였다.

"예쁘다."

"……응."

지하는 낮게 대답하며 그녀와 마찬가지로 밤하늘을 올려다봤다.

저 하늘과 밤공기가 더럽다고 느껴지던 때가 있었다. 숨 쉬는 것조차 고통스러울 만큼 공기가 답답하게 느껴졌던 때가. 하지만 은서가 품에 있는 지금은 더없이 아름다운 모습으로 그에게 비쳐졌다.

지하는 은서를 안은 팔에 힘을 주며 입가에 부드러운 미소를 매달았다. 도화지 위에 까만 잉크를 엎지른 것처럼 새까만 밤하늘과 그 위에 아름다운 별들이 총총 박힌, 반짝이는 밤이었다.

에필로그

1

　화려한 도시 위 검푸른 밤하늘을 가로질러 헬기 한 대가 모습을 드러냈다. 타타타타 소리가 상공에서 점차 가까워졌다. 귀가 먹먹할 정도로 큰 프로펠러 소리를 내며 착륙장에 헬기가 내려서자 대기하고 있던 비서의 도움을 받으며 새하얀 모피코트를 입은 은서가 내려섰다.

　"어서 내려가시죠. 회장님께서 기다리고 계십니다."

　"네."

　은서가 곱게 틀어 올린 머리칼을 매만지며 서둘러 비서의 안내를 따라 엘리베이터 입구로 향했다. 오늘 밤 파티를 위해 워싱턴에서의 전시회를 마치고 급히 전용 헬기를 타고 날아왔지만 시간이 타이트했다. 엘리베이터를 타고 내려가니 미끈한 까만 리무진이 대기하고 있었다. 문

402

을 열어 준 비서에게 가볍게 고개를 끄덕여 준 은서가 리무진에 올라탔다.

"늦어서 미안해. 빨리 출발하려고 했는데……."

은서가 미안한 얼굴로 말하며 지하의 옆자리에 앉았다. 턱시도 차림의 지하는 긴 다리를 꼰 채로 노트북으로 업무를 보고 있었다. 머리칼을 깔끔하게 뒤로 넘긴 그가 은서를 보자 단정한 얼굴 위로 매혹적인 미소를 띠우며 노트북을 덮었다.

"보고 싶었어."

은서의 허리를 감아 끌어당기며 지하가 부드러운 목소리로 말했다. 은서가 화사한 미소를 지으며 그의 목에 팔을 감았다.

"나도."

말캉한 입술이 살짝 닿았다 떨어졌다. 코끝을 맞대고 싱긋 웃던 은서가 눈을 깜빡이며 말했다.

"그런데 괜찮겠어? 지금 뉴욕 한창 막힐 시간이잖아. 아무래도 시간에 늦을 것 같은데."

"그건 걱정할 것 없어."

지하가 쓸데없는 데는 신경 쓰지 말라는 듯 은서의 입술을 다시 물고 빨아 당겼다.

"그래도……."

은서의 말을 막듯 지하가 그녀의 작고 도톰한 입술을 벌려 가볍게 밀고 들어가 촉촉한 혀를 휘감았다. 은서가 하아, 하고 한숨을 토해 내며 혀끝에 닿는 아찔한 감각에 눈을 감았다. 한동안 진한 키스가 이어지는 사이 꽉꽉 정체된 도로 위로 진입했다.

은서가 지하에게 안긴 채로 커튼을 열어 창밖을 내다봤다.

"큰일이네. 주인공이 늦는 파티가 어디 있어."

손목에 가느다란 체인 형식으로 매달린 시계를 확인한 은서가 걱정스러운 표정을 지었다.

"괜찮다니까. 어차피 칼이 잘 하고 있을 거야."

지하가 아무렇지 않다는 듯 말했다. 하지만 엄연히 칼과 동업자이자 실질적인 회사의 오너인 그가 창립 10주년 겸 역대 최대실적을 달성한 축하 파티에 늦는다는 건 모양새가 좋지 못했다.

은서는 자신이 늦게 도착하는 바람에 그가 파티에 늦을까 봐 전전긍긍했지만 지하는 시종일관 느긋하게 샴페인을 마시고 있었다.

"마실래?"

지하가 은서에게도 샴페인을 권하자 은서가 고개를 저었다.

"지금 목이 타들어 갈 것 같은데 샴페인이 들어가겠어?"

지하는 피식 웃더니 안절부절못하는 은서의 어깨를 잡아끌고 샴페인 잔을 자신의 입술로 가져갔다. 황금빛 액체를 입안에 담은 지하가 은서의 턱을 잡고 입을 맞춘 뒤 서서히 흘려보냈다.

"으음……."

정신없이 흘러들어오는 달콤쌉싸름한 액체를 목구멍으로 넘기자 지하가 젖은 입술을 떼어 내고 싱긋 웃었다.

"안 들어간다더니 잘만 들어가는데 그래."

지하의 말에 은서가 얼굴을 붉히며 이마를 찡그렸다.

"그거야 당신이 먹여 주니까……."

"도착했어."

지하가 은서 뒤의 창을 가리키며 말하자 은서가 고개를 돌렸다. 정말 어느 틈인지 파티장 입구에 리무진이 도착해 있었다.

"어머, 정말."

은서가 촉촉이 젖은 입술을 서둘러 닦고 가방에서 립스틱을 꺼냈다.

진한 키스에다 샴페인을 받아 마시기까지 했으니 화장이 진작 지워졌을 것이다.

"이리 줘 봐."

지하가 은서의 손에서 립스틱을 가져가 그녀의 턱을 잡고 자신을 바라보게 했다. 번쩍이는 은빛 케이스를 섬세한 손가락으로 잡은 채 지하가 은서의 장밋빛 입술에 화려한 붉은색의 립스틱을 발라 주기 시작했다.

립스틱을 칠해 주는 그의 수려한 얼굴을 보고 있자니 은서는 심장이 뛰어서 눈을 슬쩍 내리깔았다. 이 남자는 어쩌면 나이를 먹어 갈수록 점점 더 멋있어지는 건지⋯⋯. 뉴욕에 와서 결혼한 지 벌써 3년이 흘렀는데도 지하의 조각 같은 외모는 변함이 없었다. 거기에 묘한 원숙미까지 더해지자 오히려 칼날같이 차갑던 예전보다 훨씬 더 매력적이었다.

"역시 윤은서는 아름다워."

지하가 은서의 입술에 립스틱을 칠해 준 뒤 빙긋 웃고는 살짝 입을 맞췄다.

그가 차에서 내리자 은서는 조금 홍조를 띤 얼굴로 지하를 뒤따라 내렸다. 그의 팔에 팔짱을 낀 채로 거대한 호텔 연회장 메인홀 안으로 들어서자 사방에서 플래시가 터졌다. 평소 화려한 파티를 좋아하지 않는 DM의 오너가 이번 파티에는 나타나지 않을 리가 없다고 예상했던 기자들과 파파라치들이 연신 셔터를 눌러 댔다.

이 미국 땅에서 이례적인 성공을 거머쥔 매혹적인 한국 남자와 최근 굵직굵직한 전시회를 연이어 성공시키며 화가로서 자리 잡아 가고 있는 그의 아름다운 아내는 미국의 호사가들의 흥미를 끌기에 충분했다.

그림 같은 아름다운 미소를 지으며 팔짱을 낀 지하와 은서가 나타나자 칼이 얼른 다가왔다.

"늦었어! 나 혼자 이 사람들 다 상대하게 만들다니 넌 정말……."

칼이 지하에게 버럭거리자 은서가 얼른 말했다.

"미안해요. 칼. 내가 늦게 도착하는 바람에……."

"아, 그런 거라면 전혀 문제 될 것 없어요. 고작 10분인데요. 뭐."

언제 성을 냈냐는 듯 부드럽게 미소를 지으며 칼이 은서를 바라봤다. 쿡쿡 웃던 지하는 은서를 이끌고 디너테이블 앞에 앉힌 뒤 말했다.

"갔다 올게."

"응. 다녀와."

은서의 볼에 입을 맞춘 지하가 칼과 함께 연단 위로 올라갔다. 지하가 나타나자 저마다 모여 술렁거리던 사람들의 말이 멈추더니 그에게 집중됐다. 마이크를 잡은 지하가 유창한 영어로 인사를 하는 모습을 은서가 미소를 띤 채 바라봤다.

누구보다 출중한 능력을 가지고 있으면서도 윤 회장의 그늘에 가려져 있던 과거와 달리 지금은 그의 능력을 제대로 평가받을 수 있다는 것이 은서는 무엇보다 기뻤다.

누구 신랑인지 엄청 멋지네.

은서는 후후 웃으며 지하를 바라보다가 그의 말을 경청하고 있는 사람들을 훑어봤다. 대부분 서양인들이지만 그 사이에 동양인이라거나 아랍인, 인도인들도 종종 눈에 띄었다. 느긋하게 훑어 보는데 한국인으로 보이는 동양 여자가 자신을 빤히 바라보고 있는 것이 보였다. 그 여자와 눈이 마주치자 은서의 시선이 멈췄다.

"……!"

까만 단발머리의 그 여자는 동그란 얼굴에 선명한 눈썹을 지닌 단아하면서 강한 이미지였다. 그 여자를 본 순간 은서의 머릿속에 한 아이의 이미지가 휙 지나갔다.

설마…….

그때 그 여자가 자리에서 일어서더니 은서가 있는 쪽으로 다가왔다. 점점 다가올수록 기억속의 이미지가 확실해졌다.

"은서 맞지?"

목소리를 듣자 은서의 얼굴이 놀라움으로 번졌다.

"너…… 소연이니?"

은서의 물음에 그 여자가 환하게 웃었다.

"기억하는구나. 맞아. 나 소연이야."

은서는 소연과 함께 홀 안의 조용한 안쪽 자리로 옮겼다. 놀라운 눈빛으로 쳐다만 보고 있는 은서에게 소연이 먼저 말을 꺼냈다.

"그 유명한 DN의 사모님이 한국인이고 이름이 은서라기에 설마 했어. 혹시 해서 당장 인터넷으로 검색해 봤는데 아무런 정보도 나오지 않더라고."

은서가 끄덕였다. 그럴 것이다. 그와 그녀의 개인정보는 외부로 새어나가지 않도록 지하의 회사에서 철저히 관리한다.

"그래도 혹시 해서 여기 초대장 정말 어렵게 구해서 왔는데 와……. 진짜 너였다니. 솔직히 나도 정말 놀랐어."

찰랑이는 까만 머리칼을 쓸어 넘기며 소연이 웃었다. 은서가 여전히 신기한 듯 말했다.

"그랬어? 이런 곳에서 널 만나게 되다니 이런 우연이 있나 했는데 우연은 아니었구나."

"응. 널 계속 찾고 있었어. 한국에서부터."

"날?"

은서가 묻자 소연의 표정이 조금 어두워졌다.

"내내 너에게 미안한 마음을 가지고 있었거든. 그때부터……."

소연이 말한 그때란 윤 회장의 계획으로 소연의 집을 위기에 빠뜨렸던 그때라는 것을 깨닫고 은서가 미소를 지었다.

"네가 미안할 게 뭐 있어. 괜찮아."

"아니야. 너에게 꼭 미안하다는 말을 하려고 마음을 먹고 있었는데 나는 20살 이후로 내내 여기 있었거든. 그래서 한국에 들어갈 때마다 알아봤었어. 처음엔 용기가 나지 않았고 겨우 용기가 났을 때는 이미 넌 한국에 없다는 소식만 듣게 됐지."

"아아……."

"그러다 알게 된 거야. DM의 사모님 이름이 은서라는 걸. 은서라는 이름이 많을 수는 있겠지만 사장 이름이 윤지하라는 걸 알게 되었을 때 거의 확신을 했었어. 하지만 회사로 전화해도 주소고 전화번호고 아무것도 알려 주지 않으니 여기로 오게 된 거야."

"그랬구나. 난 네가 찾고 있다는 건 몰랐어. 와 줘서 고마워. 이렇게 다시 보니까 반갑다 정말."

은서의 말에 소연의 웃음을 머금고 있던 얼굴이 진지해졌다.

"그땐 정말…… 미안해. 내가 왕따 당할 때 유일하게 같이 있어 준 친구가 너였는데, 우리 집이 망할까 봐 너와 친하게 지낼 수가 없었어. 정말 미안해."

"아니야. 그땐 당연히 그럴 수밖에 없지. 그런 식으로 한 우리 부모님이 잘못한 거지 너에겐 잘못이 없어."

"그렇지 않아. 그 학교에서 유일하게 손 내밀어 준 게 너였는데, 나는, 나는 네가 나 때문에 원하지 않는 유학 간다는 걸 알면서도 말리지 못했어. 내 이기심을 용서해."

소연의 말에 은서의 눈빛이 흔들렸다.

"……그건 어떻게 알았어?"

소연 때문에 유학을 간 부분은 있었지만 은서는 그 말을 아무에게도 한 적이 없었다. 은서가 묻자 소연이 잠시 머뭇거리다가 입을 열었다.

"우리 엄마가 너희 엄마에게 들었다고 나한테 말해 줬어. 네 유학길 방해하면 우리 집에 더한 짓도 할 수 있다고 으름장을 놨었대. 다신 네 옆에 얼씬도 하지 못하게 하라고……."

"그런……."

은서가 작게 한숨을 내쉬고 착잡한 얼굴로 소연을 바라보다가 말했다.

"내 부모는 네가 아니더라도 날 유학 보내기 위해선 다른 어떤 짓도 할 수 있던 사람들이야. 그러니까 죄책감 갖지 마. 유학 간 건 정말 네 탓이 아니야. 소연아."

은서가 진심을 담아 말한 걸 알았는지 소연이 천천히 끄덕였다.

"그렇게 말해 주니 정말 고마워. 평생 담고 있던 마음의 짐이 이제야 조금 가벼워지는 것 같아."

"그래."

소연의 손을 잡아 주며 은서가 생긋 웃었다. 그 미소를 바라보며 소연도 미소 지었다. 그 미소가 예전의 밝음을 그대로 담고 있어 은서는 속으로 다행이라는 생각이 들었다. 만약 그때 그 일로 소연의 집이 무너졌다면 이 미소가 지켜지지 않았을 지도 모른다. 말없이 미소를 나누던 소연이 은서에게 말했다.

"네가 이렇게 잘된 모습 보니까 기분이 좋다. 예전에는 너 행복해 보이진 않았는데 지금은 정말 행복해 보여. 당당해 보이고."

"그건…… 저 사람 때문이겠지."

은서가 소연의 뒤에 다가오는 지하를 보며 입가에 미소를 지은 채 말했다.

"어?"

소연이 은서의 시선에 따라 고개를 돌렸다가 그들 가까이 걸어온 지하를 보고는 서둘러 일어섰다.

"어머, 안녕하세요."

"윤지하입니다."

소연이 인사하자 은서의 허리에 팔을 감으며 지하가 대답했다. 소연을 조금 경계하는 듯한 그의 시선이 은서에게 향했다. 지하의 날카로운 시선을 본 은서는 낯선 사람이라 그런 반응을 보이는 거라는 것을 깨닫고 얼른 소연을 소개했다.

"초등학교 때 친구, 소연이라고 해. 여기서 우연히 만났어."

"아, 친구분이셨군요. 반갑습니다."

지하가 경계를 푼 듯 단정한 미소를 지으며 말하자 소연이 볼에 홍조를 띠며 마주 잡았다.

"이렇게 유명하신 분과 악수하게 되다니 영광이네요."

"과찬이십니다."

부드러운 미소를 띠고 있는 지하를 홀린 듯 바라보던 소연은 그의 곁에 다가온 호텔 스태프와 함께 지하가 다시 사라지자 크게 한숨을 내쉬었다.

"저 남자 그때 네 생일 파티 날 있던 남자 맞지? 와, 그때도 미소년이더니 지금은 정말 살 떨리는 미남이 됐네."

상기된 얼굴로 은서에게 쏟아붓듯 소연이 말하자 과거의 그녀와 오

버럭 되어 은서가 싱그럽게 웃었다. 그런 은서의 손을 꽉 잡으며 소연이 눈을 빛냈다.

"너 정말 변했구나. 예전엔 그 어린 나이에도 너무 꿍꿍 참고 살기에 안쓰러울 정도였는데 지금은 정말 편해 보여."

은서가 웃으며 홀 안 저편에서 기자들과 이야기를 나누고 있는 지하를 바라보며 말했다.

"아까 말했지만 저 남자가 날 변하게 만들었어. 저 남자가 아니었다면 아마…… 내내 그러고 살았을 것 같아. 숨이 막히고 목이 졸려도 그게 당연하다고 어쩔 수 없다고 생각하면서……."

"그런데 저 남자가 널 변하게 했다?"

"응. 저 남자를 놓칠 순 없었거든. 지독히도 탐이 났어."

은서가 문득 복사꽃처럼 화사한 미소를 지었다. 은서를 보던 소연이 지하에게 시선을 돌리자 그가 은서에게 그림처럼 다정한 미소를 짓고 있었다.

"아주 노처녀 가슴에 불을 지르는구나, 질러."

둘을 번갈아 바라보던 소연이 입술을 샐쭉이며 투덜거리자 은서가 눈을 깜빡였다.

"소연이 넌 아직 결혼 안 했어?"

"결혼은커녕 연애도 아직이야. 정신없이 일만 하다 보니까 벌써 나이는 서른인데 연애고 뭐고 아무것도 하지 못했더라고. 이제야 조금 여유가 생겨서 요즘은 슬슬 연애해 볼까 하는 중이긴 해."

소연이 어깨를 으쓱이며 샴페인을 홀짝였다.

"무슨 일을 하는데?"

"그냥 기자야. 뉴욕타임스 기자가 되고 싶었지만 아쉽게도 그 언저리쯤에서 종사하고 있어. 다음에 네 남편 취재 기사 쓸 수 있는 영광을 준다면 정말 감사할 테니 생각 있으면 전화 줘. 여기."

소연이 너스레를 떨며 백에서 명함을 꺼내 건네자 은서가 미소를 지으며 받았다.

"멋지네. 기자라니……."

"멋지긴. 화가가 훨씬 멋지지. 이건 그냥 허구한 날 편집장에게 치이고 겨우 따낸 인터뷰 상대에 치이고 그럴 뿐이야."

말은 그렇게 하지만 일 이야기를 하는 소연의 눈은 초롱초롱 빛나고 있었다. 어릴 때 자신을 왕따시키던 아이들 누구에게도 주눅 들지 않던 강한 면모를 알던 터라 소연과 아주 잘 어울리는 직업이라고 은서는 생각했다.

"그러고 보니 결혼한 지는 얼마나 됐어? 내가 너희 남편 결혼했다는 기사는 한참 전에 본 기억이 있는데……."

"결혼한 지는 3년 됐어."

"아아. 그렇구나. 아이는?"

"아이는 아직."

순간 은서의 눈빛이 조금 어두워지는 것 같아 소연이 얼른 밝은 목소리로 말했다.

"3년이면 아직 한창 신혼을 즐길 때지. 안 그래? 요즘 다들 아이 늦게 갖는 추세라더라. 천천히 계획해."

"응. 그래."

은서가 애써 웃음을 지었다. 사실 아이는 요즘 그녀에게 큰 고민이었다. 결혼 한 뒤로 특별한 피임을 하지 않고 있는데 아직 임신이 안 되고 있었다. 처음 1~2년 동안은 그럴 수도 있으려니 생각했지만 3년째가 되니 슬슬 불안해졌다. 지하는 늘 한결같이 누구보다 정열적으로 사랑해 주는데 왜 아직 아이가 찾아오지 않고 있는 걸까……?

그녀의 고민을 아는지 지하는 한 번도 아이에 관한 말을 꺼낸 적은 없지만 어서 그에게 진정한 가정을 만들어 주고 싶은 마음에 은서는 내심 조급함을 느끼고 있었다.

"어? 은서 씨. 그쪽은 누구야? 친구?"

그때 뒤에서 들려오는 목소리에 은서가 고개를 돌렸다. 샴페인을 너무 마셨는지 어느새 코가 새빨개진 칼이 싱글벙글한 얼굴로 다가왔다.

"칼, 술 많이 마셨어요? 루돌프가 됐는데요?"

"축하한다고 여기저기서 연신 건배를 해 대서 말이죠. 건배하면 원샷이잖아요?"

"그건 한국의 문화구요."

"뭐 어쨌든요. 하핫, 그런데 옆에 아름다운 분은 누구?"

칼이 취해서 가느다래진 눈으로 소연을 바라보자 은서가 소개시켜 줬다.

"이쪽은 제 친구 소연, 킴이에요. 미국식 이름은……."

은서가 그러고 보니 소연의 미국식 이름을 몰라 소연을 바라봤다.

"줄리아예요."

소연이 대신 대답하자 칼이 줄리아? 하더니 배꼽이 빠져라 웃기 시작했다. 갑자기 웃어 대는 칼을 은서와 소연이 이상한 눈으로 쳐다보고 있었다. 한참을 웃던 칼이 고개를 들었다.

"아, 아니. 미안해요. 실은 우리 회사에도 줄리아가 있는데 그 줄리아는 가슴이 이—렇거든요."

자기의 양 가슴에 커다란 공을 그리며 뭐가 그리 우스운지 칼이 또 고개를 젖히고 웃어 댔다. 점차 싸늘히 굳어 가는 소연의 얼굴을 본 은서가 황급히 칼을 저지시켰다.

413

"칼, 그만. 그만 웃어요. 아무래도 많이 취한 것 같은데 그만 돌아가는 게……."

"여기 있었어요? 칼."

그때 갑자기 금발머리칼을 가진 글래머 백인 여자가 나타나더니 칼의 팔을 잡았다. 칼은 자신을 잡은 여자를 보더니 옳다구나 하며 소연을 바라보며 말했다.

"여기, 여기 이 여자가 바로 줄리아예요. 어때요? 내 말대로죠?"

금발 줄리아와 소연의 가슴을 노골적으로 번갈아 쳐다보며 칼이 말하자 줄리아는 영문 모를 표정을 지었고 소연은 싸늘함을 넘어 얼굴이 딱딱하게 굳고 있었다.

"반가워요. 줄리아. 저기 칼이 너무 취했는데 어서 데려가야 될 것 같아요."

은서는 분위기가 더욱 냉각되는 걸 막기 위해 줄리아에게 생긋 웃으며 말했다. 그런데 그때 칼이 기어코 한마디를 더 보탰다.

"맞죠? 맞잖아요? 정말 이쪽 줄리아는 이—렇게……."

칼의 말이 끝나기도 전에 소연의 손에 들려 있던 샴페인이 칼의 얼굴에 끼얹어졌다. 일순 그 자리에는 정적이 흘렀고 소연은 방긋 웃으며 빈 샴페인 잔을 칼의 손에 쥐여 줬다.

"술 처마셨으면 들어가서 발 닦고 잠이라도 자는 게 어떨까요? 이 빌어먹을 양놈아."

칼이 어리둥절한 얼굴로 소연의 얼굴을 눈을 끔벅이며 바라봤다. 소연이 웃는 얼굴로 한국말로 퍼부어 줬기 때문에 칼은 전혀 알아듣지를 못했다.

"야, 양놈?"

소연이 홱 뒤돌아서 걸어가자 은서가 얼굴에서 미소를 지운 채로 칼

414

에게 말했다.

"미안해요, 칼. 하지만 칼도 조금 과하게 실수한 것 같네요. 다음에 정식으로 사과할 수 있도록 하세요."

그 말만 하고 은서가 몸을 돌려 소연을 따라가자 그제야 뭔가 실수했다는 것을 감지한 칼이 난감한 표정을 지었다.

"어? 왜, 왜 이렇게 된 거지? 난 그저 저 여자가 내 스타일이기에 대시 좀 해본 건데……."

칼이 울상을 짓자 줄리아가 자존심이 상한 듯 인상을 찌푸렸다.

"칼 취향이 저런 여자였어요?"

"응. 완벽한 내 스트라이크존이었는데……. 이거 놔줘. 줄리아. 혼자 걸어갈 수 있어."

칼이 의기소침한 목소리로 말하고 줄리아에게서 팔을 **빼낸** 뒤 어깨를 추욱 늘어뜨리고 걸어갔다. 줄리아가 눈을 날카롭게 뜨고 칼을 노려봤다.

"하! 보스도 그렇고 칼도 그렇고 도대체 왜 멋진 남자들은 하나같이 동양 여자한테 꽂히는 거야? 어딜 봐도 나보다 못한데!"

자존심이 있는 대로 상한 줄리아가 짜증이 잔뜩 돋은 목소리로 중얼거렸다.

"미안, 칼이 원래 저런 사람은 아닌데 오늘 술이 좀 과했나 봐."

은서가 소연에게 사과하자 소연이 돌아보며 말했다.

"아니야. 네가 사과할 거 없어. 저런 양놈들에게 한두 번 희롱당한 게 아니라 내가 스트레스가 좀 쌓여 있었거든. 내 행동 때문에 혹시 네가 난처해지는 건 아니지?"

"응. 그건 걱정 마. 칼이 잘못한 부분도 분명 있으니까."

은서의 말에 소연이 안도한 듯한 표정을 짓고는 웃었다.

"어쨌거나 반갑다. 오늘의 일도 포함해 널 힘들게 했던 일까지 사과하는 뜻에서 조만간 내가 맛있는 거 한번 크게 대접하게 해 줘. 언젠가 꼭 그러고 싶었으니까…… 아, 이것과 아까 네 남편한테 한 청탁은 별개니까 전혀 부담 갖지 말고."

"응. 알아. 그럴게."

은서가 부드럽게 미소 짓자 소연이 다행이라는 듯 마주 웃고는 대기시켜 놓은 택시에 올라탔다.

"전화해. 은서야."

"응. 그럴게. 잘 들어가."

소연이 멀어지는 차 안에서 손을 흔들며 연신 손가락으로 전화기 표시를 하는 것을 은서가 미소 띤 얼굴로 보고 있었다. 예전에 잃어버린 줄 알았던 친구. 그 친구를 다시 만났다는 생각에 그녀의 가슴속에 따뜻한 온기가 퍼져 나갔다.

은서는 소연에게서 받은 명함을 소중하게 지갑에 넣었다. 같은 뉴욕에 맘 붙일 상대가 생겼다는 것이 기뻐 웃음은 담은 얼굴로 뒤돌아섰는데 그대로 넓은 품에 쏙 안기게 됐다.

"어머! 당신?"

은서가 자기를 끌어안은 상대가 지하라는 것을 알고 놀란 목소리 뒤에 웃음기를 섞어 말했다. 지하가 그녀를 움직이지 못하게 팔에 힘을 주어 꽉 끌어안고는 느른한 목소리로 말했다.

"난 상대를 가리지 않고 질투한다는 걸 말 안 했던가? 왜 내가 아닌 다른 사람에게 그렇게 예쁘게 웃고 있는 거지?"

"그거야 소연이는 오랜만에 만난 친구니까……."

"그게 이유가 된다고 생각해?"

지하가 은서를 움직이지 못하도록 꽉 감고 있던 팔을 풀고 두 손으로 그녀의 얼굴을 잡아 올렸다. 농담인지 아닌지 헷갈릴 만큼 진지한 눈동자로 그가 똑바로 바라보자 은서는 그만 웃음을 흘렸다.

　"웃어?"

　그러자 지하의 한쪽 눈썹이 기분 나쁜 듯 휘어 올라갔다.

　"사랑해."

　은서가 예쁘게 볼우물을 만들며 미소 짓자 지하의 얼굴에서 딱딱함이 순식간에 녹아내렸다.

　"사랑해. 윤지하."

　"내가 그런다고 용서할 것 같아?"

　"사랑해. 사랑해."

　은서가 그를 똑바로 올려다보며 달콤한 목소리로 속삭였다.

　"아, 정말."

　지하가 졌다는 듯 웃음을 터뜨리며 은서의 얼굴을 잡은 채로 그대로 입술을 포갰다. 호텔 로비 앞 입구에서 정열적인 키스를 나누는 그들에게 파파라치들의 셔터 소리가 잇따랐지만 둘은 신경도 쓰지 않고 뜨겁게 키스를 나눴다. 혀가 짜릿하게 뒤엉키고 타액과 숨결을 서로 빼앗으며 기나긴 키스를 나눈 둘의 입술이 촉촉한 소리를 내며 떨어졌다.

　지하는 욕망으로 새까맣게 물든 눈으로 은서의 눈을 바라보며 살짝 부풀어 오른 붉은 입술에 베이비 키스를 했다.

　"내가 더 사랑해. 윤은서를."

　은서는 세상을 다 가진 듯한 행복에 차올라 그를 와락 껴안았다. 지하는 그녀의 몸을 으스러뜨릴 듯 강하게 껴안았다가 놔줬다. 그러고는 그녀의 손을 잡고 몸을 돌려 호텔 안으로 이끌었다.

2

깜빡 잠들었던 은서가 눈을 떴다.

창밖을 보니 아직 날이 밝지 않았다. 그녀가 뒤척이는 소리에 잠이
깬 건지 지하가 뒤에서 그녀를 끌어당겨 품에 가뒀다.

"벌써 일어났어? 잠든 지 얼마 되지도 않았잖아."

그의 목소리가 잠에 취해 낮게 갈라져 나왔다. 은서는 미소를 지으며
자신을 안고 있는 그의 단단한 팔을 잡은 채로 고개를 돌렸다.

"지훈이 깼을 것 같아서. 당신은 좀 더 자."

고개 돌린 은서의 이마와 작은 콧등에 부드럽게 입술을 맞춘 지하가
그녀를 더욱 강하게 끌어안았다.

"아주머니 계시잖아. 깨면 알아서 재울 테니까 이대로 있어."

지하가 은서를 안고 꼼짝 못하게 한 뒤 말하자 은서가 쿡쿡 웃으며
그의 가슴을 살짝 밀어냈다.

"잠깐 보고 오기만 할게."

은서가 침대 위에서 조심스레 몸을 일으키자 하늘거리는 네글리제
사이로 말랑한 가슴이 출렁였다. 지하는 할 수 없다는 듯 그녀의 허리
에 팔을 감은 채로 자신도 상체를 일으켜 세웠다.

원피스 위에 라임색의 카디건을 걸친 은서가 침실을 나서 아래층으
로 내려갔다.

"일어나셨습니까?"

언제나 새벽같이 일어나는 최 집사가 정중한 미소를 지은 채로 인사
하자 은서가 미소를 지으며 받았다.

"네. 지훈이는 아직 안 일어났어요?"

"그런 모양입니다. 제가 확인해 볼까요?"

"아뇨. 제가 할게요."

은서는 최 집사에게 말한 뒤 아이 방 앞으로 갔다. 작게 노크를 한 뒤 아이 방으로 들어서자 보모 역할을 하고 있는 안성댁이 지훈과 함께 자고 있었다. 이제 막 3살이 된 천사 같은 지훈이 잠든 모습을 보며 입술 끝을 둥글게 올린 은서가 다시 살짝 문을 닫고 나왔다.

"거봐. 아직 안 일어났다니까."

옷을 입고 내려온 지하가 바로 뒤에 서서 불퉁한 얼굴을 하고 내려다보고 있었다. 저혈압이 있다는 걸 몰랐는데 결혼 후 은서와 지내며 안심을 해서인지 지하의 저혈압 증상이 나타났다. 건강에 적신호가 들어올 정도로 낮은 건 아니지만 유독 아침에 일찍 일어나는 것을 힘들어했다.

그래서 더 자라니까 왜 따라 나와선.

잠을 방해받았다는 것에 심기가 불편해 보이는 그의 얼굴을 보며 은서가 속으로 웃음을 흘렸다. 저런 얼굴은 정말 지훈과 똑같다.

"혹시 아줌마 힘들게 할까 봐. 커피 마실래?"

"좋지."

은서가 그의 팔을 잡고 주방 쪽으로 걸어가며 말하자 지하가 대답했다. 은서가 타 주는 커피를 유독 좋아하는 그였기에 금방 미소를 짓는 모습이 또 지훈과 닮아 보였다. 지훈도 떼를 쓸 때면 좋아하는 장난감을 흔들어 주면 언제 그랬냐는 듯 싱글벙글하곤 했다. 은서는 익숙한 걸음으로 주방으로 들어가 커피를 내리기 시작했다.

이곳은 본래 윤 회장이 살던 성북동 저택이었다.

지하는 뉴욕에 있으면서 이곳이 경매로 나왔을 때 구입해 두었다. 좋은 기억은 그다지 없다지만 그와 그녀의 추억이 서린 곳이라 한국에 왔을 때 지내기 위해 마련해 둔 곳이다. 지금은 지훈의 교육 문제도 있어 지하는 한국 본사에 근무 중이었다.

얼마 전까진 미국 본사의 일을 지하가 손에서 놓을 수가 없었고 은서 역시 전시회 일정을 마무리해야 했기에 뉴욕에서 지냈지만 지금은 한국으로 돌아와 있었다. 이곳으로 돌아온 가장 큰 이유는 지훈 때문이었다. 지훈을 한국인으로 키우고 싶어 일부러 은서는 한국에서 출산을 했고 국적도 한국 국적을 갖게 했다. 이제 본격적으로 말을 배우고 교육을 받을 때니 한국으로 돌아올 필요를 느낀 것이다.

"자."

"고마워."

은서가 진한 향을 풍기는 커피 잔을 내밀자 지하가 받아들었다. 둘은 커다란 식탁 앞에 마주 앉아 커피를 마셨다.

"얼마 못 잤는데 괜찮아?"

지하가 묻자 은서가 희미하게 볼을 붉혔다.

"병 주고 약 주는 거야? 누구 때문인데."

새침한 은서의 말에 지하가 입술 끝을 기울였다. 지훈을 임신한 뒤로 최근까지 은서와 제대로 된 시간을 갖기가 힘들었다. 미국에서도 아이를 돌보는 사람은 늘 고용했지만 은서는 안심하지 못했다. 거의 모든 신경을 지훈에게만 쓰고 있어야 했기에 당연히 지하는 뒷전이 되어 버렸다.

자식에게 질투할 수도 없고, 그 분노를 일로 풀 수밖에 없던 지하는 내심 한국으로 돌아오는 날만을 기다렸다. 한국에서는 어릴 때부터 같이 지내 은서가 믿음을 가지고 있는 안성댁 아주머니가 다시 집안일을 봐 주기로 했으니 아이를 맡기는 일에도 어느 정도 안심을 할 수 있기 때문이었다.

그의 예상대로 한국으로 온 뒤에야 은서는 아이를 돌보는 일을 어느 정도 안성댁 아주머니와 분담하게 되었고 이제야 다시 둘만의 침실로 돌아올 수 있었다. 그래서 요즘 그동안 오랫동안 참을 수밖에 없었던 그녀에 대한 갈증을 아낌없이 풀어내는 중이었다.

"아, 그러고 보니 다음 주에는 뉴욕에 가 봐야 될 것 같아. 소연이 드레스 맞추는 데 같이 가 주기로 했거든."

커피를 마시며 은서가 말했다.

"잘됐네. 나도 그때쯤 본사에 들어가 봐야 할 것 같으니 같이 가면 되겠군."

"아무래도 아줌마께 같이 가 달라고 하는 게 좋겠지? 드레스도 봐 주고 결혼 준비도 도와주고 하려면 한동안은 그쪽에서 지내야 할 것 같 으니까."

"그럼 그러는 게 좋겠지."

지하가 끄덕였다. 지훈도 데려가야 하기에 미국에 있는 보모들을 총 괄해서 부릴 수 있는 역할이 필요했다. 그 일을 안성댁 아주머니가 맡 아 주기로 하여 아주머니는 여권도 만들어 놨다. 미국에 있는 동안의 이 집은 최 집사가 관리하면 되는 것이니까.

은서는 유일한 친구인 소연의 결혼식에 특히 신경을 써 주고 싶어 했 다. 그 결혼 상대가 자신의 유일한 친구이기도 하니 지하도 비슷한 입 장이기도 했다.

"당신은 결혼식 올리고 싶지 않아?"

지하가 은서에게 물었다.

"응. 난 당신과 둘만의 결혼식으로 충분해."

은서가 웃으며 대답했다.

둘은 식은 올리지 않았다. 양가 초청할 사람도 없고 그들의 가정사에 대해 굳이 꺼내고 싶지 않아 은서는 조촐하게 둘만의 여행만 가자고 했다. 한 번도 먼 곳에서 둘만의 여유 있는 시간을 가져 본 적이 없는 것 같다는 은서의 말에 지하는 당장 3주간의 모든 스케줄을 비우고 카리브 해의 풀빌라를 예약했다.

원래는 한 달간의 휴가를 계획했으나 칼이 길길이 날뛰는 바람에 결국 3주로 타협을 봐야만 했다. 그때는 한창 중요한 계약을 몇 건이나 동시에 진행하고 있던 시기라 회사 대표인 지하가 그렇게 긴 시간 회사를 비울 수가 없었다. 그 사정을 잘 알고 있던 은서는 3주간의 결혼여행을 열흘로 줄였다. 회사에 그렇게나 피해를 줄 수 없다는 말에 칼이 입이 찢어져라 좋아하던 기억이 생생하다.

그래서 이번에 칼이 결혼식과 신혼여행 기간으로 한 달간의 휴가서를 작성했을 때 지하는 갈기갈기 찢어 버리고 딱 열흘만 허락했다. 칼은 자신이 해 놓은 것이 있으니 대놓고 따지지는 못하고 성질을 부렸다.

'그땐 내가 이렇게 결혼할 줄 알았냐?'

'그럼 넌 내가 그렇게 결혼하는 걸 보면서도 그런 건가?'

'나 참. 치사하다, 윤. 이런 걸 보고 소연이 그러던데. 이에는 이빨 눈에는 눈알이라나?'

'……어설픈 한국 속담은 아예 안 쓰는 게 좋다고 몇 번을 말해?'

결국 칼의 우는 소리에 3주로 타협을 봤다. 늦게 배운 도둑질이 더 무섭다더니 평생 수도승같이 굴던 칼은 지금 완전히 여자한테 눈이 멀어 있었다.

"원한다면 언제든 성대하게 올려 줄게. 네가 원하는 사람만 초대해서."

아무래도 마음에 걸린다는 듯 지하가 말하자 은서가 부드러운 미소를 지으며 고개를 저었다.

"아니, 난 정말 괜찮아. 우리 지훈이 얻게 된 것만 해도 감사해서 다른 건 아무것도 바라는 게 없을 정도인걸."

은연중에 나온 은서의 말에 지하가 잔을 들어 올리던 손을 멈칫했다.

"혹시 아이가 늦게 생겨서 걱정했었어?"

"당연하지. 난 피임을 하지 않으면 바로 생길 줄 알았단 말이야."

지하와 마음을 확인한 이후 결혼하기 전까지는 피임약을 먹었었다. 하지만 결혼한 이후로는 먹지 않았다. 그 이후로 3년이 지나도록 임신이 되지 않아 그동안 마음을 졸였었다. 혹시 이대로 임신이 되지 않을까 봐.

"왜 그런 걱정을 해. 난 네가 그런 걱정을 하고 있는 줄도 몰랐어."

지하가 미간을 슬몃 찌푸리며 말했다.

은서가 속으로 그런 걱정을 하고 있었다는 걸 알게 되자 지난 일이지만 속이 상했다. 그건 사람의 뜻대로 되지도 않을뿐더러 걱정한다고 될 일은 더욱 아니다. 무엇보다 그는 은서 외에 다른 무엇도 원하지 않았다. 거기다 은서가 그런 걱정을 하고 있다는 것조차 몰랐다는 사실도 내심 충격이었다.

"그렇게 아이가 갖고 싶었던 거야?"

"응. 나는 빨리 갖고 싶었어. 그래서 임신한 걸 알게 되었을 때 얼마나 기뻤는지 몰라. 당신도 기뻐했잖아."

"그건 물론 기뻤어. 무척. 하지만 난 설사 네가 아이를 낳지 못한다고 해도 서운하진 않았을 거야. 왜 그런 문제를 나에게 말도 없이 혼자 고민했던 거지?"

은서가 혼자 마음을 끓이고 있었다는 데에 화가 난 지하의 목소리가 날카로워졌다.

"그게 아니라……. 나는 당신에게 빨리 진정한 가정을 만들어 주고 싶었어."

지하의 눈빛이 흔들렸다.

"……진정한 가족?"

"그래. 나에게도 그렇지만 당신은 평생 가족의 울타리도 없던 사람이었으니까……. 내가 그 울타리를 만들어 주고 싶었어. 그런데 정작 그러기 위한 임신이 안 되니 당연히 걱정이 되지 않았겠어?"

은서의 말에 지하가 낮게 한숨을 내쉬며 의자에서 몸을 일으켰다. 그녀가 있는 쪽으로 걸어가 앉아있는 은서를 뒤에서 두 팔로 끌어안으며 말했다.

"왜 그런 생각을 해. 나에겐 윤은서만 있으면 된다고 언제나 말했잖아."

그의 나지막한 목소리를 들으며 은서는 그의 팔에 살짝 손을 올리고 미소 지으며 말했다.

"그래서 지금 너무 감사해. 당신과 지훈이 둘 다 내 곁에 있다는 것에…… 이제야 진정한 가정의 울타리가 생긴 기분이야. 내 손으로 이룬……."

정말 그랬다.

가족이란 지긋지긋한 멍에일 뿐이라고 생각하던 때와 달리 지금은 가족이라는 말이 너무나 소중하고 애틋하게 느껴졌다. 사랑으로 이루어진 가족이란 이렇게나 행복하게 만들 수 있다는 걸 진심으로 느끼는 나날이었다.

"고마워. 윤은서. 너만으로도 충분한 선물인데 나에게 가족을 만들어 줘서."

지하가 그녀의 어깨를 꽉 끌어안으며 귓가에 속삭였다.

"엄마!"

그때 지훈이 다다다 달려오는 소리가 들렸다. 그 소리에 얼른 몸을 일으켜 세운 지하가 지훈을 안아 들었다. 작은 지훈의 몸이 커다란 지하의 손에 달랑 들리자 지훈이 까르륵 웃었다.

"사모님. 일어나셨어요? 깨우시지 않구요. 식사 준비해 드려야 되는데."

안성댁이 주방으로 들어오며 말했다. 은서가 안성댁을 향해 밝게 웃었다.

"괜찮아요. 몸은 괜찮으세요? 식사 준비는 직접 안 하셔도 돼요."

"아뇨. 제 일인데요. 일 안 하면 몸이 더 아파요. 냉이 된장국 괜찮죠?"

안성댁이 바지런히 움직이며 말하자 은서도 알았다는 듯 미소 지었다.

"네. 좋아요."

지하가 한참 깔깔거리고 웃는 지훈을 은서의 품에 안겨주자 은서가 보드라운 아이를 껴안았다. 품에 쏙 들어오는 따스한 체온이 느껴지자 절로 은서의 입술 끝이 말아 올라갔다.

"준비할 동안 정원에라도 산책하세요. 장미 정원에 꽃이 아주 예쁘게 피었어요."

"아, 그럴까요?"

안성댁의 말에 지하가 다시 아이를 안아 들었다. 은서는 아이를 안고 앞서 가는 지하를 따라 현관 쪽으로 향했다. 그 뒷모습을 물끄러미 바라보는 안성댁의 얼굴에 푸근한 미소가 번져 갔다.

그렇게 힘든 시절 다 이겨 내고 서로를 지극히 아끼는 두 사람을 보기만 해도 마음속에 훈훈한 온기가 가득 차오르는 기분이었다. 은서가 아주 어릴 때부터 그 집에서 지켜봐 왔기에 지하가 처음 집에 온 날도 똑똑히 기억하고 있었다. 그리고 그들이 어떻게 그 집에서 숨도 쉬지 못하고 지내왔는지를 알기에 지금 저 행복이 더욱 눈부셔 보였다.

신은 있는 모양이야. 정말 잘됐어.

안성댁의 미소가 더 깊어졌다.

특히 은서에게는 더 애틋한 마음이 있었다. 유독 자신을 잘 따르던 은서였기에 딸 같은 마음도 들 정도였다.

그 독한 사람들 아래서 저리도 잘 자라 준 아이가 몇 년 전 병에 걸렸던 자신을 어떻게 알고 찾아와 거액의 치료비까지 선뜻 내줬을 때는 깜짝 놀랐다. 그뿐 아니라 몸이 안 좋으면 언제든 쉬게 해 주겠다는 조건까지 제시해 주며 윤 회장 집에 있을 때보다 훨씬 높은 금액으로 계약하자고 했을 때는 말도 나오지 않을 정도였다.

자식이 없는 안성댁에겐 은서와 지하가 자식이나 마찬가지였다. 병은 이미 완치되었으니 일할 수 있을 때까지 이 집에서 은서와 지하, 그리고 지훈의 행복을 바라보는 것이 안성댁의 마지막 소망이었다.

정원으로 나온 은서는 흐드러지게 핀 장미향에 취한 듯 붉은 꽃송이들을 바라봤다. 지하는 지훈을 한 팔로 안은 채로 은서의 허리를 감아 천천히 걷고 있었다.

"매년 새로운 장미가 피고 그때마다 새로운 향기가 이곳에 가득하겠지?"

"그렇겠지."

은서의 말에 지하가 끄덕였다.

"이 집에서 가장 좋아하던 곳이 이 장미 정원이었어. 그때는 장미향이 이렇게 좋은 줄 몰랐는데 지금은 정말 좋아. 이 향을 함께 맡고 있는 상대가 당신과 지훈이라 그렇겠지?"

장미에게 시선을 향한 채로 은서가 미소를 지으며 말했다. 그녀의 얼굴을 지그시 내려다보던 지하는 연신 방긋거리며 웃음을 터뜨리는 지훈의 말랑한 볼에 살짝 입을 맞춘 뒤 말했다.

"난 솔직히 부모에게 사랑받고 자라 오지 않았기에 아이에게 진정한 사랑을 줄 수 있을지 자신이 없었어."

장미에게 시선을 뺏겼던 은서가 지하를 올려다봤다.

"부모의 사랑을 받아 본 적 없는 사람이 자식을 사랑할 수 있을지 모르니 불안했지. 네가 임신했다는 걸 처음 알았을 때 가슴이 터질 것 같을 정도로 기쁘면서도 한편으로는 그게 불안했어. 만약 내가 내 자식을 그렇게 대할까 봐, 그럼 또 하나의 윤지하를 만드는 것일 테니까."

"당신이 그럴 리가 없잖아."

그의 말을 아프게 들으며 은서가 말했다. 그녀를 내려다보며 지하가 미소 지었다.

"지금은 그렇게 생각하지 않아. 네가 있고, 지훈이 있어서 비로소 내 삶이 완성되었다는 생각이 들어. 고마워. 나와 함께 있어 줘서…… 그리고 나에게 이렇게 사랑할 수 있는 존재를 만들어 줘서."

진심을 담은 목소리로 지하가 말하자 은서의 얼굴에 곱게 미소가 물들어 갔다.

"나도 당신이 있어서 너무 감사해."

고개를 숙여 은서의 입술에 살짝 입을 맞춘 지하가 장미 정원으로 시선을 돌린 뒤 말했다.

"네 말대로 이곳에서 매년 새로운 장미가 필 테니까. 앞으로 이곳에는 좋은 기억만 만들자."

"응."

"사랑해. 윤은서."

"나도 사랑해."

그들의 달콤한 속삭임에 지훈이 까르륵 웃음을 터뜨리며 자신의 의사를 보탰다. 5월의 싱그러운 장미 정원에 그들의 웃음소리가 맑게 퍼져 갔다.

—*Fin*

작가 후기

처음 〈전율하다〉를 썼을 때 이 글이 책으로 나올 수 있을 거라는 생각은 전혀 하지 않았습니다. 정말 많이 부족한 글임을 알기에 스스로 부끄러운 마음도 있었습니다.

그래서 조금이라도 그 부끄러움을 덜어 보고자 오랜 시간 수정고를 잡고 고민했습니다. 여러 번의 수정을 거치는 동안 많이도 방황하고, 적나라한 한계를 느껴 힘든 시간도 있었습니다.

은서도, 지하도 다 힘들고 아픈 시간을 겪어야 했기에 저 역시 아프게 그 시간을 함께 견뎠습니다. 힘든 시간을 거쳐 강해지기를, 그래서 더 성숙해지기를 바랐습니다.

그렇게 수정의 시간을 거쳐 부족한 글을 다듬고 고쳐서 처음 연재했던 글과도, 그리고 이북으로 나온 글과도 많이 다른 글이 완성되었습니다.

힘들었지만 끝내고 보니 많은 것을 배웠던 시간인 것 같아 감사한 마음이 듭니다.

길을 잃고 헤매는 동안 보다 완성도 있는 책은 위해 방향을 제시해 주고, 많은 조언을 아끼지 않아 주신 정시연 편집자님께 진심으로 감사 드립니다. 혼자서 했다면 엄두도 나지 않았을 작업이었는데 저에겐 무척이나 큰 힘이 되었습니다. 그리고 부족한 책을 세상에 나오게 해 주신 뿔미디어 분들에게도 감사의 인사드립니다.

마지막으로 이 부족한 글을 읽어 주시는 독자분들께 무한한 감사를 드립니다. 이 책을 읽으시는 동안 잠시나마 마음의 위안을 느끼셨다면 정말 기쁠 것 같습니다. 늘 평안하시기를.

——이서한 드림

전율을
하다

1판 1쇄 찍음 2014년 3월 17일
1판 1쇄 펴냄 2014년 3월 21일

지은이 | 이서한
펴낸이 | 정 필
펴낸곳 | 도서출판 **뿔미디어**

편집장 | 이재권
기획 · 편집 | 정시연
편집디자인 | 이진선

출판등록 | 2002년 9월 11일 (제1081-1-132호)
주소 | 경기도 부천시 원미구 상동로 117번길 49(상동) 503호
전화 | 032)651-6513 / 팩스 032)651-6094
E-mail | scarlets2012@hanmail.net
블로그 | http://blog.naver.com/dahyangs
홈페이지 | http://bbulmedia.com

값 9,000원

ISBN 979-11-7003-284-7 03810

※파본은 구입하신 서점에서 교환하여 드립니다.

※이 책은 (도)뿔미디어를 통해 독점 계약되었습니다.
저작권법에 의해 보호를 받는 저작물이므로 무단 전재와 무단 복제를 금합니다.

도서출판 뿔미디어 홈페이지 OPEN*!!*

안녕하세요.
지금껏 저희 뿔미디어를 응원해 주신
독자님들의 성원에 힘입어
이번에 새롭게 홈페이지를 오픈하였습니다.

저희 뿔미디어는 홈페이지에서 독자님들께서
보다 빠른 출간 소식과 미리보기 등
알찬 내용을 제공하기 위해 많은 노력을 기울였습니다.
또한 독자님들에게 도서 할인, 이벤트 등
다양한 혜택을 제공하고자 합니다.

저희 뿔미디어 홈페이지 오픈을 계기로
한층 더 독자님들과 가까워질 수 있는 기회가 되었으면 합니다

보다 많은 관심과 사랑 부탁드리며,
앞으로도 더 좋은 컨텐츠 제공에 힘쓰도록 하겠습니다.

감사합니다.

-도서출판 뿔미디어 올림-

 www.bbulmedia.com

Scarlet

스칼렛

Scarlet

스칼렛